THE MOON AND SIXPENCE

月亮与六便士

《插图版》

[英] 毛姆 著
W.Somerset Maugham
徐淳刚 译

作家榜推荐词

一个十岁就失去父母的孤儿，一个身材矮小得总被同学欺凌的结巴，一个从童年起就轻度抑郁的社交恐惧症患者，会有什么样的生活?

如果是毛姆，他会过上一种灿烂的生活。

他做过助产士，做过间谍，做过演员，做过救护车司机；他做过丈夫，做过情人，拒绝过女人的求婚，他的求婚也被另一个女人拒绝，他的后半生住在一座仙境般的别墅里。

这座名叫毛雷斯克的别墅是世上最伟大的传奇，因为这座别墅里的人加起来就是一部欧美文学史。

他在大地上度过了整整 91 岁，享受着一个伟大的作家所能得到的一切舒适与自由。他以漫长的一生证明他的偶像王尔德的一句话是对的：爱自己，是一生浪漫的开始。

跟王尔德一样，他爱女人更爱男人；跟王尔德不一样，他没有身败名裂，而是巧妙地度过了完美的一生，这不是天才的幸运与不幸，而是天真与智慧的分野。

除了王尔德，他算得上是全英国最大的毒舌了，他的毒舌让丘吉尔惊恐不已，丘吉尔央求他："我们俩订个约吧，如果你答应不取笑我，我也保证不取笑你。"

他嘲笑人生像海市一样虚无，但他接纳爱情的繁花嘉树。他雇一个美国勤务兵杰拉德照顾自己，结果这一场爱情让他操碎了心：杰拉德打架了，他去保释；杰拉德醉酒了，他去解劝；杰拉德要钱挥霍，他从不拒绝。杰拉德死了，他像失去整个世界一样伤心。

他年轻时声称写作是为了点燃泰晤士的大火，晚年他几乎获得了整个欧洲文学界的一切殊荣。但他说，作家应该从写作的乐趣中，从郁积在他心头的思想的发泄中取得写作的酬报；对于作品成功或失败，受到称誉或诋毁，都应该淡然处之。

他一生崇尚自由，崇尚人的自然的天性。我相信这是他写作《月亮与六便士》的秘密与初心。

何三坡

2016年11月28日于作家榜

本书根据英国伦敦 Vintage Books 出版社
1999 年版 *The Moon and Sixpence* 译出

目 录
CONTENTS

月亮与六便士

THE
MOON AND
SIXPENCE

第一章

说真的，我刚认识查尔斯·斯特里克兰那会儿，一点也没觉着他有什么了不起。但今天，很少有人再否认他的伟大。我说的伟大，和时来运转的政治家或平步青云的军人无关；这种人的“伟大”源于他们的地位，而非自身的品质；形势一旦改变，这些人就微不足道了。常常，一位离职的首相不过是夸夸其谈的演说家，一个退休的将军不过是胆小软弱的市井之徒。查尔斯·斯特里克兰的伟大却名副其实。也许你不欣赏他的艺术，但无论如何，你很难抗拒这份天赐。他打动你，俘获你。他被人嘲笑的时代已经过去，捍卫他或颂扬他，不再是一个有悖常理的离奇标志。他的缺点，被当作他的优点的必要补充而被接受。在艺术中，这依然是可以被讨论的，崇拜者的奉迎和批评者的藐视也许没什么两样，但有一点毋庸置疑，那就是，他真是天才。依我看，艺术中最有趣的是艺术家的个性，如果这是独一无二的，那么即使他有一千个错，我也可以原谅。我想，委拉斯凯兹[1]是比埃尔·格列柯[2]更高明的画家，可习惯使然，让人觉得他的作品不新鲜。相反，克里特岛那位画家的作品，充满肉欲与悲剧，仿佛永恒的献祭，将他灵魂的秘密奉献出来。艺术家，无论画家、诗人、音乐家，用他的崇高美好装点世界，唤醒意识，但这类似人类的性本能，总免不了野蛮：他带给你最大的礼物，同时也占有。探索他的秘密，就像阅读侦探小说一样富有魅力。这是一个谜，仿佛天地万物，没有来由。斯特里克兰最无关紧要的作品也透露出他那奇特、痛苦而复杂的个人经历，那些不喜欢他作品的人对此漠不关心，肯定是这原因；同样因为这一点，让人们对他的生活和个性，充满了好奇和兴趣。

直到斯特里克兰死后四年，莫里斯·赫特写了那篇发表在《法兰西信使》上的文章，使这位鲜为人知的画家不至于被遗忘，其后的作家也像他一样，或多或少，纷纷效仿。很长一段时间，没有哪个评论家像他那样在法国享有无可争议的权威。他的主张总是让人印象深刻；这些观点显得过于夸张，但后来的舆论却证实了他的公正，查尔斯·斯特里克兰的声誉因此在他的基调之上牢牢建立起来。这一盛名崛起，在艺术史上是最浪漫的事件之一。但我并不想评判查尔斯·斯特里克兰的作品，除非它们涉及

---

① 委拉斯凯兹(Velazquez，1599—1660)，西班牙巴洛克时期画家，画风写实，高雅威严，代表作《伊索》。

② 埃尔·格列柯(El Greco，1541—1614)，西班牙文艺复兴时期画家，生于克里特岛，画风新奇、梦幻。

他的性格。画家们的意见我不敢苟同，他们傲慢地声称，外行对绘画一窍不通，这种人对艺术作品最好的赞赏，就是沉默或支票簿。这是一种荒唐的误解，以为艺术只是工匠才懂的手艺。艺术是情感的体现，情之所至，人人都能理解。但我承认，批评家如果对技术实践没什么知识，很难说出真正有价值的观点，而我对绘画几乎一无所知。幸运的是，我没必要冒险，因为我的朋友爱德华·列格特先生，一位优秀的作家，也是令人钦佩的画家，在一本小书里[①]详尽讨论了查尔斯·斯特里克兰的作品，这本书风格迷人，堪称典范，很可惜，在英国远不如在法国流传深远。

莫里斯·赫特在他那篇著名的文章里，大致勾勒出查尔斯·斯特里克兰的生平，故意吊人胃口。他以其对艺术的无私热情，希望尽可能引起智者的关注；但他也像一名出色的新闻记者，明白浑然不觉的“人情味”更容易达到目的。那些曾经和斯特里克兰接触过的，在伦敦知道他的作家，在蒙马特咖啡馆见过他的画家，都感到惊奇，他们以为遇见的是一位落魄的艺术家，谁知是个天才，和他们失之交臂。于是他们纷纷在法国和美国的杂志上发表文章，有人回忆，有人赞赏，这增加了斯特里克兰的名气，引起却未能满足公众的好奇心。这一题目大受欢迎，勤勉的怀特布莱希特·罗特霍尔兹在他那部皇皇巨著中[②]，列出了一些权威性文章。

---

①《一位现代派画家：对查尔斯·斯特里克兰作品的评论》，爱尔兰皇家学院会员爱德华·列格特著，（出版商）马丁·塞克尔出版，1917 年。——原注

②《查尔斯·斯特里克兰：生平与作品》，哲学博士雨果·怀特布莱希特·罗特霍尔兹著，莱比锡，施威英格尔与汉尼施出版，1914 年。原书德文。——原注

制造神话，是人类的天性。像那些出类拔萃的名人，人们总是对他们生活中的意外或神秘紧抓不放，深信不疑，缔造传奇，无限狂热。这是对平凡生活的浪漫抗议。传奇事件成为英雄通往不朽的最可靠的护照。玩世不恭的哲学家笑而不语：沃尔特·罗利爵士[①]之所以让人类铭记，不是因为他用英文去命名那些从前未被发现的国土，而是他将斗篷铺在地上，让童贞女王[②]款款走过。查尔斯·斯特里克兰，生前无人知晓。他树敌无数，朋友不多。这样一来，那些写他的人只能靠丰富的想象，弥补残缺的记忆，所以不足为奇。显而易见，虽然人们对斯特里克兰的生平所知不多，但又足够去空想铺陈，他的生活中有那么多离奇可怕，他的性格中有不少蛮横离谱，他的命运难免让人哀叹惋惜。所以到一定的时候，总会衍生出传说，连明智的历史学家也会迟疑，要不要反对。

但罗伯特·斯特里克兰牧师偏偏不是这样明智的历史学家。他写关于他父亲后半生的传记[③]，就是为了“消除误解，以防谬种流传”，这些误解“让生者痛苦不堪”。很显然，外界传闻的斯特里克兰，总让一个体面的家庭感到难堪。我读这本传记时不禁哑然失笑，但也暗自庆幸，这本书写得黯淡无光，枯燥乏味。斯特里克兰先生描绘了一个好丈夫和优秀父亲的形象，他性情温和，

---

① 沃尔特·罗利爵士(Walter Raleigh，约1552—1618)，英国探险家、航海家、作家。

② 童贞女王(Virgin Queen)，英国女王伊丽莎白一世的称号。

③《斯特里克兰：生平和作品》，艺术家之子罗伯特·斯特里克兰著，海因曼出版，1913年。——原注

积极肯干，品性纯良。当代的牧师在训诂学中获得了粉饰太平的惊人本领，而罗伯特·斯特里克兰牧师的“解释”更显微妙。这个大孝子，时机成熟必将在教会中荣升要职。我仿佛看见罗伯特·斯特里克兰那强健的小腿儿，已经套上了主教的皮靴。这是危险的事，尽管显得勇敢，因为斯特里克兰的盛名，在很大程度上来自人们普遍接受的传说；他的艺术魅力无穷，或许是因人们对他性格的厌恶，或者是他的惨死；而他儿子的聪明之举，不啻向他父亲的崇拜者当头泼了一盆凉水。并非偶然，这本传记刚一出版，人们便议论纷纷。不久，查尔斯·斯特里克兰最重要的一幅作品,《撒玛利亚的女人》[①] 在佳士得 [②] 拍卖,因为收藏这幅画的收藏家突然死去，作品需要转手。和九个月前相比，这幅名作的价格一夜之间跌了二百三十五英镑。如果不是人们执迷神话，对这个让他们满怀希望的故事没有失望的话，仅凭斯特里克兰个人的威望和独特，难以挽回大局。幸运的是，没过多久，怀特布莱希特·罗特霍尔兹博士的作品就问世了，艺术爱好者的疑虑终于烟消云散。

怀特布莱希特·罗特霍尔兹博士所属的这一历史学派，不只相信人性本恶，而且认为人性的邪恶远远超乎想象；确实，比起那些把浪漫人物写成道貌岸然的君子的作家来，这一流派的学者能够

① 佳士得图录描述：一个裸体女人，社会群岛的土著，躺在小溪边的草地上，背后是棕榈树、芭蕉等热带风景。60×48 英寸。——原注

② 佳士得 (Christie's)，1766 年成立，总部位于伦敦，世界著名艺术品拍卖行之一。拍品汇集了来自全球各地的珍罕名画、名表、珠宝、汽车和名酒等精品。

激起读者更大的兴趣。对我而言，如果把安东尼与克莉奥帕特拉[①]的关系只写成经济联盟，会非常遗憾；要想劝我把提庇留[②]看作是和英王乔治五世一样完美无缺的君主，也需要更多的证据。怀特布莱希特·罗特霍尔兹博士在评论罗伯特·斯特里克兰那部天真传记时的遣词造句，很难叫人不对这位牧师心生同情。凡是他维护体面，都被说成虚伪；凡是他铺陈渲染，都被当作谎言；凡是对某些事情保持沉默，干脆被斥为背叛。这些作品中的缺陷，从传记本身的角度看，确实应该指责，但作为斯特里克兰之子，倒也情有可原。倒霉的是，连盎格鲁－撒克逊民族[③]也遭了殃，被怀特布莱希特·罗特霍尔兹批评说一本正经，装腔作势，自命不凡，狡诈欺人，让人恶心。依我之见，斯特里克兰牧师在驳斥坊间深入人心的一种传闻，即关于他父母之间某些“不快”时，真的不够慎重。在传记中，他引用查尔斯·斯特里克兰在巴黎时的一封家信，说他称自己的妻子是“了不起的女人”，而怀特布莱希特·罗特霍尔兹博士却把原信复制了出来；原来，这段被引用的原文是这样的：“让上帝惩罚我的妻子吧！这个女人很了不起，真希望她下地狱。”这样的诅咒和行事方式，在教会鼎盛的日子，并

① 安东尼与克莉奥帕特拉(Anthony and Cleopatra)，安东尼是古罗马政治家和军事家，他是恺撒最重要的军队指挥官和管理人员之一，公元前30年安东尼与埃及女王克莉奥帕特拉七世一同自杀身亡。

② 提庇留·克劳迪乌斯·尼禄(Tiberius，公元前42—公元37)，罗马帝国第二位皇帝，公元14—37年在位。

③ 盎格鲁－撒克逊民族(Anglo-Saxon)，盎格鲁和撒克逊两个民族结合的民族，大部分英国人和美国人是盎格鲁－撒克逊人的后裔。

不招人待见。

作为查尔斯·斯特里克兰的狂热崇拜者，怀特布莱希特·罗特霍尔兹博士要是想为他弄虚作假，不会有什么风险。但他目光如炬，一眼就能看穿隐藏在天真行为之下的可鄙动机。他既是艺术研究者，也是心理病理学家。他对人的潜意识了如指掌。没有哪个探索心灵奥秘的人能像他那样，透过现象，洞悉本质。探秘心灵之人，能窥见人性的隐忧，心理病理学家，却能知悉用语言根本无法表达的东西。我们看到这位学识渊博的作家，如何热衷于搜寻每一件使英雄颜面扫地的琐事，真是令人拍案称奇。每当他列举出斯特里克兰冷酷无情或自私卑鄙的点滴，在他内心，就会对他多一份同情。在他费心找到某件被人遗忘的逸事，用以嘲弄罗伯特·斯特里克兰牧师的一片孝心时，他就像宗教法庭的法官审判异教徒那样，振振有词，心花怒放。他写文章的那股认真劲儿，着实让人吃惊。没有哪件小事，能从他眼皮子底下溜过：如果查尔斯·斯特里克兰有一笔未支付的洗衣账单，就会被详细记录在案；如果他欠钱未还，这笔债务的每一个细节，都不会遗漏。这一点，读者尽管放心。

第二章

关于查尔斯·斯特里克兰的文章已有很多，似乎无须再写。一个画家的纪念碑只能是他的作品。当然，和大多数人相比，我对他更为熟悉：我们第一次见面时，他还未开始学画；在落魄巴黎的日子，我也偶尔和他会面；不过，如果不是战乱迫使我踏上塔希提岛[①]，我根本不会将我的记忆诉诸笔端。几乎家喻户晓，正是在塔希提岛，斯特里克兰度过了他生命中的最后几年；在那里，我也见过不少熟悉他的人。我发现，对于他悲剧人生中最晦暗的这段时期，我正好可以投之一抹光亮，好让世人看清。如果人们相信斯特里克兰的伟大，他们的看法是正确的，那么，亲密接触者的追述

---

① 塔希提岛 (Tahiti)，法属波利尼西亚向风群岛中的最大岛屿，位于南太平洋。这里四季如春、物产丰富，被誉为“最接近天堂的地方”。斯特里克兰的原型——后印象派画家高更自 1891 年在此定居，创作了《塔希提的牧歌》《两个塔希提女人》《我们从哪里来？我们是谁？我们到哪里去？》等不朽的作品。

便不显多余。要是有人像我熟悉斯特里克兰一样熟悉埃尔·格列柯，为了拜读他写的格列柯传记，又有什么不可以付出？

但是，我并不想以此为自己辩解。想不起来是谁说过：为了使灵魂安宁，一个人每天至少该做两件他不喜欢的事。说这话的，是个聪明人，对于这一点我始终严格遵守：每天我都早上起床，晚上睡觉。不过，我也愿意苦修，每个星期都会让自己的肉体经受一次更大的折磨。《泰晤士报文学副刊》，我一期不落。这真是有益身心的修养：想到有那么多书被写出来，作者满怀期望，等待命运。一本书要怎样才能脱颖而出呢？即使获得认可，成功也转瞬即逝。天知道，一本书要花费多少心思，经历多少磨难，忍受多少辛酸，只是为了让偶然读到它的人消磨时间，在旅途中解闷儿。如果我能正当地加以评判，那很多书真的是作者精益求精、呕心沥血，甚至终其一生的成果。而我从中得到的教训是：作者应该从写作本身，从思想的宣泄中获得快乐；至于其他，都不必介意，一本书或成功或失败，或赞誉或诋毁，他都应该淡然一笑。

现在，战争降临，新的思想也踏步而来。年轻人转向我们过去不曾了解的神明，而且心里明白，他们这些后来者，要去向哪里。年轻一代，思维活跃，性情激扬，早已不再将老家伙们的门敲响。他们闯进屋子，坐到我们的宝座上，空气中满是他们的嚷嚷。而一些老年人，装腔作势，滑稽模仿，努力让自己相信，他们的时代并没有谢幕；他们拼命呐喊，但喊声卡在喉咙里；他们犹如可怜的荡妇，涂脂抹粉，想通过刺耳的欢乐，找回花枝招展的青春感觉。聪明点儿的，则尽量摆出姿态，显得温文儒雅。他们莞尔一笑，脸上闪过宽容的讥讽。他们想起，自己当年也是这样把老一辈踩在脚下，也是这样狂喊乱叫，无法无天；他们预见，这些高举火把的勇士，有朝一日也会将自己的宝座拱手相让。世界在变，永无定论。当尼尼微[①]将它的伟大城邦发展到鼎盛时，新福音书早已老旧，仿佛尘土。那些豪言壮语，当他们说时，总以为前无古人，实际上却是陈词滥调，百年不变。钟摆来回摆荡，旅程永远循环。

有时候，一个人活过了他享有声望的年代，进入到使他感觉陌生的世纪，这时，人们便会看到《人间喜剧》中的奇特景象。比如，今天，有谁还知道乔治·克雷布[②]？在他生活的时代，他是一位有名的诗人，全世界都认为他是伟大的天才，但在今天这种复杂的现代状况中，却显得非常罕见。他从亚历山大·蒲柏派那里汲取写诗的技巧，用押韵对句创作了很多道德故事。后来，法国大革命、拿破仑战争接连爆发，诗人们随机而变，唱起新歌。而克雷布先生依然墨守成规，继续押韵写作。想必，他看过青年人那些风靡一时的新诗，一定觉得不堪卒读。当然，大多数新诗，的确如此。但是，像济慈和华兹华斯的颂歌，柯勒律治的一两首诗，雪莱更多的诗，却真正拓展了深广的精神领域。克雷布先生

---

① 尼尼微(Nineveh)，西亚古城，是早期亚述、中期亚述的重镇和亚述帝国都城，最早由古代胡里特人建立，其址位于现在的伊拉克北部，底格里斯河的东岸，隔河与今天的摩苏尔城相望，意为“上帝面前最伟大的城市”。《圣经》中曾提到尼尼微城名：“耶和华必伸手攻击北方，毁灭亚述，使尼尼微荒芜，干旱如旷野。”

② 乔治·克雷布(George Crabbe，1754—1832)，英格兰诗人，韵文故事作家，博物学家。

已经过时了，但他还是孜孜不倦，写他那些押韵诗。我也读过一点儿我们时代年轻人的诗作，他们当中，可能有更热情的济慈，或更纯粹的雪莱，而且已经发表了让世人难忘的诗章。我赞赏他们的优美辞藻——尽管如此年轻，却已才华横溢，因此，如果仅仅说他们大有希望，未免荒唐——我惊叹他们巧妙的文体，语言如此丰富（他们的词汇表明，他们在摇篮里就翻过罗杰的《词库》[①]）。但他们并未带来新东西：要我说，他们学识有余，涵养不足。他们拍拍我的肩膀，闯进我的怀抱，这种热情，实在让人受不了。我觉得，他们的激情苍白无力，他们的梦想枯燥乏味。我不喜欢他们。我已经是老古董了。我会像克雷布一样继续写对仗押韵的道德故事。但是，如果我的写作不是自娱自乐，而是抱有其他想法，那我就是个十足的傻瓜。

---

① 罗杰的《词库》(Roget's Thesaurus)，由英国医生、自然神学家和词典编纂者彼得·马克·罗杰(1779—1869)于1805年编定的广泛使用的英语词库，原版收录15000个词。

第三章

但这都是题外话。

我写第一本书时，还很年轻。机缘巧合，引起人们的注意，不少人想认识我。

刚刚被引入伦敦文学界时，我既胆怯又兴奋，现在想来，不无忧虑。我很久没去伦敦了，假如现在的小说描写完全属实，伦敦一定变化很大。昔日文人聚会之处，早已不再。切尔西[①]和布鲁姆斯伯里[②]，取代了汉普斯特德、诺丁山大门、高街和肯辛顿。过去不到四十岁的人物就很了不起，现在二十五岁已显得可笑。我想，在过去的那些日子，我们都羞于表达，因为怕人嘲笑，所以尽量约束自己，不让人觉得骄傲自大。我不相信当年风流不羁的文人会洁身自好，但真想不起，文艺界那时有这么多风流韵事。我们

① 切尔西 (Chelsea)，伦敦自治城市，文艺界人士聚居地。

② 布鲁姆斯伯里 (Bloomsbury)，伦敦市中心文艺人士聚集地。

为自己荒诞不经的行为，蒙上一层体面的缄默，并不觉得虚伪。我们讲话得体，直言不讳。女性那时还没有取得自主地位。

我住在维多利亚车站附近，记得去一些热情的文艺家庭做客，要坐很长时间的公交车。因为胆怯害羞，我会在街道上徘徊很久，最终鼓起勇气去敲门；之后，诚惶诚恐，被带进挤满各色人物的房间。我被介绍给这位大师、那位名人，他们对我的拙作所说的溢美之词让我坐立不安。我知道，他们等我说些佳句妙语，可直到聚会结束，我一句也想不起来。为了掩饰自己的尴尬，我只好假装沏茶倒水，把切得凌乱的黄油面包递到客人们手里。我希望谁也别注意我，这样我就可以放心地去观察这些名人，听他们妙语连珠。

我记得，我见过不少身材高大、腰杆笔挺的女人，她们长着巨大的鼻子，贪婪的眼睛，身上的衣服好似甲胄；我也看到许多小老鼠似的老处女，骨瘦如柴，说话柔声细气，眼珠滴溜溜乱转。她们戴着手套吃黄油面包时的毛病真是好笑，以为没有人看见，就偷偷在椅背上抹抹，擦手指头，这让我十分钦佩。这么干，对主人家的家具肯定不好，不过我想，轮到主人到她们家去，肯定也会如此报复。这些女人，有的衣着时尚，她们说，反正搞不明白，为什么一个人为写一本小说，非要穿得寒酸？如果你身材苗条，就该尽情展现，俊俏的小脚穿上时髦的鞋子，不会妨碍编辑采用你的“东西”。但也有人认为，这很轻浮，所以她们穿着“艺术范儿的丝织品”，戴着未经打磨的珠宝首饰。男人们的衣着都不奇怪。他们尽量不让人看出自己是个作家。无论走到哪里，人们都能将他们当作大公司的高管。看上去，他们总是有点儿累。我以前从未接触过作家，现在发现他们非常奇怪，但并不认为，他们就该像我看到的这样不真实。

我还记得，他们话锋机智，他们中的一个刚刚转身，立马被批得体无完肤，我经常为他们的嬉笑怒骂感到惊讶。艺术家，和别的行当不同，他们不仅可以讥讽同行的外表和性格，还能嘲笑他们的作品。他们有理有据，滔滔不绝，我真是望尘莫及。那时候，谈话依然被看作有教养的艺术，巧妙的对答比热锅下噼里啪啦的荆棘[①]更受人赏识。那时，格言警句还没有完全被笨拙的人拿来附庸风雅，交谈中突然冒出几句，立刻显得妙趣横生。遗憾的是，这些妙语我一点儿也想不起来。我只记得，他们谈起文艺行业的另一面——作品销售的一些细节，让我感觉舒适顺畅。在评判完一部新作的好坏之后，自然会谈及这本书能卖多少本，可以拿多少钱，预支也好总数也罢。后来，我们会谈到这个那个出版商，比较一下谁慷慨谁吝啬。我们还争辩，是把作品交给支付稿酬高的，还是交给会宣传会推销的。有的出版商不善推广，有的精于此道。有的恪守教条，有的顺应潮流。再后来，我们还会谈论一些代理人和他们为作家找到的门路。我们还会谈论编辑，他们欢迎什么样的作品，千字多少钱，是很快付清，还是拖泥带水。这一切，对我而言都很浪漫，让我有一种神秘兮兮的兄弟会成员的亲密感。

---

① 荆棘(thorns),《圣经·旧约·传道书》第七章："愚昧人的笑声，好像锅下烧荆棘的爆声，这也是虚空。"

第四章

那时，没有谁像罗斯·沃特芙德那样对我好。她有男性化的智慧，也有女人的坏脾气，而且她的小说立意新颖，读了让人难以平静。正是在她家，有一次，我遇见了查尔斯·斯特里克兰夫人。那天，沃特芙德小姐举办了一场茶话会，她的小房间比以往更加高朋满座。看起来，每个人都在和别人交谈，而我静静地坐在那里，好不尴尬；但又不好意思插进去，打断人家的谈话。沃特芙德小姐，是位体贴的女主人，她注意到我的窘态，走到我身边来。

“我想请你和斯特里克兰夫人聊聊，”她说，“她对你的书简直痴迷。”

“她是做什么的？”我问。

我意识到自己的无知，如果斯特里克兰夫人是位有名的作家，那在和她交流之前，就应该搞清状况。

为了让我记住她的话，沃特芙德故意将眼皮一低，一本正经地说：

“她专门负责宴会午餐。你只要别腼腆，多说两句，她就会请你吃饭。”

罗斯·沃特芙德是一个玩世不恭的女人。她把生活看作写小说的良机，把公众当素材。如果有谁对她的才华非常赏识，而且大方地宴请她，她偶尔也会邀请他们成为座上宾。这些人对作家的崇拜让她感到既可笑又粗鄙，但她深情款款，表现出一名杰出女作家应有的言辞和风度。

我被带到斯特里克兰夫人面前，聊了十分钟。除了她的声音讨人喜欢，没觉得她有什么特别。她在威斯敏斯特[①]有一套房子，可以俯瞰未建成的大教堂。因为知道住在同一个街区，所以我们彼此感觉亲近。对于所有住在泰晤士河与圣詹姆斯公园之间的人而言，陆海军商店仿佛一个将他们联结起来的纽带。斯特里克兰夫人要了我的地址，几天后，我便收到她的请柬，邀我吃午饭。

我的约会不多，因此欣然前往。我到时，稍稍晚了点，因为担心去得太早，就绕着大教堂转悠了三圈，进门才发现客人们都到了。沃特芙德小姐在，还有杰伊夫人、理查德·唐宁和乔治·罗德。来的都是作家。这是早春晴朗的一日，大家兴致勃勃，无所不谈。沃特芙德小姐，来时拿不定主意，是照她年轻时的唯美装扮，身着灰绿，手握一枝水仙花好呢，还是展现成熟已久的丰姿，穿上高跟鞋和巴黎风尚的连衣裙。这天她戴了一顶新帽。这帽子让她神采飞扬。我还从未听过，她用如此刻薄的话语，议论我们共同的朋友。杰伊夫人心里清楚，逾越礼规的言辞表明灵

---

① 威斯敏斯特 (Westminster)，伦敦市的一个行政区。

魂的智慧，所以时不时用近乎耳语的声调，说些足以使雪白的桌布泛起红晕的痴语。理查德·唐宁滔滔不绝发表离奇的谬论，而乔治·罗德知道自己的惊人妙语无须啰唆，所以只管把食物往嘴里塞。斯特里克兰夫人话不多，但她有一种令人愉悦的本领，能够让大家围绕同一个话题；一旦冷场，她总能圆起，使谈话继续下去。一个三十七岁的女人，高大丰满，却不显胖；她并不漂亮，但脸庞讨人喜欢，也许主要是，因为她那双和蔼的、棕色的眼睛。她气色不好，一头黑发却精心梳理。在三个女人里面，她是唯一没化妆的，但和别人比起来，反而显得朴素自然。

餐厅是按当时的风尚布置的，非常朴素。白色的护壁很高，绿色的墙纸上，挂着惠斯勒[①]的蚀刻画，嵌在简洁的黑镜框里。印着孔雀图案的绿窗帘，笔直地高悬着。地毯也是绿色的，白色小兔在浓郁树荫中嬉戏的画面，让人想到威廉·莫里斯[②]的影响。壁炉架上摆着白釉蓝彩陶器。那时候，伦敦一定有五百家餐厅的装饰风格和这里一样，素朴、时尚而又单调。

离开斯特里克兰夫人家时，我和沃特芙德小姐一起出门。因为天气不错，加之她的那顶新帽增添了兴致，我们决定散会儿步，从圣詹姆斯公园穿过去。

“刚才的聚会非常好。”我说。

---

① 惠斯勒（Whistler，1834—1903），美国画家，代表作品有铜版画《法国组画》、肖像画《母亲》及组画《泰晤士河》等。

② 威廉·莫里斯（William Morris，1834—1896），19世纪英国设计师、诗人，他设计、监制或亲手制造的家具、纺织品、花窗玻璃、壁纸以及其他各类装饰品引发了工艺美术运动，一改维多利亚时代以来的流行品味。

"你觉着饭菜可口，是吧？我告诉过她，如果想和作家们来往，就得请他们吃好的。"

"真是绝妙的主意，"我答道，"可她为什么要和作家来往呢？"

沃特芙德小姐耸了耸肩。

"她觉得他们有意思。她想跟随潮流。我看她头脑简单，真可怜，她认为我们都很好。反正，她喜欢请我们吃饭，我们对吃饭也不反感。我喜欢她，不外乎这一点。"

现在想来，在那些攀附名流的人当中，斯特里克兰夫人算是最单纯的了，这些人为了捕获猎物，往往挖地三尺，从汉普斯蒂德[①]高高的象牙塔，一直到夏纳步道最寒酸的地下室。年轻时，斯特里克兰夫人住在宁静的乡下，沉浸在穆迪图书馆的书海之中，不但让她读到了不少浪漫故事，更有伦敦这座大城市的罗曼史。她始终热衷阅读（这在他们这类人中很少见，他们大多数，对作家比对作家的著作、对画家比对画家的画作更感兴趣），在幻想中，她为自己创造了一个小天地，并生活其中，感到日常世界所不可能享有的自由。当她和作家们结识，她有一种感觉，仿佛过去只能隔着脚灯[②]远远望着的舞台，现在亲身站在上面。她看着他们粉墨登场，好像自己的生活也因此扩大，因为她不仅款待他们，而且闯进了他们重门深锁的幽暗世界。对于他们游戏人生的信条，她认为无可厚非，但她一点儿也不想按他们的方式生

---

① 汉普斯蒂德 (Hampstead)，英国伦敦西北部的旧自治市，现为卡姆登的一部分。

② 脚灯 (footlights)，在舞台口地面安装的灯，又称脚光，与顶光正相反。

活。这些人道德伦理上的怪癖，正如他们的奇装异服、荒唐思想一样，让她觉得非常有趣，但是，对她自己安身处世的原则，却毫无影响。

“斯特里克兰夫人有先生吗？”我问。

“有啊。他在城里做事。我想是个证券经纪人吧。非常无趣。”

“他们感情好吗？”

“两人相敬如宾。如果你在他们家吃晚饭，会见到他。但她很少请人共进晚餐。他不爱讲话，对文学艺术毫无兴趣。”

“为什么漂亮的女人总是嫁给无趣的男人？”

“因为有脑子的男人不娶漂亮的女人。”

我想不出有什么要说的，于是转移话题，想知道斯特里克兰有没有孩子。

“有，一个男孩儿一个女孩儿。都在上学。”

这个没什么好说。我们又聊起别的来。

“为什么漂亮的女人总是嫁给无趣的男人？”

“因为有脑子的男人不娶漂亮的女人。”

第五章

夏天，我和斯特里克兰夫人见面不算少。时不时地，我去她家吃午饭，或参加丰盛的茶话会。我们兴趣相投。我年纪轻轻，她也许乐意引导我处子般的脚步，踏上文学的艰辛之路；而对我来说，遇到一些不如意的烦心事，也情愿有人听我细诉衷肠，给我一些合乎情理的帮助。斯特里克兰夫人很有同情心。这是一种迷人的资质，但常常被拥有它的人滥用了：他们一看到朋友有什么不幸，就施展自己全部的灵巧，猛扑到他们身上来。同情心应该像一口油井；惯爱表现同情的人却让它喷涌而出，反而让不幸的人受不了。有人胸前已沾满泪水，我不忍再洒上我的。在这一点上，斯特里克兰夫人显得非常明智，她让你觉得，接受她的同情，于她而言也是恩惠。那时，我青春热情，和罗斯·沃特芙德谈起这个，她说："牛奶很好喝，尤其加点儿白兰地。但母牛情愿让奶赶快淌，因为肿胀的乳房很不爽。"

罗斯·沃特芙德非常刻薄。这种话，别人说不出口；但同时，谁也没她那么妩媚。

还有一点，让我喜欢斯特里克兰夫人：她的住所，布置优雅。房间总是整洁清爽，摆满鲜花，客厅里的印花布窗帘虽说老套古板，但明亮鲜艳。在雅致的小餐厅里吃饭，真是惬意：餐桌款式大方，女仆干净利落，菜肴烹饪精致。谁都看出，斯特里克兰夫人是位能干的主妇，毫无疑问，贤妻良母。客厅里放着她孩子的照片。儿子——名叫罗伯特——十六岁，正在拉格比学校读书；照片上，他身穿法兰绒衣服，头戴板球帽，另外一张上则是燕尾服，系着硬领。和母亲一样，他长着平坦的额头，沉静、明亮的眼睛，看上去干净、健康、端正。

“我不知道，他算不算聪明，”一天，我正在看照片，她说，“但我知道，他很棒。性格可爱。”

女儿十四岁。一头乌黑的长发，像母亲那样，浓密地披在肩上。同样温顺的神态，目光平静、沉着。

“他俩长得都很像你。”我说。

“对啊，我觉得更像我，而不是他们的父亲。”

“为什么你从不让我见他？”

“你想见吗？”

她笑了，笑容迷人至极，脸上微微泛起红晕；像她这般年纪的女人，说话居然脸红，的确少见。或许，她的天真，正是她最大的魅力。

“你知道，他没一点儿文学修养，”她说，“完全是个门外汉。”

她这么说，并非贬义，相反，却满怀深情，好像说出他最大的缺点，就可以保护他，免得朋友揶揄似的。

“他在证券交易所做事，是个典型的经纪人。我想，他会烦死你的。”

“他会烦你吗？”

“你明白，碰巧，我是他妻子。我很爱他。”

她笑了下，掩饰着自己的羞涩。我想，她可能担心我会说什么风凉话，换了罗斯·沃特芙德，听她这样说，肯定会挖苦嘲讽。她犹豫了片刻，眼神变得更加温柔。

“他不假装自己有才华。就是在证券交易所，他赚的钱也不多。但他很善良。”

“我想我会非常喜欢他。”

“等哪天没有别人，我请你来家里吃晚饭。但记住，你可有点儿冒险；如果这是一个沉闷乏味的夜晚，千万别怪我。”

第六章

但是临了，我和查尔斯·斯特里克兰先生见面，并非斯特里克兰夫人说的那种情况。那天晚上，除了她丈夫，我还结识了其他几个人。一天早晨，斯特里克兰夫人派人送来一张便条，说当天晚上她要宴请，有位客人临时来不了，让我补缺。条子上写着：

我事先声明，你会厌烦透顶。总之这是一次乏味的宴会。但如果你来，我会非常感激。反正我们可以聊聊。

这仿佛是两国之间的睦邻友好；我自然接受了邀请。

当斯特里克兰夫人将我介绍给她丈夫时，他冷漠地和我握了握手。

斯特里克兰夫人心情极好，转身对丈夫说了句玩笑话："我请他来，是要让他知道，我真有丈夫。现在，他开始怀疑了。"

斯特里克兰先生很有礼貌地笑了笑，就像那些认为你说笑，却又不觉得好笑的人一样，但他没有说话。又来人了，需要主人应酬，我被冷落一旁。最后，大家都到齐了，只等宣布晚宴开始，我一边和一位要我“接待”的女人聊天，一边琢磨——文明人践行一种奇怪的才智：他们把短暂的生命，浪费在烦琐的事务上。就说今天这种宴会，真是让人感到诧异，为什么女主人要请这些人来，为什么这些人也不嫌麻烦，接受邀请？来了十个人。他们相见冷淡，分手释然。当然，这纯粹是社交义务。斯特里克兰夫妇“欠下”了许多晚餐，对这些人，他们本来毫无兴趣，但还是不得不回请；这些人就来了。为什么要这样？是为了避免用餐的单调？为了让仆人休息半天？不，因为他们没有理由谢绝，因为他们“欠下”了一顿晚餐。

餐厅拥挤，很不方便。这些人中，有一位皇家法律顾问及其夫人，一位政府官员及其夫人，斯特里克兰夫人的姐姐和姐夫麦克安德鲁上校，还有一位国会议员的夫人。就是这个国会议员，发现自己有事不能离开议院，我才被请来补缺。这些人都很有地位。女人们因为知道自己身份高贵，所以并不太讲究衣着，不想讨好别人。男人们派头十足。总之个个都显得称心如意，踌躇满志。

每个人都想让宴会更热闹，所以嗓门比平常高，房间里一片喧哗。但是，大家始终没有共同谈一件事，每个人都在和他的邻座讲话，喝汤、吃鱼、吃小菜时和右边的人聊天，吃烤肉、甜食和开胃小吃时和左边的人聊天。他们谈论政治、高尔夫、孩子和新戏，谈皇家艺术学院展出的画、天气、度假计划。谈话一刻也没有中断过，声音也越来越响。斯特里克兰夫人可以感到庆幸，她的宴会非常成功，她的丈夫举止得体，彬彬有礼。也许他没有

文明人践行一种奇怪的才智：他们把短暂的生命，浪费在烦琐的事务上。

谈论很多，我感觉，宴会接近尾声时，坐在他两边的女客人脸色有些疲倦。她们肯定觉得很难对话。有一两次，斯特里克兰夫人略显焦虑的目光落在了他身上。

终于，她站起身，带女客人离开了房间。她们出去后，斯特里克兰把门关上，走到桌子的另一端，坐在皇家法律顾问和政府官员中间。他又把红酒转了一圈，给我们递雪茄。皇家法律顾问称赞红酒极好，斯特里克兰就对大家说，他是从哪儿买的。我们谈论起烟酒来。皇家法律顾问说了一桩他正在审理的案件，上校谈起了马球。我无话可说，因此默默地坐着，想装作很有礼貌的样子听人家讲话。因为我知道，这些人，都和我无关，所以就坦然地打量起斯特里克兰来。他比我预想的要高大：不知道为什么，我以前想象他身材瘦高，其貌不扬，可实际上，他体态魁梧，大手大脚，晚礼服穿在身上有些笨拙。他给人的印象，简直和一个打扮好去参加宴会的马夫差不多。四十岁的男人，长得不帅，也不难看；但他的五官都比一般人的大一点，所以不太雅观。他的胡须刮得干干净净，一张大脸毫无修饰，让人感觉不快。他的头发微红，剪得很短，眼睛很小，呈蓝色或灰色。他相貌平凡。我不再纳闷儿，为什么斯特里克兰夫人谈起他来总有些尴尬；对于一个想在文艺界取得一定地位的女人来说，他简直一无是处。很明显，他不会社交，但这也不是人人都该会的；甚至，他没什么怪癖，能让他超凡脱俗；他只不过是一个忠厚老实、枯燥乏味的普通人。一个人，你可以欣赏他的品性，却不必和他在一起。他几乎等于零。他可能是一位值得尊敬的社会成员，一位好丈夫、好父亲，一个诚实的经纪人；但是，在他身上，你根本没有必要浪费时间。

第七章

乏味的社交季临近尾声，我认识的每个人都忙着安排度假。斯特里克兰夫人打算带全家去诺福克海滩，孩子们洗海水浴，丈夫打高尔夫。我们相互道别，说好秋天再见。但是，在我离开伦敦的前一天，出去买东西时，又碰见斯特里克兰夫人带着她的儿女；和我一样，她也是在离开之前出门采购。我们又热又累。于是我提议，去公园里吃冰淇淋。

我猜，斯特里克兰夫人很高兴我看到她的孩子，她欣然接受了我的邀请。他们比照片里的样子更加引人注目，她自然为他们感到骄傲。我也挺年轻，所以他们并不感到拘束，高高兴兴，和我说这说那。他们格外漂亮、健康。大家歇息在树下，彼此都很愉快。

一个小时过去，他们挤上一辆马车回家了，我也悠闲地向俱乐部走去。也许，我有点儿寂寞，真羡慕我瞥见的这种美满生活。看起来，他们感情和睦。他们说一些自己的小笑话，外人难以理解，他们却笑得开心。如果单纯从言语的智慧来判断，查尔斯·斯特里克兰先生算不上聪明，但是，他的智力足以应付自己的环境，这是一张通行证，不但能获得幸福，而且可以成功。而斯特里克兰夫人是一位迷人的女性，她爱自己的丈夫。我想，他们的生活，没有艰难险阻的困扰，诚实，体面，两个孩子善良可爱，所以必然继承他们的地位和传统；不知不觉，他们老了；他们将看到儿女们成人，男大当婚，女大当嫁——一个，姑娘家，将来会是生养健康孩子的妈妈；另一个，男子汉，英俊潇洒，肯定会成为一名军人；最后，他们功成身退，子孙满堂，其乐融融，当他们年事已高，他们将步入坟墓。

这一定是世间无数对夫妻的写照。这种生活模式给出的是天伦之美。它让人联想到一条平静的小溪，蜿蜒流过青青的牧场，被浓荫遮蔽，最后汇入苍茫大海；但是，大海如此平静，始终沉默，不动声色，你会突然心生烦恼，感到莫名的不安。也许，这只是我自己的怪诞想法，这些天来一直在心头作祟，我总感觉，大多数人这样度过一生，好像不大对劲儿。我承认这种生活的社会价值，我也看到它井然有序的幸福，但是，我的血液里有一种强烈的冲动，渴望一种桀骜不驯的旅程。这样的安逸总让我惊惧。我的心渴望更加惊险的生活。只要我能有所改变——改变和不可预知的冒险，我将踏上嶙峋怪石，哪怕激流险滩。

第八章

仔细阅读我笔下的斯特里克兰夫妇，我意识到，他们看起来有些模糊。要使书中的人物灵活逼真，就得刻画他们的性格特征；而我绞尽脑汁，却未能使他们栩栩如生，不知是不是我的错。我觉得，如果我能仔细观察他们或日常或离奇的言谈举止，我就可以把他们写活。现在这般，他们只是像旧挂毯上的人形，很难从背景中分辨出来；远远望去，连轮廓也看不出，只有一团赏心悦目的颜色。我唯一的理由是，他们给我的印象，就是如此。有些人看起来虚幻，因为他们是社会有机体中的成员，他们生活在其中，并且依赖它而生活。他们犹如人体的细胞，必不可少，但是，只要他们健康活着，就会被吞噬进一个巨大的整体。斯特里克兰，一个普普通通的中产家庭：一个是善良、殷勤的妻子，有着结交文学圈名人的小嗜好；一个是沉闷、无趣的丈夫，在仁慈上帝安排的生活中恪尽职守；再就是，两个漂亮、健康的孩子。没有比这更平凡的了。我真不知道，有什么能让人眼前一亮。

当我回想后来发生的一切，不禁自问：是不是我过于迟钝，没有看出查尔斯·斯特里克兰的不同之处？也许吧。我想，这么多年，我对人情世故有所了解，但是，即便当初我认识斯特里克兰夫妇时就已世事洞明，我对他们的判断也别无二致。可我已经知道，人是多么的捉摸不定，所以今天，我不会像那年初秋刚回到伦敦一样，在听到那个消息后，大吃一惊。

回到伦敦还不到一天，我就在杰明街碰见了罗斯·沃特芙德。

“看把你乐成什么样儿了，”我说，“到底怎么啦？”

她笑了，目光闪烁，带着一丝幸灾乐祸。这意味着，她又听到一个朋友的丑闻，表明这位女作家真是警觉。

“你见过查尔斯·斯特里克兰了，不是吗？”

不光她的脸，她的整个身体，都有一种来劲儿的感觉。我点点头。我怀疑这个家伙是不是在证券交易所亏大了，要么就是被公共汽车轧伤了。

“是不是挺可怕？他丢下老婆，跟别人跑啦。”

沃特芙德小姐一定觉得，在杰明街的路边不适合大谈这一主题，所以，她像个艺术家，只抛出事实，坚称自己并不知底细。而我认为无须介意。但她就是不肯讲。

“我告诉你，我什么也不知道，”她就这样刺激我，然后，快活地耸耸肩，“我相信，伦敦的哪家茶点店，一定有位姑娘辞职了。”

她冲我一笑，说和她的牙医约了时间，便扬扬得意地走了。这个消息与其说令人懊恼，不如说让我更感兴趣。那些日子，我的亲身体验不是很多，这件事，就像从书中读到的一样，让我倍感兴奋。我承认，我已经习惯生活中有这样的事情了，但当时，还是有点儿震惊。斯特里克兰肯定四十了，这样的年纪却陷入情场，简直让人作呕。我那时血气方刚，恃才放旷，认为一个男人陷入爱河而不使自己出丑，三十五岁是大限。这个消息，也让我有些不安，因为，在乡下我就写信给斯特里克兰夫人，告诉她我返程的日期，并且说，如果她不回信、没什么变化，那回来第二天，我去她家喝茶——就是我碰见沃特芙德的这一天。但我没有收到斯特里克兰夫人的信。她是要见我还是不见？很有可能，她心情烦乱，将我说的丢在了一边。也许，我不应该去。可话说回来，她也有可能想瞒着我，如果让她猜出我已知道了这件事，那就太草率了。我既怕伤害她的感情，又担心去了让她心烦，不禁左右为难。我感觉，她现在一定非常痛苦，我不愿意看别人痛苦，自己却无力分忧；但我又想去看看，斯特里克兰夫人的反应到底怎样，尽管自己心里觉得羞愧。唉，真不知道如何是好。

最后，我还是有了主意，我应该像什么事儿也不知道似的去她家，先让女仆进去通报，看斯特里克兰夫人是否方便。如果她不想见，就会打发我走。尽管如此，在我对女仆这般说时，还是很不好意思。我在幽暗的过道里等着回话，鼓足了勇气才没有溜走。女仆出来了。可能是我太激动，胡思乱想，从女仆的神色看，好像她也完全知道主人的家庭变故。

“请这边走，先生。”她说。

我跟着她进了客厅。百叶窗拉着，室内光线暗淡，斯特里克兰夫人背对窗户坐着。她的姐夫麦克安德鲁上校，站在一边，背对着没有烧旺的壁炉取暖。我来得真不是时候。我想，这一定让他们始料未及，斯特里克兰夫人，仅仅是因为忘了我们的约定，才未将我赶走。我还想，上校一定会大发雷霆。

“我不清楚，你是不是等着我来。”我说，装作若无其事的样子。

“当然。安妮就上茶来。”

即便房间里光线不足，我也看出，斯特里克兰夫人的脸哭肿了。她的面色，本来就不好，现在变成了土灰色。

“你还记得我姐夫吧？假日前，那次晚餐上你见过。”

我们握了握手。我觉得很难为情，不知该说什么，幸好斯特里克兰夫人救了我。她问我，暑期怎么过的，这样，我终于有话可说，直到茶上来。上校要了威士忌苏打。

“你最好也来一杯，艾米。”他说。

“不，我还是喝茶。”

这是最初的暗示：发生了不幸的事。我故意佯装不知，和斯特里克兰夫人随便聊着。上校依然站在壁炉前，一言不发。我不知道，什么时候告辞才好，也很奇怪，斯特里克兰夫人让我进来到底做什么。屋子里没有从前的鲜花，假期前的东西也没有重新摆上。一向舒适的房间显得冷冷清清，给人一种感觉，好像墙那边停放着死人似的。我喝光了茶。

“要抽烟吗？”斯特里克兰夫人问。

她四处看了看，要找烟盒，但没找到。

“恐怕没了。”

突然，她泪流满面，匆匆跑出了房间。

我吃了一惊。我想香烟是她丈夫的，现在一下找不到，这勾起了她的记忆，过去身边的东西突然没了，仿佛扎了她一刀。她意识到，过去的生活完了，结束了，昔日的荣光不可能再伪装。

“我看我该走了。”我起身，对上校说。

“我想，你已经知道那个浑蛋不要她了吧。”他的怒火顿时爆发。

我犹豫了。

“你知道，人们都爱说闲话，”我回答，“有人对我大概说了这事儿。”

“他跑了。和一个女人去巴黎了。丢下艾米，一分钱没留下。”

“非常抱歉。”我说，但不知该说什么。

上校端起威士忌，一饮而尽。他五十来岁，身材瘦高，留着胡须和白发。他的眼睛是浅蓝色的，嘴巴软弱无力。我记得上次见面，他就是这副蠢相，吹嘘说他离开军队以前，一周打三次马球，十年从未间断。

“我想，我不该打扰斯特里克兰夫人了，”我说，“很抱歉，你能告诉她吗？如果有什么要做，我愿意效劳。”

他没搭理我。

“我不知道她以后怎么过。还有孩子。难道让他们靠空气过活？十七年啊！”

“什么十七年？”

“结婚十七年，”他厉声说道，“我从来没喜欢过他。当然，他是我妹夫，我尽量做好。你认为他是绅士吗？她就不该嫁给他。”

“难道没有挽回的余地？”

“她只有一件事可做，就是和他离婚。你刚进来时我就这么对她说。‘把离婚申请递上去，亲爱的艾米，’我说，‘为了你，也为孩子。’最好别让我见到他。我会把他打个半死。”

我不禁想，麦克安德鲁上校这么做可能有困难，因为，印象

那时，我还不了解女人根深蒂固的恶习：与任何愿意倾听的人谈论自己的私事。

中斯特里克兰身强力壮，但我什么也没说。这确实痛苦：一个人受到凌辱，却没有力量进行报复。我正想着再向他告辞，这时斯特里克兰夫人又走进来了。她已擦干眼泪，在鼻子上扑了粉。

“真对不起，我实在忍不住，”她说，“很高兴你没走。”

她坐了下来。我还是不知道说什么，不太好意思谈和自己无关的事。那时，我还不了解女人根深蒂固的恶习：与任何愿意倾听的人谈论自己的私事。看上去，斯特里克兰夫人一直在努力控制自己。

“难道，人们都在说这件事？”她问。

我吓了一跳，我确实像其他人一样知道了她的家庭变故。

“我刚刚回来。只见过罗斯·沃特芙德一个人。”

斯特里克兰夫人紧紧攥着自己的手。

“告诉我，她究竟说了些什么。”我有些犹豫，她却坚持，“我特别想知道。”

“你知道别人议论的口气。这人靠不住，对吧？她说，你丈夫抛弃了你。”

“就这些？”

我没对她讲，罗斯·沃特芙德说的茶点店姑娘的话。我撒了谎。

“她没说他跟什么人一起走的？”

“没有。”

“我只想知道这个。”

我有些困惑，但无论如何，我该走了。当我和斯特里克兰夫人握手告别，我说，如果有什么需要帮忙，我乐意效劳。她勉强一笑。

“非常感谢。我不知道有谁能替我做什么。”

我不好表达我的同情，转身和上校说再见。上校没有和我握手。

“我也要走了。如果你从维多利亚街走，我和你顺路。”

“好，”我说，“那走吧。”

第九章

“真是可怕。”我们走在街上，他说。

看得出，他和我一起出来，就是为了和我继续谈论这件事——他和他小姨子已经谈了好几个小时。

“我们不清楚是哪个女人，你知道，”他说，“反正那个浑蛋跑巴黎去了。”

“我还以为，他们感情很好。”

“是啊。你进来之前，艾米还说，他们结婚这么多年，没吵过一次嘴。你了解艾米。世上再没有比她好的女人了。”

既然他把这些秘密和盘托出，那我不妨继续问问。

“你是说，她根本没起过疑心？”

“哪有。八月他和她还有孩子，在诺福克度假，和平日里没什么两样。我也去待了两三天，是和我妻子，我还和他打过高尔夫。九月，他回到城里，去替换他的合伙人。艾米依然待在乡下。他们在那儿的房子租了六个星期，快到期了，她给他写信，告诉他自己哪天回伦敦。可他是从巴黎回的信，说，已经决定不和她过了。”

“他怎样解释的？”

“没有解释，伙计。那封信我看了。寥寥数语，不到十行。”

“真是奇怪。”

说到这里，车来车往，打断了我们的谈话；我们正要穿过马路。麦克安德鲁说的这些，听起来难以置信，我怀疑斯特里克兰夫人一定有苦难言，有一些事瞒着他。很明显，一个人和妻子好好生活了十七年，都没离开，肯定有什么蹊跷。这也使她怀疑，两人的生活并不美满。我正想着，上校赶了上来。

“当然，除了说自己跟个女人跑了，他没办法解释这事儿。我想，他认为早晚她会自己搞明白。这家伙就是这样个人。”

“斯特里克兰夫人打算怎么办？”

“嗯，首先是找到证据。我要亲自去巴黎走一趟。”

“那他的生意呢？”

“这正是他的狡猾之处。一年来他的买卖越做越小。”

“他要走，对他的合伙人说了吗？”

“只字未提。”

麦克安德鲁上校对证券交易一知半解，我更是一窍不通，所以我不太清楚，斯特里克兰是在什么情况下退出了他的生意。我听说，他的合伙人气急败坏，扬言要告他。看来，要搞定这一切，他的腰包要少四五百英镑。

“幸好房子里的全部家当都在艾米名下。她至少还有这些。”

“刚才你说，他一分钱也没给她留下，是真的？”

“当然。她手头只有两三百英镑，和那些家具。”

“那她怎样生活？”

“天知道。”

事情变得更加复杂，上校怒火中烧，骂骂咧咧，颠三倒四，似乎并不是为了告诉我什么，只图发泄。谢天谢地，当他看到陆海军商店上面的大钟，忽然想起约好了要去俱乐部打牌。于是，他和我分手，穿过圣詹姆斯公园，自己走了。

第十章

没过一两天，斯特里克兰夫人给我捎来一张便条，问我晚餐后能否去看她。我发现她独自在家。她穿着黑色礼服，非常朴素，就仿佛丧失了亲人。我那时年少天真，感到非常惊讶：尽管她伤心至极，着装却依然遵循礼仪。

“你说过，要是我有事，你愿意帮忙。”她说。

“一点儿不错。”

“那你愿意去巴黎找查理[①]吗？”

“我？”

我吓了一跳。我想我只见过斯特里克兰一面，不明白她让我去干什么。

“弗雷德要去。”弗雷德就是麦克安德鲁上校。“但我觉得他不

① 查理 (Charlie)，查尔斯 (Charles) 的昵称。小说第十章、四十七章、五十八章中均出现。

合适。他只会把事情搞砸。真不知道该请谁去。”

她的声音有些颤抖，我觉得要是再不答应，就太残忍了。

“可我和你丈夫说过的话，连十句都不到。我们不熟。很有可能，他不理我，说，见鬼去吧。”

“那又伤不了你。”斯特里克兰夫人说着，笑了。

“你让我去，做些什么？”

她没有搭话。

“我觉着，他和你不熟，反而更好。你知道，他很不喜欢弗雷德。他觉得弗雷德是个笨蛋，不吃军人那一套。弗雷德会勃然大怒，他们会吵上一架，事情不但办不好，反而更糟。但如果你说，你是代表我去的，他不会拒绝和你谈谈。”

“我和你们刚认识不久，”我回答说，“除非知道整个情况，不然很难办。我不好打听和自己无关的事。为什么你不自己去找他呢？”

“你忘了，他不是一个人。”

我没说话。我仿佛看见，自己去拜访查尔斯·斯特里克兰，递上我的名片；他走进房间，用大拇指和食指捏着它——

“请问，有何贵干？”

“我来和你谈谈，你夫人的事。”

“是吧。如果你年纪再大点儿，肯定会懂得，不该多管闲事。如果你把头稍稍向左转，就会看到，那边有一扇门。再见！”

可以想见，走出来时，我是多么不体面。真希望晚回伦敦几天，等到斯特里克兰夫人处理好这事儿再回。我瞥了她一眼。她正陷入沉思，很快，又把头抬起来，叹口气，笑了下。

“真是意想不到，”她说，“我们结婚十七年了。做梦也想不到，查理居然这样，会迷上别的女人。我们感情一直很好。当然，我有许多兴趣爱好，他没有。”

“你知道是谁吗？”——我不知道该怎么讲——“那个人是谁，和他一起走的？”

“没有。好像谁都不是。太奇怪了。一般来说，男人如果爱上什么人，总会被发现，出去吃饭什么的。而妻子的朋友，总会把这些告诉她。没有人提醒我——什么也没有。他的信，仿佛晴天霹雳。我还以为，他和我一直过得很好呢。”

她哭了起来。可怜的人儿，我真为她难过。不一会儿，她又平静下来。

“不该让人家笑话我，”她擦了擦眼睛，说，“唯一要做的，是尽快决定怎么办。”

她继续说着，有些语无伦次；一会儿说刚发生不久的事，一会儿又说他们的初恋和婚姻。不过，这样一来，他们的生活，在我脑海里逐渐形成了一幅清晰的画面。原来，我过去的猜测，并没有错。斯特里克兰夫人，是一位印度文官的女儿；她的父亲退休后，在偏僻的英国乡下定居，每年八月会带全家到伊斯特本[①]换换空气；就是在那里，她认识了查尔斯·斯特里克兰。那年她二十岁，斯特里克兰二十三岁。他们一起出游，一起在海边散步，一起听黑人流浪歌手唱歌；在他正式求婚前的一个星期，她已决定要嫁给他。在伦敦，他们定居下来，刚开始住在汉普斯蒂德，后来生活好了，便搬到城里，生了两个孩子。

---

① 伊斯特本 (Eastbourne)，英国英格兰东南部港市。

“他好像很喜欢他们。即使对我厌倦了，但怎么能忍心抛弃孩子。真是不可思议。到现在我都不敢相信，这是真的。”

后来，她把他的信拿给我看。本来我很好奇，想知道，可一直不好意思问。

亲爱的艾米：

我想你会发现，家中一切，都安排好了。你吩咐安妮的事，我已转告，等你和孩子回到家，晚饭会为你们准备好。我不能接你们了。我已决定离开你，明早就去巴黎。这封信，我到了之后会寄出。我不会再回来了。去意已决。不容更改。

你永远的，

查尔斯·斯特里克兰

“没一句解释，没一丝愧疚。这还是人吗？”

“这样来看，确实很奇怪。”我回答。

“只有一种解释，他真的变了。我不知道，是哪个女人控制了他，把他变成了另一个人。很明显，已经很长时间了。”

“为什么这么说？”

“弗雷德发现的。我丈夫总是说，每星期他去俱乐部打三四个晚上的桥牌。弗雷德认识那个俱乐部的一个会员，有一次，和他说起查尔斯打牌的事。这个人非常惊讶，他说，他从未在那儿见过查尔斯。很明显，我以为他在俱乐部，实际上，他是在和那个女人鬼混。”

我沉默良久。又想起他们的孩子。

“这事很难向罗伯特解释。”我说。

“哦，我对他们只字未提。你知道，我们返程的第二天他们就回学校了。我还算沉着，告诉他们父亲出差了。”

心里藏着如此意外的秘密，却能装作漫不经心，若无其事，很不容易；还得集中精力，打点孩子们上学，真是煞费苦心。斯特里克兰夫人又哽咽了。

“他们以后可怎么办啊，可怜的宝贝？我们怎么活啊？”

她尽力控制自己，我看到她的手一会儿紧攥，一会儿松开，这种痛苦太可怕了。

“如果你觉得我能办妥，我可以去巴黎，但你要告诉我，让我去干什么。”

“我想让他回来。”

“我听麦克安德鲁上校说，你决定和他离婚。”

“我永远也不会和他离婚，”她突然恶狠狠地说，“把我的话告诉他，他永远也别想和那个女人结婚。我和他一样，非常固执，我永远也不和他离婚。我要为孩子着想。”

我想，她最后说的，是为了向我表明她的态度，但我认为，这是出于嫉妒，而非母爱。

“你还爱他吗？”

“不知道。我要他回来。如果回来，可以既往不咎。毕竟，我们做了十七年的夫妻。我是一个宽宏大量的女人。不会介意他做了什么，只要我不知道。他应该清楚，这种迷恋长不了。如果他现在就回来，一切都可以敷衍过去，谁也不会知道。”

斯特里克兰夫人对流言蜚语这般在意，让我有些心寒，因为，当时我还不明白，他人的意见，对女人的生活，关系如此重大。我认为这种态度，会在她们深切的情感上，投下不真诚的阴影。

斯特里克兰住的地方，家里人知道。他的合伙人曾通过斯特里克兰存款的银行，给他写过一封措辞严厉的信，责骂他销声匿迹；斯特里克兰在回信中冷嘲热讽，说在哪儿可以找到他。他显然住在一家旅馆。

“我没听说过这地方，”斯特里克兰夫人说，“但弗雷德非常熟悉。他说，这家很贵。”

她的脸涨得通红。我猜，她仿佛看见丈夫住在豪华的房间里，在一家家高档的餐厅吃饭。她想象他过着花天酒地的生活，天天去赌马，夜夜逛剧场。

“像他这样的年龄，不能老这样，”她说，“毕竟，四十岁的人了。如果是一个年轻人，倒可以理解，可这年纪，就太可怕了，孩子都快长大了。再说，他的身体也吃不消。”

愤怒与痛苦，在她胸中搏斗。

“告诉他，他的家在召唤他。家里什么都没变，但也都变了。没有他，我活不下去。我宁愿自杀。和他谈谈从前，谈谈我们的往事。如果孩子们问起，我该对他们怎么说？他的房间还跟他走之前一模一样。他的房间在等他。我们都在等他。”

我去巴黎说什么，她都教我了。甚至，他可能问什么，我应该答什么，她也一一说了。

“你会为我尽力办好这件事，对吧？”她可怜兮兮地说，“告诉他，我现在的状况。”

看得出，她希望我使出浑身解数，博取他的同情。她哭个不停。我难过极了。斯特里克兰的冷酷、残忍，让我非常气愤；我答应一定尽我所能，带他回来；再过一天我就起程，不把事情办妥，决不回来。这时，天色已晚，我们说得激动，都已筋疲力尽。我起身离开。

第十一章

旅途中，我对自己巴黎之行的使命，疑虑重重。现在，我已看不到斯特里克兰夫人痛苦的模样，可以更从容地考虑这件事。我发觉，她的行为有些矛盾，这让我疑惑不解。她很不幸，但为了引起我的同情，她向我表演她的不幸。显而易见，她准备大哭一场，因此准备了好多条手帕；我很钦佩她的深谋远虑，可现在回想起来，她眼泪的分量变轻了。我说不准，她让丈夫回来，是因为爱他，还是怕招人议论；我也怀疑，爱的痛楚是否掺杂着虚荣心受伤的痛苦，这对我年轻的心灵来说，简直龌龊。我那时还不懂得，人性有多矛盾；我不知道，真诚中有多少虚伪，高尚中有多少卑鄙，或者，邪恶中有多少善良。

但是，我的巴黎之行本来就有些冒险，当我离目的地越近，情绪也越高涨。我也反观自己，就像在演戏，我对自己的角色非常满意：一个值得信赖的朋友，要把误入歧途的丈夫，带回给宽宏大量的妻子。我决定，第二天晚上去找斯特里克兰，因为本能驱使我精心挑选了这一时间。在饭前想说服一个人，几乎不可能。我自己就常常憧憬爱情，但只有在茶余饭后，才有力气幻想美满生活。

我在我住的旅馆打听查尔斯·斯特里克兰的住处。那里叫比利时旅馆。但出乎意料，门房说没听过。我听斯特里克兰夫人说过，这家旅馆很大，很豪华，在里沃利大街后边。我们在旅馆名录中找。叫这个名字的旅馆只有一家，在摩纳街[①]。它既不时尚，也不是有钱人住的地方。我摇摇头。

“肯定不是这家。”我说。

门房耸了耸肩。巴黎再没叫这名字的旅馆了。我想，斯特里克兰隐瞒了自己的住址。他给合伙人的那个，也许是在捉弄他。我不知道，这是不是显示了斯特里克兰的幽默感，他把一个怒不可遏的证券交易人，骗到巴黎一条下三烂的街道，臭名远扬的房间，让他白跑一趟。不过，我觉得，还是去看看。第二天六点左右，我叫了辆马车，到了摩纳街。我在街角下了车，想走到旅馆，在外面看看再进去。这条街的两边，都是为穷人开的小店，走进去一半儿，路左边就是比利时旅馆。我住的旅馆很一般，但和这家相比，气派多了。这是栋高楼，破旧不堪，多年没有翻修过，可两边的房子整洁干净。旅馆脏兮兮的窗户，全都关着。查尔斯·斯特里克兰显然不会找这么个地方，和那位让他抛弃了荣誉和责任的美女在此寻欢作乐。我非常恼火，觉得自己被耍了，差点儿问都不问，就想扭头走人。之所以进去，不过是为了向斯特里克兰夫人有个交代，我仁至义尽了。

---

① 摩纳街 (Rue Des Moines)，巴黎第 17 区，议会宫 – 凯旋门地区。

旅馆在一家商店旁边。门开着，一进去有块牌子：请上二楼。沿着狭窄的楼梯走上去，我看到一间用玻璃隔起来的小房子，里面有一张办公桌，几把椅子。房子外面，有一条长凳，可能是给门房晚上睡觉用的。四下无人，但我在一个电铃按钮下看到两个字：接待。我摁了一下，很快侍者来了。这是一个年轻人，贼眉鼠眼，满脸愠怒，穿着拖鞋和短袖。

我不知道，为什么自己问起话来，要故意装作漫不经心。

"斯特里克兰先生住这儿吧？"我问。

"三十二号，六楼。"

我大吃一惊，一时说不出话来。

"他在吗？"

侍者看了看小房子里的一块木板。

"他的钥匙不在这儿。自己上去看吧。"

我想，不妨再投石问路。

"夫人在吗？"

"只有先生。"

上楼梯时，侍者一直用怀疑的目光打量我。楼梯昏暗不堪，污浊的气味扑鼻而来。走到三楼，一扇门开了，一个女人穿着睡衣、披头散发，默默地看着我。终于，走到六楼，我敲了敲三十二号房门。屋子里响动了一下，门打开了一条缝。查尔斯·斯特里克兰出现在我面前。他一言不发，分明没认出我来。

我自报家门，尽量显出非常轻松的样子。

"你不记得我了？去年七月我在你家吃过饭。"

"进来吧，"他愉快地说，"很高兴见到你。坐吧。"

我走了进去。这是一个很小的房间，被几件所谓法国路易·菲利浦式样的家具挤满了。一张大木床，上面堆着鼓囊囊的大红鸭绒被，一个大衣柜，一张圆桌，一个很小的脸盆架，两把软座椅子，裹着红色棱形平纹布。一切都又脏又旧。麦克安德鲁上校煞有介事描述的那种浪荡浮华，连个影子也没有。斯特里克兰把椅子上胡乱堆放的衣服扔到地上，让我坐下。

“有什么事吗？”他问。

在这个小房间里，他显得比我印象中的更加高大。他穿着一件破旧的诺福克夹克[①]，胡子拉碴，好多天没刮。我上次见他，他整洁一新，可看上去并不自在；现在，他这般邋遢，却神态自若。我不知道，他听了我要讲的一番话后，会作何反应。

“我是代你妻子来看你的。”

“晚餐前我要出去喝一杯。来得正好。喜欢苦艾酒吗？”

“还可以。”

“那走吧。”

他戴上圆顶礼帽——这个也早该洗洗了。

“我们可以一起吃饭。你还欠我一顿饭呢。”

“当然。就你一个人吗？”

我真是聪明，这么重要的问题，我居然能问得不着痕迹。

“哦，是的。说真的，我已经三天没有说话了。我的法文不够地道。”

---

① 诺福克夹克 (Norfolk jacket)，一种衣长齐臀，宽松舒适，带腰带的单排扣外套，通常以格子呢制成。

当我走在前面，下了楼梯，我想起茶点店的那位姑娘来，不知道她怎样了。是他们吵架分手了，还是他的热乎劲儿已经过了？看起来，似乎不大可能：他谋划了一年，就是为了让自己陷入绝境。

我们走到克里希林荫路，在一家大咖啡馆露天的桌子中找了一张，坐了下来。

第十二章

这会儿，正是克里希林荫路人头攒动的时刻，只要想象丰富，就能在来来往往的行人中，发现许多庸俗贪婪的浪漫。小职员、女售货员，仿佛是从巴尔扎克笔下走出的老式人物，凭借人性的弱点赚钱的各色男女。在巴黎的一些贫民区，街道上总是熙熙攘攘，充满勃勃生机，让人血脉偾张，灵魂随时静等着出人意料的事情发生。

“巴黎你熟吗？”我问。

“不熟。我们度蜜月时来过。我自己从未来过。”

“那你怎么找到这家旅馆的？”

“别人介绍。我要便宜点儿的。”

苦艾酒上来了，我们一本正经，把水浇在溶化的糖块上。

“我想，我还是说说，为什么来找你吧。”我开门见山，却不无尴尬。

他眨了眨眼睛。

“我知道，早晚会有人来的。艾米给我写了很多封信。”

“那我要讲什么，不说你也清楚。”

“那些信，我都没看。”

我点燃一根烟，好给自己一点思考的时间。可这时，却不知该怎么完成使命了。一路上想好的雄辩措辞，或愤怒，或委婉，在克里希林荫路一下失灵了。突然，他咯咯地笑了起来。

“真是可恶的差事，对吧？”

“哦，不知道。”我回答。

“那好，听我的，都忘了吧，这样，我们就可以好好玩一个晚上。”

我有些迟疑。

“你想过没有，你的妻子非常难过？”

“她会想通的。”

他说话的冷漠神情，简直难以形容。这让我很难堪，只能尽力掩饰。我学我叔叔亨利的腔调说话；他是位牧师，平常请亲戚给候补助理牧师协会捐款，就是这种口气。

“你不介意我直来直去吧？”

他摇摇头，笑了。

“你这样对她，应该吗？”

“不应该。”

“她有什么不好？”

“没有。”

“那你们结婚十七年，你又挑不出她什么毛病，这样抛弃她，不感觉荒唐吗？”

“荒唐极了。”

我感到吃惊，瞥了他一眼。无论我讲什么，他都满口应承，这就没辙了。我的处境，忽然变得非常复杂，更别提有多可笑了。本来，我想说服他，打动他，劝导他，警告他，晓之以理，必要时，还会斥责他，咒骂他，挖苦他；但是，当罪人对自己的罪行供认不讳，劝导的人又能如何？在这一点上，我没有经验，因为，换我自己做了错事，总是矢口否认。

“还有什么要说的？”斯特里克兰说。

我撇了撇嘴。

“嗯，你都承认了，好像就是没什么可说。”

“我想是吧。”

我感觉出师不利，有些恼火。

“岂有此理，总不能一分钱不给，就把女人蹬了吧。”

“为什么不能？”

“她怎么生活？”

“我已经养活了她十七年。为什么不能变一变，自己养活自己？”

“她不行。”

“让她试试。”

当然，有许多道理我可以讲。我可以谈妇女的经济地位，谈男人婚后心照不宣或显而易见应尽的义务，很多很多，诸如此类；但我认为只有一点，是重要的。

“难道，你不爱她了？”

“一点儿都不爱了。”他回答。

这个问题，对我们双方来说，都很严重，可他的回答显得轻描淡写，厚颜无耻；为了使自己不笑出来，我拼命咬住嘴唇。我一再提醒自己，他的行为极其可恶。我绞尽脑汁，终于让自己变得义愤填膺。

“他妈的，你得想想孩子。他们可没做对不起你的事。他们不是自己要来这个世界的。像你这样不管不顾，他们肯定会流落街头的。”

“他们已经好好生活了很多年。大多数孩子没这么舒坦。再说，总有人养活他们。必要时，麦克安德鲁夫妇可以供他们上学。”

“可是，你难道不喜欢他们吗？多可爱的两个孩子啊。你的意思是，你不想再为他们承担任何责任吗？”

“他们小的时候我确实喜欢，现在长大了，没什么好牵挂的。”

“简直太没人性了。”

“我看也是。”

“真不害臊。”

“是不害臊。”

我想改变一下策略。

“谁都会认为，你是个十足的蠢货。”

“随他们怎么说。”

“所有的人都讨厌你、鄙视你，你也无所谓吗？”

“无所谓。”

他的回答简短、轻蔑，让我的问题显得非常荒谬，尽管它们似乎很有道理。我思量了一两分钟。

“我怀疑，假如一个人知道自己的亲朋好友都反对自己，他还能不能心安理得？你真的就无动于衷？是人都有良知，早晚你会反悔的。即使你的妻子死了，你也不后悔？”

他没有说话。我等了一会儿，想让他开口。最后，还是我自己先打破了沉默。

“你有什么要说的？”

“我只想说一句：你是个十足的蠢货。”

“无论如何，法律会让你抚养你的妻子儿女，”我有些生气地说，“我想法律会为他们提供保护。”

“法律能从石头里榨出油来吗？我没钱，就一百英镑。”

我更加困惑了。当然，他住那么低廉的旅馆，经济状况可想而知。

“钱花完了怎么办？”

“再去挣点儿。”

他非常冷静，眼睛里始终充满嘲讽，仿佛我说的一切都是蠢话。我停了一会儿，考虑接下来说什么。但这次，他先开口了。

“为什么艾米不能再嫁人呢？她还年轻，也算漂亮。我可以推荐一下：她是位贤妻。如果她想和我离婚，我完全可以顺着她，依着她。”

现在，轮到我发笑了。他很狡猾，不过，显然是有目的。出于某种原因，他必须隐瞒自己和一个女人私奔，闭口不提她的行踪。于是我也变得斩钉截铁。

“你妻子说，不管你怎样，她也不和你离婚。她打定主意了。我劝你，还是死了这条心吧！”

他非常惊讶地看着我，显然不是在装假。笑容从他的嘴角消失了，他很认真地说：

“但是，亲爱的朋友，我才不管她怎样呢。她离也好，不离也好，我都无所谓。”

我笑了起来。

“哦，算了吧！别把我们当傻瓜。碰巧我们知道，你是和一个女人一起来的。”

他愣了一下，随即哈哈大笑。笑得那么响，旁边的人都好奇地转过头来，甚至有人跟着笑起来。

“这没什么好笑。”

“可怜的艾米。”他还在笑，龇牙咧嘴地说。

然后，又满脸不屑的样子。

“女人的脑子真可怜！爱。就知道爱。她们以为，男人离她而去，是因为有了别人。你觉得我是这样的傻瓜吗，把为一个女人做过的事，再做一遍？”

“你是说，你离开妻子，不是因为另一个女人？”

“当然不是。”

“你敢发誓？”

我不知道，为什么自己要这样讲。真是幼稚。

“我发誓。”

“那么，上帝作证，你究竟为什么离开她？”

“我想画画。”

我直直地盯着他。我不明白。我想他疯了。读者务必记住，我这时还很年轻，面前坐着的，是一个中年人；而我惊诧不已，什么都忘了。

“可你已经四十岁了。”

“正因为这个才想。再不开始就晚了。”

“你过去画过画吗？”

“小时候我很想当个画家，可父亲叫我去做生意，他说，学艺术，没前途。一年前我开始画一点儿。去年我一直在上夜校。”

“斯特里克兰夫人以为你在俱乐部打桥牌，其实都是在夜校？”

“对。”

“你为什么不告诉她？”

“我觉得，还是不知道的好。”

“你会画了吗？”

“还不行。但会学会的。正因为这个，我才来巴黎。在伦敦，我得不到我想要的东西。这里也许可以。”

“你认为，像你这么大年龄学画，可以吗？大多数人都是十八岁开始。”

“如果十八岁学，肯定比现在快些。”

“你怎么觉得自己有绘画的才能？”

他没有马上回答我的问题。目光停在过往的人群上，但我觉得他什么也没看见。就是回答了，也跟没回答一样。

“我必须画画。”

“这样做，是不是在碰运气？”

他望着我，眼睛里有一种奇怪的神色，让我感到很不爽。

“你多大了？二十三岁？”

我觉得他跑题了。像我这样的青年人碰碰运气，再自然不过；但是，他的青春早已不在，有孩子有老婆，是一个体面的证券经纪人。于我自然的东西，于他却显得荒谬。但我还是想尽量公平。

“当然，奇迹也许出现，你会成为大画家。但必须承认，这种可能，微乎其微。如果最终你不得不承认全搞砸了，可就追悔莫及了。”

“我必须画画。”他又重复了一遍。

“要是顶多你只能当个三流画家，是不是还要孤注一掷？不管怎样，如果是其他行业，你才华平平，关系不大，可以得过且过；但是，当一个艺术家，完全不同。”

“你他妈真是个傻瓜。”他说。

“我不知道你为什么这么说，除非我言过其实。”

“我告诉你，我必须画画。我身不由己。一个人掉进水里，他游泳游得好不好没关系，反正他得挣扎，不然就得淹死。”

他的声音富有激情，我不由自主地被打动了。我感觉在他体内，仿佛有一股猛烈的力量奋力挣扎；这股力量强大无比，压倒一切，好像违背他自己的意志，将他紧紧地攫住。我无法理解。他似乎真的被魔鬼附体了，很可能，突然就会被撕得粉碎。但表面看，他却再普通不过。我的目光，好奇地落在他身上，他却毫不紧张。我不知道，一个陌生人会怎样看他：他坐在那里，穿着破旧的诺福克夹克，戴着早该换洗的圆顶礼帽；他的裤子松松垮垮，他的手指未修干净；他的脸胡子拉碴，一双小眼睛，高高撅起的大鼻头，显得既笨拙又粗俗；他的嘴很大，嘴唇很厚，给人一种耽于色欲的感觉。唉！我不知道该怎么评判他。

“你不打算回妻子身边了？”最后我开口说。

“死也不回。”

“可她愿意不计前嫌，从头来过。她不会说你的。”

“让她见鬼去吧。”

一个人掉进水里，他游泳游得好不好没关系，反正他得挣扎，不然就得淹死。

“你不在乎别人把你当成彻头彻尾的坏蛋吗？你不在乎妻子儿女去讨饭吗？”

“毫不在乎。”

我沉默了片刻。为了让自己的话显得有分量，我故意把 个个字咬得真真切切：

“你真是个不折不扣的浑蛋！”

“心里话终于说出来了，好，我们去吃饭吧。”

第十三章

也许，我拒绝他的邀请比较合适。我想，如果我回去向他们汇报，应该把自己真实的气愤表演一番，我怎样一口拒绝了和这种人共进晚餐，至少麦克安德鲁上校会记我的好。但是，我总担心，一直这么道貌岸然地演下去，我演不好，也会害臊；而且，这对斯特里克兰不起作用，这样，我便更难开口推辞。只有诗人和圣贤才会相信，在柏油马路上辛勤浇灌，能培育出百合花来。

我付了酒钱，和他走到一家廉价的小餐馆，这里拥挤热闹，我们大吃起来。我是因为年轻，胃口好，他则由于良心麻木。然后，我们进了一家酒馆，喝咖啡和利口酒[①]。

关于巴黎之行，我要说的话已全部说尽，虽然没有继续调查，

---

① 利口酒 (liqueurs)，餐后甜酒，由法文 Liqueur 音译而来，它是以蒸馏酒（白兰地，威士忌，朗姆酒，金酒，伏特加）为基酒配加各种调香物品，并经过甜化处理的酒精饮料。

这对斯特里克兰夫人来说是背叛，但我实在无法和斯特里克兰的冷漠相抗衡。只有女人才会反反复复做同一件事，而且热情不减。而我安慰自己，尽量了解斯特里克兰的内心是有用的。我对这一点其实更感兴趣。但这并非易事，因为斯特里克兰不是一个能说会道的人。他讲起话来很困难，仿佛语言根本不是用来表达自我的工具；所以，你必须通过那些陈词滥调、粗俗俚语以及模糊不清的手势，来猜测他内心的意图。尽管他说不出什么高深的话来，但他性格中的某种东西，却让他显得不那么乏味。也许，是因为真诚。他似乎对首次见到的巴黎（不算他和妻子度蜜月的那次）并不在意，对那些异常新奇的景象，毫不诧异。我来巴黎上百次了，每次都兴奋不已，走在巴黎的街头，始终感觉随时都会有惊险或奇遇。斯特里克兰却不为所动。现在想来，我认为他什么也看不到，他看到的，只是一些让他灵魂不安的幻景。

这时，发生了件荒唐的事。小酒馆里有几个妓女，有的和男人坐在一起，有的独自坐着；不一会儿，我就注意到，有一个瞄着我们。当她的目光撞上斯特里克兰的目光，她笑了。但我想他并没有看见她。不一会儿她出去了，很快又回来，经过我们身边时，她很有礼貌地请我们给她买喝的。她坐下，我和她聊起来，但她的目标显然是斯特里克兰。我向她解释，他只懂几个法文单词。但她还是要和他说话，一半儿手势，一半儿外国人说的那种好像更容易让人懂的蹩脚法语，还有几句英语。有的话只能用法语讲，她就让我帮她翻译，然后眼巴巴地问我，他说的什么意思。他的脾气不错，甚至觉得事情好笑，但他对她没半点儿意思。

“我想你征服人家了。”我笑了起来。

“我才不愿意被奉承呢。”

如果换了我，我会感到尴尬，也不可能坐怀不乱。这个女人长着一双笑眼，迷人的嘴巴。她很年轻。我感到奇怪，斯特里克兰有什么吸引她。她放得很开，什么都说，我继续翻译。

“她想让你带她回家。”

“我不需要任何女人。”他回答。

我尽量把他的话翻译得委婉；我觉得拒绝这种邀请并不礼貌。我说，他是因为没钱才拒绝的。

“可我喜欢他，”她说，“告诉他，是为了爱。”

当我把她的话翻译过来，斯特里克兰很不耐烦地耸了耸肩。

“告诉她，让她死去吧。”他说。

他的态度十分清楚地表明了他的意思，女孩儿猛地把头往后一扬。也许她脂粉下的脸也红了。她站了起来。

“这位先生真不懂礼貌。”她说。

她走出了酒馆。我有些气恼。

“有必要这样侮辱她吗？”我说，“不管怎样，她这样做，是看得起你。”

“这种事情，叫我恶心。”他粗暴地说。

我好奇地看着他。他的脸上确实是厌恶的神情，但这却是一张尽显粗鄙、肉欲的脸。我猜，那个女孩儿一定是被他的这种野蛮吸引了。

“我在伦敦什么样儿的女人没见过。来巴黎不是为了这个。”

第十四章

在回伦敦的途中，关于斯特里克兰，我想了很多。我该怎么对他妻子讲，得理出一个头绪来。事情办得不尽如人意，我想象得出，她不会对我满意，连我自己都不满意。斯特里克兰让我迷惑。我不明白他的动机。当我问他，是什么让他萌生了学画的念头，他说不清楚，或者不愿说。我不得而知。我试着这样解释：在他乏味的心灵中，渐渐产生了一种模糊的反叛意识；但是，一个不容置疑的事实，却推翻了上述解释：他对自己过去的单调生活从未流露出厌烦之情。如果只是无法忍受无聊的生活，才立志当一名画家，进而挣脱沉闷生活的枷锁，这可以理解，也很平常；但问题在于，我觉得他并非如此。最后，因为我的浪漫，我想出了一种解释，尽管显得牵强，却是唯一让我感到满意的解释。这就是：在他的灵魂中，也许有着深层的创作本能，尽管他的生活遮蔽了它，它却无情地疯长，像癌症一样扩大到细胞组织，直至占据了他整个人，使他无法抗拒，必须采取行动。杜鹃把蛋下在别的鸟窝里，当雏鸟孵出，它就会把人家的孩子从窝里挤出去，最后，还把窝掀翻。

但是，多么奇怪，这种创作的本能，居然会抓住这个迟钝的证券经纪人，让他身败名裂，也让依赖他生活的家人可能陷入不幸；不过，比起上帝的旨意让人臣服来，倒也不足为奇，这些人有钱有势，上帝对他们紧追不舍，直到最终将他们征服，让他们放弃世俗之情、男欢女爱，甘心到寺院中过凄苦清净的生活。皈依，有时以不同的形态出现，也可以通过不同的方式实现。有些人，是激变，仿佛愤怒的激流把石块瞬间化作齑粉；另一些人，则是渐变，好比日积月累，水滴石穿。斯特里克兰，有着盲信者的直接和使徒般的狂热。

但以我务实的眼光来看，他的激情，能否创作出有价值的作品，还有待观察。我当时问他，在伦敦夜校学画的同学怎么看他的画，他笑了笑说：

“他们觉得，我是瞎胡闹。”

“那你在这边也去学画了吗？”

“去了。今天早上那个笨蛋还来过呢——我是说那个老师，你知道；他看了我的画，眉头一皱，一言不发就走了。”

斯特里克兰咯咯地笑起来。他似乎并不灰心。别人的意见对他毫无影响。

在和斯特里克兰的来往中，正是这一点使我不安。有人也说他们不在乎别人对自己的看法，但这多半是自欺欺人。一般而言，他们能够自行其是，是因为别人看不出他们的怪异想法，最多因为三五知己的支持，他们才敢一意孤行。如果一个人的离经叛道切合他所在阶层的行事作风，那他在世人面前违反常规倒也不难。这会让他扬扬得意。既标榜了自己的勇敢，又不用担风险。但是，想让别人认可，这或许是文明人最根深蒂固的本能。一个标新立异的女人，一旦冒犯了礼仪，招惹了明枪暗箭的非议，没谁比她跑得更快，去寻求体面的庇护。那些告诉我，自己毫不在乎别人看法的人，我绝不相信。这只不过是无知，虚张声势。他们的意思仅仅是：他们不怕别人非议，因为他们确信没有人会发现。

但是，这里真有一个不在乎别人看法的人，传统对他无可奈何。他就像是一个身上抹油的摔跤手，你根本抓不住他；这就给了他自由，让你火冒三丈。我还记得，我对他说：

“你看，如果每个人都像你这样，地球就不转了。”

“真是蠢话。不是每个人都会像我这样。大多数人，平平淡淡，知足常乐。”

有一次，我想挖苦他。

“有一句格言，你肯定不相信：凡人一举一动，必是社会准则。”

“没听过，纯粹瞎扯。”

“嗯，这是康德说的。”

“随你，反正是瞎扯。”

就是这么个人，你指望他良心发现，根本没用。这就像不用镜子，却想照出自己一样。我认为，良心，是心灵的守门人，社会要向前发展，就必然制定一套规矩礼仪。它是我们心中的警察，它就在那儿，监视着我们，不能违反。它是自我中心的间谍。人们想让别人认可自己的欲望如此强烈，害怕别人指责自己的恐惧如此剧烈，结果适得其反，引狼入室；而它就在那里监视，高度警惕，保卫着主人的利益，一旦这个人有了半点儿脱离集体的想法，马上就会受到它的斥责。它逼迫每一个人，把社会利益置于个人之上。它把每个人，牢牢系于整体之上。而人，总会说服自己，相信某种集体利益大于个人，结果沦为这个主子的奴隶。他将自己放在荣誉的宝座上。正如弄臣奉迎皇帝按在他肩头的御杖一样，最后，他也为自己有着敏锐的良心而倍感骄傲。于是，对那些违背良心的人，他会觉得，可以任由其责骂，因为，他已是集体的一员，他很清楚，已经没有什么能反对他了。当我看到，斯特里克兰对良心的谴责无动于衷，我就像碰见了一个可怖的怪物，吓得毛骨悚然，只能仓皇退缩。

那晚，在我向他告别时，他最后对我说的话是：

“告诉艾米，来找我没用。总之，我要搬走了，她找不到的。”

“我感觉，她摆脱你挺好的。”我说。

“伙计，我就希望你能让她看清这一点。可惜，女人都很蠢。”

第十五章

当我回到伦敦，一封急信已在等我，叫我晚饭后就去斯特里克兰夫人家。麦克安德鲁上校和他夫人，早都到了。斯特里克兰夫人的姐姐，比她大几岁，样子和她差不多，只是更老些；她显得精明强干，仿佛整个大英帝国都揣在她的口袋里；这些高级官员的太太，深知自己身份尊贵，所以总这般神气。她神情活跃，她的教养几乎无法隐藏她的信念：如果不是军人，你连一个站柜台的都不如。她讨厌近卫队，认为他们太自负；她不屑谈论这些官员的老婆，认为她们缺乏礼数。她衣着俗气，但价钱昂贵。

斯特里克兰夫人显得十分紧张。

“好，快说说你带回来的消息吧。”她说。

“我见到你丈夫了。恐怕，他已打定主意，不回来了。”我停了一会儿，“他想画画。”

“你说什么？！”斯特里克兰夫人大叫起来，惊讶极了。

“难道你根本不知道他喜欢画画？”

“简直是精神错乱了。”上校大喊道。

斯特里克兰夫人皱了皱眉头，苦苦地在记忆中搜索。

“我记得结婚前，他经常带着个颜料盒儿四处游荡。但是，他真画得不怎么样。我们常常取笑他。这种事，他绝对没什么天赋。”

“当然，这只是借口。”麦克安德鲁夫人说。

斯特里克兰夫人又仔细想了一会儿。很清楚，她对我带回来的消息难以理解。现在，她已把客厅稍稍收拾了一番，家庭主妇的本能战胜了沮丧，这里，不像出事后我第一次看到的那样冷冷清清，仿佛是带家具的出租屋；但是，在我和斯特里克兰巴黎会面之后，却很难想象，他是这种环境里的人了。我觉得，他们也不会没有察觉，斯特里克兰和这里，已经没多大关系了。

“可是，如果他想当画家，为什么不告诉我呢？”后来，斯特里克兰夫人问，“我想，对于这种抱负——我是不会不支持的。”

麦克安德鲁夫人咬紧了嘴唇。我猜，她妹妹喜好结交文人雅士的嗜好，她从来都不赞成。一说到“文艺”这个词，她就用冷嘲热讽的口气。

斯特里克兰夫人继续说：

“不管怎样，如果他有天赋，我会第一个支持。我不介意牺牲自己。相比证券经纪人，我更愿意嫁给一个画家。要不是为了孩子，我什么都不在乎。住在切尔西一间破旧的画室里，会和住在这里一样快乐。”

“亲爱的，我可真要生你的气了，”麦克安德鲁夫人叫喊起来，“照你的意思，这些鬼话你信了？”

“可这是实情。”我温和地说。

她没好气地瞪了我一眼。

“一个四十岁的男人，是不会抛弃工作、抛弃妻子儿女去当画家的，除非是因为女人。我猜他一定是遇见了你的——文艺界朋友，被她搞得晕头转向。”

斯特里克兰夫人苍白的面颊突然泛起红晕。

“她是怎样一个人？”

我没有立刻回答。我带给他们的，是一枚重磅炸弹。

“没有女人。”

麦克安德鲁上校和他妻子难以置信地喊叫起来；斯特里克兰夫人从椅子上跳了起来。

“你的意思是，你根本没看到她？”

“没有女人，看谁呢。就他一个人。”

“简直太荒唐了。”麦克安德鲁夫人大喊道。

“我早就知道，我得亲自走一趟，”上校说，“我敢跟你们打赌，我肯定立马把她找出来。”

“我也希望你亲自去，”我很不客气地回答，“你就会看到，你猜得一点儿都不对。他并没有住高级旅馆，而是寒酸的小房间。离家出走，不是去过放荡的生活。他也没多少钱。”

“你想，他会不会做了什么不可告人的事，怕警察找麻烦，所以躲了起来？”

这个提醒在每个人心头闪过一线希望，但我认为，这纯粹是胡扯。

“要是这样，那他也不会傻到，把自己的住址告诉合伙人。”我尖刻地说，“反正，有件事我敢保证，他没有和谁一起走。没有爱上谁。他脑子里这种想法一点儿也没有。”

片刻间他们沉默了，都在思量我的话。

“好吧，如果你说的是真的，”终于，麦克安德鲁夫人开口说，“事情倒没我想的那么糟。”

斯特里克兰夫人瞥了她一眼，没有说话。

她的脸色变得异常苍白，清秀的眉毛显得很黑，低垂下来。我不懂她这种神情。麦克安德鲁夫人继续说：

“如果只是心血来潮，他会收心的。”

“为什么你不去找他啊，艾米？”上校出了个主意，“你完全可以和他在巴黎住一年。孩子我们来照看。我敢说，他很快就会厌倦。早晚会回伦敦来的。事情都会过去的。”

“要是我，才不那么做呢，”麦克安德鲁夫人说，“他爱怎样就怎样。总有一天，他会夹着尾巴回来，舒舒服服过日子的。”说到这儿，麦克安德鲁夫人冷冷地看了妹妹一眼，“你和他一起生活，有些时候也许太不聪明了。男人都是怪物，你应该懂得管住他们。”

麦克安德鲁夫人和大多数女性的见解相同：男人抛弃深爱他的女人，永远是畜生，但是，如果他真这样做了，女人的过错其实更多。感情自有其理，理性难以知晓[①]。

斯特里克兰夫人的目光，茫然地从一个人脸上移到另一个人脸上。

---

① 感情自有其理，理性难以知晓（Le cœur a ses raisons que la raison ne connaît point），法文，法国思想家帕斯卡语。旧译“感情有理智所根本不能理解的理由”。

“他永远也不回来了。”她说。

“哦，亲爱的，你要记住，刚才不说了嘛。他已经过惯了衣来伸手的舒坦日子。那么穷酸的旅馆，那么破烂的房间，你想他能待多久？再说，他没多少钱。一定会回来的。”

“只要他是和女人跑的，就还有可能回来。我不相信什么是绝对的。三个月，他就烦死她了。但如果，他不是因为恋爱跑的，那一切都完了。”

“唉，我想你说的这些太玄了。”上校说。对于这种人性，他的职业习性不能理解，所以用“玄”来表达他全部的蔑视：“别听她的。他会回来的，而且像多萝西说的，让他在外头胡闹一阵儿，不会怎么样的。”

“但是，我不想让他回来了。”她说。

“艾米！”

一阵狂怒紧紧攫住了斯特里克兰夫人，她的脸色骤然煞白，有气无力。现在，她语速更快，有点气喘。

“如果他疯狂地爱上了别人，跟她跑了，我可以原谅。我想倒算正常。我也不会太责怪，因为他是被骗走的。男人心肠太软，女人肆无忌惮。但现在，不是这回事儿。我恨他。我再也不会原谅他！”

麦克安德鲁上校和他妻子一起劝她。他们感到吃惊。他们说她疯了。他们不理解。斯特里克兰夫人绝望地转向我。

“你也不明白吗？”她喊道。

“我不敢肯定。你的意思是说：如果他是为了女人离开你，你可以原谅；但如果他是为了理想离开你，你就不能？你觉得前者仿佛比赛，而后者你便无能为力，对吧？”

斯特里克兰夫人瞪了我一眼，显得不那么友善，但没有回答。也许我的话，戳到了她的痛处。她继续用低沉、颤抖的声音说：

“我从来没有想过，我会像恨他这样恨一个人。你知道吗，我一直安慰自己说，不管这事持续多久，最终他还是会回来的。我想，在他临终前，他叫我去，我也会去。我会像一个母亲那样照料他，最后，告诉他，一切都不重要，我原谅他所做的一切，永远爱他。”

女人总喜欢在爱人临终前表现得大度不凡，这始终让我感到不安。有时候，好像她们不情愿男人寿命太长，就是怕没机会把这一幕好戏尽早上演。

“但是现在——现在全完了。我对他不会再有任何感情，形同陌路。我情愿他死得很惨，贫困潦倒，饥寒交迫，无亲无故。我希望他浑身长疮，恶臭腐烂。我和他真完了。”

我想，不妨这时把斯特里克兰的建议说出来。

“如果你想和他离婚，他愿意按你说的，怎么做都可以。”

“我为什么要给他自由？”

“我想他不需要吧。他这样做，可能对你更好些。”

斯特里克兰夫人很不耐烦地耸耸肩。我觉得我对她有点儿失望。我那时和今天不同，认为人性单纯如一，但是，我沮丧地发现，原来这么迷人的女人也会有如此可怕的报复心。那时我还不明白，人性其实非常复杂。现在，我清楚地意识到：卑鄙与高尚，邪恶与善良，仇恨与热爱，可以并存于同一颗心灵中。

我不清楚该说些什么，来减轻斯特里克兰夫人此时的痛苦和屈辱。我觉得，应该试试。

“你知道，我不能肯定你丈夫是否应该对他的行为负责。我想，他已经不是他自己。他似乎鬼迷心窍，被一股力量抓住，朝着别的方向跑去；他就像落入蛛网的苍蝇，已经无力挣扎。他仿佛着了魔。这让我想起，人们常说的那些离奇故事：一个人的身体被另一个人的灵魂占据，将他自己的赶了出去。这个灵魂在体内很不安分，神秘地变来变去。要是过去，大家就会说，查尔斯·斯特里克兰被魔鬼附身了。”

麦克安德鲁夫人将她的裙摆抚平，胳臂上的金镯子滑到了手腕上。

“你说的这些太离谱了，”她刻薄地说，“我不否认，也许艾米对她丈夫有些想当然了。如果她不是忙于自己的事，我不相信她会发觉不了事情不妙。如果亚历克有什么心事，我就不信，不到一年，还不被我看得个一清二楚。”

上校茫然地望向空中，我不知道有谁能像他这样，故作清白。

“但这改变不了事实：查尔斯·斯特里克兰是无情的禽兽。”她狠狠地看了我一眼，“我可以告诉你，为什么他抛弃自己的妻子——纯粹是自私，再没别的。”

“这是再好不过的解释了。”我说。但心想，这等于什么也没解释。当我说有些累了，起身告辞，斯特里克兰夫人也没留我。

第十六章

接下来发生的事，表明了斯特里克兰夫人的品性。不论她多么委屈，她都尽量隐藏。她很精明，懂得诉说自己的诸多不幸，很快会惹人生厌，所以她情愿避而不谈。每逢外出——因为同情她的遭遇，朋友们总想着邀请她——她的举止总是完美。她显得勇敢，但不刻意；心情愉快，但不肆无忌惮；似乎，她更渴望倾听别人的烦恼，而非谈论她自己。每当她说到自己的丈夫，总是显出怜悯。她对他的这种态度，起初我不太理解。有一天，她对我说：

“你知道，你说查尔斯一个人在巴黎，肯定是搞错了。据我所知，当然我不能告诉你这消息怎么来的，他不是一个人离开英国的。”

“要是能这样掩人耳目，他可真是个天才。”

她的目光从我身上移开，脸有些红了。

“我的意思是，如果有人和你谈起这件事，说他和别人私奔了，你无须辩解。”

“当然不会。”

她转移了话题，好像刚才说的事，与她无关。不久，我就发现，一个奇怪的故事在她的朋友间流传。他们说，查尔斯·斯特里克兰迷上了一位法国舞蹈家，他是在帝国大剧院遇到这个女人的，后来就一起去了巴黎。我不知道这个故事是怎么传开的，但奇怪的是，它为斯特里克兰夫人赢得了不少同情，而且在同一时间，为她增加了不小的声望。这对她的文艺圈事业，可以说不无好处。麦克安德鲁上校当初说她一贫如洗，并未夸大其词，她需要尽快找到一条谋生之路。她打定主意，利用一下她认识不少作家这一优势，毫不费力就学起了速记和打字。她所受的教育，使她比一般打字员进步更快，她的故事，也让她更有吸引力。朋友们都答应给她活儿干，并且尽力把她推荐给自己的朋友。

麦克安德鲁夫妇，没有孩子，生活优越，就帮着她抚养子女，斯特里克兰夫人只需要维持自己的生活就好。她把房子租了出去，变卖了家具，在威斯敏斯特附近找了两间小房子，安顿下来，重新开始生活。她非常能干，她的这种冒险也一定会成功。

第十七章

事情过去大约五年，我决定去巴黎住段时间。伦敦，我待腻了。每天做着相同的事，实在让人心烦。我的朋友们，生活按部就班，平平淡淡，他们不再能带给我惊喜，当我碰见他们，我知道，他们会说：老样子；甚至，连他们的风流韵事，也平庸乏味。我们就像从终点返回到终点的电车，连乘客的数目扳指头也能算出。生活被安排得如此井井有条。我不免有些惊慌。我退掉了我的小公寓，变卖了家当，决定重新开始生活。

离开前，我去向斯特里克兰夫人辞行。有段时间没见她了，我发现她有了变化：人更老了，瘦了，皱纹更多，连性格也有了改变。她的生意很好，在昌瑟瑞街开了家打印店。她自己动手不多，更多是盯着雇佣的四个女孩儿打字。她想方设法，总是把稿子打印得很精致，很多地方使用蓝色、红色的字；打好的稿件用各种浅色的粗质纸装订起来，仿佛是精美的波纹绸；她的活儿工整优美，细致准确，因此远近闻名。她很是赚钱。但她觉得，自己开门谋生不那么体面，所以总提醒你，她出身高贵。与人谈话，她时不时就提她认识的一些人物，让你知道，她社会地位一点儿不低。对于自己的经营能力，她总羞于谈起，但一说到比如第二天晚上要在南肯星顿的皇家法律顾问那儿吃饭，她就满脸欣喜。她很乐意告诉你，她儿子在剑桥大学就读；讲起女儿参加舞会，一出场就众星捧月，应接不暇，她总微微一笑。所以，我觉得我说了蠢话。

“她要不要来你的打印店做事？”

“哦，不，我不让她干这个，”斯特里克兰夫人回答，“她长得很漂亮，一定会有一门好亲事。”

“我还以为，能帮上你的忙呢。”

“有人建议让她当演员，我当然不同意。有名的剧作家我都认识，只要我张口，明天就有角色给她演。但我不想让她和那些人打交道。”

斯特里克兰夫人的这种专断，叫我心寒。

“有你丈夫的消息吗？”

“没有，音讯全无。可能已经死了吧。”

“我在巴黎也许会碰见他。如果有什么消息，要不要告诉你？”

她犹豫了片刻。

“如果他生活窘迫，我会帮他一点儿。我可以给你寄笔钱，在他需要时，一点一点交给他。”

“你真好。”我说。

但我知道，这不是出于仁慈之心。常言说，痛苦使人高贵，这不对；让人行动高尚的，有时是美满幸福；而痛苦，往往使人变得心胸狭窄，充满仇恨。

第十八章

事实上，我到巴黎不到两周，就遇见斯特里克兰了。

很快，我就在达姆斯街找了间小公寓，又花几百法郎，从二手市场置办了一些家具。早上，我让门房帮我煮咖啡、打扫房间。然后我便去看我的朋友德克·斯特洛夫。

德克·斯特洛夫是这样一个人：有的一想起他就报以嘲笑，有的则尴尬地耸耸肩，往往因人而异。造化弄人，他给人的印象，是个滑稽角色。他是一名画家，但却是很蹩脚的画家。我是在罗马认识他的，至今还记得那时他的作品。他拜倒在凡俗之物的脚下。他临摹悬在斯巴尼亚广场贝尔尼尼[①]式楼梯上的绘画，并不觉着它们美得失真；而他的画室里满是这样的作品：留着小胡子、长着大眼睛、头戴尖顶帽的农夫，衣衫褴褛的儿童，以及衣裙艳

---

① 吉安·洛伦索·贝尔尼尼（Gian Lorenzo Bernini，1598—1680），意大利巴洛克风格雕塑大师、建筑大师。

丽的女人。他们有的在教堂门口的台阶上闲坐，有的在晴空下的翠柏间嬉戏，有的在文艺复兴时期风格的喷泉边缠绵，有的跟在牛车一边，穿过坎帕尼亚[①]平原。这些人物，画得非常精致，活灵活现。连摄影师也拍不出这种呼之欲出的效果。住在美第奇别墅的一位画家，管他叫“巧克力盒大画家”。看了他的画，你会认为莫奈、马奈，所有印象派画家，从来没有出现过。

“我知道自己不是伟大的画家，”他说，“我不是米开朗基罗，不是，但我有自己的东西。我卖画。我把浪漫带给各种各样的人。你知道吗？不只荷兰，挪威、瑞典、丹麦也有人买我的画。他们主要是商人、有钱人。你想象不到，在那些国家冬天是什么样子，阴沉寒冷，漫无尽头。他们喜欢看我作品中的意大利景象。这就是他们希望看到的意大利。也是我来这里之前想象中的意大利。”

而我认为，这始终是他挥之不去的幻想，这幻想让他目眩，看不见真相；尽管真相残酷，他却依然用幻想的目光凝望着自己的意大利：浪漫的侠盗，美丽的废墟。他画的是他的理想，尽管贫乏、平庸、陈旧，但终究是理想；这就赋予了他一种独特的魅力。

正因如此，德克·斯特洛夫于我，并非像对他人那样，只是一个被嘲弄的对象。他的一些同行，毫不掩饰对他作品的蔑视，但他很会赚钱，他们花起他的钱来，简直毫不犹豫。他出手大方；那些手头紧的，一面嘲笑他天真，那么轻易就相信他们编造的不幸故事，一面又厚颜无耻地伸手向他借钱。他很重感情，但

① 坎帕尼亚(Campagna)，位于意大利半岛南部，亚平宁山脉南麓，濒临蒂勒尼安海。

是，在他容易被打动的感情里面，包含着某种愚蠢，让你接受了他的好意，却没有一丝感激之情。从他那里借钱，就像从小孩子手里抢东西，你看不起他，因为他太好欺负了。我想，一个以身手敏捷为荣的扒手，一定会对一个粗心大意的女人感到愤慨，因为她把装满珠宝的包包随便落在了马车上。造物主让斯特洛夫成为笑料，却又拒绝让他的感觉麻木。他始终被笑话，无论钱不钱的事，都让他不堪其扰；但他又从未停止给人制造嘲笑的机会，就像是他有意为之似的。他不断受伤害，但他性格善良，从不记仇：毒蛇咬了他，可他没有吸取教训，刚不疼了，就又好心地把蛇揣在怀里。他的生活，就像按照闹剧编写的悲剧。因为我从不嘲笑他，所以他很感激，常常把一连串烦恼，灌到我富有同情的耳朵里。最糟糕的是，这些事都很荒诞，他讲得越感人，你就越想笑。

尽管他是一个很糟糕的画家，但他对艺术有着敏锐的直觉，和他一起去参观画廊，真是难得的享受。他的热情是真诚的，他的评价是敏锐的。他是天主教徒，不但对古典绘画由衷欣赏，对现代绘画也颇为认同。他能慧眼识珠，而且不吝赞美。我想，在我认识的人中，没有像他这样有见识的了。他比大多数画家接受过更好的教育，也不像他们对其他艺术那样一无所知；他在音乐和文学方面的鉴赏力，让他对绘画的理解更深刻也更多样。对于像我这样的年轻人，他的指导和建议，极其宝贵，无可比拟。

离开罗马后，我和斯特洛夫继续通信往来，每两个月左右，我就会收到他用阴阳怪气的英语写的长信，他那说话急促、富有热情、手舞足蹈的神情，立刻跃然纸上。在我来巴黎前不久，他和一个英国女人结婚了，在蒙马特区一间画室住了下来。我有四年没见过他了，也从未见过他妻子。

第十九章

我没告诉斯特洛夫，我要来巴黎。当我按响他画室的门铃，开门的正是他，一时居然没认出我来。随即，他惊喜地大叫起来，连忙拉我进屋。受到这么热情的欢迎，真是让人高兴。他妻子正在火炉旁做针线活儿，看见我，站起身来。斯特洛夫把我介绍给她。

“你还记得吗？”他对她说，“我经常和你谈起他。”接着他又对我说：“干吗不告诉我你来了？你来巴黎多久了？打算待多久？为什么不早来一小时，咱们就可以共进晚餐？”

他劈头盖脸，问了一大堆。让我坐在一把椅子上，不停地拍打我，好像我是靠垫似的。给我拿这拿那，又是抽雪茄，又是吃蛋糕，又是喝红酒，一刻也不消停。家里没有威士忌，他的心都要碎了；要为我煮咖啡，想方设法来招待我，笑得合不拢嘴，每个毛孔都汗涔涔的。

“你一点儿没变。”我看着他，笑着说。

他还是我记得的那副可笑样子：又胖又矮，一双小短腿。他还年轻——应该不到三十岁——可已经秃顶了。一张圆脸，面色红润，皮肤白净，嘴唇红通通。他的蓝眼睛也是圆的，戴着金丝大眼镜，眉毛很淡，几乎看不见。他笑容可掬，让你想到鲁本斯笔下那些肥胖的商人。

当我告诉他，我准备在巴黎待段时间，而且公寓已经租好了，他狠狠地责怪我，为什么不让他知道。他说，他会帮我找好房子，借给我家具——难不成我真花了一笔冤枉钱？——而且帮我搬进去。他是说真的，没能给他帮忙的机会，看来真不够哥们儿。而斯特洛夫夫人静静地坐在那儿补袜子，一言不发，她听着他说话，嘴角挂着平静的笑。

“喏，你看到了，我已经结婚了。”他突然问，“你觉得我妻子怎么样？”

他微笑着看着她，扶了扶鼻梁上的眼镜，汗水使眼镜不断滑下来。

“你到底想让我说什么呢？”我笑了。

“真是的，德克。”斯特洛夫夫人插话了，也笑了起来。

“嗨，她不够美吗？我告诉你，兄弟，别耽搁了，尽早结婚吧。我是最幸福的人了。你看她坐在那儿，像不像一幅画，夏尔丹的画，嗯？我见过世界上所有漂亮的女人，但没有谁能像德克·斯特洛夫夫人这样美。”

“你要是再胡说，德克，我就走了。”

“我的小宝贝儿。”他说。

她的脸上微微泛起红晕，因为他动情的语调让她有些尴尬。

你看她坐在那儿，像不像一幅画，夏尔丹的画，嗯？

斯特洛夫写信说过，他深爱他的妻子，现在，我看到他的目光一刻也没有从她身上离开过。我不知道她是否爱他。可怜的小丑，他不是一个能激发爱情的对象，但她眼中的笑容充满深情，有可能，在她的缄默之中，也隐藏着情深意长。她不是他苦苦相恋、无限幻想中的美人，但还是相当漂亮。她身材高挑，灰色的衣裙朴素大方，优雅得体，丝毫掩盖不住她美丽的身段。这样的身材，对雕塑家比对服装供应商更有吸引力。她的头发浓密，是棕色的；面色苍白，五官清秀，但并不出众。她长着安静的、灰色的眼睛。她差一点儿就成了美人，但因差之毫厘，所以差强人意。但是，斯特洛夫说她像夏尔丹的画，并非没有道理，她让我想起戴着头巾、系着围裙的家庭主妇，这一形象，在伟大的画家笔下已然不朽。我可以想见，她安然地忙碌在锅碗瓢盆之间，使家务成为一种仪式，从而获得道德的意义；我并不认为她很聪明，或者有趣，但在她热情的专注中，有些东西，让我颇感兴趣。

她的缄默有点儿神秘。我不知道她为什么要嫁给德克·斯特洛夫。虽然她也是英国人，但我看不出她的家庭背景、成长经历，以及她婚前的生活方式。她很沉默，可一旦说起话来，声音悦耳，落落大方。

我问斯特洛夫，他是不是还在摸索绘画。

“摸索？我现在比以前任何时候都画得好。”

我们坐在他的画室里，他朝画架上一幅未完成的作品扬了扬手。我吃了一惊。画面上，一群意大利农夫，身穿坎帕尼亚地区的服装，在一座罗马大教堂的台阶上懒洋洋地躺卧着。

“这就是你现在的画？”

“是啊。在这里，我也能找到像在罗马那样的模特。”

“你不觉得很美吗？”斯特洛夫夫人问道。

“我这个傻妻子，总以为我是大画家。”他说。

他歉意地微笑，无法掩饰内心的喜悦。他的目光，依然停留在他的作品上。很奇怪，在评判别人的作品时，他的意识如此精准、不落俗套，可他自己陈腐、平庸的画作也让他感到满意，真是难以置信。

“让他看看你别的画吧。”她说。

“需要吗？”

虽然德克·斯特洛夫总是遭到朋友们的嘲笑，可他依然渴望别人的赞美和天真的自我满足，永远无法抗拒向别人展示自己的作品。他拿出一幅画来，上面，两个意大利鬈发小孩儿正在玩弹球。

“多可爱的两个孩子啊。”斯特洛夫夫人说。

然后，他给我看了很多画。我发现，他在巴黎画的跟在罗马一样，陈旧过时，耽于风景。它们全都虚情假意、言不由衷、品质拙劣，但是，又没有一个人比德克·斯特洛夫更朴实、更真诚、更率直。这种矛盾，谁能说清呢？

鬼使神差地，我忽然问他：

“我说，你知道一个叫查尔斯·斯特里克兰的画家吗？”

“你是说，你也认识他？”斯特洛夫喊叫起来。

“简直是个畜生。”他妻子说。

斯特洛夫笑了起来。

“我的可怜宝贝儿。”他走过去，吻了吻她的双手。“她不喜欢他。真奇怪，你竟然认识斯特里克兰！”

“我不喜欢无礼之人。”斯特洛夫夫人说。

德克依然笑着，转过身来向我解释。

“你明白，有一天我让他来我这儿看画。嗯，他来了，我把我的画几乎都拿给他看了。”说到这儿，斯特洛夫犹豫了片刻，有些不好意思。我不知道，他为什么要讲这件不光彩的事，而且还得尴尬地将它讲完。“他看着——看着我的画，什么也没说。我以为他看完了会发表意见。最后我说：‘喏，就这么多！’可他说：‘我来是想问你借二十法郎。’”

“德克居然把钱借给他了。”他妻子愤愤地说。

“我当时大吃一惊。我从不拒绝别人。他把钱放进口袋，只是点了点头，说了声‘谢谢’，就走了。”

讲这件事时，德克·斯特洛夫那张又胖又蠢的脸上显出惊讶不已的神情，你不发笑才怪。

“我根本不在乎，即便他说我的画很不好。但他什么也没说——什么也没说。”

“你还好意思说，德克。”他妻子说。

可悲的是，不论是谁，首先会认为，这位荷兰人如此行事很可笑，而非对斯特里克兰的粗鲁行为感到生气。

“我再也不想看到他。”斯特洛夫夫人说。

斯特洛夫笑起来，耸了耸肩。他的好性子已经恢复了。

“事实上，他是一位很棒的画家，非常了不起。”

“斯特里克兰？”我惊叫起来，“我们说的不是同一个人吧。”

“就是那个高个子，长着红胡子的家伙。查尔斯·斯特里克兰。一个英国人。”

“我认识他的时候他还没胡子。如果蓄起来，很可能是红的。这个人，五年前才开始学画。”

“就是他。一位了不起的艺术家。”

“不可能吧。”

“我什么时候走过眼？”德克说，“告诉你，他很有天分。肯定的。一百年以后，如果还有人记得你和我，那是因为我们认识查尔斯·斯特里克兰。”

我很吃惊，但也非常兴奋。我突然想起，我和他最后一次谈话。

“什么地方能看到他的画？”我问，“他已经很有名气了吗？现在住哪儿？”

“不，没有名气。我想，他一幅画也没卖出去。你要是和别人谈起他，没有一个不笑的。可是我知道，他是非常好的画家。说到底，他们不是也笑过马奈嘛。柯罗一张画也没卖出去。我不知道他住哪儿，但我可以带你去见他。每天晚上七点，他都会去克里希大街上的一家咖啡馆。你要是愿意，明天我们一起去。”

“我不知道，他是不是愿意见我。我会让他想起一些他巴不得忘记的事。但既然来了，就去吧。在那儿能看到他的作品吗？”

“看不到。他什么也不给你看。我认识一个小画商，他手里有两三张他的画。但是，必须我陪你去，你看不懂的。我一定要亲自给你讲讲。”

“德克，真是受不了你，”斯特洛夫夫人说，“他那样对你，你怎么还说他的好话？”她转过头来对我说：“你知道吗？有一些荷兰人来买德克的画，他却劝他们买他的。他硬是让斯特里克兰把画拿来，给那些人看。”

“你觉得怎么样？”我笑着问她。

“糟糕透顶。”

“哦，亲爱的，你不懂。”

“哼，你的那些荷兰朋友很生气。他们认为你是在和他们开玩笑。”

德克·斯特洛夫摘下眼镜，擦了擦。他通红的脸庞因激动而闪闪发亮。

“为什么你认为美——这世上最宝贵的东西，会像沙滩上的卵石，一个漫不经心的路人，随随便便就能捡到？美是美妙，是奇异，艺术家唯有通过灵魂的煎熬，才能从宇宙的混沌中创造出美。而当美出现，它并非为了让每个人都认出它自己。要认识它，你必须重复和艺术家一样的奇异之旅。这是一支他唱给你的旋律，要想再次用心聆听，就需要智慧、感觉以及丰富的想象力。”

“为什么我总觉得你的画很美呢，德克？我第一次看到，就钦佩不已。”

斯特洛夫的嘴唇有点儿颤抖。

“去睡吧，宝贝儿。我要陪我们的朋友散散步，一会儿就回。”

第二十章

德克·斯特洛夫答应第二天晚上来找我，带我去一家咖啡馆，那里斯特里克兰经常去。有意思，我发现这正是上次来巴黎我和他一起喝苦艾酒的地方。这么多年，他习性未变，在我看来，也是一种个性吧。

“他就在那边。”当我们走到咖啡馆，斯特洛夫说。

尽管已到十月，夜晚还是很暖和，人行道上的咖啡桌坐满了。我四处张望，并未看到斯特里克兰。

“看，在那儿，一个角落。他在下棋呢。”

就见一个人俯身在棋盘上，我只能看到一顶大毡帽和红胡子。我们从桌子中间穿过去，来到他面前。

“斯特里克兰。”

他抬头看了看。

“喂，胖子，你来干什么？”

“我给你带来一个老朋友，他想见你。”

斯特里克兰瞥了我一眼，显然没认出我来。他的目光又回到了棋盘上。

“坐下，别吵吵。”他说。

他走了一步棋，注意力立刻又集中到棋局上。可怜的斯特洛夫懊恼地看了我一眼，可我并没觉得有什么不自在。我点了东西喝，静等着斯特里克兰下完棋。能悠然地坐在一边观察他，未尝不可。说真的，我几乎认不出他来了。首先是他的红胡子，乱糟糟的，几乎遮住了他的脸，头发也很长；但最让我吃惊的是，他变得极其消瘦。这样一来，他的大鼻子愈发傲慢地翘起，颧骨更突出，眼睛也显得更大。他的太阳穴深陷了下去。面黄肌瘦，简直皮包骨头。他穿的还是五年前我见过的那身衣服，只是现在破破烂烂，污渍斑斑，松松垮垮，像是穿着别人的。我看到，他的两只手很脏，指甲很长，除了筋就是骨头，显得瘦长而有力，我不记得它们从前是不是这样均匀。他坐在那儿，专心下棋，给我一种很奇特的印象——仿佛他身体里蕴藏着无比的力量。不知为什么，他的消瘦让这一点更加明显了。

走了一步棋，他挺起身靠在椅背上，用奇怪的目光凝视着他的对手。和他下棋的，是一个胖胖的、留着长胡子的法国人。他看了一下自己的棋，突然笑骂起来，不耐烦地将棋子收起，胡乱扔进棋盒里。他口无遮拦地咒骂着斯特里克兰，叫来侍者，付了酒钱，走了。斯特洛夫把椅子往桌边挪了挪。

“我想，现在咱们可以聊聊了。”他说。

斯特里克兰的目光落在他身上，一脸没好气的神情。我相信，他一定想说什么挖苦话，因为没有找到，所以选择了沉默。

他坐在那儿，专心下棋，给我一种很奇特的印象——仿佛他身体里蕴藏着无比的力量。

“我给你带来一个老朋友，他想见你。”斯特洛夫满脸堆笑，又重复了一遍。

斯特里克兰若有所思地看着我，差不多有一分钟。我没说话。

“我这辈子，从来没见过这个人。”他说。

我不知道，他为什么要这样说，就他的眼神，我敢肯定他认出我来了。我已经不像几年前那样，动不动就感觉难为情了。

“前几天，我见到你妻子了，”我说，“你一定想听听她最近的消息。”

他干笑了一声，眼里闪着光亮。

“我们曾共度一个快乐的夜晚，”他说，“有多久了？”

“五年了。”

他又要了一杯苦艾酒。斯特洛夫滔滔不绝，解释说他如何和我见面，如何无意中发现我们都认识斯特里克兰。我不知道斯特里克兰是否在听。因为只有一两次，他好像回忆起了什么，看了我一眼，其余大部分时间似乎都在沉思。如果不是斯特洛夫唠叨个没完，这场谈话肯定要冷场。半个小时过去了，荷兰人看了看表，说他得回去了，问我要不要和他一起走。我想，留下来也许能听斯特里克兰说些什么，所以说再坐会儿。

胖子一走，我开口说：

“德克·斯特洛夫说，你是个了不起的画家。”

“你以为我会在乎？”

“能看看你的画吗？”

“为什么？”

“说不定我会买一幅。”

“说不定我一幅都不想卖。”

“你过得还好吧？”我笑着说。

他咯咯地笑起来。

“你看像吗？”

“饿得半死不活的样子。”

“就是半死不活。”

“那我们去吃点儿东西吧。”

“干吗请我吃饭？”

“不是发善心，”我冷冷地说，“你半死不活，和我没关系。”

他的眼睛又亮了起来。

“那走吧，”他站了起来，“我正想好好吃一顿呢。”

第二十一章

我让他带我去他选的餐馆，在路上，我买了份报纸。点过菜后，我就把报纸架在一瓶圣加尔米耶酒上，读了起来。我们一言不发，只管吃饭。我发现他时不时地看我一眼，但我没理他。我就是想逼着他自己说话。

“有什么消息吗？”我们沉默无语，快吃完饭时，他开口说。

我猜，他的这种口气，显然有点儿沉不住气了。

“我平常喜欢读一些戏剧专栏。”我说。

我叠起报纸，放在一边。

“这顿饭，吃得真不错。”他说。

“我看我们就在这儿喝咖啡，好不好？”

“好。”

我们点上雪茄。我默默地抽着。我发现，他的目光含着淡淡的笑，不时落在我身上。我耐心地等着。

“从上次见面到现在，你都在干什么？”终于，他开腔了。

我没什么好说的。我的生活只不过是每日勤奋写作，有一点小冒险；我朝着种种不同的方向摸索实验，逐渐积累了不少书本知识、人情世故。而对于斯特里克兰近年的生活，我故意不闻不问。我没有表现出对他多有兴趣，最终，我得逞了。他开始谈论自己。但是，他的口才太差，这些年的经历他讲得含糊不清，所以许多地方我只能凭自己的想象来填补。对于他的生活，我很感兴趣，但却只能了解个大概，这简直就像读一部残缺不全的手稿。我的印象是，这个人一直饥寒交迫，东奔西走；但是我发现，对大多数人来说无法忍受的事情，他却毫不在乎。斯特里克兰的卓越之处在于，和大多数英国人不同，他完全漠视生活的舒适。让他一直住在一间破屋子里，他也不会恼怒，他不需要周围都是漂亮的摆设。我觉得，他从来没注意到那些墙纸是多么肮脏，就是我第一次拜访他时的那个屋子。他不需要扶手椅，坐在硬背椅上也觉得挺舒服。他总是吃得津津有味，但吃什么，根本无所谓；对他来说，吞下的食物只是用来充饥，没有吃的，他也能挨饿。我了解到，有六个月，他每天只靠一个面包、一瓶牛奶过活。他是一个沉迷于感官享受的人，但对这些东西又无动于衷。挨饿受冻，在他不算苦。他完完全全过着一种精神生活，真是令人钦佩。

当他把从伦敦带来的一点儿钱花光，他没有沮丧。他没卖出自己的画，我想，他也根本没推销过自己。他开始找一些来钱的门路。他不无惨痛地自嘲，告诉我说，他曾给一些想见识巴黎夜生活的伦敦佬当向导。这倒是很对他惯于嘲讽的坏脾气。莫名其妙地，这座城市那些乌七八糟的地方，他都了如指掌。他对我说，他曾经在玛德琳林荫大道转来转去，想遇到一个醉酒的英国人，带他去看违法乱纪的事儿。如果运气好，他就能赚一笔；但是他那身破衣服最终吓坏了别人，没人敢冒险跟他走。一个偶然的机会，他找到了一份翻译专利药品广告的工作，这些药要在英国医药界推广。有一次赶上罢工，他还做过油漆工。

在这些日子里，他从未丢下他的艺术工作；但是很快，他就没兴趣去画室学画了，全凭自个儿摸索起来。他一文不名，连画布和颜料都买不起，他最需要的，也就这些。据我所知，他画得很吃力，因为他不愿受人指点，所以不得不花费许多时间摸索技巧，而这些技巧，对以往的画家早已不是问题。他追求的东西，我不太明白，或许连他自己都不明白；我又一次感到，他是一个对什么东西容易着魔的人。他的脑子，似乎不太正常。在我看来，他不愿意把自己的画拿给人看，是因为他对它们实在不感兴趣。他生活在幻想之中，现实对他而言毫无意义。我感觉，他是将自己强烈的个性一股脑儿倾注在画布上，心无旁骛，只专注于心灵之眼所看到的东西，而对现实的事物浑然不觉；一旦画完了，也许作品本身并不重要，我是说，他很少能把一幅画画完，但是激情已经耗尽，他便对画出的东西失去了兴趣。他对自己的作品从未满意过；和困扰他心灵的幻象相比，他的画反倒无关紧要。

"为什么不把画拿去展览呢？"我问他，"我还以为，你愿意听听别人的意见。"

"你愿意吗？"

他说这几个字时那种鄙夷不屑的神情，简直难以形容。

"难道你不想成名吗？大多数画家都不会对此无动于衷。"

"幼稚。如果你不在乎一个人那点儿看法，一群人对你的看法又有什么关系？”

“我们并不都是理性的存在啊。”我笑道。

“成名的是哪些人？评论家，作家，股票经纪人，女人。”

“想到那些你从不认识、从未见过的人被你的画笔打动，或隐约或疯狂，难道你不感到欣慰吗？人人都爱权力。我无法想象，如果你能打动人们的灵魂，让他们心生悲悯，或者感到恐惧，这不也是一种奇妙的、影响他人的权力嘛。”

“闹剧。”

“那你为什么还在意画得好不好呢？”

“不。我只是把我看到的画下来而已。”

“如果是在一个荒岛上，除了我，没有人能看到我写的东西，我怀疑自己还会不会写下去。”

很长时间，斯特里克兰没有说话，但他的眼睛奇怪地闪着光，仿佛他看到了什么，让他的灵魂欣喜不已。

“有时候，我想去茫茫大海中的一个孤岛，在那里，我可以住在无人知晓的山谷中，四周不知名的树木环绕，寂静无声。在那儿，我想我可以找到我想要的东西。”

事实上，他不会这样表达自己。他指手画脚地说着，然后停住。所以，我只能用我自己的话描述他想要说的。

“回头想想过去的五年，你觉得这值吗？”我问他。

他看着我，我见他不明白我的意思，便解释说：

“你放弃了舒适的家庭，对普通人而言幸福的生活。原来的生意也不错。可现在在巴黎过得很难熬。如果让你重新来过，你还会这么做吗？”

“会。”

“你知道吗？你没有问过你的妻子孩子。你从来没有想过他们吗？”

“没。”

“你别他妈的老说一个字。难道就从来没后悔过，你给他们造成的不幸吗？”

他咧嘴笑了一下，摇摇头。

“我能想到，有时候你还是禁不住想起过去。我不是说七八年前，而是说更早，你和你妻子相识，相爱，直到结婚。你还记得第一次把她搂在怀里的喜悦吗？”

“我不想过去。唯一重要的，是永恒的现在。”

我想了想他这话。也许，很隐晦，但我觉得，还是大致明白他的意思。

“你快乐吗？”我问。

“当然。”

我沉默了，怔怔地望着他。他也目不转睛地望着我，不一会儿，眼睛里又满是讥讽。

“恐怕，你是对我有意见吧？”

“屁话，”我马上说，“我对蟒蛇没什么意见，相反，我对它的心理活动很有兴趣。”

“这么说，你对我纯粹是职业兴趣？”

“那是。”

“这才对，你不应该反对我。你的性格也很讨厌。”

“所以我们才熟悉啊。”我反唇相讥。

他冷冷一笑，没说什么。我真希望自己知道，怎么来形容他的笑。我不能说他笑得好看，但这笑在他的脸上绽放光彩，不像平日那般阴沉，看起来有些阴阳怪气。这是一个缓缓而来的笑，它出现在眼睛中，又立刻消失；这笑非常感性，既不残忍也不可亲，却让人想到萨堤尔[①]那半人半兽的喜悦。正是他这一笑，我才想到问他：

"来巴黎谈过恋爱吗？"

"我没时间干那种蠢事。生命短促，没有时间又谈恋爱又搞艺术。"

"你看起来可不像隐士啊。"

"所有的俗事儿都让我想吐。"

"人性真是个令人讨厌的东西，是不是？"我说。

"你为什么要笑我？"

"因为我不相信你。"

"那你他妈的就是个傻瓜。"

我停了一下，目光直直地看着他。

"你骗我有什么好？"我说。

"我不明白你的意思。"

我笑了。

"让我来告诉你吧。这几个月你脑子里从来没想过这种事儿，你甚至让自己相信，你已经做得够好。你为自己获得了自由而感到欣喜，你觉得自己终于成为灵魂的主人。你仿佛在群星中昂首

① 萨堤尔 (Satyr)，希腊神话中的森林之神，半人身半羊身，好女色。

漫步。然后，突然，你受不了了，你发现，原来自己的脚始终深陷在污泥中。你想，就索性在烂泥中打滚儿。于是你就去找了个女人，一个粗鄙、庸俗、下贱的女人，一个好色成性、禽兽一样的女人，你像野兽般猛扑到她身上。你酩酊大醉，精神失常，简直要疯了。”

他盯着我，一动不动。我也直直地盯着他。我又一字一句地说：

“我要告诉你，就是这么奇怪，而当这一切结束，你会感觉自己浑身洁净。你觉得自己只是无形的精神，因为你已摆脱了肉体；你好像一伸手就能触摸到美，因为美仿佛是件实实在在的东西；你感觉你和徐徐的微风、绽芽的树木以及变幻的流水息息相通。你感觉自己就是上帝。你能解释一下，是这样吗？”

他一直盯着我，直到我说完。然后把脸转向一边。他的脸上，有种异样的神情，或许，一个因严刑拷打而死的人，才会有这种表情。他沉默了。我知道，我们话已说尽。

第二十二章

我在巴黎定居下来，着手写一个剧本。我的生活安排得有条不紊，早上写作，下午在卢森堡公园或者大街上散步。我把大把的时间耗在卢浮宫，因为这是巴黎所有画廊中我感觉最亲切的，也最适合冥想。要不然就是在塞纳河边闲逛，翻一翻路边的旧书，但从来不买。我这儿读一页，那儿读一页，就这样胡乱地知道了不少作家。到了晚上，我就去看朋友。常常，我会去斯特洛夫家，有时，在他那儿吃个便饭。德克·斯特洛夫自诩他的意大利面做得拿手，我也认为他的厨艺比他的画要好。当他端上来一大盘香喷喷的意大利面，浇着新鲜多汁的西红柿，我们喝着红酒，吃着他自己烤的面包，简直就是皇家御宴。渐渐地，我和斯特洛夫的妻子布兰奇熟悉起来。我想，可能因为我是英国人，而她在这里认识的英国老乡不多，所以很高兴见到我。她淳朴善良，讨人喜欢，但就是话不太多。不知怎的，她给我的一个感觉是，她心里似乎总隐瞒着什么。但我也想过，或许是因为她生性矜持，而她丈夫又心直口快，过于啰唆。斯特洛夫什么话也藏不住。即便最私密的事，他也会和你公开讨论。有时，这会让他妻子感到尴尬。那次，斯特洛夫告诉我，他吃了通便药，说得那个仔细，我见她恼羞成怒，但就这一次。他讲得一本正经，我笑得前仰后合，这让斯特洛夫夫人非常恼火。

“你好像喜欢把自己当傻瓜啊。”她说。

见她生气了，他的圆眼睛睁得更圆了，眉毛也沮丧地竖起来。

“亲爱的，我惹你生气了？我再也不吃了。这都是因为我肝火太旺。我整天坐着不动，缺乏锻炼。三天我都没……”

“天哪，住嘴！”她打断了他的话，气得眼泪差点儿迸出来。

他耷拉着头，噘着嘴，像个挨了骂的孩子。他向我使眼色，希望我能帮他圆场，可我已控制不了自己，笑得直不起腰来。

一天，我们去一个画商那儿，斯特洛夫说，他至少让我看到两三幅斯特里克兰的画，但当我们到那儿，画商说，斯特里克兰已经把画拿走了，他也不知道为什么。

“但我并没有为这事儿生气。我收下他的画，是看在斯特洛夫先生面子上。我告诉他，我会尽量替他卖。但是，说真的——”他耸了耸肩，“我对年轻人有兴趣，可是，你也知道，斯特洛夫先生，他们中间，少有天才。”

“我拿我的名誉向你保证，所有这些画家，没谁比他更有天赋。相信我，你错过了一笔大买卖。总有一天，他的这些画，比你店里所有的画加起来都值钱。想想莫奈，当时他的画一百法郎没一个人买。可现在值多少钱？”

“是。但那时候有一百个画家，一点不比莫奈差，可同样卖不掉画，现在，这些人的画依然不值钱。谁知道咋回事儿？是不是画得好就能出名？别信这个。再说，你这位朋友画得到底好不好，没有证明啊。除了斯特洛夫先生，我还没听谁夸奖过他。”

“那好，你说说，怎样才能证明画得好？”斯特洛夫气得面红耳赤。

“只有一个办法——出名。”

“市侩！”德克吼道。

“你想想，过去伟大的艺术家——拉斐尔，米开朗基罗，安格尔，德拉克洛瓦，都很出名。”

“我们走吧，”斯特洛夫对我说，“要不然，我会宰了这家伙。”

第二十三章

我和斯特里克兰经常见面，偶尔和他下棋。他脾气时好时坏。有时，他默默地坐着，心不在焉，谁也不理；有时心情好，就结结巴巴地说话。他从来都说不出高明的话，但是他总爱冷嘲热讽，也不是没用。他想说什么，总是直言不讳。他对别人的感情极其冷漠，当他伤着了别人，自己反倒开心。他经常这样得罪德克·斯特洛夫，气得他走掉，发誓再也不和他讲话；但是，斯特里克兰身上有一股强大的力量，始终吸引着这个肥胖的荷兰人，最终他还是会跑回来，像只摇尾乞怜的狗，尽管他知道，迎接他的，只是当头一棒。

不知道为什么，斯特里克兰能容下我。我们关系十分特殊。有一天，他问我借五十法郎。

“真是做梦也想不到啊。”我回答说。

“为什么？”

“对我来说很无趣。”

“我穷得叮当响，这你知道。”

“我管你呢。”

“饿死你也不管吗？”

“为什么要管？”我反问道。

他盯了我一会儿，捋着他凌乱的胡须。我冲他笑了笑。

“有什么好笑的？”他说，眼神里掠过一丝愤怒。

“你太幼稚了。不承担义务。别人也没有义务帮你。”

“如果我交不起房租被赶出来，被逼上吊，你也不觉得心里不安吗？”

“一点儿也不。”

他咯咯地笑了起来。

“你瞎说。如果我真的上了吊，你会后悔死的。”

“你试试就知道了。”

一丝笑意在他眼中闪烁，他默默地搅着苦艾酒。

“想不想下棋？”我问。

“随你。”

我们开始摆棋，很快摆好了，他望着棋盘，一副胸有成竹的样子。当你看到自己的兵马严阵以待，即将冲锋厮杀，免不了倍感快慰。

“你真以为我会借钱给你吗？”我问他。

“我想不出，为什么你不借。”

“你让我感到吃惊。”

“为什么？”

“其实你内心感情脆弱。看到这一点真让我失望。如果你不是那么天真，想让我同情你，我会更喜欢你。”

“如果你为之所动，我会瞧不起你。”他回答说。

“这样更好。”我笑了。

我们开始下棋。彼此都很专心。当我们下完了，我对他说：

“这样吧，如果你真的手头紧，就让我看看你的画，要是有喜欢的，我就买了。”

“见鬼。”他说。

他站起身要走，我拦住了他。

“你还没有付酒钱呢。”我笑着说。

他咒骂着，扔下钱就走了。

这以后好几天，我都没有见到他。一天晚上，我正坐在咖啡馆里看报纸，斯特里克兰走了进来，在我跟前坐下。

“你还没上吊啊。”我说。

“没。我有钱了。有人找我给一个退休的管道工画像[①]，给了两百法郎。”

“怎么来的这笔买卖？”

“卖面包的女人介绍的。这个管道工跟她说过，要找人给他画像。我得给她二十法郎。”

“他是怎样个人？”

“很棒。一张大红脸，像条羊腿。右脸上有一颗长着长毛

---

① 这幅画，以前在里尔一个有钱的制造商手里，德国人逼近里尔时他逃走了，现在收藏在斯德哥尔摩国家美术馆。瑞典人总这么浑水摸鱼，自在消遣。——原注

的痣。”

这天，斯特里克兰心情好，当德克·斯特洛夫来和我们坐在一起，斯特里克兰立刻攻击起他来，尽是无情的嘲弄。他猛戳这位可怜的荷兰人的痛处，这种本领我绝不会钦佩。他用的不是讥讽的长剑，而是谩骂的大棒。这次攻击突如其来，让斯特洛夫猝不及防，毫无招架之力。他像一只受惊的羔羊，吓得东躲西藏，完全晕头转向。他惊愕不已，最终流下了眼泪。最糟糕的是，尽管你讨厌斯特里克兰，感到这场面很可恶，可还是忍不住想笑。有些倒霉鬼，即使他们情真意切，也让人感到十分可笑，德克·斯特洛夫就是这样的人。

尽管如此，当我回想在巴黎度过的这个冬天，给我留下美好记忆的，依然是德克·斯特洛夫。他的小家，始终迷人。他和他妻子，就像一幅让人感觉快意的画，他对她天真的爱，总是带着刻意的优雅。尽管他的举止依然可笑，但他的真情实意还是会打动你。我能理解他妻子对他的感觉，很高兴见她温柔以待。如果她有幽默感，她一定会觉得好笑，因为他把她放在了宝座上，当偶像一样膜拜，但即便她感到好笑，她也必然被深深感动。他是忠贞不渝的爱人，当她老了，失去了丰满的线条和美丽的身材，对他来说，她也依然没变。在他眼里，她永远是世上最美的女人。他们的生活，安然有序，令人愉悦。他们的房间，只有一个画室，一间卧室，和一个小厨房。所有的家务，都由斯特洛夫夫人包揽；当德克在画他那些糟糕的画时，她就去市场买菜，做午饭，缝补衣服，整天像勤快的蚂蚁般忙忙碌碌；到了晚上，她坐在画室里，又是缝缝补补，而德克弹奏着曲子，我敢肯定，她一定听不懂。

他们的生活，自得其乐，仿佛一首牧歌，抵达了一种奇异的美。

他弹得很有味道，但常常带着过多的感情，他将自己诚实的、多愁善感的、生机勃勃的灵魂，全部倾注到了乐曲中。

他们的生活，自得其乐，仿佛一首牧歌，抵达了一种奇异的美。而德克·斯特洛夫在每件事情上的荒诞不经，给这牧歌增添了一种奇怪的音符，如同未经调整的不和谐音，但这反而使之更现代、更人性，像庄重场合的粗俗笑话，加剧了美的辛辣的品质。

第二十四章

圣诞节前夕，德克·斯特洛夫来请我去和他们一起度过假日。这一天总使他感伤，他希望能和朋友们按一定的形式将它过完。有两三个星期，我们都没见过斯特里克兰了——我是因为忙，有几个朋友来巴黎转悠要陪；斯特洛夫则因为和他大吵了一架，决定和他绝交。斯特里克兰让人难以忍受，斯特洛夫发誓再也不理他了。但是节日来临，他的心又软了。他简直痛恨这种想法：让斯特里克兰一个人过节；将心比心，他不忍放弃这段美好的友情，让可怜的画家独自惆怅。他在自己的画室里装饰好了一棵圣诞树，我猜，我们都会在枝杈上找到可笑的小礼物。但是，他不好意思再去找斯特里克兰；这么容易就原谅对自己的蛮横侮辱，有点儿丢脸，虽然他决心和斯特里克兰和解，却希望到时我也在场。

我们一起走到克里希大街，但斯特里克兰不在咖啡馆。天气太冷，不能坐外面了，我们走进去，坐在皮革长椅上。屋子里又闷又热，空气里满是灰蒙蒙的烟雾。斯特里克兰没来，但不一会儿，我们就发现了那个偶尔和他下棋的法国画家。我和他还算认识，他走过来在我们的桌子边坐下。斯特洛夫问他，见没见过斯特里克兰。

“他生病了，”他说，“你不知道？”

“严重吗？”

“很严重，我听说。”

斯特洛夫的脸一下白了。

“为什么他不写信告诉我？太蠢了，我居然和他吵架。我们必须马上去看他。没一个人照顾他。他住哪儿？”

“我不知道。”那个法国人说。

我们发现，三个人谁也不知道怎么找他。斯特洛夫越来越担心。

“他可能已经死了，没一个人知道。太可怕了。我不敢再想。我们必须马上找到他。”

我想让斯特洛夫明白，在偌大的巴黎找一个人，简直是大海捞针。我们得先有计划。

“对。但是等我们计划好了，他可能早咽气了；等我们找到他，一切都晚了。”

“少安毋躁，让我们想想办法。”我不耐烦地说。

我只知道斯特里克兰原来住在比利时旅馆，但他早就搬走了，那儿的人也肯定不记得他。他想法怪异，行踪诡秘，临走时不可能告诉别人他去哪儿了。再说，这已是五年前的事了。不过，我敢肯定，他住得不会太远。既然他频繁光顾同一家咖啡馆，说明他来这里很方便。忽然，我想起来，他经常去的那家面包店之前介绍他给别人画像，说不定从那儿能问到他的住址。我要了一本电话名录，查找起来。附近一共有五家面包店，唯一的办法是一家一家去打听。斯特洛夫很不情愿地跟着我。他本打算在和克里希大街相连的几条街上寻找，挨家挨户去询问。最终，还是我简单的方案奏效了，当我们走进第二家面包店，柜台后的女人说，她认识斯特里克兰。她不确定他具体住哪儿，总之是对面三栋楼中的一栋。我们的运气真不错，第一栋楼的门房说，在顶楼可以找到他。

“他大概生病了。”斯特洛夫说。

“可能吧，”门房漠不关心地说，“反正，我好几天没看见他了。”

斯特洛夫在我前面跑上楼梯，当我走到顶楼，他已经敲开了一家门，正和一个穿衬衣的工人说话。这人指了指另一扇门，很肯定地说，那屋住着个画家，有一星期没看到他了。斯特洛夫刚要上前敲门，忽然转过身来，向我做了一个无奈的手势。我发现他有些惊慌。

“要是他死了怎么办？”

“不会的。”我说。

我敲了敲门。没人答应。我拧了下门把手，门没锁。我走进去，斯特洛夫跟在后面。房间里很黑，只能看出这是一间阁楼，上面是倾斜的屋顶。从天窗射进来一道暗淡的光，和室内的昏暗差不了多少。

“斯特里克兰。”我喊了一声。

没人回答。真是诡异，而斯特洛夫站在我身后，双脚好像在发抖。我犹豫了片刻，想着要不要划根火柴。角落里隐约可见一张床，我怀疑亮光中会不会出现一具尸体。

“没有火柴吗，你这个傻瓜？”

黑暗中忽然传来斯特里克兰粗暴的声音，吓了我一跳。

斯特洛夫一声惊叫。

“哦，上帝，我还以为你死了呢。”

我划亮一根火柴，看有没有蜡烛。匆忙一瞥间，只见这是一个很小的房间，一半卧室，一半画室，里面只有一张床，面对墙放着一些画，一个画架，一张桌子，一把椅子。地板上没有地毯。也没有火炉。桌子上胡乱放着颜料、调色刀和一些杂物，杂物中有一截快烧完的蜡烛。我点亮蜡烛。斯特里克兰躺在床上，显得很不舒服，因为这张床对他来说太小了。为了取暖，他把所有的衣服都盖在身上。很明显，他在发高烧。斯特洛夫走到他身边，因为激动，声音都变了。

“哦，可怜的朋友，你怎么啦？我不知道你生病了。为什么不告诉我一声？你知道，为了你我什么都可以做。你还计较我说过的话吗？我不是那个意思。我错了。我生你的气，太不应该了。”

“活见鬼。”斯特里克兰说。

“现在，别不讲理。有我你会更好点儿。没人照顾你吗？”他把斯特里克兰身上的衣物拽了拽给盖好。斯特里克兰喘着粗气，强忍怒火，一言不发。他不满地瞥了我一眼。我静静地站在那儿，看着他。

“如果你想帮我，就去买些牛奶吧，”终于，他开腔了，“我已经两天出不了门了。”

我犹豫了片刻，想着要不要划根火柴。

床头放着一只空牛奶瓶，一张报纸，上面有一些面包屑。

“你有吃的吗？”

“没有。”

“多久了？”斯特洛夫喊道，“你是说，你都两天没吃没喝了？太可怕了。”

“我有水。”

他的目光，在一个他伸手就能够到的大水罐上停了会儿。

“我马上去，”斯特洛夫说，“还想要别的什么吗？”

我建议给他买一个温度计，一些葡萄和面包。斯特洛夫很高兴自己能帮上忙，噔噔噔跑下楼去了。

“该死的傻瓜。”斯特里克兰嘟囔着。

我摸了摸他的脉搏。跳得很快，很虚弱。我问了他一两句话，他不回答。我再追问，他不耐烦地把脸转向墙壁。没什么可做，只能静等着。十分钟后，斯特洛夫气喘吁吁地回来了。除了我让买的，他还买了蜡烛、肉汁和酒精灯。他是一个很会办事的家伙，一分钟也没耽搁，马上就做好了牛奶面包。我量了斯特里克兰的体温。华氏一百零四度。确实病得厉害。

第二十五章

过了一会儿，我们离开了。德克要回家吃晚饭，我提议找一个医生，给斯特里克兰看看。但是，当我们走到街上，呼吸着新鲜的空气，想起沉闷的阁楼，这个荷兰人叫我马上和他去他的画室。他心里有事，却不对我讲，但他坚持说，我陪他回去，很有必要。我想，医生来了我们也像刚才一样，做不了什么，于是就同意了。一进屋，就见布兰奇·斯特洛夫正在摆桌子准备吃饭。德克走上前去，握住了她的双手。

“亲爱的，我求你件事儿。”他说。

她望着他，表情愉悦而又庄重，这正是她的迷人之处。他的大红脸上挂着汗珠，闪闪发亮，样子很滑稽，而他圆圆的眼睛因为激动，流露出热切的光芒。

“斯特里克兰病得很重。快要死了。他一个人住在一间肮脏的阁楼里，没人照顾。我求你，让我把他接过来。”

她飞快地把手缩了回去，我从来没见她动作这么快过；她的脸一下红了。

“哦，不。”

“哦，亲爱的，不要拒绝。我不忍心他一个人待在那儿。因为他我会睡不着的。”

“你去照顾他，我不反对。”

她的声音显得冰冷而又疏远。

“这样他会死的。”

“让他死好了。”

斯特洛夫有些气喘。他擦了擦脸，转过身来想让我说，但我不知道说什么好。

“他是个了不起的画家。”

“和我有什么关系？我讨厌他。”

“哦，亲爱的，我的宝贝儿，你不会的。我求求你，让我把他接过来。我们可以让他好过些。也许我们能救他。他不会麻烦你的。什么都由我来做好了。我们可以在画室里给他支张床。我们不能让他像狗一样死掉。太不人道了。”

“为什么他不去医院？”

“医院！他需要的是爱的手臂，照料他要竭尽全力才行。”

我惊讶地发现，她居然非常激动。她继续摆放桌椅，但两只手在抖。

“我没耐心再跟你说。你想想，如果你生病了，他会动一根指头来帮你吗？”

“那有什么关系？我有你照顾。没那个必要。再说了，我不一样，我没那么重要。”

“你还不如一只杂毛狗有骨气呢。躺在地上，任人踩踏。”

斯特洛夫微微一笑。他以为，他明白妻子为什么这种态度。

“哦，小气的宝贝儿，你还在想那天他来看画的事儿。他不觉得好，有什么关系呢？是我太蠢了，给他看那些。我敢说，我画得也没多好。”

他伤心地环顾了一下画室，画架上有幅未完成的画：一个意大利农夫微笑着，手里拿着一串葡萄，举在一个黑眼睛的小女孩头上。

“即使他不喜欢，也不该没礼貌。没必要侮辱你。这摆明他瞧不起你，而你却舔他的手。哦，我恨他。”

“小宝贝儿，因为他是天才。别以为我也是。我倒希望自己是；但天才我一眼就能看出，而且打心里赞赏。天才是世上最奇妙的东西。但对天才自己而言，却是很大的负担。我们应该容忍他们，要很有耐心。”

我站在一旁，这样的家庭场面让我有些尴尬。我想，为什么斯特洛夫非要让我和他一起回来。他妻子的眼角已有了泪水。

“我要把他接过来，不仅仅因为他是天才，起码，他是个人，他病了，身无分文。”

“我永远也不让他进咱家的门——永远。”

斯特洛夫向我转过身来。

“你来说吧，这简直生死攸关。不能把他丢在那个悲惨的地方不管。”

“很明显，让他过来休养会更好，”我说，“但是，当然，这会让你们不方便。我想，还是有个人日夜照顾他好。”

“亲爱的，你不是那种怕麻烦就不帮的人。”

“如果他来，我就走。”斯特洛夫夫人暴怒地说。

“我简直不认识你了。你从来都是那么善良。”

“哦，看在上帝分儿上，别说了。你快把我逼疯了。”

终于，她的眼泪流了出来。她在一把椅子上坐下，将头埋在双手中，肩膀不停地抽搐着。德克立即在她身边跪下，抱住她，亲吻她，叫着各种亲密的爱称，廉价的眼泪顺着他的脸流了下来。不一会儿，她就推开了他，擦干了眼泪。

“让我自己待一会儿。”她说，情绪平复了好多。然后，她冲着我，强颜欢笑：“这样子，让你怎么看我呢。”

斯特洛夫困惑地望着她，有些犹豫了。他皱起额头，噘着通红的嘴巴。这让我想到一只不安的荷兰猪。

“还是不答应，亲爱的？”最后他说。

她疲倦地摆了摆手，一副筋疲力尽的样子。

“画室是你的。一切都是你的。如果你要让他来，我怎么拦得住呢？”

斯特洛夫圆圆的脸上瞬间绽出了笑容。

“这么说你答应了？我就知道你会的。哦，我的宝贝儿。”

突然，她克制住了自己。一双黯淡的眼睛望着他。她交叉双手放在胸口，仿佛心快要跳出来似的。

“哦，德克，自从我们认识，我还没求你做过什么呢。”

“你知道，只要你一句话，世上没什么事我不去做。”

“求求你，不要把斯特里克兰带家里来。其他人，随便你。小偷，酒鬼，任何一个流浪街头的人，都可以。我可以保证，我会竭尽所能。但是，求你，别把斯特里克兰带回来。”

“可是，为什么？”

“我怕他。我也不知道为什么，但总有什么让我非常怕他。他会给我们带来祸端。我知道。我感觉到了。如果你把他带来，不会有好结果。”

“真是没道理！”

“不，不，我知道我是对的。会有可怕的事情发生的。”

“因为我们做了好事？”

现在，她呼吸急促，脸上有一种莫名的恐惧。我不明白她想到了什么。我感觉，她被一种无形的惊惧牢牢抓住，完全身不由己。她一向稳重，这种惊恐，让人吃惊。斯特洛夫一脸的困惑、惊愕，看了她好一会儿。

“你是我妻子，对我来说比什么都宝贵。如果你不完全同意，谁也不能来这里。”

她闭目片刻，我以为她要晕倒了。我对她有些不耐烦；真没想到她是这样神经质的女人。这时，又听到斯特洛夫的说话声。沉寂似乎奇怪地被他的声音打破了。

“你自己不是也曾陷入绝境，正好有人伸出了援助之手？你知道，这多么重要。如果你有机会，就不愿意帮别人一把吗？”

他这话，司空见惯，甚至有些说教，我差点儿笑了。但布兰奇·斯特洛夫的反应却让我吃惊。她的身体颤抖了一下，久久地望着她丈夫。而他紧紧盯着地板。我不知道，为什么他这样尴尬。她的脸上泛起一阵红晕，接着变白——更白，惨白可怕；你会感觉，她的血液也在她身体的表面紧紧收缩；甚至她的双手也变得毫无血色。她浑身战栗。画室里的寂静在聚集，仿佛变成了可以感知的存在。我一脸茫然。

“把斯特里克兰接来吧，德克。我会尽心照顾他。”

“我的宝贝儿。”他笑了。

他想拥抱她，但她躲开了。

“当着别人的面别这么亲热，德克，”她说，“让人家笑话。”

她的神情已经恢复了自然；谁能说，刚才她还被一种剧烈的感情所摇撼。

第二十六章

第二天，我们就去给斯特里克兰搬家。要说服他过来，需要极大的毅力和耐心，还好他病得很重，对于斯特洛夫的恳求和我的果断，他都没法儿抵抗。在他有气无力的咒骂声中，我们给他穿好衣服，扶他下楼，上了马车，终于把他弄到斯特洛夫的画室。我们到达时，他已筋疲力尽，他让我们把他放在床上，一言不发。他足足病了六个星期。曾经有段时间，他好像都活不了几个小时了，我确信，只因荷兰人的精心照料，他才挺了过来。我从来没见过这么难伺候的病人。倒不是说他爱挑剔、发牢骚，恰恰相反，他从不埋怨，绝无要求，一声不吭；但他似乎憎恨对他的照顾；要是问他感觉怎样、需要什么，他会嘲笑、冷笑，甚至破口大骂。我发现他实在可恶，所以，他刚一脱离危险，我就毫不犹豫地提醒他。

“见鬼去吧。”他干脆地回答。

德克·斯特洛夫完全放下了自己的工作，以他的同情和体贴，悉心照料斯特里克兰。他手脚灵活，把斯特里克兰伺候得舒舒服服。真没想到，他的手段这样高明，居然能劝斯特里克兰乖乖服下医生开的药。他什么都不嫌麻烦。尽管他的收入只够维持他和妻子的生活，没钱去乱花，但是现在，他却大手大脚，购买反季的、昂贵的美味，好吊起斯特里克兰反复无常的胃口。我怎么也忘不了，他劝斯特里克兰补充营养时的苦口婆心。无论斯特里克兰怎样无礼，他从不发火；如果斯特里克兰只是阴沉着脸，他便假装没看到；如果斯特里克兰咄咄逼人，他只是呵呵一笑。当斯特里克兰的身体恢复得好了些，有力气取笑别人，就嘲笑他，他却故意装聋卖傻，逗斯特里克兰开心。他会高兴地给我使个眼色，让我知道病人已无大碍。斯特洛夫真是太厉害了。

但是，更让我感到吃惊的是布兰奇。她证明自己，是一个不仅能干而且专业的护士。没什么再能让你想起，她曾激烈地反对丈夫，不让斯特里克兰住到家里来。病人需要各种照顾，她坚持尽到自己的责任。她整理他的床铺，换床单时尽量不打扰他。她还帮他洗漱。当我说她非常能干，她像平常那样欣然一笑，说有一阵子她在医院工作过。她一点儿也让人看不出，她曾那么讨厌斯特里克兰。她和他说话不多，但总是善解人意，用心呵护。有两个星期，斯特里克兰需要整夜看护，她就和丈夫轮流照顾。我真不知道，漫漫长夜，她坐在病床前作何感想。斯特里克兰躺在那儿，模样古怪，他更瘦了，一脸乱蓬蓬的红胡子，眼睛深陷，凝视的目光更显狂热，因为生病，眼睛看起来非常大，那种光亮很不自然。

“夜里他和你说过话吗？”有次我问她。

“从来不讲。”

她一点儿也让人看不出，她曾那么讨厌斯特里克兰。

“你还是像从前那样不喜欢他？”

“更讨厌，如果要说的话。”

她看着我，用她那双沉静、灰色的眼睛。她的表情如此平静，真难相信，我曾亲眼看见，她表现出那么强烈的抵抗情绪。

“你这么照顾他，他谢过你吗？”

“没有。”她笑了。

“真没人性。”

“非常可恶。”

斯特洛夫当然高兴。她把他交给她的重担挑了起来，而且尽心尽力，这让他难以表达他的感激之情。但他对布兰奇和斯特里克兰之间的关系又感到疑惑。

“你知道吗？我看见他们一起坐在那儿好几个小时，一个字都不说。”

有一次，我和他们坐在画室里。这时候，斯特里克兰的身体已经好多了，再有一两天就能下床。德克和我在聊天。斯特洛夫夫人在缝补，我认出她手里的衬衣，是斯特里克兰的。斯特里克兰仰面躺着，一言不发。偶然地，我看见他的目光停在布兰奇·斯特洛夫身上，带着异样的嘲讽。感觉到斯特里克兰在看自己，布兰奇抬起眼睛，顷刻间四目对望。我不大明白她脸上的神情。她的目光中有一种奇怪的困惑，也许是——但是，为什么呢？——惊恐。很快，斯特里克兰移开了目光，懒洋洋地打量着天花板；但布兰奇依然盯着他，她的表情，真令人费解。

过了几天，斯特里克兰可以下床了。他瘦得简直皮包骨头。衣服穿在他身上，就像稻草人披着破布。他胡须凌乱，头发邋遢，他的五官，本来就比常人的要大，一场大病，让它们更加异乎寻常；但正因奇怪，反而不显其丑。他的怪样，竟有一种威武庄严的气派，我真不知道，怎样才能准确描述他给我的印象。尽管他肉体的遮蔽几乎透明，不过，显而易见的并非他的精神性，而是他脸上那种野蛮的肉欲。听起来很荒唐，但我认为，他这种野蛮的肉欲混杂着令人惊异的精神性。在他身上，有某种原始的东西。他似乎参与了大自然的神秘力量，就像希腊人用半人半兽的形象，用萨堤尔、弗恩[①]

① 弗恩(Faun)，古罗马传说中半人半羊的农牧神。

来呈现这种神秘力量。我想到马西亚斯[1]，他竟然敢和阿波罗比赛乐器，结果被活活剥了皮。斯特里克兰内心似乎怀着奇妙的和弦和难以预料的图景。我预见，他的结局将是无尽的折磨和绝望。又一次，我感觉他被魔鬼附体了；但不能说是邪恶的魔鬼，因为这是在混沌初开、善恶未分之前早已存在的原始力量。

他的身体还很虚弱，不能画画。坐在画室里，一声不响，天知道他在想什么。有时，他也看书。他喜欢的书都很奇怪。有时我发现他在研读马拉美的诗，像小孩子一样逐字逐句大声地读着，我真想知道，那些微妙的节奏和晦涩的词语，带给他怎样奇特的感受。有时，他又沉浸在加伯利奥[2]的侦探小说中。想起来有趣，他对书的选择，表现出他怪诞性格不可调和的方方面面。同样奇怪的是，尽管他身体很虚，但依然讨厌舒适。斯特洛夫喜欢舒适，他的画室里有一对非常柔软的扶手椅，和一个大沙发椅。斯特里克兰从不碰它们；有一天当我走进画室，就他一个人，我发现他坐在一个三脚凳上。这并不是清心寡欲的做作，而是因为，他不喜欢它们。如果非让他坐椅子，他会选没有扶手的硬木椅。他这种性格，让我非常恼火。我从未见过，一个人居然这么不在乎他身边的事物。

---

① 马西亚斯(Marsyas)，森林之神，希腊神话中长着羊角羊蹄的半人半兽神。马西亚斯的乐器是双管笛，太阳神阿波罗的乐器是里拉琴，他们比赛演奏。因为两人的水平不相上下，于是阿波罗提出，他可以将里拉琴倒过来演奏。但是双管笛无法倒过来演奏，所以马西亚斯输了。按照约定，阿波罗提出胜利者的要求，马西亚斯被吊在松树上，活剥了皮。

② 埃米尔·加伯利奥(Emile Gaboriau，1832—1873)，法国作家，侦探小说先驱。

第二十七章

两三个星期过去了。一天早上，当我的写作告一段落，我想给自己放个假，于是便去了卢浮宫。我四处溜达，观赏着那些熟悉的名画，任凭自己心驰神往，浮想联翩。我走进一侧长长的画廊，突然看见斯特洛夫。我笑了，因为他那又圆又胖的身躯、仿佛受了惊吓似的神情，每次都让人想笑。等我走近他，我注意到他很沮丧。他愁眉苦脸，但又很滑稽，像一个穿戴整齐的人落入水中却又死里逃生，心有余悸，生怕别人笑话他。他转过身来，望着我，但我知道，他并没有看见我，一双圆圆的蓝眼睛，在眼镜片后面显得疲倦不堪。

“斯特洛夫。”我喊道。

他吓了一跳，然后笑了，但笑得很凄惨。

“你怎么在这种满是时尚玩意儿的地方转悠？”我打趣说。

“我很久没到卢浮宫了。想看看有什么新东西。”

“你不是告诉我，这星期要画一幅画嘛。”

“斯特里克兰在我画室画画呢。”

“哦？”

“我提议的。他身体还没有好到能回去。我想，我们可以一起用我的画室。在那个区，很多人都是共用一个画室。我觉得一定很有趣。我常常想，如果一个人画累了，另一个人可以陪他说说话，这样挺有意思。”

这些，他说得很慢，说一句就尴尬地停顿一会儿，而他那双善良的、愚蠢的眼睛一直盯着我。那里面满是泪水。

“我还是没听明白。”我说。

“斯特里克兰不愿意自己画画时别人在他身边。”

“他妈的，那是你的画室。他该自己搬出去。”

他可怜巴巴地看着我，嘴唇颤抖着。

“出什么事了？”我直截了当地问。

他吞吞吐吐，脸涨得通红，难过地瞥了一眼墙上的一幅画。

“他不让我画。让我滚出去。”

“你为什么不让他滚到地狱里去呢？”

“他把我赶出来了。我不能和他硬来啊。他连我的帽子都扔了出来，关了门。”

斯特里克兰的行径让我愤怒，但是我也挺生自己的气，因为德克·斯特洛夫扮演了一个滑稽角色，我又忍不住想笑。

“你妻子说什么？”

“她出去买东西了。”

“他会让她进去吗？”

“不知道。”

我疑惑地望着斯特洛夫。他站在那儿，仿佛一个正被老师训斥的孩子。

“我去把斯特里克兰赶走怎样？”我问。

他吓了一跳，闪闪发光的脸涨得通红。

“不。你最好别管。”

他向我点了点头，就走了。非常清楚，出于某种原因，他不想和我讨论这事。真是搞不懂。

第二十八章

一星期后，真相大白。晚上十点左右，我在饭馆吃了饭，回到公寓，一个人坐在客厅里看书，这时门铃暗哑地响了起来。我走到过道，打开门，斯特洛夫站在我面前。

“可以进来吗？”他问。

楼道光线昏暗，我看不清他的样子，但他说话的声音让我吃惊。我知道他生活节制，要不还以为喝醉了呢。我带他到客厅，让他坐下。

“谢天谢地，终于找到你了。”他说。

“怎么啦？”他激动的神情，让我惊愕。

现在，我可以看清他了。平常他总是穿戴整齐，这回却衣冠不整，突然这么乱糟糟的。我深信不疑，他一定是喝大了。我笑了，正想取笑他这副模样。

“我不知道该去哪里，”他大声地说，“我早就到了，可你不在。”

“我吃饭回来晚了。”我说。

我改变了主意；显然，他不是因为醉酒才这么不堪。他的脸平常总那么红润，现在却青一块紫一块。他的两只手哆嗦着。

“出什么事了？”

“我妻子离开我了。”

他几乎哽咽了；喘着气，泪水顺着他圆圆的脸庞滚落下来。我不知道该说什么。我首先想到，她丈夫昏头昏脑，这么热心地对待斯特里克兰，让她忍无可忍，加之斯特里克兰冷嘲热讽，所以她坚决要把他赶走。我知道，她表面沉静，实则倔强；如果斯特洛夫依然拒绝，她很容易离家出走，发誓再不回来。但是，看到这个小个子这么痛苦，我不能笑。

“好朋友，别难过。她会回来的。女人一时说的气话，千万别当真。”

“你不知道。她爱上斯特里克兰了。”

“什么！”我大吃一惊，但是，这太令人难以置信了，我觉得非常荒唐。“你怎么这么傻？难道是吃斯特里克兰的醋？”我差点儿笑了出来。“你知道啊，她受不了斯特里克兰。”

“你不了解。”他呜咽着说。

“真是头倔驴。”我有些不耐烦地说，“来杯威士忌苏打，你可能会好点儿。”

我琢磨，出于某种原因——天知道，人会怎样想方设法来折磨自己——德克一心想让妻子照顾斯特里克兰，可他自己笨手笨脚，所以把她惹毛了。而她为了气他，也就千方百计让他生疑。

“听我的，”我说，“我们现在回你的画室。如果是你一时做错了，就该低头认罪。我觉得，你妻子不是那种记仇的人。”

“我怎么能回画室呢？”他有气无力地说，“他们在那儿。我把房子让给他们了。”

“这么说，不是你妻子离开了你，而是你离开了你妻子。”

“看在上帝分儿上，不要和我说这种话。”

我还是没把他当回事儿。我一点儿也不信他的话。但他看起来真的很痛苦。

“好吧，既然你到这儿来跟我说，那就一五一十，都告诉我吧。”

“今天下午，我再也受不了了。我走到斯特里克兰跟前，对他说，我觉得你身体恢复得够好，可以回自己的住处了。我要用自己的画室。”

“只有斯特里克兰这种人，才要人家明说。”我说，“他怎么讲？”

“他笑了笑。你知道他怎么笑，不是什么让他感到好笑，而是让你觉得自己他妈的是个傻瓜。他说他马上就走。他开始收拾东西。你记得，当时我从他住处拿了些他用得着的。他让布兰奇给他找一张包装纸，一根绳子，他要打包。”

斯特洛夫停下了，有些气喘，我以为他会晕倒。这不是我料想中他要讲的故事。

“她脸色苍白，但还是拿来了包装纸和绳子。而他一言不发，一边打包，一边吹着口哨，根本不理我们。他的眼角，带着讥讽的笑。我的心沉得像铅一样。我担心有什么事情发生，希望自己不要说话。他四处瞅瞅，找自己的帽子。这时她开口了：

“‘我要和斯特里克兰一起走，德克，’她说，‘我不能和你过下去了。’

“我想说话，却张口结舌。斯特里克兰也没说话。他继续吹着口哨，好像跟他没关系似的。”

斯特洛夫又停了下来，擦了擦脸。我沉默不语。现在，我相信他了。我感到吃惊。但依然无法理解。

这时候，他已泪流满面，他用颤抖的声音告诉我，他怎样走过去，想把她搂在怀里，她却躲开了，而且让他不要碰她。他求她，不要离开。告诉她他有多爱她，让她想想他的一片忠诚。他向她说起往日的幸福生活。他一点儿也不生她的气，丝毫不会责怪她。

“让我安安静静地走吧，德克，”后来她说，“难道你不知道我爱斯特里克兰？他去哪儿，我就跟到哪儿。”

“但是，你肯定知道，他永远不会带给你幸福。为了你自己，不要走。你明白等待你的会是什么。”

“这是你的错，是你坚持让他来的。”

斯特洛夫转向斯特里克兰。

“可怜可怜她吧，”他哀求道，“你不能让她做出这种疯狂的事来。”

“这是她的选择，”斯特里克兰说，“我并没有强迫她跟着我。”

“我已经决定了。”她木然地说。

斯特里克兰这种伤人的冷静让斯特洛夫再也控制不了自己。盲目的愤怒攫住了他，他也不知道自己在干什么，突然扑向斯特里克兰。斯特里克兰猝不及防，踉踉跄跄后退了几步，但是，尽管他大病初愈，力气还是比斯特洛夫大很多，不一会儿，斯特洛夫根本不知道怎么回事儿，就发现自己躺在了地上。

“你这个滑稽的小丑。”斯特里克兰骂道。

斯特洛夫爬了起来。他发现自己的妻子依然冷冷地站着，在她面前这样出丑，更让他觉得丢脸。在厮打中他的眼镜掉了，一时看不见在哪儿。她默默地捡起来，塞到他手里。他似乎突然意识到自己的不幸，尽管他知道这让自己显得更加可笑，但他还是大哭起来。他捂住脸。那两个人望着他，一言不发，站在原地，连脚都没挪一下。

“哦，亲爱的，”后来他呻吟着说，“你怎么能这样残忍？”

“我也身不由己，德克。”她回答。

“我崇拜你，世上没有哪个女人会让我这么崇拜。如果我做了让你不高兴的事，为什么不告诉我？只要你说，我一定改。为了你，我能做的都会做。”

她没有回答。她面无表情，而他感觉自己不过是让她更生厌。她穿上外套，戴上帽子，向门口走去。他明白马上就再也见不到她了，于是快步走过去，跪在她面前，抓住她的手，什么脸面也不顾了。

“哦，不要走，亲爱的。没有你我活不了；我会自杀的。如果我有什么惹你生气，求你原谅我。再给我一次机会，我会更努力，让你幸福的。”

“站起来，德克。真是丢人现眼。”

他摇摇晃晃地站了起来，但依然不让她走。

“你要去哪儿？”他慌忙问道，“你不知道斯特里克兰住的什么地方啊。你不能住那儿。太可怕了。”

“如果我不在乎，和你又有什么关系呢？”

“你等一下，我还有话要说。不管怎样，这总可以吧。”

“那又怎样？我想好了。随你说什么，都改变不了。”

他倒吸了一口气，将一只手按在胸口，因为心中的痛苦让他难以承受。

“我不是要你改变主意，我只是求你再听我说几句。这是最后求你了。不要拒绝。”

她站住了，用她那双沉静的眼睛望着他，而这目光对他来说已如此陌生。

她走回画室，靠在桌上。

“哦？”

斯特洛夫费了好大力气，才让自己平静了一些。

“你得有点儿理智。不能靠空气过日子。你知道，斯特里克兰一分钱也没有。”

“我知道。”

“你会吃不饱，穿不暖，受尽苦头。你知道斯特里克兰为什么这么长时间才恢复过来？因为他一直在挨饿啊。”

“我能赚钱养他。”

“怎么赚钱？”

“我不知道。会有办法的。”

一个可怕的想法掠过荷兰人的脑海，他打了一个寒战。

“我想你一定是疯了。我不知道你被什么蒙住了。”

她耸了耸肩。

“现在我可以走了吗？”

“再等一下。”

他疲惫地环顾了一下画室；他喜欢这里，因为她的存在，这

爱情中如果考虑自尊，只能说明你更爱自己。

里充满欢乐与温馨；他把眼睛紧紧地闭上片刻，然后又久久地望着她，仿佛是要把她的样子永远刻在心中。他站起身来，抓过自己的帽子。

“不，我走。”

“你？”

她大吃一惊，不明白他是什么意思。

“一想到你要住在那么可怕、肮脏的阁楼里，我受不了。不管怎么说，这是我的家，也是你的家。你在这里会更舒服。至少不用受那份儿罪。”

他走到抽屉边，拿出一些钱来。

“都在这儿了，我给你一半儿。”

他把钱放在桌上。斯特里克兰和他妻子都没说话。

这时，他又想起一件事来。

“你能把我的衣服收拾一下，放门房那儿吗？明天我过来取。”他强颜欢笑，“再见，亲爱的。谢谢你过去带给我的幸福。”

他走出来，带上了门。在我的想象中，我看见斯特里克兰把他的帽子往桌上一扔，坐下来，点燃了一根烟。

第二十九章

我沉默片刻，想着斯特洛夫所说的。他的软弱，我无法忍受，他也看出，我对他不满。

“你也知道，斯特里克兰过的什么日子，”他颤抖地说，“我不能让她也那样过活——绝对不能。”

“这是你的事。”我回答。

“要是你，你会怎么做？”他问。

“她是眼睁睁自己走的。如果不得不吃些苦头，也是她自找的。”

“对，但是，你知道，爱她的是我，不是你。”

“你还爱她吗？”

“哦，比以往更爱。斯特里克兰不是一个能让女人幸福的人。这事长不了。我要让她知道，我是永远不会让她失望的。”

“你是说，你还会让她回到你身边？”

“我毫不犹豫。到那时候，她会比以往更需要我。等她被他抛弃，受尽屈辱，心伤透了，要是她无处可去，那就太可怕了。”

他似乎一点儿也不恨她。我想，可能是我太迂腐，所以对他这种软骨头竟有些愤慨。也许，他猜到我在想什么，所以对我说：

“我不能指望她像我爱她一样爱我。我是小丑，不是能让女人喜欢的男人。这一点我早就知道。如果她爱上了斯特里克兰，我不能怪她。”

“我还从来没见过，像你这样没有自尊心的人。”我说。

“我爱她，远远胜过爱我自己。要我说，爱情中如果考虑自尊，只能说明你更爱自己。不管怎样，一个结了婚的男人爱上了别人，这司空见惯，常常等他的热乎劲儿过了，就又回到妻子身边，而她也接纳他，这种事，谁都觉得很自然。为什么男人可以这样，女人就不行？”

“我承认，这合乎逻辑，”我笑了笑，“但是大多数男人都不会这样想，根本做不到。”

在我和斯特洛夫说话时，我想，这事儿来得太突然，我还是百思不得其解。我想象不出，事先他会没有察觉。我还记得布兰奇·斯特洛夫那奇怪的眼神，也许可以这样解释：她已经模糊地意识到她心底的感情，连她自己也感到惊慌。

“之前你就没怀疑过他们的关系吗？”我问。

他并没有立刻回答。桌上有支铅笔，他拿起来，随手在吸墨纸上画了一个头像。

“如果你不喜欢我这样问，就直说。”我说。

“把话掏出来，轻松多了。哦，要是你知道我心里有多难受就好了。”他把铅笔往桌上一扔，“对，两星期前我就知道了。她没决定之前我就知道。”

“那你还不让斯特里克兰收拾东西走人？”

“我不相信。简直不可思议。她本来那么受不了他啊。太不可思议了，简直让人难以置信。我还以为是我在吃醋呢。你明白，我一向爱吃醋，但我强迫自己不表现出来；她认识的每个男人我都吃醋，连你也是。我清楚，她不像我爱她那么爱我。这很正常，不是吗？但她允许我爱她，这我就够幸福的了。我强迫自己出去，一走就是几小时，好让他们在一起；我想惩罚我自己，这么爱怀疑，简直不配；但是当我回来，我发现他们并不需要我——斯特里克兰当然不会在意我在不在家，可布兰奇也不需要我。我走过去吻她，她居然浑身发抖。最后，我已经确定是怎么回事儿，却不知如何是好；我知道，如果我大吵大闹，只能让他们笑话我。我觉得，如果我默不作声，睁一只眼闭一只眼，事情也许就会过去。我打定主意，安静地打发他走，用不着吵闹。哦，如果你知道我心里的苦就好了！”

然后，他把自己让斯特里克兰搬走的事，又说了一遍。他选择了恰当的时机，尽量让自己的话听着不是那么有意，但他还是没能控制住自己，本来想说得爽快友好，但还是流露出了嫉妒怨恨。他没想到自己一说，斯特里克兰一口答应，而且立马收拾东西；但首先，让他意想不到的是，他的妻子也决定和斯特里克兰一起走。看得出，他非常希望自己继续忍耐下去。他宁要嫉妒的煎熬，也不要分离的痛苦。

“我想杀了他，结果却让自己出那么大丑。”

他沉默良久，终于说出了我以为的心里话。

“如果我再等等，或许就没事儿了。我真不该这么急躁。唉，可怜的姑娘，为什么我要逼她走啊？”

我耸了耸肩，但没说话。我对布兰奇·斯特洛夫一点儿也不同情，但我知道，如果我把我联想到的实情告诉德克，只会让他更难过。

这时他已筋疲力尽，但还是喋喋不休。他把当时三个人说的话，又重复了一遍。他一会儿告诉我他没讲到的，一会儿又和我说，当时什么该说什么不该说；叹息自己太盲目了。他后悔，哪件事他不该做，咒骂自己，哪件事没有做。夜渐渐深了，最后我和他一样疲惫不堪。

“你现在打算怎么办？”我最后问他。

“还能怎么办？我等她来叫我回去。”

“为什么不一走了之，去散散心呢？”

“不，不。如果她需要，我得让她能找到我。”

对于眼下的状况，他似乎束手无策，也无计可施。我让他去睡觉，他说睡不着；他想出去走走，直到天亮。很显然，他无处可去。我劝他留下过夜，睡我床上。我客厅有一张长沙发，我可以睡那儿。他已经有气无力，无法拒绝我的好意。我给他服了足够剂量的佛罗那，好让他昏昏沉沉睡几个小时。我想我爱莫能助，只能如此了。

第三十章

但是，我给自己收拾的床铺很不舒服，让我彻夜难眠，辗转反侧，想了很多这个不幸的荷兰人给我讲的事情。我对布兰奇·斯特洛夫的行为感到迷惑不解，因为我看出，这仅仅来自肉体的诱惑。我不认为她曾真正喜欢过自己的丈夫，女人心中的爱，往往只是亲昵和安慰，大多数女人都是这种反应。这是一种被动的感情，能够被任何一个人激起，就像藤蔓可以攀爬在任何一棵树上；当一个姑娘嫁给随便哪个男人，总相信日久生情，世俗之见，如此牢固。说到底，这种感情不过是衣食无虞的满足，财产殷实的骄傲，受人爱慕的愉悦，以及家庭圆满的得意；女人赋予这种感情精神层面的价值，只是出于一种无伤大雅的虚荣。但这种感情，在面对激情时往往显得手足无措。我怀疑，布兰奇·斯特洛夫之所以非常讨厌斯特里克兰，一开始便有模糊的性诱惑的因素在内。我是谁啊，怎么可能解开性的复杂神秘？或许，斯特洛夫的激情，激起却未能满足她天性的一面，她讨厌斯特里克兰，是因为她觉得，他身上有自己所需要的那种力量。当她极力反对自己的丈夫把斯特里克兰带回家时，我想是真诚的；她被他吓坏了，虽然不知道为什么；我还记得，她曾预言会有灾祸。我觉得，她对斯特里克兰的恐惧，是对自己恐惧的奇怪移植，因为他让她疑惑，简直不可思议。斯特里克兰，相貌粗野狂放，眼神超然不群，嘴唇肉欲性感，身材高大健壮，这些都给人野性激情的印象；也许她和我一样，在他身上看到了某种邪恶，就像史前时期的野兽，因为和大地保持着原始的联系，似乎还保有它本来的精神。如果斯特里克兰对她的影响不可避免，那么她对他的感情，不是爱就是恨。而她一开始是恨。

接着我想，每日守护病人，也让她对他阴差阳错地动了感情。她托起他的头给他喂吃的，感觉自己手上沉甸甸的；喂完了，她擦一擦他那充满肉欲的嘴唇和红胡子。她清洗他的手脚，那上面一层茂密的汗毛；她给他擦手，尽管他还虚弱，但她也能感觉到，他的手坚实有力。他的手指修长，是艺术家那种灵巧的、善于创造的手指；我不知道，它们在她心里引起了怎样慌乱的想法。他静静地睡着，一动不动，好像死了一样，他就像森林中的一头野兽，狂奔逐猎之后躺在那儿休息；她想知道，在他梦里有怎样的幻想？他是不是梦见一位仙女正在希腊的森林中飞奔，萨堤尔在后面紧追不舍？她拼命奔跑，慌不择路，但他步步紧逼，她甚至感觉到，他热辣辣的呼吸吹到了自己的脖子上！但她依然一声不响向前飞奔，他也一声不响紧紧追赶；最后，她终于被他抓住了，但是，使她浑身战栗的，究竟是恐惧，还是狂喜？

布兰奇·斯特洛夫被强烈的情欲死死地抓住。也许她依然讨厌斯特里克兰，但却渴望得到他，在此之前，她生活中的一切都变得一文不值。她不再是一个性格复杂、既善良又善变、既体贴又轻率的女人；她是迈娜得斯[①]，她是欲望的化身。

不过，也许是我胡乱猜测，可能她对自己的丈夫感到厌倦，只是出于没有半点儿感情的好奇，才爱上了斯特里克兰。或许，她对他并没有特别的感觉，只是屈从于他的意愿，仅仅因为日夜相守，空虚无聊，到头来却发现，她陷入了自己织就的罗网。我怎么知道，在她平静的眉宇和冰冷的灰色眼睛后面，究竟隐藏着怎样的思绪和感情?

不过，即便像人这种生物的行为不可预料，难以确定，但布兰奇·斯特洛夫的所作所为还是可以合理地解释。另一方面，我根本无法理解斯特里克兰。我绞尽脑汁，也想不出他这次行为为何如此反常，和我对他的理解大相径庭。说来也不奇怪：他这样无情地背叛朋友的信任，毫不犹豫地满足自己的一时之快，给别人带来极大的痛苦，因为这就是他的性格。他根本不懂知恩图报。他没有恻隐之心。我们常人的感情在他身上几乎不存在，指责他没有感情，就像指责老虎的凶残一样荒谬。但他这次的心血来潮，我想不通。

我不相信，斯特里克兰会爱上布兰奇·斯特洛夫。我根本不信，他会爱上谁。柔情是爱的重要组成部分，但斯特里克兰无论

---

① 迈娜得斯 (Maenad)，希腊、罗马神话中追随酒神狄奥尼索斯（巴德斯）的“疯女人”。她们头戴常春藤花环，身披兽皮，手持节杖，跟着他在山林中漫游。

对人对己，都是铁石心肠。爱需要有甘愿示弱的态度，保护他人的愿望，尽心竭力、取悦对方的渴望——总之，爱需要无私，或者至少将自私隐藏得了无痕迹；而且爱也需要矜持。而这些特征，在斯特里克兰身上简直无法想象。爱是全神贯注，它需要一个人全力付出；即使头脑最清醒的人，也可能知道，要让他的爱永不停止，根本没有可能；爱给予的真实是虚幻，而且，明明知道是虚幻，不是别的，却依然爱得义无反顾。爱让一个人比原来的自己更丰富，同时又更贫乏。他不再是他自己。他不是一个人，而是一件东西，一样工具，需要通过某种外在的目的来抵达他的自我。爱情从来免不了多愁善感，而斯特里克兰却是我认识的人中最不吃这一套的人。我不相信，任何时候，他会去忍受爱的痴狂，他永远都受不了外在的枷锁。如果有什么东西阻碍了他那无人理解、怂恿他奔向未知事物的热望，我相信，他会毫不犹豫，将它从心中连根拔除，哪怕让他痛苦，让他遍体鳞伤，鲜血淋淋。如果我对斯特里克兰的复杂印象，总结得还算成功，那么，下面的话也不算离谱：我觉得斯特里克兰在爱情这件事上，既过分，又贫乏。

但是我想，每个人的爱情观，都带着自己的秉性，所以因人而异。像斯特里克兰这样一个人，在爱情中自然会有自己独特的方式。要寻求他的感情分析，简直白费力气。

第三十一章

第二天，尽管我劝他别走，斯特洛夫还是离开了。我说我可以帮他回家拿东西，但他坚持自己去；我想，他是希望他们没有收拾他的东西，这样他就可以见到妻子，没准儿还能劝她回到自己身边。但是当他回去，东西已经在门房那儿了，门房告诉他，布兰奇出去了。要说，他能不向她吐自己的一肚子苦水，我才不信呢。我发现，每个他认识的人，他都会向人家诉说他的不幸；他以为能博得同情，结果只引来嘲笑。

他的举止，有失体统。他知道妻子什么时间去买东西，一天，再也忍不住见不到她，当街把她拦住。她不理他，但他还是说个没完。他结结巴巴地道歉，说他做过多少错事，他告诉她，他一心一意爱她，求她回到自己身边。她不回答，只是快步向前，把脸扭向一边。我想象得出，他迈着那双胖胖的小短腿儿，努力追赶她。他气喘吁吁，告诉她，自己有多惨；他求她可怜他；他保证，只要她原谅自己，什么都愿意为她去做。他提出带她去旅行。

对于依然爱她而她已不爱的男人，
女人往往比谁都残忍。

他告诉她，斯特里克兰很快就会厌倦她。当他对我讲述整个丢人现眼的经过，我气坏了。这可真是，既没理智又失尊严。凡是让他妻子瞧不起的事儿，他可是一件不落都做了。对于依然爱她而她已不爱的男人，女人往往比谁都残忍；她不只是不怜悯，不宽容，更会疯狂地羞辱他。布兰奇·斯特洛夫突然收住脚步，使尽浑身力气，狠狠在丈夫脸上抽了一巴掌。趁他愣住，她仓皇逃走，三步两步跑上画室的楼梯。从头到尾，一个字也没讲。

当他给我讲这些时，他用手捂着脸，仿佛还能感觉到那火辣辣的刺痛，他的眼里显出令人心碎的痛苦和惊愕，但又很滑稽。就像面对一个胖嘟嘟的小学生，尽管我知道不对，但还是忍不住想笑。

后来，他会沿着她买东西的街道跟着她，他站在不远处的角落里，眼看着她走过去。他不敢再上前说话，只是用一双圆圆的眼睛望着她，要说的一切都在他的眼神里。我想，他可能以为，他可怜的样子会打动她。但她丝毫不为所动。她买东西的时间依然没变，路线也没变。我觉着，她的冷漠有些残忍。也许，这样折磨他，对她是一种乐趣。我真不明白，为什么她这么恨他。

我劝斯特洛夫放聪明一些。他这种没骨气的表现气死人。

“你这样下去，没一点儿好处，”我说，“我想，你还是给她来个下马威，她就不会像现在这样讨厌你。”

我建议他回老家待段时间。他常对我说起，荷兰北部那个寂静的小镇，他的父母生活在那里，都是穷人。他的父亲是木匠。他们住在一栋破旧的小红砖房里，干净整洁，旁边是缓缓流动的运河。那里的街道，宽阔、寂静；两百年过去，那个地方已经衰败，但房子依然保持着昔日的荣光。富商巨贾，把货物运往遥远的印度群岛，在这里过着平静、丰裕的生活，这些家族虽已败落，却还闪耀着往日辉煌的光芒。你可以沿着运河漫步，走到宽广的绿色原野，四处都是旋转的风车，黑白相间的奶牛，懒洋洋地低头吃草。我想，在这样的环境中，带着童年的美好记忆，德克·斯特洛夫会忘记他的不幸。但他不肯回去。

“我必须留在这儿，她需要时，就可以找到我。”他又重复他说过的话。“如果有什么不好的事，她找不到我，那就太可怕了。”

“会发生什么事儿呢？”我问他。

“我不知道。但我害怕。”

我耸了耸肩。

尽管有这么大的痛苦，德克·斯特洛夫依然让人觉得可笑。如果他憔悴了，变瘦了，自然会引起人的同情。可他不是这样。他依然胖乎乎的，圆圆的脸庞像熟透的红苹果。他一向衣冠整洁，现在还是穿着他那漂亮的黑色外套，戴着他的圆顶礼帽，虽然都有点儿小，但短小精悍，一副洒脱的样子。他的大肚子更胖了，一点儿也没受影响，比以往更像一个发福的商人。有时候，一个人的外表和他的灵魂并不相称，这实在糟糕。德克·斯特洛夫，有着罗密欧的激情，托比·培尔契爵士[①]的身形。他本性善良大方，但行事荒唐莽撞；他深知美为何物，但创作平庸无奇；他见解独特敏锐，但举止粗俗笨拙。他与人交往老练圆通，可自己的事儿

① 托比·培尔契爵士(Sir Toby Belch)，莎士比亚戏剧《第十二夜》中的人物，又肥又胖，喜欢酗酒行乐。

往往一塌糊涂。大自然在创造他时，将这么多自相矛盾的东西放在一起，让他面对令人迷惑不解的冷酷宇宙，这是多么残忍的恶作剧啊！

第三十二章

好几个星期，我都没有看见斯特里克兰。我很讨厌他，如果有机会，我倒是乐意向他明说，但是，没必要为了这个去四处找他。我不太愿意摆出道德的架势愤慨指责，这样总显得扬扬得意，会让任何有幽默感的人觉得装腔作势。除非非常生气，我才会去嘲笑别人。斯特里克兰惯爱冷嘲热讽，这让我非常敏感，他一定以为我故作姿态。

但是，一天晚上，当我沿着克里希大街行走，经过斯特里克兰经常光顾，而我现在再也不去的那家咖啡馆，我和斯特里克兰撞了个满怀。布兰奇·斯特洛夫陪着他，他们正要走向他最喜欢的那个角落。

“这么长时间，跑哪儿去了？”他说，“我还以为你走了呢。”

他这样富有诚意，表明他知道我不想理他。对他这种人，根本不需要什么客套。

“没有，”我说，“我没去哪儿。”

她的脸庞，仿佛一副从不开口的面具。

“为什么好久不来这儿了？”

“巴黎的咖啡馆又不是只有这一家，在哪儿不能消磨时间啊。”

这时候，布兰奇伸出手，和我打招呼。不知道为什么，我还以为她会有些变化，可她还是穿着过去那件灰色衣服，显得优雅得体。她额头光洁，眼神平静，正像我过去经常看到的，她在斯特洛夫的画室里做家务时那样。

“下盘棋吧。”斯特里克兰说。

鬼知道，当时我为什么没有一口拒绝他。我很不情愿地跟在他们后边，走到斯特里克兰经常坐的那个位子对面。他让侍者拿来了棋盘棋子。对于这次偶遇，他们显得十分坦然，我也只能不觉其谬，装作若无其事。斯特洛夫夫人看着我们下棋，脸上的表情令人费解。她沉默不语，其实一向都是如此。我看着她的嘴，想寻找她真情流露的线索；我望着她的眼睛，想知道有没有惊慌或痛苦的暗示；我打量她的额头，看能否捕捉到一丝一闪而过的表明她心绪的皱纹。但她的脸庞，仿佛一副从不开口的面具。她的双手放在膝盖上，一动不动，一只轻轻握着另一只。我听说过一些事，知道她是一个性情暴烈的女人；德克那么死心塌地地爱她，她却那么狠狠地打他，只能说明她反复无常，冷酷无情。她抛弃了有丈夫保护的安乐窝，不去过舒舒服服的日子，反而承担起她明知道的患难生活。这表明她渴望冒险，愿意过苦日子，这种吃苦耐劳的性格，从她过去辛勤操持家务、热心家庭主妇的职责来看，倒也并不稀奇。她一定是个性格复杂的女人，这与她沉静的外表，形成了巨大的反差。

这次相遇，让我有些激动，我一边紧张地思索着这些，一边集中精神，想好好下棋。我使出浑身解数，想打败斯特里克兰，因为他往往看不起手下败将；如果他赢了，那种得意扬扬的架势让你很难接受。不过，如果他下输了，倒也不发一点儿脾气。他是一个坏赢家，一个好输家。有人认为，只有在下棋时才能看清一个人的性格，这从斯特里克兰这个例子中，可以见出奥妙。

下完棋，我叫来侍者，付了酒钱，离开了他们。这次会面，没什么事儿值得书写，没一句话能让我回味，任何的猜测都毫无根据。但是，我很好奇，他们是怎么勾搭在一起的。如果灵魂可以出窍，我愿意付出很大代价，这样我就可以看见他们在画室里干什么，听见他们说什么。我的想象，没有半点儿真凭实据的迹象。

第三十三章

两三天过去，德克·斯特洛夫来找我。

“听说你见过布兰奇了？”他说。

“你怎么知道？”

“有人给我说了，看见你和他们坐在一起。为什么不告诉我？”

“我想这会让你难过。”

“那又怎样？你要明白，只要有她的一点儿消息，我都想知道。”

我没说话，等着他问我。

“她现在怎么样？”他问。

“一点儿没变。”

“她看起来快乐吗？”

我耸了耸肩。

“我怎么知道？我们是在咖啡馆遇见；我和斯特里克兰在下棋；没机会和她说话。”

“哦，从她脸上看不出来吗？”

我摇摇头。只能重复说，她没有说话，没有任何暗示，没有表露一点儿感情。他应该比我知道得清楚，她的自制力有多强。他激动地攥着自己的双手。

“哦，我非常害怕。我知道会发生事情，可怕的事，可我没办法阻止。”

“什么事？”我问。

“哦，我也不知道，”他呻吟着，用双手抱住自己的头，“肯定会大祸临头。”

斯特洛夫本来就爱激动，现在似乎疯了，简直毫无理由。我想，很有可能，布兰奇·斯特洛夫发现自己不能和斯特里克兰生活下去，俗话说自作自受，可这也毫无道理。生活的经验表明，人们总是不断地去做招致灾祸的事情，但总有机会，能让人逃避愚蠢的后果。当布兰奇和斯特里克兰吵了架后，她只有离开，而她的丈夫却低声下气地在等她原谅自己，忘记过去。但我是不准备同情她的。

“你知道，爱她的是我，不是你。”斯特洛夫说。

“反正，没什么能证明她不开心。单凭看到的，他们可能已经安定下来，像夫妻一样过起了日子。”

斯特洛夫用悲伤的眼神看着我。

“当然，这对你无所谓，可对我来说，很重要，太重要了。”

如果我当时显得不耐烦，或者不当回事儿，真有点儿对不住斯特洛夫。

“能帮我办件事儿吗？”斯特洛夫问我。

“非常乐意。”

“帮我给布兰奇写封信好吗？”

“为什么不自己写？”

“我已经写了很多很多信。我想她不会看的。不会回复的。”

“你没有考虑女人的好奇心。你认为她抵抗得了吗？”

“她没好奇心——对我。”

我瞥了他一眼。他垂下了眼睛。他的回答让我感觉带着异样的羞辱。他意识到，她对他冷漠至极，一看是他的笔迹，瞧都不瞧。

“你真相信有一天她会回到你身边吗？”我问。

“我想让她知道，如果事情糟糕透顶，她还可以指望我。我就是要你告诉她这个。”

我拿出一张纸来。

“你到底想让我说什么？”

我的信是这样写的：

尊敬的斯特洛夫夫人：

德克让我转告您，无论何时，如您需要，他都非常感激，愿意为您效劳。对于已经发生的事，他不会有怨。他对您的爱永远不变。您随时可以在下面这个地址找到他。

第三十四章

尽管我像斯特洛夫一样确信，斯特里克兰与布兰奇的关系，会有不幸的结局，却根本没有料到，这件事会引发一场悲剧。夏天来了，酷热难耐，让人喘不过气，即使夜里也没有一丝凉意，能让疲惫的神经得到休息。太阳炙烤的街道，仿佛把白天吸收的热气，在晚上又吐了出来，行人一个个拖着疲惫的双腿。已经好几个星期，没有见到斯特里克兰了。因为忙于其他事情，我几乎把他都忘了。德克整天唉声叹气，渐渐让我生厌，我尽量不和他待在一起。这真是龌龊不堪的事情，我再也不想费神了。

一天早上，我在写作，穿着睡衣坐着。我思绪飞驰，想到布列塔尼鲜艳的海水、阳光和沙滩。在我身边，放着门房送来的空碗，里面是吃剩的牛角面包，我没胃口把它吃完。我听见，隔壁房间里，门房正帮我把浴缸里的水放掉。这时，门铃叮当响起，我让她去开门。不一会儿，就听见斯特洛夫的声音，问我在不在。我坐着没动，大声招呼让他进来。他慌慌张张走进房间，径直来到我的桌子跟前。

“她自杀了。”他声音嘶哑地说。

“你说什么？”我吃惊地叫道。

他的嘴唇动了动，好像在说什么，但却没有一点儿声音。就像一个白痴，他叽里咕噜，说的话不清不楚。我的心怦怦直跳，可不知道为什么，我突然火冒三丈。

“看在上帝分儿上，冷静些好吗？”我说，“你到底在说什么？”

他双手比画着，显出绝望的样子，但依然说不出话来。他好像突遭不测，变成了哑巴。我也不知怎么回事儿，抓住他的肩膀摇晃起来。现在回想，我后悔自己犯傻；我想，可能是前几个晚上焦躁不安，没有睡好，让我突然发起了神经。

“让我坐下吧。”他喘息着，终于说话了。

我倒了一杯圣加尔米耶，端给他。我把杯子送到他嘴边，仿佛在喂小孩。他猛地喝了一口，有几滴洒在了衬衣前襟上。

“谁自杀了？”

我明知故问，因为我知道他说谁。他努力平复了一下，好让自己冷静些。

“昨天夜里，他们吵架了。然后他走了。”

“她死了吗？”

“没，有人把她送到医院了。”

“那你说什么呢？”我不耐烦地喊道，“为什么说她自杀了？”

“别生气。如果你这个样子，那我什么也不说了。”

我握紧拳头，尽量压制自己的怒火，勉强摆出一副笑脸来。

“对不起。慢慢儿说。不用着急。我会好好听的。”

他不再和那些嘲笑他的人一起大笑。

眼镜后面，他那圆圆的蓝色眼睛惨白恐怖。放大的镜片让他的双眼变形了。

“今天早上，门房上楼去给她送信，按门铃没人答应。只听见屋里有人呻吟。门没锁，她就走了进去。布兰奇躺在床上。情况非常危险。桌上放着一瓶草酸。”

斯特洛夫用手捂着脸，身体前后摇晃，呻吟着。

“她当时还有知觉吗？”

“有。哦，如果你知道她有多痛苦就好了！我受不了。我受不了。”

他的声音越来越高，几乎成了尖叫。

“他妈的，你有什么受不了，”我不耐烦地吼道，“她这是自作自受。”

“你怎么这么残忍？”

“那后来呢？”

“他们叫了医生，又叫了我，也找来了警察。我给了门房二十法郎，说如果有什么事就通知我。”

他停顿了一会儿，看得出，他接下来要讲的话，让他难以启齿。

“我回家看她，可她不理我。她对他们说，让我走。我向她发誓，原谅她所做的一切，可她听不进去。她把头往墙上撞。医生叫我不要在她身边。她不停地喊：‘让他走！’我只好出去，在画室待着。等救护车来了，他们要把她抬上担架，就让我躲在厨房里，这样她就不知道我在。”

我开始穿衣——斯特洛夫让我马上陪他去医院——他告诉我，已经给妻子安排了一个单间，免得她忍受大病房里的污浊杂乱。走在路上，他向我解释，为什么要我在；如果她还是拒绝见他，有可能愿意见我。他恳求我告诉她，他依然爱她，一点儿也不怪她，只希望能帮上她；他对她没任何要求，在她康复前，决不会劝她回到自己身边；她说了算。

我们到了医院，迎面一座荒凉冷清的建筑，一看就是病恹恹的样子，当我们从一个办公室被支到另一个办公室，爬了无数的楼梯，穿过长长的、空荡荡的走廊，终于找到了主治医生，却被告知，病人情况严重，改天才能探望。这位医生留着胡子，身材矮小，穿着白大褂，态度很生硬。他显然只把病人当病人，把焦急的亲属当累赘，没有半点儿通融的余地。而且，对他来说，这种事儿司空见惯；也就一个歇斯底里的女人，和情人吵了嘴后服毒自尽；真是见怪不怪。刚开始，医生以为是德克闯的祸，对他说话十分粗暴。等我解释说，他是病人的丈夫，渴望原谅她，医生突然用犀利的目光好奇地盯着德克。我似乎看到，他的眼神带着蔑视；这是真的，德克的头上好像戴着绿帽子。医生轻轻耸了耸肩。

“目前没有太大的危险，”他这样回答我们的询问，“还不知道她服了多少。也有可能只是一场虚惊。常常，女人为了爱情而自杀，可一般来说她们很小心，就是吓唬吓唬人，不会成功。通常这只是一个姿态，为了引起情人的怜悯或恐惧。”

他语气冰冷，十分不屑。很显然，对他来说，布兰奇·斯特洛夫只是即将被添加进巴黎年度自杀未遂统计列表中的一个数字。他很忙，不会在我们身上浪费过多的时间。他说，如果我们能在第二天特定的时间来，到时要是布兰奇好些了，她丈夫就可以见她。

第三十五章

这一天，真不知道是怎么过的。斯特洛夫一个人待着受不了，我只能想方设法分散他的注意力，搞得自己筋疲力尽。我带他去卢浮宫，他假装是在看画，但我发现，他的心思一刻也没有离开他的妻子。我逼着他吃了点儿东西，午饭后，又哄他休息，但他无法入睡。他欣然接受了邀请，在我的公寓住几天。我让他看书，他翻一两页就放下，两眼无神地望着空中。晚上我们玩了好长时间皮克牌[①]，为了不让我失望，他强打精神，假装玩得非常开心。后来我给他吃了药，他翻来覆去，终于睡着了。

第二天再去医院，我们见到一位护士。她告诉我们，布兰奇看着好点儿了。她走进去问她，愿不愿意见她丈夫。我们听见布兰奇房间里的说话声，不一会儿护士出来说，病人谁也不想见。我们告诉过她，如果她不肯见德克，就问问愿不愿见我，但这她

① 皮克牌 (piquet)，经典的法国牌戏。两个人对玩，共 32 张纸牌。

也拒绝了。德克的嘴唇在颤抖。

“我不敢劝她，”护士说，“她情况还很严重。也许再过一两天，她会改变主意的。”

“她想见什么人吗？”德克问，他说话的声音很低，几乎是在耳语。

“她说，她只想一个人静静待着。”

德克做了个很奇怪的手势，仿佛他的双手不是长在身上，而是自己在挥舞。

“你能不能告诉她，如果她想见谁，我可以带来？我只希望她高兴。”

护士用她那双平静、善良的眼睛望着德克，这双眼睛不知看见过多少恐惧和痛苦，可那里面依然是一个没有罪恶的理想世界，所以依然平静。

“等她情绪稳定，我会告诉她的。”

德克满脸悲悯，求她现在就去说。

“这可能会治好她的病。我求你，问问她吧。”

护士的脸上浮出怜悯的微笑，她走进了房间。我们听到她低声说了些什么，接着就是一个听着陌生的声音在回答：

“不，不，不。”

护士走了出来，摇摇头。

“刚才是她说话吗？”我问，“听起来很奇怪。”

“她的声带应该被酸液烧坏了。”

德克低声地呜咽起来。我叫他去大门口等我，我想和护士说几句。他没问为什么，就默默地走开了。他仿佛失去了全部意志，就像一个听话的孩子。

“她对你说过没有，为什么要这样做？”我问护士。

“没有。她什么也不说。只是安静地躺着。有时一连几个小时一动不动。但她一直哭。枕头都打湿了。她身体太虚弱，手帕都用不了，任凭眼泪从脸上往下淌。”

我的心突然一阵绞痛。我真想杀了斯特里克兰。当我和护士告别，我知道自己的声音也颤抖起来。

我发现德克在门口台阶上等我。他似乎什么都看不见，直到我碰碰他的胳膊，他才回过神来。我们默默地往回走。我苦思冥想，究竟是什么事，让这个可怜人走到这一步。我想，斯特里克兰应该知道了，警察一定找过他，录了口供。我不知道他现在在哪儿。很可能他已经回那间破旧的阁楼，他原来的画室去了。说来奇怪，她连他都不想见。也许她拒绝见他，是因为她明白，他肯定不来。我想知道，是怎样可怖的深渊，让她恐惧绝望，不想活了。

第三十六章

接下来的一周，简直是噩梦。斯特洛夫三天两头地去医院探望妻子，但她还是不肯见他。刚开始回来，他还安心，满怀希望，因为医院的人告诉他，布兰奇的情况有所好转；可没过几天，他便陷入绝望，因为医生担心的并发症出现了，病人看来不行了。护士对他很同情，但也没什么话好安慰他。那个可怜的女人一动不动地躺在床上，一言不发，两眼无神，仿佛在等待死神降临。她也就能再活一两天了。一天夜里，已经很晚了，斯特洛夫来找我，我心里明白，他是来送死讯的。他身心交瘁，有气无力，已不像往日那样滔滔不绝，走进门，一屁股瘫坐在沙发上。我觉得，说什么安慰的话都无济于事，干脆就让他静静躺着。我担心，要是我看书，他会认为我太无情，所以就坐在窗前，抽着烟斗，等他愿意说了再开口。

“你对我真好，”后来他说，“谁都对我好。”

“别胡说了。”我有些尴尬地说。

“刚才在医院，他们让我等着。给了我把椅子，我就在门外坐着。她昏迷不醒后，他们叫我进去。她的嘴和下巴都被酸液烧坏了。看到她好好的皮肤都烧伤了，真是心如刀绞。她死得非常平静，直到护士告诉我，我才知道她死了。”

他太累了，连哭的力气都没有。他仰面朝天瘫在那儿，仿佛四肢的力量都耗尽了，不一会儿就呼呼大睡。这是一周来他第一次不靠吃药入睡。大自然对人有时很残忍，有时又很仁慈。我给他盖上被子，熄灭灯。第二天早上，当我醒来，他还没醒。他丝毫未动。金丝眼镜依然架在鼻梁上。

第三十七章

布兰奇·斯特洛夫的死亡牵扯到的情况非常复杂，需要办理各种手续，多得可怕，但最终我们还是取得了丧葬许可。跟随灵车去送葬的，只有德克和我。去的路上，我们走得很慢；回来的时候，马车小跑起来，让我心里莫名地恐惧，驾驶灵车的车夫不断挥鞭打马，似乎他耸耸肩，就能把死神甩在后面。时不时地，我看见在我们面前摇摇晃晃的灵车，我们的车夫也不断催马加鞭，不甘落后。我感觉，自己也有把这整件事儿从心里甩掉的欲望。这出与我毫无关系的悲剧，我开始感到厌烦，我和斯特洛夫没话找话地聊起来，假装是在安慰他，实则是为排遣自己心中的积郁。

“你不想去外地走走吗？”我说，“巴黎现在对你没有意义了。”

他没有回答，我继续冷冷地追问：

“接下来有什么打算？”

“没有。”

“你一定要振作起来。为什么不再去意大利画画呢？”

他还是没有回答，但我们的车夫解了我的围。他放慢了速度，俯过身来和我说话。我听不清楚，就把头伸出窗外。他想知道我们在哪儿下车。我说再等会儿。

“你还是跟我一起吃午饭吧，”我对德克说，“我让车夫给我们在皮加勒广场停下。”

“算了。我要回我的画室。”

我犹豫了片刻。

“要我陪你吗？”我说。

“不。我还是自己回去。”

“好吧。”

我告诉车夫怎么走。马车继续向前，我们沉默不语。自从布兰奇被送进医院那个悲惨的清晨，德克再也没回过画室。我很高兴他没让我陪他一起回去。当我们在他家门口分手，我如释重负。巴黎的街头重新带给我欣喜，看着来来往往的行人，我禁不住微笑起来。这一天，天气晴朗，阳光明媚，我感到自己心中有着更为强烈的生之喜悦。我按捺不住；我把斯特洛夫和他的不幸赶出胸中。我要享受生活。

第三十八章

又是将近一周，我没见到斯特洛夫。一天晚上，刚过七点，他来约我出去吃饭。他重丧在身，圆顶礼帽上系着一条宽宽的黑丝带，连手帕也镶着黑边。他这身深表悲痛的装束会让人以为，在一次灾祸中他失去了世间所有的亲人，甚至嫡表远亲。他肥胖的身材、又红又圆的脸，和身上的丧服很不协调。真是残忍，他深深的愁苦居然表现得如此滑稽。

他告诉我，他已决定离开，但不是去我建议的意大利，而是荷兰。

“明天我就走。这也许是我们最后一次见面。”

我适当地寒暄了一句，他勉强笑了。

“我已经五年没回老家。那里的一切几乎都忘了。我好像离开祖宅太久太远，都不好意思再回去造访。但现在我觉得，它是我唯一的栖身之所。”

他现在满怀悲痛，伤痕累累，他的思绪又让他返回到故乡，去寻找母爱柔情。多少年来，他忍受的嘲笑，现在似乎已将他击垮，布兰奇的背叛是给他的最后一击，让他不再有能力笑脸相迎。他不再和那些嘲笑他的人一起大笑。他是一个被遗弃的人。他对我讲，他往日在整洁的红砖房中度过的快乐童年。他的母亲天生爱整洁，厨房收拾得干净明亮，整整齐齐，真是奇迹。锅碗瓢盆样样东西各就其位，任何地方都找不出一丝灰尘。说真的，这真是一种洁癖。我仿佛看见一个清爽利落的小老太，长着苹果一样的面颊，日复一日，从早忙到晚，把屋里屋外收拾得干干净净，焕然一新。而他的父亲，一个瘦削的老人，因为常年劬劳，双手扭曲粗糙。他性情沉默，为人耿直，一到晚上，便大声读着报纸，妻子和女儿（现在已经嫁给了一个小渔船船长）也不闲着，低头做着针线活儿。文明日新月异，这座小城却被远远地抛在后面，好像永远也不会有什么事情发生。如此年复一年，直到死神来临，像个失散多年的老朋友，让这些勤劳一生的人，永远长眠。

“我父亲希望我像他一样，当个木匠。我们家五代都干这个，父传子，一代代传下去。也许，这就是生活的智慧，永远踩着父亲的脚印走下去，不用左顾右盼。小时候，我说我要和隔壁做马具那家的女儿结婚。她是一个长着蓝眼睛，扎着亚麻色辫子的小女孩儿。我要是和她结了婚，她会把我的家收拾得干干净净，还会给我生个儿子，继承我的手艺。”

斯特洛夫轻轻叹了口气，沉默了。他的思绪萦绕在可能发生的幻景上，他现在渴望，他从前放弃的安稳生活。

“世界冰冷而残酷。没有人知道我们从哪里来，到哪里去。我们必须深怀谦卑。我们必须看到宁静之美。我们必须隐忍地生活，这样命运之神才不会注目我们。让我们去寻求淳朴、善良者的爱吧。他们的无知比我们的知识更可贵。让我们保持沉默，满足于我们小小的角落，像他们一样平静温顺吧。这才是生活的智慧。”

对我来说，这些话只是他破碎灵魂的自白，我反对他的自暴自弃。但是我不想与他争辩。

“是什么让你当初想当一名画家？”我问他。

他耸了耸肩。

“我从小就擅长画画。在学校还拿过奖。我可怜的母亲为我感到骄傲，买了一盒水彩作礼物。她把我的素描拿给牧师、医生和法官看。后来他们把我送到阿姆斯特丹，让我试试看能不能申请到奖学金上大学，结果我拿到了。可怜的老太太，她自豪极了。尽管和我分开像割她身上的肉，她还是强颜欢笑，不让我看出她难过。她非常开心，自己的儿子一定能成为艺术家。老两口省吃俭用，就是为了能让我好好上学。当我的第一幅画展出时，我的父亲、母亲和妹妹，他们都来阿姆斯特丹看了。我母亲看着我的画，激动得流下了眼泪。”说到这儿，斯特洛夫的眼里也闪着泪光。“现在我老家的屋子里，每面墙上都挂着我的画，镶着漂亮的金色边框。”

他的脸上，洋溢着快乐和骄傲的光芒。我又想起他画的那些毫无感觉的场景，什么衣着鲜艳的农夫、丝柏树、橄榄树。这些画镶着颇为讲究的金边儿，挂在农家的墙面上，真是大煞风景。

“我可怜的母亲把我培养成了一名艺术家，她以为是干了件大好事儿。但是，要是我父亲的愿望当初得以实现，那我现在就是个老实本分的木匠，这样也许更好点儿。”

“现在，你已经知道艺术能带来什么，你还愿意回到乡下重新生活吗？你想放弃艺术带给你的快乐吗？”

“艺术是这个世界上最伟大的东西。”他停顿了片刻，说道。

他若有所思地看了我一会儿，好像对什么事拿不定主意。终于，他开口说：

“你知不知道，我去看斯特里克兰了？”

“你？”

我吃了一惊。我还以为他一见斯特里克兰就会受不了。斯特洛夫微微一笑。

“你知道，我这个人没自尊心。”

“这怎么讲？”

他对我讲了一个异乎寻常的故事。

第三十九章

那天，当我们送葬了可怜的布兰奇，我和斯特洛夫分手，他怀着沉重的心情回到家。鬼使神差地，他走进画室，仿佛是某种模糊的、自我折磨的欲望驱使着他，尽管他也害怕，这将带给他痛苦。他拖着双腿爬上楼梯，两只脚好像不听使唤；在画室门外，他徘徊了很久，终于鼓起勇气，走了进去。他感到浑身不适；简直想跑下楼梯追上我，求我陪他一块儿进去。他觉得，画室里有人。他想起，多少次他气喘吁吁地爬上楼梯，总要在门口站一会儿，让呼吸平复一下再进去；真是可笑，因为他急切地想看到布兰奇，所以呼吸总是难以平静。看到她，他总是满心喜悦，这些年来始终未变，哪怕出门不到一小时，一想要见到她就喜不自胜，仿佛分别了一个月。突然间，她死了，真让他难以置信。已经发生的，只不过是一个梦，可怕的梦；当他转动钥匙打开门，他多想像平常一样看到，她态度亲切，身体微微前倾，俯在餐桌上，和夏尔丹的名作《饭前祈祷》里那位女人的神态一样优美。他始终觉得这幅画精湛之极。急急忙忙，他从口袋里掏出钥匙，打开门，走了进去。

似乎，房间还是老样子。他的妻子向来整洁，这一点让他非常满意；他自己的家教让他对整洁的习惯打心里认同；当他看到她本能地把每件东西都摆得有条不紊，心里总是热乎乎的。卧室看着就像她刚离开的那样：几把刷子整齐地摆在梳妆台上，每一把都放在一只梳子旁边；她在画室里最后一夜睡过的床，不知是谁，收拾得非常平整；她的睡衣，在一个小盒子里，放在枕头上。真不敢相信，她永远也不会再踏进这屋子里来了。

他感到口渴，走进厨房，弄了点水喝。这里也整整齐齐。她和斯特里克兰吵架那晚使用的餐具，已在碗架上摆好，洗得干干净净。刀叉收在一个抽屉里。吃剩的一块奶酪，用器皿扣着，锡盒里，放着一块面包。她每天上街购物，只买当天需要的，从来没有什么剩到第二天。从警方的调查，斯特洛夫了解到，那天晚上，吃完饭斯特里克兰就出去了，而布兰奇依然像平常一样在厨房里收拾，这让他有些不寒而栗。她这么沉得住气，说明她的自杀是周密计划的。她的沉着冷静真是可怕。突然，他心如刀绞，双膝发软，差点儿跌倒在地。他走回卧室，一头扑倒在床上，哭喊着她的名字：

“布兰奇！布兰奇！”

想到她遭受的痛苦，他就无法忍受。恍惚间，他突然看见她站在厨房里——不比橱柜大的厨房——刷盘洗碗，清理刀叉，把刀具在刀板上飞快地蹭几下，再一一收起；她清理水槽，把抹布拧干挂起——现在，它还在那儿，一块已经用烂了的灰色抹布。

之后她四处看看，一切都收拾得干净漂亮。他看见她放下袖子，解掉围裙——围裙挂在门背后的钉子上——然后拿起一瓶草酸，走进了卧室。

如此一想，悲痛让他猛地从床上跳起，冲出了房间。他走进画室。屋子里光线昏暗，窗帘遮住了大玻璃窗，他走过去，一把拉开；但是，当他扫视了一眼这曾经让他感到无比幸福的房间，不禁呜咽起来。一切还是原样。斯特里克兰对身边事物毫不在乎，他在画室住着，从不挪动这里的东西。这是精心布置的艺术之家。它表现了斯特洛夫心中艺术家应有的生活环境。墙上悬着几块古旧的挂毯，钢琴上盖着一块非常漂亮但光泽已经黯淡的绸子，一个墙角站着米洛斯的维纳斯①，另一个墙角站着美第奇的维纳斯②。这里立着一个意大利式小橱柜，上面放着代尔夫特③瓷器；那里挂着一块浅浮雕④。一个漂亮的金色画框，镶着委拉斯凯兹名作《教皇英诺森十

---

① 米洛斯的维纳斯（Venus of Milo），公元前1世纪希腊大理石雕像，表现的是希腊神话中爱与美的女神阿芙洛狄忒，罗马神话中与之对应的是维纳斯女神。米洛斯是希腊爱琴海上基克拉泽斯群岛最西的岛屿，该雕塑于1820年在此地被一个农夫发现。1821年起《米洛斯的维纳斯》陈列于法国卢浮宫，和《蒙娜丽莎的微笑》《胜利女神的雕像》并称为卢浮宫三大镇馆之宝。

② 美第奇的维纳斯（Venus of the Medici），公元前1世纪希腊青铜雕像的复制品，最早由罗马美第奇家族收藏。

③ 代尔夫特（Delft），荷兰西部城市，最著名的工艺品是源自中国的青花瓷器，蓝陶烧制闻名世界。

④ 浅浮雕（bas-relief），与高浮雕相对应的浮雕技法，所雕刻的图案和花纹轻浅地凸出底面。

世像》[①]的摹本，这是斯特洛夫在罗马时画的；还有一些他自己的画，同样镶着精致的画框，极富装饰效果。斯特洛夫始终得意自己的品位。他对自己画室的这种浪漫氛围总是欣赏不够，尽管此时此刻，这场景就像一把刀，扎在他胸口，但他还是不由自主，把他的珍宝之一，一张路易十五时代风格的桌子微微挪动了一下。突然，他看到一幅画，画面朝里反挂在墙上。这幅画，尺寸比他平常画的大得多，他感到奇怪，为什么会有这么个东西。他走过去，将它翻过来，想看看画的什么。一幅裸体。他的心怦怦直跳，他立刻猜到，这是斯特里克兰的作品。他生气地将它往墙上一摔——斯特里克兰把它留在这儿什么意思？——顺着墙壁，画掉了下来，画面朝下，扣在了地上。不管是谁画的，他也不能把它弄脏了，这么想着，他把画捡了起来；但这时，好奇心占了上风。他想，还是看看的好，所以他把画拿起来，放在画架上，退后两步，打算仔细欣赏。

他倒吸一口冷气。画面上，一个女人躺在长沙发上，一只胳膊枕在头底下，另一只紧贴着身体；一条腿缩着，另一条伸直。这是一个经典的姿势。斯特洛夫的脑袋嗡地一下胀了。布兰奇！悲伤、嫉妒、愤怒，一下将他紧紧攫住，他嘶吼着，口齿不清，他攥紧了拳头，对着看不见的敌人挥舞着。他扯着嗓子尖叫起来。他快要疯了。他无法忍受。这太过分了。他狂乱地环顾四周，想

①《教皇英诺森十世像》(Pope Innocent X)，1649 年委拉斯凯兹完成的肖像杰作，在这幅作品中，画家既刻画了此人的凶狠和狡猾，也表现了其精神上的虚弱，技法备受推崇。

找件东西，把画捣个粉碎，一分钟也不能让它存在。但是，他没有找到一件称手的东西。他翻遍了绘画工具，可就是没有，简直让他发狂。最后，他终于找到了，一把大刮刀，他猛地抄起，怒吼着，仿佛握着一把匕首，向那幅画冲了过去。

斯特洛夫给我讲这些时，就像当时那样激动，他抓起我们中间桌子上的一把餐刀，挥舞着。他举起手臂，像要扎下来的样子，然后将手一松，当啷一声，刀子掉在地上。他望着我，面容颤抖地笑了笑，就再不说话了。

“快说啊。”我说。

“我不知道是怎么了。我正要往画上扎个大窟窿，胳膊都举起来了，突然，我似乎看见它了。”

“看见什么了？”

“那幅画。一件艺术品。我不能碰它。我害怕了。”

斯特洛夫又沉默了，他张着嘴，盯着我，一双圆圆的蓝眼睛像要蹦出来似的。

“这真是一幅伟大、绝妙的画作。我被震住了。我差点儿就成了罪人。我凑近了想仔细打量，脚碰到了刮刀。我打了一个冷战。”

让斯特洛夫激动的这种感情，我真的感觉到了。这些奇怪的话，令我折服。因为，我仿佛突然被带入另一个世界，在那里，事物的价值已全部改变。我站在那儿，不知所措，好像一个异乡的陌生人，感到所有熟悉的事物都变得迥然不同。斯特洛夫尽力给我说那幅画的事，但他语无伦次，很多地方我只能猜。斯特里克兰打破了长期以来禁锢着他的枷锁。他找到的，不是老话说的，那个“你自己”，而是一个崭新的、拥有无尽力量的灵魂。它不仅是大胆的简化，更表现了丰富奇异的个性；它不仅是描摹，尽管肉体被赋予了炽热的情欲，却显得不可思议；它不仅坚实有力，你甚至能感受到身体那异乎寻常的重量；这里还有一种让人心旷神怡、前所未有的精神性，引领人们的想象力沿着始料未及的方向前进，在虚无缥缈的境界，让赤裸的灵魂在永恒星辰的照耀下，冒险地探索，尝试去发现新的奥秘。

如果我这里有些浮夸，那是因为斯特洛夫就是这么讲的。（谁不知道，一个人一旦感情激动起来，总会情不自禁用华丽的辞藻来表达自己？）斯特洛夫极力想解释的，是一种他此前从未有过的感觉，但他不知道怎么用日常的语言来表达。他就像一个神秘主义者，在宣讲难以言传的真理。但有一样，他还是让我听明白了：人们随随便便谈论美，却不知美为何物，这个词已被用滥了，失去了它原有的力量；所有的鸡零狗碎都以美为名，使美本身的含义荡然无存。一件衣服，一只狗，一篇布道辞，都很美，但当人们和真正的美相遇，反而辨认不出。人们极力掩饰自己毫无价值的思想，这种虚伪的夸张，让他们的感觉变得迟钝。就像一个伪造事物的精神价值的骗子，连他自己有时也觉得是在骗人，因为胡编乱造，早已失去了他们的鉴赏力。但是斯特洛夫，这个本性难移的小丑，对于美，却有着诚实、真挚的理解，就像他灵魂的诚实、真挚一样。美对他来说，就像信徒心中的上帝，当他真的看见了，却感到害怕。

“你见到斯特里克兰，对他说了什么？”

“我让他和我一起去荷兰。”

我傻眼了。一脸惊愕地望着斯特洛夫。

“我们都爱布兰奇。在我老家有房子给他住。我想，和贫穷、善良的人们在一起，对他的灵魂有好处。从他们身上，他能学到非常有用的东西。”

“他怎么说？”

“他笑了笑。我以为他一定觉得我很蠢。他说，他另有要事。”

我真希望斯特里克兰用别的话来拒绝他。

“他把布兰奇的那幅画送给我了。”

我很想知道，斯特里克兰为什么要这样做。但我没有说话。很长时间，我们都沉默了。

“你的东西怎么处理？”后来我问。

“我找了一个犹太人，他给了我一大笔钱。我要把我的画带回家。除了这些，我还有一箱衣服，几本书，这个世界上就再没别的了。”

“很高兴你回老家去。”我说。

我感觉他的选择，还是想忘掉过去。我希望他现在无法忍受的悲伤，随着时间的推移，能慢慢减轻，仁慈的遗忘也能帮他再次卸下生活的重担；他还年轻，多年以后，当他回首往日的悲痛遭遇，并非都是创伤。终有一天，他会在荷兰和某个善良的女人结婚，我相信他会幸福。一想到他在有生之年，还会画出一大堆糟糕的画来，我不禁哑然失笑。

第二天，我就送他回阿姆斯特丹了。

第四十章

接下来的一个月，我因为忙自己的事情，再也没见过和这出悲剧相关的任何人，我不想让它烦我了。但是有一天，我出去办事，在路上碰见了查尔斯·斯特里克兰。一看见他，我就想起那些想忘也忘不了的恐怖事，立马对他心生厌恶。假装没有看见未免幼稚，我对他点点头，立刻加快了脚步；但不一会儿，就感觉一只手搭在了我的肩膀上。

“你很忙啊。”他友好地说。

对于一见他就表现出厌烦之情的人，他总是非常亲切，这是他的一个特点，从我刚才的冷漠态度，他知道我对他的看法。

“很忙。”我干脆地回答。

“我跟你一起走。”他说。

“为什么？”我问。

“高兴和你在一起啊。”

我没有回答，他默默地跟着我走。就这样走了大约四分之一英里的路。我觉得有些好笑。后来，我们经过一家文具店，我想，不如去买些纸，这样就可以甩掉他。

“我要进去买点儿东西，”我说，“再见。”

“我等你。”

我耸耸肩，进了店。我想法国纸不好，既然没甩掉他，也就不用买不需要的东西了。于是故意问了一件他们肯定没有的东西，不一会儿就走了出来。

“买到你要的东西了吗？”他问。

“没有。”

我们继续默默向前走，等来到一个岔路口，我在路边停了下来。

“你走哪条路？”我问他。

“和你一条路。”他笑了笑。

“我回家。”

“我去你那儿抽口烟。”

“总得我邀请你吧。”我冷冷地反驳道。

“如果有邀请的话，我等着。”

“看见前面那堵墙了吗？”我问，用手指了指。

“看见了。”

“既然这样，就应该知道，我不欢迎你。”

“老实说，我猜到了。”

我禁不住笑出声来。我不能讨厌一个能让我发笑的人，这是我的一个性格弱点。但马上我又绷起了脸。

“我觉得你很可恶。真是我遇见过的最恶心的家伙。为什么非要缠着一个讨厌你、瞧不起你的人呢？”

“老弟，你以为我会在意你对我的看法吗？”

“他妈的，”我说，因为隐约觉得自己的动机很站不住脚，我更加气愤。“我不想认识你。”

“怕我会把你带坏吗？”

他的语气让我觉得一点儿都不好笑。我知道他正斜眼看着我，脸上挂着讥讽的笑。

“我想你手头又紧了吧。”我傲慢地说。

“如果我以为自己能从你这儿借到钱，那我就是个大傻瓜。”

“如果你还这样低三下四，就真是穷得叮当响了。”

他咧嘴笑了。

“只要我时不时地让你开心，你就永远不会真讨厌我。”

我咬住嘴唇，才没让自己笑出来。他话虽讨厌，却是事实，而我的另一个性格弱点是，一个人哪怕非常堕落，但只要他能和我你来我往，旗鼓相当，我还是愿意和他交往的。我开始觉得，我对斯特里克兰的厌恶，只有我自己坚持才能继续。我承认自己道德上的缺陷，一见到他免不了装腔作势；我心知肚明，而他凭着敏锐的直觉也发现了这一点。他一定在偷着笑呢。我没接他的话，为了掩饰，耸了耸肩，沉默不语。

第四十一章

我们到了我的住处。他不请自来，上楼梯时我一言不发，懒得说进去坐坐。他紧跟着我，走进了房间。他从未来过，但对我屋里的精心布置看都不看一眼。桌子上有一罐烟丝，他掏出烟斗，填满。在那把没有扶手的椅子上，他坐下来，身子往后一仰，翘起椅子的前腿。

“如果你想像在家里一样舒服，为什么不坐在扶手椅上？”我生气地说。

“干吗关心我舒不舒服？”

“才不呢，”我反驳道，“我只关心我自己。看见别人坐在一把不舒服的椅子上，这让我很不舒服。”

他笑了，但没动。他默默地抽着烟，对我毫不理睬，似乎在想什么。真不知道他为什么到我这儿来。

有些东西让作家感到惊奇，出于本能，他对人性的奇特之处充满兴趣，对此，他的道德观念也无能为力，直到习惯成自然，让他的感觉变得迟钝。他认为，这是一种艺术的满足，人性的邪恶一点儿也不会让他震惊；但是，他也会坦率地承认，他对某些行为的反感，远不如对这些行为产生的动机感到好奇，那般强烈。一个无赖，尽管被刻画得性格完整，合乎逻辑，对作者而言很有魅力，却不为法律和秩序所容。我想，莎士比亚在创作伊阿古[①]时一定兴致勃勃，这在他借助月光和幻想，构思苔丝狄蒙娜[②]时不曾有过。这可能是作家身上根深蒂固的本能，文明的礼仪和风俗，已使它返回到神秘的潜意识深处。给予他创作的人物以血肉，等于给了他那一部分无法表达的自我以生命。他的满足是一种自由的释放。

作家更关心知悉人性，而非判断人性。

在我心里，斯特里克兰的行为非常恐怖，但是另一方面，我又出于冷静的好奇，想找到他行为的动机。他让我迷惑不解，是他一手造成了悲剧，我很希望看到，他如何对待悲剧中那些善待他的人。我大胆地操起了手术刀。

“斯特洛夫对我说，你画他妻子的那张画，是你迄今为止最好的作品。”

斯特里克兰把烟斗从嘴边拿开，微笑着，两眼闪闪发亮。

“画那幅画我很开心。”

“为什么要送给他？”

---

① 伊阿古 (Iago)，莎士比亚戏剧《奥赛罗》中的反面人物。

② 苔丝狄蒙娜 (Desdemona)，莎士比亚悲剧《奥赛罗》中奥赛罗之妻，因受伊阿古诬陷为不忠而被其夫害死。

“画完了，对我就毫无用处了。”

“你知道吗，斯特洛夫差点儿把它毁掉了！”

“这画我也很不满意。”

他沉默了一会儿，又把烟斗从嘴边拿开，笑了。

“你知道那个小个子来找过我吗？”他说。

“他的话没打动你吗？”

“没有。他婆婆妈妈，傻里傻气。”

“我想你大概忘了，是你把他毁了。”我看着他说。

他若有所思，摩挲了一下满是胡子的下巴。

“他是个很糟糕的画家。”

“但他是个好人。”

“还是个很棒的厨师。”斯特里克兰嘲弄道。

他如此冷漠，简直没有人性，我很气愤，也不想给他留面子。

“仅仅是出于好奇，我希望你能告诉我，布兰奇·斯特洛夫的死，你就一点都不痛心？”

我看着他的脸，想发现有什么变化，可他依然面无表情。

“为什么要痛心？”

“真是贵人多忘事。你病得快死了，德克·斯特洛夫把你带回家，像亲生母亲一样照料你。为了你，他牺牲了自己的时间、感情还有金钱，把你从鬼门关拉了回来。”

斯特里克兰耸了耸肩。

“这个可笑的小个子喜欢助人为乐。这是他的命。”

“你可以不感激，但为什么要抢走人家老婆？在你出现之前，他们过得很幸福。为什么不放过他们呢？”

“你怎么知道他们过得幸福？”

“明摆着嘛。”

“你真是看得很透。你认为他为她做了那件事儿，她就会原谅他？”

“哪件事儿？”

“你不知道他为什么娶她吗？”

我摇摇头。

“她原来在罗马一个富人家里当家庭教师。这家的公子勾引了她。她以为他会娶她。结果却被赶了出来。她就要生孩子了，痛苦得想自杀。这时斯特洛夫遇到了她，和她结了婚。”

“他就是这样。我从未见过，有谁像他这样仁慈心肠。”

我一直觉得奇怪，这么不般配的一对儿怎么会走到一起，没想到竟是这样。德克对他妻子的感情异乎寻常，可能就是这个原因。我注意到，这种爱超过了爱情。我又想起，我总是猜测，布兰奇缄默的表情之下，到底隐瞒着什么不可告人的东西；现在我明白了，她极力隐藏的，不只是一个让她感到耻辱的秘密。她的沉默平静，就像暴风雨过后，笼罩在岛屿上空的阴郁宁静。她的欢乐是绝望中的欢乐。这时，斯特里克兰打断了我的思绪，他说出了一个观点，带着深深的玩世不恭，吓了我一大跳。

“一个女人可以原谅男人对她的伤害，”他说，“但永远不能原谅他对她所做的牺牲。”

“你大可放心，你这种人肯定不会引起身边女人的怨恨。”我反驳道。

一丝微笑浮现在他的嘴角。

“为了狡辩，你总是牺牲自己的原则。”他回答说。

“那个孩子后来怎样了？”

“哦，流产了，他们结婚三四个月的时候。”

这时，我提出了最让我疑惑不解的问题。

“能告诉我吗，你为什么要招惹布兰奇·斯特洛夫？”

很长时间，他没有搭话，我几乎想再问一遍。

“我怎么知道？”终于，他说话了，“她很看不惯我。真是好笑。”

“我明白了。”

他突然一阵恼怒。

“他妈的，我想要她。”

但又马上恢复了平静，看着我笑了。

“刚开始，她被吓坏了。”

“你对她明说了吗？”

“毫无必要。她知道。我一句话也没说过。她很害怕。最后，我得到了她。”

我不知道，究竟是什么东西，让他这么奇怪地暗示，他当时的激烈欲望。这真让人惊讶，简直恐怖。他的生活从摆脱平庸乏味的婚姻开始变得不可思议，而有时他的肉体，好像是在对他的灵魂进行可怕的报复。他身上的萨堤尔突然紧紧攫住了他，在这种大自然原始力量的牢牢掌控之中，他动弹不得。他鬼迷心窍，脑子里哪还有谨慎或感激。

“但是，你为什么要把她拐走呢？”我问。

“我没有，”他皱着眉头说，“当她说她要跟我，我和斯特洛夫一样吃惊。我告诉她，如果我不需要她了，她就非走不可，她说她不管。”他停顿了一会儿。“她的身体很美，而我正要画一幅裸体。等我画完了，也就对她没兴趣了。”

“可她是一心一意地爱你啊。”

他惊得跳了起来，在屋子里走来走去。

“我不需要爱情。我没有时间恋爱。这是人性的弱点。我是个男人，有时候我需要女人。当我的欲望满足了，我就会去忙别的事情。真是讨厌，我无法克制自己的欲望；它囚禁着我的精神；我希望有一天，我可以不受欲望支配，自由自在地去工作。因为女人除了爱情什么也不懂，所以她们把爱情看得非常重要，简直荒谬。她们还想说服我们，让我们相信这就是生活的全部。实际上，这是微不足道的一部分。我只知道欲望。这是正常的、健康的。爱情是一种病。女人是我取乐的工具；我没耐心让她们当我的什么助手、搭档、伴侣。”

我从未听斯特里克兰说过这么多话。他满腔的怨气。但是，无论在这里还是别处，我都不想更改他的原话。斯特里克兰的词汇量很小，也没有遣词造句的能力，所以不得不把他的感叹词、他的面部表情、他的手势和陈腐的话语拼凑在一起，这样才能搞懂他的意思。

“你应该生活在女人是奴隶，男人是奴隶主的时代。”我说。

“偏偏我是一个再正常不过的男人。”

他说得一本正经，我禁不住笑了起来；但他却继续说下去，像笼中的困兽，在屋子里走来走去，他努力想表达自己的感受，但总是词不达意。

“如果一个女人爱上你，除非拥有了你的灵魂，她才肯罢休。

因为她很软弱，控制欲极强，没有什么能让她满足。她心胸狭窄，憎恶她无法掌握的抽象事物。她满脑子现实，嫉妒理想。男人的灵魂在天际游荡，女人却想将它囚禁在自己的账本儿里。你还记得我妻子吗？我发现布兰奇也是一点一点，在玩我妻子的那套把戏。她千方百计布下罗网，就是想捆住我。她想把我拉到她那个水平；她一点儿都不关心我，只想占有我。为了我，她什么事情都愿去做，除了一件，我求之不得：赶紧离开我。”

我沉默了一会儿。

“当你离开她，想着她会怎样？”

“她本来可以回斯特洛夫身边，”他不耐烦地说，“他巴不得她回去。”

“真是没人性，”我说，“和你谈这些，就像给瞎子形容颜色一样没用。”

他站在我的椅子前，低头望着我，看得出，他满脸的轻蔑和惊愕。

“布兰奇·斯特洛夫是死是活，难道你真的那么关心？”

我思考着这个问题，因为想如实回答，无论如何都是我真实的想法。

“如果说，她死了和我没多大关系，未免有失同情心。生活给予她的东西可以很多。而她却被残忍地剥夺了，这是可怕的。我很惭愧，因为我不是真的关心。”

“你没勇气表达你的信念。人生毫无价值。布兰奇·斯特洛夫自杀，并不是因为我离开她，而是因为她太蠢，精神有些错乱。但是我们说她已经够多了，她是一个完全不重要的小人物。走吧，让你看看我的画。”

他说这些，就好像我是个孩子，需要被分散注意力。我很恼火，但与其说是对他，不如说是对我自己。我想起在蒙马特那间温馨的画室里，斯特洛夫和他妻子，这幸福的一对儿，他们诚实善良，热情好客，但这种生活却被一桩偶然事件无情地击碎了，在我看来真是残酷；但最残忍的是，它发生了和没发生几乎一样。世界已然继续，没有谁因这件事而活得更惨。我觉得，就连德克，也会很快忘记，他是一时悲痛，而非爱得深沉。至于布兰奇，无论她最初带着怎样光明的希望和梦想，死了就跟没来过世上一样。仿佛一切都很空虚，没有意义。

斯特里克兰拿起他的帽子，站在那儿看着我。

“你去吗？”

“我怎么就认识你呢？”我问他，“你知道，我讨厌你，瞧不起你。”

他咯咯地笑了，并未生气。

“你和我吵架，是因为我根本不在乎你对我的看法。”

我觉得自己的脸已经通红。要让他知道，他的冷酷和自私会令人恼羞成怒，简直不可能。我恨不得一下戳穿他冷酷无情的甲胄。但我也明白，终究，他说的不是没有道理。也许，在我们的潜意识中，我们很看重自己对别人的影响，别人是否重视我们对他的看法很重要，如果我们对他的看法没有影响到他，我们就很讨厌他。我想，这正是人性虚荣最痛的创伤。但是，我没让他看出来，这话让我不高兴。

“一个人怎么可以完全无视他人的意见？”我说，与其说是对他讲，不如说是自言自语，“现实中，你总是和别人有种种关系。

要想一个人、只为自己活下去，简直荒谬。总有一天，你会生病，会老去，你会向你的同类爬去。当你深切地感到，你需要安慰和同情，你不觉得羞愧吗？不在乎别人的意见，根本不可能。早晚，你身上的人性渴望与他人建立联系。”

“走，去看我的画吧。”

“你想过死吗？”

“为什么要想死？这不重要。”

我望着他。他站在我面前，一动不动，眼里带着嘲弄的笑。尽管如此，一瞬间我还是仿佛看见，一颗炽热的、备受折磨的灵魂，它目标远大，远非肉体所能想象；我突然之间瞥见的，是某种难以形容的追求。眼前的这个人，衣衫褴褛，鼻子硕大，两眼放光，火红的胡须，凌乱的头发。我有一种奇怪的感觉，这只是外壳，我真正看到的，是一个没有躯壳的灵魂。

“走吧，去看你的画。”我说。

第四十二章

我不知道，为什么斯特里克兰突然提出让我看画。有这样一个机会，我还是蛮高兴。作品见真我。在社会交往中，一个人只让你看到他希望别人接受的一面，你只能凭他不经意间的举手投足、一颦一笑，对他有所了解。有时候，人们戴着完美的假面，久而久之，真会弄假成真。但是，在他写的书、画的画里，他会毫无保留地表露自己。如果他装腔作势，只能暴露自己的空虚。滥竽充数，最终会被发现。冒充个性，无法掩饰平庸的头脑。对于目光敏锐的观察者来说，哪怕是一个人最漫不经心的创作，也会泄露他灵魂深处的秘密。

当我踏上斯特里克兰住处那漫无尽头的楼梯，我承认我很兴奋。就好像我马上就要跨进门槛，遭遇一场意想不到的冒险。我好奇地打量了一下他的房间。这屋子好像比我记忆中的更小了，家具也更少。我有些朋友总说他们需要大画室，如果条件不足肯定不会作画，我真想知道，他们要是看见这间画室，会作何感想。

“你就站在那儿。”他指着一个地方说，想必，他要给我看他的画，这是最佳的欣赏位置。

“我想，你不情愿让我说话吧。”我说。

“去你妈的，你最好闭嘴。”

他把一张画摆上画架，让我看一两分钟；然后取下来，放上另一张。我想，他让我看了有三十多张。这是他六年来的全部成果。一张也没卖。这些画有不同的尺寸。小点儿的是静物，最大的是风景，有半打是肖像。

“就这么多。”他后来说。

我真希望自己能一眼看出，这些作品何等美妙，有着怎样伟大的独创性。这些画，很多后来我又看过，有些见过复制品，都相当熟悉；奇怪的是，当初看到它们时，我居然非常失望。我没感觉到艺术本该带给我的欣喜若狂。印象中，斯特里克兰的画让我不安；事实上，我一直自责，从未想过要买他的画，真是错失良机。这些作品后来大多进了博物馆，其他的则成为有钱人的收藏品。我总是为自己找借口。我认为自己还是有品位的，只是缺乏创见。我对绘画了解不多，只是步人后尘，随意欣赏。当年，我最钦佩的是印象派。我渴望拥有西斯莱或德加的作品，也非常崇拜马奈。他的《奥林匹亚》，我认为是当代最伟大的作品，《草地上的午餐》也使我大为感动。我认为在当代绘画中，这些作品精妙绝伦，无出其右。

我不想再描摹斯特里克兰给我看的画了。描述绘画总显得枯燥乏味，再说，感兴趣的人对它们早已相当熟悉。今天，斯特里克兰已对现代绘画产生了巨大的影响，他和其他少数开拓者一

我看到一颗备受折磨的灵魂，在奋力寻求自由的表达。

起，绘制了创新的蓝图，人们第一次看他的画，早已有了心理准备；但是，请读者记住，我这是头一次看到这样的作品。首先，他技法的笨拙让我颇为震惊。我看惯了古典大师们的作品，深信安格尔是近代最伟大的画家，所以觉得斯特里克兰画得非常拙劣。我丝毫不理解他所追求的单纯性。我记得他的一幅静物，盘子里几个橘子，让我困惑的是，他画的盘子不是圆的，橘子也不对称，而是偏向一边。他画的肖像比真人大一点儿，让人觉得很笨拙。在我眼里，那些头像看起来就像漫画。这种画法对我来讲是全新的。那些风景画更让我茫然。有两三张画的是枫丹白露的森林，还有一些是巴黎的街道，我的第一感觉，这些是喝醉的马车夫的涂鸦。我完全糊涂了。他的用色在我看来也很粗犷。所有这些画浮现在我的脑海中，就像一出令人费解的闹剧。现在回头看，斯特洛夫真是独具慧眼，让我更为钦佩。他从一开始就看到，这是艺术史上的一次革命，今天全世界公认的天才，他早就觉察出来了。

但是，即便斯特里克兰的画让我困惑不安，也不能说，它们没有打动我。尽管这些画让我如坠云雾，可我还是感觉到一种极力想表达自己的真正力量。我兴趣盎然，也很激动。我感觉，这些画意义重大，它们仿佛有什么要向我表达，但我又说不出个所以然。我觉得它们很丑，但它们却暗示而非泄露出非常重要的秘密。它们不可思议，可望而不可即。它们带来一种情感，却无法分析。它们诉说着语言无力表达的东西。我想，斯特里克兰在物质事物上隐约看到了精神性的意义，这种意义非常新奇，他只能用可能的符号将它暗示出来。就仿佛他在混沌宇宙中发现了崭新的图案，用笨拙的笔触、灵魂的痛苦将它描摹下来。我看到一颗备受折磨的灵魂，在奋力寻求自由的表达。我向他转过身来。

“我怀疑，你是不是搞错了方法。”我说。

“你说的，到底是什么意思？”

“我想，你在极力表达一些东西，虽然我不太清楚那是什么。但是，我怀疑，绘画是不是你最好的表现手段。”

我曾经设想，看过他的画，我应该能找出头绪，去了解他奇异的性格，可我错了。它们只不过平添了我的惊讶。我比以往更迷茫了。对我而言，只有一件是清楚的——或许连这一点也不现实——他正竭尽全力，想从束缚着他的力量中解放出来。但这种力量究竟是什么，他又如何解脱，不得而知。我们每个人都孤独地生活在世界上。谁都被囚禁在一座铁塔里，只能凭一些符号与人交流，但这些符号并没有共同的价值，所以它们的意义模糊不定。我们可怜地想把心灵的珍宝传递给别人，但他们却无力接受，因此我们只能踽踽独行，虽然紧挨着，却并不真正在一起，既无法了解别人，也不被别人所了解。我们就像身在异国他乡的陌生人，对他们的语言知之甚少，想表达那些美妙而深刻的事物，只能局限于会话指南上一点平庸的词句。我们的大脑充满了奇想，却只会说“花匠的姑姑有把雨伞在屋里”。

这些画给我最后的印象是，为了表达灵魂的某种状态，他做出了惊人的努力。我想，也只有从这一点能够解释，为什么它们让我完全不知所措。显而易见，颜色和形式，对斯特里克兰有着独特的意义。他无法容忍不把自己感受到的东西传达给别人，这是他创作的单纯意图。只要他能够接近他所追求的事物，他会毫不犹豫地简化，甚至歪曲。事实对他无关紧要，他要的，是在一堆毫无关联的事件中，找到他认为意义重大的东西。就好像他觉察到了宇宙的灵魂，不得不把它表达出来。尽管这些画让我百思不得其解，我却因为它们特有的激情，没法无动于衷；而且，不知为什么，在我心里有一种感觉，我对斯特里克兰产生了一种感情。真是没想到：我感觉到了一种无法抗拒的同情。

“我想，现在我明白了，为什么你屈从于布兰奇·斯特洛夫的感情。”我对他说。

“为什么？”

“我想，是你失去了勇气。你肉体的软弱影响了你的灵魂。我不知道，是怎样的无限向往，将你紧紧攫住，让你踏上一条险恶、孤独之路，在那里，你希望找到让你备受折磨的最终救赎。我看，你就像永不止步的朝圣者，不停地在寻找一处心中的圣地，可它也许并不存在。我不知道，你寻求的是怎样高深莫测的涅槃。你自己知道吗？或许，你寻找的是真理与自由，而在一段时间，你认为能从爱情中获得解脱。我想，你疲惫的灵魂想在女人的怀里得到休憩，当你在她那里没有得到，你就讨厌她。你一点儿也不怜悯她，因为你连自己也不怜悯。你逼死了她，是因为恐惧，因为你依然没有解脱，处于危险之中而瑟瑟发抖。”

他冷笑了一声，揪着自己的胡子。

“真是个可怕的感伤主义者，我可怜的朋友。”

一星期后，我偶然听说，斯特里克兰去马赛了。从此再也没有见过他。

第四十三章

回头来看，我明白我描写的查尔斯·斯特里克兰，似乎很难让人满意。我写下我知道的事情，但它们模糊不清，因为我并不了解事情的起因。最奇怪的是，斯特里克兰为什么决心当一名画家，显得十分随意；尽管从他的生活状况，肯定能找到原因，而我全然不知。从他的谈话，我一无所获。如果我是在写一部小说，而不是叙述我所知的一个性格怪异者的真实故事，我就会虚构一些缘由，来解释他的感情变化。我想，我可以写他童年时就酷爱绘画，但由于父亲的反对，或因生活所迫，这个梦想破灭了；我也可以想象，他是因为无法忍受生活的枷锁；他在艺术的激情和社会的职责之间苦苦挣扎，从而引起人的同情。如此一来，我就可以将他塑造成一个更加典型的人物。也许在他身上，人们能看到一个新的普罗米修斯。总之，我也许会塑造一个为人类理想而历经磨难、牺牲自我的当代英雄。这始终是个动人的主题。

另一方面，我可以在他的婚姻关系中，找到他感情变化的动机。我可以有一打方法处理这个故事：因为他妻子喜欢结交画家和作家，这些人唤起了他身上隐藏的天赋；或者因家庭不和，从而让他专注自我；要么就是因为一场爱情，将他心中暗暗燃烧的火种变成了熊熊烈火。如果这样，斯特里克兰夫人在我笔下就完全不同。我会不顾事实，把她写成一个唠唠叨叨、令人讨厌的女人，要么就是极端偏执，漠视精神需求。我会把斯特里克兰的婚姻写成一场漫长的折磨，离家出走将是他唯一的选择。我想，我会强调他如何逆来顺受，心存怜悯，不愿卸下沉重的枷锁。这样，我就不会写到他们的孩子。

要让故事真实感人，我也可以写他认识了一位老画家，这位画家由于穷困潦倒，或者为了追名逐利，从而虚掷了自己的大好青春、非凡才华，当他在斯特里克兰身上看到自己的影子，就劝他放弃世俗的功名，献身神圣的艺术。我会写这个老人有钱有名，但这不是他想要的生活，虽然他知道献身艺术的重要，但他无力去寻求。我想，这样来写，似乎更为讽刺。

但现实非常乏味。斯特里克兰，一个刚走出校门的毛头小伙，进入一家证券交易所工作，一点儿也不觉得厌烦。直到结婚，他都过着和同行们一样平凡的生活，做一些不大不小的买卖，盯着德比赛马，或者牛津和剑桥比赛的结果，输赢不过一两英镑。我想，他业余时间也会练习拳击。他的壁炉架上有兰特里夫人和玛丽·安德森的照片。他读《笨拙》和《体育时代》。他去汉普斯特德参加舞会。

很长一段时间，我再没看到他，可这并不重要。几年来，他步履维艰，为了掌握困难重重的艺术，生活过得单调乏味；为了赚钱糊口，他不得不有所变通，我不知道有什么值得书写。即使把这些写下来，也只能看到与他交往的人身上的种种事情。我认为，这些对他的性格没什么影响。如果要写一部现代巴黎的流浪冒险小说，他一定经验丰富，积累了大量素材；但他性情超然，从他的谈话判断，这些年来，并没有什么事让他印象深刻。或许，当他来到巴黎，已经老大不小，光怪陆离的生活诱惑不了他。说来有些奇怪，他不仅讲求实际，甚至不带任何感情。我想，他这段生活颇为浪漫，但他一定看不出半点情调。或许，要看到生活中的浪漫，你必须多少像个演员；而要跳出自身，你必须超然物外，全神贯注。但是，没有一个人能像斯特里克兰这样一心一意。我不知道，谁能像他这样有着强烈的自我意识。遗憾的是，我无法描述他如何一步一步，战胜艰难，取得了卓越的成就；因为，如果我能描写他如何屡遭失败，坚持不懈，如何满怀勇气，从不绝望，在面对艺术家的劲敌——自我怀疑时，如何不屈不挠，再接再厉，我可能会激发读者们的同情。这一点我太清楚不过：人物不能像斯特里克兰这样枯燥乏味，毫无魅力。但是，我没这方面的事实可写。我从未见过斯特里克兰作画，我知道，别人也没见过。他的奋斗是他个人的一部秘史。假如他独处画室时曾和上帝的使者激烈搏斗，那么，他就从未允许一个灵魂见证他的痛苦。

当我叙述他和布兰奇·斯特洛夫的关系，我懊恼地发现，我掌握的事实过于零散。为了让我的故事顺理成章，我就应该描写他们不幸结合的发展，但我根本不知道，他们同居的三个月里都发生了什么。我不知道他们如何相处，也不知道他们说了些什么。毕竟，一天有二十四小时，感情的高峰只是偶尔出现；其他时间他们怎么过的，我只能凭自己想象。只要光线还未暗淡，布兰奇还有力气保持姿势，我想，斯特里克兰总是一刻不停地画着，当她看到他聚精会神工作的样子，一定非常气恼。在那段时间，对他来说，她的角色只是模特，而非情妇，他们一起生活，也只是沉默。这让她感到害怕。斯特里克兰曾经暗示，布兰奇委身于他，有报复德克·斯特洛夫的意思，因为他是在她陷入绝境时救了她，斯特里克兰这话，为臆想打开了窗户，不免让人浮想联翩。我希望这不是真的。这太可怕了。但是，谁又能洞悉人心的奥秘？那些只希望从人心见出高雅情操和正常感情的人，当然不会理解。当布兰奇看到，斯特里克兰偶尔绽放激情，但终究对她冷漠，她一定非常失望；我想，她已经意识到，对他而言，她不是一个人，只是取乐的工具；他依然是一个陌生人，她千方百计，用可怜的手段，想把他拴在自己身边。她极力用舒适的生活诱导他，却根本不明白，这对他毫无意义。她煞费苦心，为他做可口的东西，却不知道，他对食物漠不关心。她总担心他一个人会孤独，所以对他呵护备至，当他的激情昏昏欲睡，她就想尽办法唤醒它，这样，至少她能保持一种幻觉，仿佛她真的掌控了他。也许，她的理智告诉她，她打造的这些链条只能激起他破坏的天性，就像窗户上的厚玻璃，看着让你手痒痒，想捡起半块烂砖头。但是，她的心却犯了迷糊，让她沿着自知毁灭的道路继续前行。她一定很不开心。但爱情的盲目让她相信，她的追求是真实的，她的爱是伟大的，似乎不可能不唤起他同样的爱。

但是，我对斯特里克兰性格的分析，有很大的缺陷，这远远大于我对许多事实一无所知。因为，非常明显，我写了他和女人的关系，可这些在他的生活中并没那么重要。但这些关系却给别人带来了悲剧，真是讽刺。他真正的生活，既包括梦想，也有异常艰辛的创作。

小说的不真实就在这里。一般而言，爱情对男人只是插曲，是许多日常事务中的一件，而小说把它夸大了，事实上，它并没那么重要。虽然也有些男人，把爱情看得生死攸关，但他们往往显得无趣；即使那些相信天长地久的女人，也会瞧不起他们。她们被这种人阿谀奉承，乐得心花怒放，但还是会有不安，感觉他们是可怜虫。即便恋爱的时间非常短，男人也会三心二意，干些别的：赚钱谋生他们在意，体育运动他们专心，艺术创作也有兴趣。在大多数情况下，他们诸事并行，都不耽搁，但也专心致志，要追求这个，就先放下那个。他们可以心无旁骛，如果一个打搅了另一个，他们会大为恼火。同样坠入情网，男人和女人的区别是：女人可以一天到晚谈恋爱，而男人只有几分钟。

性欲在斯特里克兰身上并不起眼。可以说很不重要。甚至，让他讨厌。他的灵魂在别处。他有狂暴的激情，有时候欲望占据了他的身心，迫使他一时纵情狂欢，但他对这种本能感到非常厌恶，因为这剥夺了他内心的宁静。我想，他甚至讨厌一个必不可少的性伴侣。当他重新恢复了自我，看着那个他享受过的女人，他一定不寒而栗。他的思想在九天之上徜徉，他的身体对她万分恐惧，也许宛如花丛中飞舞的彩蝶，见到自己胜利蜕变出来的肮脏蛹壳那样。我认为，艺术是性本能的一种表现。一个漂亮女人，金黄月色下的那不勒斯海湾，或者提香的《埋葬基督》，在人们心中激起的，是同样的感情。也许，斯特里克兰讨厌自然的性释放，因为对他而言，这和艺术的创造相比，过于粗俗。我自己也觉得奇怪，我塑造的是一个残忍、自私、野蛮、好色的人，却把他写成了一个伟大的理想主义者。但这是事实。

他的生活，过得比手艺人还差。他奋力创作。大多数人将生活装点得优雅美妙的东西，他毫不在乎。他对金钱无动于衷。他对名声不屑一顾。但你不必赞美他抵挡住了诱惑，因为我们大多数人妥协让步的名利，对他而言根本不算诱惑。妥协，在他的头脑中根本不存在。他住在巴黎，比底比斯沙漠的隐士还要孤独。他从不求人，只要能让他一个人待着。他一心一意，追求理想，为了实现它，不惜牺牲自己——这一点，很多人都能做到——甚至牺牲别人。他心存幻想。

斯特里克兰是一个可恶的人，但我依然认为，他很伟大。

第四十四章

对绘画艺术如何看待，有一定的重要性，在这里，我自然要写一写，斯特里克兰对以往伟大艺术家的看法。但我知道的，恐怕也没什么要紧。斯特里克兰不善言辞，他根本不会用动听的话语表达自己的想法，好让别人记住。他毫无风趣。如果我多少记下了他说话的方式，从中可以看出他的幽默，那也只是嘲讽。他说话粗鲁。他说真话有时也会让人发笑，但这种表达之所以显得诙谐，只因为冷不丁才冒出；如果他一直这么讲，别人也会觉得没意思。

可以说，斯特里克兰不是一个智慧超凡的人，他对绘画的看法平淡无奇。我从未听他讲过和他有所相似的画家，譬如塞尚、凡·高；我也非常怀疑，他是否看过他们的作品。他对印象派不是很感兴趣。他们的技巧他有印象，但是我想，他可能认为他们对待艺术的态度过于平常。有一次，斯特洛夫滔滔不绝地讲莫奈有多伟大，斯特里克兰说：“我更喜欢温特哈尔特[①]。”我敢说，他这是故意的，如果真是这个意思，那他达到目的了。

我其实挺失望，因为我无法写出，他如何对古典大师大放厥词。他的性格如此怪异，如果他评论绘画能让人大吃一惊，那他这个人物就更为完整。我觉得，我很需要让他对他的前辈们发表些奇谈怪论，能够警醒别人，但我承认，他和随便哪个人的看法别无二致。我想，他根本不知道埃尔·格列柯。他对委拉斯凯兹非常钦佩，尽管有些不耐烦。他欣赏夏尔丹，伦勃朗让他更着迷。他对我讲伦勃朗给他的印象，言语粗俗，我不好在这里写出。让人意想不到的是，他最喜欢的画家居然是老布鲁盖尔[②]。我那时对老布鲁盖尔知之甚少，斯特里克兰自己也解释不清。我之所以记得他是这么评价老布鲁盖尔的，是因为他的话让我很不满意。

“他画得挺好，”斯特里克兰说，“我敢打赌，他一定认为画画是件鬼差事。”

后来，在维也纳，我看过一些彼得·布鲁盖尔的画后才明白，为什么斯特里克兰会对他感兴趣。这也是一个对世界心存奇特幻想的人。我当时做了大量的笔记，打算写一写他，后来资料都丢

---

① 温特哈尔特（Franz Xaver Winterhalter，1805—1873），德国宫廷画家，专门绘制欧洲的王室形象：奥地利，德意志，俄罗斯，法国，英国，甚至亚洲的皇帝国王和王后们，都请他绘过肖像画。他技艺高超，佣金丰厚，是当时最富有的画家之一。

② 老布鲁盖尔（Pieter Brueghel the Elder，约1525—1569），16世纪尼德兰地区最伟大的画家，一生以农村生活作为艺术创作题材，艺术造型夸张，是欧洲美术史上第一位“农民画家”。

了，现在只剩下一点感情和记忆。在他的笔下，人物都很怪诞，他对这种怪诞感到非常生气；生活不过是一场混乱，充满了种种的荒谬和污秽，只能引人发笑，未免乐极生悲。布鲁盖尔给我的印象是，他力求用一种手段，表达超越这种手段的另一种感情，可能正是模糊地意识到了这一点，才激起了斯特里克兰的共鸣。也许，他们都极力想通过绘画的手段，表现更适合用文学来表达的理念。

那时，斯特里克兰大概四十七岁。

第四十五章

我已经说过，如果不是偶然来到塔希提岛，我肯定不会写这本书。经过多年漂泊，查尔斯·斯特里克兰来到这个地方，正是在这里，他创作出了让他名垂青史的画作。我想，没有哪位艺术家能将他的梦想完全实现，虽然这梦想让他痴迷不已；而斯特里克兰，为了掌握绘画的技巧，殚精竭虑，受尽煎熬。也许，他表达自己心灵之眼所见的幻想，比其他的画家稍逊一筹；但在塔希提，他所处的环境唤醒了他；他发现，这里必要的条件让他的灵感变得茁壮有力，他晚年的画作至少印证了他的追求。这些作品呈现了一个鲜活、奇异的世界。就好像他的精神一直脱离了躯壳，四处游荡，寻找寄托，终于，在这片遥远的土地上，进入到他自己的身体。用一句俗话来说就是，在这里，他终于“如愿以偿”。

似乎，我一来到这个偏远的岛屿，就应该立马恢复对斯特里克兰的兴趣，但我手头的工作占据了我的全部身心，无暇顾及其他事情；直到在塔希提住了几天，我才想起，这个地方和斯特里克兰有联系。毕竟，我们十五年没再见过，而他死去也有九年了。现在想来，我当时是该把重要的事情放一放，但一周过去，我依然忙得晕头转向。我记得头一天清晨，我醒得很早，当我走到旅馆的露台上，一个人影儿都没有。我转到厨房，门还锁着，门外一条长凳上，一个本地侍者睡得正香。看来，还不到饭点儿，所以我就溜达到了外面。滨海的街道上，那些住在这里的中国人，已经在他们的店铺里忙活起来。黎明的天色依然苍白，环礁湖上一片死寂。十英里之外，莫里阿岛像一座高高耸立的圣杯，守护着自己的秘密。

我简直不相信自己的眼睛。自从离开惠灵顿[①]，日子似乎过得极不寻常。惠灵顿整洁有序，很有英国味儿，让你想起大不列颠南岸一座滨海小城。接下来的三天，大海上狂风暴雨，乌云相互追逐；忽然间风停了，海面寂静，一片湛蓝。太平洋浩渺无边，远比其他海洋荒凉，在这里，即使做一次最普通的旅行，也意味着某种冒险。你呼吸的空气是包治百病的灵药，好让你有力气对付即将发生的意外。与其说你在驶向塔希提，不如讲是渐渐接近一个金色的国度，除此之外，你简直被蒙在鼓里。莫里阿，塔希提的姊妹岛，怪石嶙峋，峰峦雄伟，从荒凉大海中神秘地升起，像魔棒在空中轻轻一挥，变幻出虚无缥缈的织锦。它状如锯齿，有

① 惠灵顿（Wellington），新西兰首都、港口和主要商业中心。

如太平洋中的蒙塞拉特岛[①]，你可以想象，波利尼西亚[②]的武士，正以奇特的宗教礼仪，守卫着原始的秘密，不让外人知晓。当距离越来越近，美丽的峰峦远近高低映入眼帘，莫里阿的旖旎渐次打开；但当航船驶近，它依然秘而不宣，显得神圣不可侵犯，似乎岩石全然合在一起，根本无法通过。假如你接近礁石中间的一个出口，它很可能突然从你的视线中消失，让你什么也看不到，眼前依然是蔚蓝色的太平洋，大海茫茫。

塔希提，一片高高耸立的绿色岛屿，黛青色的深深的山褶，让你还以为这是一片神圣而又寂静的峡谷。这里到处幽暗神秘，清凉的溪水潺潺而过，你会感觉，在这荫翳蔽日的沟壑里，生活自远古时代以来就如此古朴，一直绵延至今。当然，这里也有糟糕可怕的东西。但这种印象是短暂的，它只能让你更加珍惜片刻的欢乐。这就像一群人高高兴兴，看着小丑的插科打诨哈哈大笑，却突然在他的眼神里瞥见了哀伤；他的嘴角挂着微笑，他的笑话让人捧腹，只是，在他引人发笑的时候，他却愈发感觉到自己难以抑制的孤独。因为塔希提正在微笑，那么亲切，宛如一位曼妙的女子，落落大方展现她的优雅与美丽；特别是当船驶入帕皮提港口，简直让你心神荡漾。停泊在码头的船只整整齐齐，海湾环抱的小城洁净一新，而猩红色的火焰式哥特建筑[③]高高耸入蓝天，炫耀着它们的色彩，仿佛

---

① 蒙塞拉特岛(Montserrat)，英国属地，加勒比海小安地列斯群岛的一个岛屿。

② 波利尼西亚(Polynesian)，太平洋三大岛群之一，意为“多岛群岛”。宗教和巫术在波利尼西亚的传统文化中扮演着重要角色。

③ 火焰式哥特建筑(flamboyants)，其特点是尖塔高耸，在设计中利用十字拱、飞券、修长的立柱，以及镶着彩色玻璃的长窗，塑造建筑的挺拔宏伟。

激情的呐喊。它们太淫荡了，简直恬不知耻，让你喘不过气来。当轮船靠近码头，蜂拥至岸边的人们兴高采烈，顿时一片嘈杂，欢声笑语，向着周围指指点点。这是一片棕色的海面。你会感觉在艳丽的蓝天下，色彩在炫目地移动。无论是卸取行李，还是海关检查，到处吵吵嚷嚷，每个人似乎都在冲你微笑。烈日炎炎，绚烂的色彩让你眼花缭乱。

第四十六章

我来塔希提没几天，就认识了尼克尔斯船长。一天早上，我在旅馆的露台上吃早餐，他走进来，自报家门。他听说，我对查尔斯·斯特里克兰很感兴趣，便来找我聊聊。塔希提人，和英国乡下人一样爱说闲话，随便向一两个人打听斯特里克兰的画，消息立马不胫而走。我问这位陌生人，有没有吃过早餐。

“吃过了，我老早就喝了咖啡，”他回答说，“但是，我不介意喝一点儿威士忌。”

我把旅馆的中国伙计喊了过来。

“你不觉得，现在喝太早了？”船长说。

“这可以由你和你的肝来决定。”我回答。

“我实际上是一个禁酒主义者。”他一边说着，一边给自己倒了大半杯加拿大俱乐部威士忌。

他一笑起来，便露出满嘴发黄的烂牙。他很瘦，身材矮小，灰白的头发剪得很短，嘴巴上胡子拉碴。他好几天没刮脸了，脸上的皱纹很深，因为常年暴晒，皮肤很黑，一双蓝色的小眼睛滴溜溜直转，哪怕是我很小的一个手势，它们都会飞快地转来转去，一看就是个彻底的无赖。不过这会儿，他的确一片热诚，真心实意。他身上穿的卡其布套装脏兮兮的，两只手也早该好好洗洗了。

“我和斯特里克兰很熟，”他说着，身子往椅背上一靠，点燃我递给他的雪茄。“因为我的关系，他才来这儿的。”

“你是在哪儿认识他的？”我问。

“马赛。”

“你在马赛做什么？”

他一脸殷勤的笑。

“哦，我那时应该过得很糟。”

从这位朋友的仪表来看，他现在一样过得不好，我打算和他交个朋友。这些流浪汉，总是贪图小利，但你自己心里乐意。他们很容易接近，无话不谈；很少摆谱，只要一杯酒，就能打动他们的心。要想和他们混熟，你不必费力讨好，只需竖起耳朵，好好听他们说话，这样他们不但信你，而且还会感激。他们很喜欢说话，这样可以证明他们的修养，大多数人讲话也都风趣。他们见多识广，想象丰富。不能说他们一点狡诈都没有，但他们遵纪守法，只要法律足够强大。和他们玩牌很危险，但他们的聪明才智让这世上最好玩的游戏变得更加刺激。在离开塔希提之前，我已经和尼克尔斯船长相当熟悉，是他让我变得老练。我不认为他白抽了我的雪茄，白喝了我的威士忌（他从不喝鸡尾酒，还真是个禁酒主义者），尽管他很有礼貌，赔着笑脸向我借钱，好几美元从我的口袋去了他的口袋，但我还是觉得，他带给我的乐趣，远远超过我付出的代价。我始终是他的债主。假如我坚持手头的创作，不撇开一笔，几行字把他打发掉，良心上过不去。

我不知道，尼克尔斯船长当初为什么离开英国。这是一个讳莫如深的话题，依他的性子，直接问显得很不礼貌。从他话里听出，他受了不白之冤，毫无疑问，他把自己看作社会不公的牺牲品。我总想着，他是受了某种欺诈或者暴力，当他说腐朽的当局过于死板时，我还是非常同情，表示同意。虽说，他在祖国遭遇了不幸，可我还是高兴地看到，这并没有减少他的爱国热情。他经常说，英国是世界上最好的国家，他，一个英国人，觉得自己比哪国人都有优越感，无论美国人、殖民地人、达戈人[①]、荷兰人，还是肯纳卡人[②]。

可我觉得，他生活得并不幸福。他患有消化不良，我经常见他嘴里嚼着胃蛋白酶片；每天早上，他的胃口很差，但如果只是这一种痛苦，还不至于磨损他的精神。他满腹牢骚，其实还有更大的原因。八年前，他草率地和一个女人结了婚。有些人，仁慈的上帝决意让他们单身，但有人因为任性，或者由于环境所迫，偏偏违背了上帝的旨意。再没有比这种结了婚的光棍儿更叫人可怜的了。尼克尔斯船长就是这样的人。我见过他老婆。我想，她大概二十七八岁，是那种让人猜不透年龄的女人，这种人，二十来

---

① 达戈人 (Dagos) 意即外国佬，对意大利人、西班牙人、葡萄牙人的蔑称。

② 肯纳卡人 (Kanakas)，夏威夷及南洋群岛的土著。

岁不显年轻，四十来岁也不显老。她给我的印象，是非常“紧”：小嘴紧抿着，笑容紧绷着，皮肉紧包着，头发紧扎着，衣服紧裹着，白斜纹料子愣是有黑斜纹布的效果。我想不通，为什么尼克尔斯船长要和她结婚，结了婚为什么又不蹬了她。也许，他经常这样，他的悲哀就在于他从未成功过。无论他跑多远，无论他藏身何处，尼克尔斯太太都会像良心一样紧抓不放，像命运一样势不可当，立马就能找到他。他甩不掉她，就像有因必有果。

无赖汉，就像艺术家或正人君子，不属于任何阶级。无业游民的寒酸不会让他难堪，王公贵族的排场也不会让他拘束。但尼克尔斯太太却出身于一个最近名声渐好的阶层，即所谓的中下层。她的父亲，实际上是个警察，我相信他一定很能干。我不知道，她为什么紧抓住船长不放，我想，不会是因为爱情。我从未见过她说话，也许私下里她很能唠叨。反正，尼克尔斯船长怕她怕得要死。有时，坐在旅馆的露台上，他会突然意识到，她正在下面的马路上走动。她从不喊他，就好像没看见他，只是若无其事地在大街上走来走去。这时船长浑身都不自在起来；他看了看手表，叹了口气。

“唉，我得走了。”他说。

这光景，威士忌留不住他，开玩笑也没用。要知道，他可是个面对飓风和台风面不改色的人，如果有一把左轮手枪，就是来十几个赤手空拳的黑人，他也会毫不犹豫地和他们干。有时候，尼克尔斯太太也会叫他们的女儿，一个面色苍白、闷闷不乐的七岁孩子，到旅馆来。

“妈妈找你。”她呜咽着说。

“马上，宝贝儿。”尼克尔斯船长说。

他拔腿就走，和女儿一起离去。我想，这是精神战胜物质的一个极佳案例，虽然我跑题了，但至少能带来一点启示。

第四十七章

我尽量把尼克尔斯船长告诉我的，关于斯特里克兰的各种事情串起来，显得前后连贯。多年以前，我和斯特里克兰在巴黎分手，他们正是在那年冬末认识的。那段纷乱的日子，他是怎么过的，我根本不知道，但一定穷困潦倒，因为尼克尔斯船长是在夜间收容所第一次见到他的。那时候，马赛发生了一场罢工，斯特里克兰已经到了山穷水尽的地步，连活命的一点钱都赚不到了。

夜间收容所是一栋巨大的石头建筑，穷光蛋和流浪汉，只要证件齐全，能让管事儿的修道士相信他们是做工的，就可以在这里寄宿一个星期。在等待开门的人群中，尼克尔斯船长注意到了斯特里克兰，因为他身材高大，相貌古怪；这些人无精打采地等着，有的走来走去，有的斜靠在墙上，有的坐在路边，把脚伸进水沟里；当他们排着队进了办公室，尼克尔斯船长听见检查证件时斯特里克兰说的是英语。但他没有机会和斯特里克兰说话，因为当他刚一走进去，就来了一位传道士，胳膊下夹着一大本《圣经》，在屋子另一头的讲台上布起道来；这些可怜的无家可归者，不得不接受这项服务，作为他们住宿的代价。他和斯特里克兰被分在不同的房间，凌晨五点，一个身材健壮的修道士把他们全从床上赶了起来，等他叠好被子洗罢脸，斯特里克兰已经不见了。尼克尔斯船长在寒风刺骨的街头转悠了一个小时，最后来到水手们经常聚会的维克多耶鲁广场。只见一个人在一座雕像下面打盹儿，正是斯特里克兰。船长踢了他一脚，把他叫醒了。

“走，跟我去吃早餐，伙计。”船长说。

“去死吧你。”斯特里克兰回答道。

我一听就是那位老兄的口气，于是，我决定把尼克尔斯船长当作一位可以信赖的证人。

“一分钱都没了吧？”船长问。

“去你妈的。”斯特里克兰说。

“跟我来。我给你弄点儿吃的。”

犹豫了片刻，斯特里克兰挣扎着爬了起来，两个人先去了发放面包的救济所，这里，饥饿者都可以分到一块面包，但必须当场吃完，不许拿走；然后他们又来到一个发放菜汤的救济所，每天上午十一点和下午四点，都可以在这里得到一碗盐水清汤，但只能领一星期。这两个地方，相隔很远，只有快饿死的人才会跑这么远。就这样，他们吃了早餐，查尔斯·斯特里克兰和尼克尔斯船长，也就这么奇怪地成了朋友。

他们这样在马赛混了四个月，生活没有冒险，如果冒险意味着意外或惊险的事件，因为他们的时间都花在了谋生上，要弄些钱晚上才能住宿，要搞点儿吃的才可以免受饥饿的煎熬。我真希望能画几幅活泼艳丽的图画，把尼克尔斯船长的生动叙述在我的想象中展开。他描述的他们在这个海港小城的底层生活，可以写成一本有趣的书，他们遇到的形形色色的人物，一个民俗学者据此可以编成一本非常详细的盲流大辞典。但在这里，我只能用几段文字交代他们这一时期的生活。我得到的印象是：他们的生活紧张残酷，多姿多彩，鲜活生动。相比之下，我所知道的马赛，人群熙攘，阳光明媚，到处都是舒适的旅馆和挤满有钱人的餐馆，显得平淡无奇，司空见惯。那些亲眼见过尼克尔斯船长对我说的这些景象的人，我真羡慕啊。

在夜间收容所将他们拒之门外以后，斯特里克兰和尼克尔斯船长在硬汉比尔那里找到了落脚处。他是一家水手寄宿公寓的老板，一个身材高大、生着一对铁拳的黑白混血儿。他给暂时失业的水手提供食宿，直到为他们在船上找到工作。斯特里克兰和尼克尔斯船长在他这里住了一个月，一块儿来的，还有十几个瑞典人、黑人、巴西人，一起睡在他分配的两间空屋子里。每天，他都带他们去维克多耶鲁广场，轮船上的船长需要雇什么人都会来这儿。他老婆是个美国女人，又胖又邋遢，天知道她怎么会堕落到这个地步，寄宿的人每天要轮流帮她做家务。斯特里克兰给硬汉比尔画了一幅肖像作为报酬，尼克尔斯船长觉得这是捡了大便宜。硬汉比尔不但花钱为斯特里克兰买画布、颜料和画笔，而且还给了一磅走私的烟草。据我所知，这幅画可能还挂在乔利埃特码头附近一间破房子的客厅里，估计现在可以卖到一千五百英镑。斯特里克兰本想乘船去澳大利亚或新西兰，然后再去萨摩亚[①]或塔

① 萨摩亚(Samoa)，位于太平洋南部，是世界上最后一个迎来日出的国家。

希提。我不知道，他为什么动了去南太平洋的念头，尽管我还记得，他早就想去一个无人的小岛，那里四季常绿，阳光灿烂，四周碧波环绕，比北半球任何海洋都要湛蓝。我猜，他揪住尼克尔斯船长不放，是因为他熟悉这些地方，而且，是尼克尔斯劝他去塔希提，说那里待着更舒服。

“你知道，塔希提是法国领土，”尼克尔斯对我解释说，“法国人不那么死板。”

我想，我明白他的意思。

斯特里克兰没有身份证件，这在硬汉比尔不是问题，因为只要有利可图，他都可以办到（他替水手介绍工作，会扣掉他们头一个月的工资）。正好有一个英国司炉工在他这里死了，他就把这人的证件给了斯特里克兰。但是，尼克尔斯船长和斯特里克兰要往东走，而雇人做事的船往西开。有两趟驶往美国的货轮上需要人手，斯特里克兰都拒绝了，还有一艘到纽卡斯尔的煤船，他也不去。硬汉比尔受不了斯特里克兰的这种牛脾气，这只能让他吃亏，所以最后，他二话不说，一脚把斯特里克兰和尼克尔斯船长踢出了门。他们再次流落街头。

硬汉比尔提供的饭菜谈不上丰盛，吃完饭从餐桌前站起还是像刚坐下时一样饥饿，但有那么几天，他们依然对这里的伙食念念不忘。这回，他们可真尝到了饥饿的滋味。发放菜汤的救济所和夜间收容所他们都没资格再去了，现在，他们只能靠面包救济所给的一小片面包度日了。夜里，他们能睡哪儿就睡哪儿，有时在火车站轨道旁闲置的空车厢中，有时在仓库后面的推车里。但是，天气寒冷，常常是打一两个小时盹儿，就不得不上街转悠转悠，好暖和暖和身子。最难受的是没有烟抽，尼克尔斯船长简直不行，于是他就去一个叫“一听啤酒”的酒吧，捡前一天晚上人家扔的香烟头和雪茄头。

“更难抽的烟我也用烟斗抽过。”他自嘲地耸了耸肩，补充道。说着，又从我递给他的烟盒里拿了几支雪茄，一根叼在嘴上，其他的揣进了口袋。

偶尔，他们也能赚到一点钱。有时，一艘邮轮靠岸，尼克尔斯船长如果和计时员拉上关系，就能为他们找到临时装卸工的活儿。如果来的是英国船，他们就会溜进船舱，和船员们混顿饱饭。当然，这有一定的风险，要是遇到高级船员，他们就得从舷梯上飞快地跑下来，动作慢了，一靴子就踢到了屁股上。

“只要能填饱肚子，屁股让人踹一脚也没什么，”尼克尔斯船长说，“就我个人而言，我从来不在乎。高级船员理应考虑一下纪律。”

我的脑海中浮现一幅生动的画面：一个愤怒的大副飞起一脚，尼克尔斯船长一个倒栽葱，从狭窄的舷梯上滚了下来；就像一个真正的英国人，他对英国商船的这种严明的纪律感到欣慰。

在鱼市，时不时也能找到点儿零活。一次，码头上的许多筐橘子要运走，斯特里克兰和尼克尔斯船长就去帮人装车，一人挣了一法郎。有一天，他们很走运：一个寄宿公寓的老板到手一笔买卖，一条从马达加斯加绕过好望角开来的货船需要补色，一连好几天，他们站在悬在船帮一侧的木板上，往生锈的船身上刷油漆。这种情况，肯定又会让斯特里克兰冷嘲热讽。我问尼克尔斯船长，在这些艰难的日子里，斯特里克兰有什么反应。

“没听他说过一句丧气话，”船长回答，“有时候，他不太高兴，但即便一整天吃不上一口饭，连在中国佬那里寄宿的一点钱都没有，他也像蛐蛐儿一样欢。”

对此，我并不感到惊讶。斯特里克兰正是这样一个超越周围环境的人，即使在最让人失望的时候也是如此。这到底是因为灵魂的平静还是激荡，真的很难说清。

“中国茅厕”，这是一个流浪汉给一个独眼的中国佬在布特里街附近开的一家破旅馆起的名字，六苏[①]可以睡在一张很窄的小床上，三苏可以打一夜地铺。在这里，他们结交了不少和他们一样饥寒交迫的朋友，当他们有时身上一个子儿都没了，晚上又出奇的冷，就会毫不犹豫地向白天偶然赚到一法郎的人借钱交住宿费。这些流浪汉都不吝啬，不管谁有了钱，都会乐于和大家一起花。他们来自不同的国家，但这并不妨碍他们成为朋友；因为他们感觉，他们是同一个国度的自由民，这个国度宽广无垠——一个伟大的安乐之乡。

“但是，斯特里克兰要是生气起来，也是个不好惹的主。”尼克尔斯船长若有所思地说，“一天，我们在广场上碰见硬汉比尔，他想要回他当时给查理的身份证件。”

“‘你如果想要，自己来拿吧。’查尔斯说。”

“硬汉比尔，一个身强力壮的家伙，但他被查尔斯的架势镇住了，所以只是骂骂咧咧。他能骂的话全骂了，骂得真是头头是道。刚开始，查理还听着，过了会儿，就见他往前迈了一步，说了一句：‘滚！你他妈这只蠢猪。’倒不是他骂的话，关键是他骂人的气势。硬汉比尔立马住口了，很明显他㞞了。他转身就走，好像

---

① 苏 (sous)，法国旧时铜币，1 法郎等于 20 苏。

突然想起有个约会似的。”

根据尼克尔斯船长的描述，斯特里克兰当时骂人的话和我这里的完全不同，不过，既然我写的是一本家庭读物，不妨牺牲一些真实性，改用一些大家熟悉的平常词语。

硬汉比尔不是个能受得了普通水手侮辱的人。他的权力依赖于他的威望：住在他家的两个水手，一前一后告诉他们，比尔发誓要干掉斯特里克兰。

一天晚上，尼克尔斯船长和斯特里克兰坐在布特里街的一个酒吧里。这是一条狭长的街道，两旁一间间平房，每个房子只有一间小屋，就像拥挤的集市窝棚或马戏团的兽笼。每个房子门口都有一个女人：有的懒洋洋地靠着门框，哼着小曲儿，或用沙哑的嗓子大声招徕路人，有的无精打采地看着书。她们有法国人、意大利人、西班牙人、日本人、黑人；有胖有瘦；在厚厚的胭脂、乌黑的眼眉以及猩红的嘴唇之下，你能看到岁月的印记和她们放荡生活的伤痕。她们有的穿着黑色罩衫和肉色丝袜，有的一头鬈发，染成了金色，穿着短纱裙，打扮成小姑娘。透过敞开的门，你能看到屋子里的红砖地，一张大床，桌子上有一只大口水罐和一个盆子。街道上，形形色色的人走来走去——印度邮轮上的水手，瑞典帆船上的金发北欧人，军舰上的日本人，英国水手，西班牙人，法国巡洋舰上帅气的士兵，还有美国货轮上的黑人。白天，这里只是肮脏，到了夜晚，小屋里的灯都亮了，街道就有一种邪恶之美。丑恶的欲望弥漫在空气里，让人感到压抑、可怕，但是，在这萦绕着你、困扰着你的景象里，却有某种不可思议的东西。你觉得，有一种人们并不理解的原始力量让你厌恶，又深深诱惑着你。在这里，文明的法度荡然无存，人们面对的只是阴郁的现实。到处都是一种紧张而又悲惨的氛围。

在斯特里克兰和尼克尔斯坐着的酒吧里，摆着一架自动弹奏的钢琴，大声地演奏着舞曲。屋子里，人们四下围坐在桌旁，这里七八个水手喝醉了，胡喊乱叫，那边坐着一群士兵；中央，一对对挤在一起跳舞。留着胡子、面孔黝黑的水手，用粗大坚硬的手臂使劲儿搂着自己的舞伴。女人们身上，只穿着罩衫。偶尔，也会有两个水手站起来跳舞。喧闹的声音震耳欲聋。人们都在歌唱，大叫，大笑；当一个人激吻了坐在他膝盖上的姑娘，英国水手就打起了呼哨，屋子里更加吵闹。男人们喷云吐雾，笨重的靴子扬起灰尘，弄得到处乌烟瘴气。这里实在太热了。吧台后面坐着一个女人，正在给孩子喂奶。一个身材矮小、满脸雀斑的年轻侍者，托着摆满啤酒杯子的托盘，匆忙地走来走去。

不一会儿，硬汉比尔在两个身材高大的黑人陪伴下走了进来。一看就知道，他已有七八分醉意，分明是来闹事的。他踉踉跄跄，撞在了三个士兵坐的桌子上，打碎了一瓶啤酒。双方立刻吵了起来，酒吧的老板走了出来，叫硬汉比尔出去。这是一个肌肉发达的男子，对寻衅闹事绝无二话，硬汉比尔有些胆怯。老板不好惹，因为背后有警察撑腰，所以他骂了一句，转身要走。突然，他一眼瞥见了斯特里克兰。摇摇晃晃地，他走到斯特里克兰面前，二话不说，嘬足了一口唾沫，猛地吐到了斯特里克兰的脸上。斯特里克兰抓起酒杯，一下砸了过去。跳舞的人忽然都停了下来。刹那间，整个酒吧一片寂静。但是，当硬汉比尔扑到斯特里克兰身上时，所有人的斗志都被点燃了，顿时一片混战。桌子被掀翻了，酒杯打碎在地。两个人打得不可开交。女人都躲到了门边和吧台后面，路过的人从街上拥了进来。只听到处是打斗声、咒骂声、喊叫声，屋子中间，十几个人打成了一片。突然，警察冲了进来，所有人都慌忙往门外逃窜。当酒吧里稍稍安静了一些，就见硬汉比尔人事不省地躺在地上，头上一个大口子。尼克尔斯船长拽着斯特里克兰跑到大街上，斯特里克兰的胳膊流着血，衣服被撕成了破布。尼克尔斯鼻子上也挨了一拳，满脸是血。

“我想，在硬汉比尔出院之前，你还是离开马赛吧。”当他们回到“中国茅厕”清洗时，他对斯特里克兰说。

“真比斗鸡还热闹。”斯特里克兰说。

我仿佛又看见他嘲讽的笑。

尼克尔斯船长非常担心。他知道硬汉比尔有仇必报。斯特里克兰让这个混血儿两次丢了脸，如果他醒过来了，一定要提防。他不会匆忙下手，而是等待时机。早晚某个夜里，斯特里克兰背上会被人捅一刀。一两天后，一个无名流浪汉的尸体就会从港口的污水中被捞起……第二天晚上，尼克尔斯去硬汉比尔家打听消息。他还在医院里，但他的妻子已经去看过他，她说，比尔说一出去就要杀了斯特里克兰。

一个星期过去了。

“我总是说，”尼克尔斯船长继续说道，“要打人，就把他伤得重一些。这样你就有时间思考，接下来怎么办。”

后来，斯特里克兰运气不错。一艘开往澳大利亚的轮船到水手之家去需要一名司炉工，原来的司炉工因为精神错乱，在直布罗陀附近跳海自杀了。

“你赶紧去码头，伙计，”船长对斯特里克兰说，“去签雇佣合同。你有身份证件呢。”

斯特里克兰立马出发了，从此尼克尔斯再也没见过他。这艘轮船在码头只停了六小时。傍晚，尼克尔斯船长看着远处船上的黑烟渐渐稀薄，轮船从寒冬的海面上向东驶去。

我尽可能把我所知的一切叙述得更加生动，因为我想拿这些和斯特里克兰在伦敦阿什利花园时的生活进行比较，那时他忙于证券生意，是我亲眼所见。但是，我也明白，尼克尔斯船长是个吹牛皮不打草稿的骗子，我敢说，他告诉我的，没一句真话。以后我要是发现，他一辈子都没见过斯特里克兰，他有关马赛的见闻全部来自一本杂志，那我也不会惊讶。

第四十八章

这部书，我本想就此结尾。我最初的想法是，一开始描写斯特里克兰在塔希提的最后几年，和他悲惨的死亡，再回过头来叙述他的早年生活。我想这样写，倒不是因为任性，只是希望以斯特里克兰启程远行作为最后一幕：他那孤独的灵魂怀着怎样的奇想，最终向着激发了他幻想的未知岛屿出发了。我喜欢这样的画面，他的人生在四十七岁定格，当大多数人享受着中年生活的安稳，斯特里克兰却去寻找一个新世界。我仿佛看见，大海泡沫翻涌，一片灰蒙蒙，在凛冽的西北风中，他望着注定再也无法看到的法国海岸，渐渐消失；我想，他一定神情凛然，心无所惧。我本打算让这本书的结尾带给人希望，这样才能突出一颗不可征服的灵魂。可我写不好。不知怎的，我写不下去，尝试了一两次后，只好放弃；最后，还是老套地从头写起，并且打定主意，按照我的所见所闻，以及事情的先后顺序，来写斯特里克兰的一生。

但我掌握的资料残缺不全。这种情况，就像一个生物学家，单凭一具骨骼，不仅要还原一种已经灭绝的动物的样貌，还要推测出它的习性。斯特里克兰，没给那些在塔希提和他有所来往的人留下什么深刻的印象。对他们而言，他只是一个永远没钱的流浪汉，唯一值得注意的是，他喜欢画一些在他们看来荒诞不经的画；直到他死去多年，巴黎和柏林的画商纷纷派代理人来塔希提，寻找斯特里克兰可能遗失的画作，他们这才意识到，他们中间，原来有这么一位了不起的人物。他们想，如果当时肯花一点钱，现在就可以大赚一笔，真是错失良机，追悔莫及。有位叫科恩的犹太商人，手上有一幅斯特里克兰的画，得来颇不寻常。这是一个法国小老头，慈眉善目，满脸微笑；他既是商人也是海员，自己有一艘快艇，常常大胆来往于包莫图斯岛和马克萨斯岛之间，带去当地所需的商品，运回椰肉、贝壳和珍珠。我去找他，是因为有人对我说，他有一颗大黑珍珠愿意低价出手，可他的要价超出我的预期，于是我就和他聊起了斯特里克兰。他和斯特里克兰很熟。

“你知道，我对他感兴趣，是因为他是画家，”他对我说，“很少有画家到我们岛上来，我挺可怜他，因为我觉得他画得很糟。他的第一份工作，是我给的。我在半岛上有个种植园，需要一名白人监工。除非有个白人看着，否则这些土著是不会好好干活儿的。我对他说：‘你来，有足够的时间画画，还可以赚点儿钱。’我知道他快要饿死了，但我给他的工资很高。”

“难以想象，他会是一个称职的监工。”我笑着说。

“我对他的要求并不高。对艺术家，我总是心怀同情。这种感情在我们的血液之中，你知道。但是，他只干了几个月。等他有了钱，能买颜料和画布，他就走了。有些地方吸引了他，他要跑到丛林中去画画。但偶尔我还是会见到他。每几个月，他都会来帕皮提，待一阵儿；他会随便从谁手里弄点钱，然后又不见了。也就是这样，有一次他来我家，问我借两百法郎。看样子，他好像一星期没吃饭了，我不忍心拒绝他。当然，我没想过这笔钱能还回来。谁知，一年过去，他再来看我，带了一幅画。他没提借钱的事儿，只是说：‘这是你的种植园，我给你画的。’我看了看，不知道说什么，当然，我还是说谢谢。他一走，我就把画拿给我妻子看。”

“他画得怎样？”我问。

“不要问我。我完全不懂。真是一辈子都没见过这种画。‘你看看，怎么办？’我问我妻子。‘反正不好挂，’她说，‘人家会笑死的。’所以她就把画拿到了阁楼上，和各种杂物堆在了一起，因为我妻子有个毛病，什么东西都舍不得扔。后来，你可以想象，大战爆发前，我哥哥从巴黎给我写信，说：‘你知不知道有个英国画家在塔希提住过？看来他是个天才，他的画现在卖得很贵。你看，能不能弄到他画的随便什么东西，给我寄来，肯定赚钱。’于是，我问我妻子：‘斯特里克兰送我的那幅画还在不在？是不是还在阁楼上？’‘没错，’她说，‘你也知道，什么东西我都不扔，就这毛病。’我们上了阁楼，那里，谁知道都堆着些什么，打我们住进这房子起，三十年来积攒的杂物全在这儿，那幅画也在。我又仔细看了看。我说：‘谁能想到，半岛上我种植园的监工，向我借过两百法郎的人，竟然是个天才？你能看出这画好在哪里吗？’‘看不出来，’她说，‘一点儿也不像咱家的种植园，而且，我从来没有见过，椰子树的叶子是蓝色的。巴黎人真是疯了，不过，兴许你哥哥可以把它卖两百法郎，正好可以抵斯特里克兰那笔债。’就这样，我们把画包好，寄给了我哥哥。后来，我收到他的回信。你猜他怎么说？‘画收到了，’他在信中说，‘坦率讲，刚开始，我还以为你是和我开玩笑；我真不该出这幅画的邮费。有位绅士想买它，我都不敢拿给人家。但是，当他说这是一幅杰作，愿意给我三万法郎，你可以想象，我有多惊喜！我敢说，他还会出更高的价。但老实说，我太惊讶了，简直晕头转向，还没等冷静下来，就三万法郎卖了。’”

之后，科恩先生又说了句令人钦佩的话：

“真希望可怜的斯特里克兰还活着。我很想知道，要是我把卖画的两万九千八百法郎交给他，他会怎么讲。”

第四十九章

我住在鲜花旅馆，老板娘约翰逊夫人给我讲了个伤心的故事——她如何错失良机。斯特里克兰死后，他的一些遗物在帕皮提市场拍卖，她亲自去了，因为在拍卖的东西中，有一个美式炉子她看上了。她花二十七法郎买了下来。

“有十几张画，”她告诉我，“但都没有装裱，没有人要。有几张卖十法郎，大多数只卖五六法郎。想想看，如果我都买了，那就发大财了。”

但是，无论什么情况，蒂阿瑞·约翰逊也发不了财。她攒不住钱。她是一位定居塔希提的英国船长和一个当地女人的女儿，我认识她时，她已经五十岁了，样子更显老。她身材高大，胖得要命，如果不是一张随时都表现得和蔼可亲的脸，她看起来还是蛮威严的。她的胳膊像羊腿，乳房像两棵大白菜，加上一脸肥肉，让人感觉很不雅，像是赤身裸体站在你面前。肉囊囊的下巴连着下巴，不知道有多重，胖嘟嘟地一直垂到她的胸脯上。她经常穿一件粉红色的薄罩衫，整天戴着一顶大草帽。但她总是骄傲地把自己的头发解开，披散下来，你会看到她的头发又黑又长，打着卷儿。她的眼睛也显得年轻，活泼可爱。她的笑声，是我听过最有感染力的：刚开始是在喉咙里咯咯咯咯，随后越来越响，直到整个肥胖的身躯震颤起来。她有三样儿爱好——笑话、美酒和美男子。认识她，真是三生有幸。

她是岛上最棒的厨子，对美味佳肴情有独钟。从早到晚，你都会见她坐在厨房里的一把摇椅上，一名中国厨师和两三个本地侍女围着她转，她不停地发号施令，东拉西扯，时不时还要尝一口她自己设计的美味。朋友来了，她就会亲自下厨，以示尊重。热情好客，是她的天性，只要鲜花旅馆有东西吃，岛上的人谁也不会饿着。房客付不起钱，她从未把他们赶走过。她总是说，有了再给。有一次，一个人陷入困境，她居然好几个月让他白吃白住。后来因为没钱，开洗衣店的中国人都不给这人洗衣服了，她就把他的衣服和自己的衣服，一起拿去洗衣店。她不愿意看到这个可怜的家伙穿着脏衬衫。她说，既然是个男人，男人就得抽烟，所以她每天给这人一法郎，让他买烟。她对他，就像对那些一周结一次账的房客一样和气。

这般年纪，又如此肥胖，让她已经没法儿再谈情说爱，但她对年轻人恋爱的事情很感兴趣。她认为男欢女爱是人的天性，并从自己丰富的经验中给出箴言和范例。

“我不到十五岁，我父亲就发现我有了恋人，”她说，“他是‘热带鸟’船上的三副，一个很帅的小伙儿。”

她叹了口气。人常说，女人总是忘不了她的第一个恋人；但她不一定老记着他。

“我父亲是个明事理的人。”

“他怎么管你？”我问。

“他差点儿没把我打死，后来就让我和约翰逊船长结婚了。倒也没关系。他年纪很大，当然，也很帅。”

蒂阿瑞——这是一种芬芳四溢的白花，她父亲给她起的名字。这里的人说，只要你闻过它，无论走多远，最终还是会被它吸引回塔希提——斯特里克兰，蒂阿瑞记得一清二楚。

“他有时来这儿，我常见他在帕皮提转悠。真可怜，他那么瘦，也没有钱。我一听他来城里了，就派一个孩子去找他，和我一起吃晚饭。我还给他找过一两次工作，但他总是坚持不了。过不了多久，他就又回深林子去了。一大早，他就会走。”

大概离开马赛六个月，斯特里克兰到了塔希提。他在一艘从奥克兰前往旧金山的帆船上干活儿，带着一盒颜料，一个画架，还有十几张未完成的画。他在悉尼工作过，口袋里有几英镑，来到岛上，就在城外一个当地人家里租了间小屋。我想，他到塔希提的那一刻，一定就像到家了一样。蒂阿瑞告诉我，有一次，斯特里克兰对她说：

“我正在擦洗甲板，突然，一个家伙对我说：‘瞧，那不是？’我抬眼望去，远远看见这个岛的轮廓。我立马就知道，这正是我梦寐以求的地方。后来，船越来越近，我认出好像就是这里。有时我随便四处走走，一切都仿佛很熟悉。我敢发誓，以前我在这儿待过。”

“有时候，这个地方就这样把人吸引住了。”蒂阿瑞说，“我听说，有的人，趁船装货，来岸上溜达几个小时，可从此再也没有离开过。我还听说，有的人，被派到这里工作一年，他们对这个地方骂骂咧咧，离开的时候，发毒誓说死都不回来，可一年半载，你会看到他们又上岛了，他们告诉你，在别的地方，他们活不了。”

第五十章

我觉得，有些人，并未生在他们的理想之所。机缘将他们偶然抛入某种环境，他们却始终对心中的故土满怀乡愁；这故乡在哪里，他们并不知道。在他们的出生地，他们是异乡人，从童年时代就熟悉的林荫小巷，或者曾经玩耍过的拥挤街道，只不过是人生旅途中的驿站。他们仿佛身处异地，举目无亲，孤身一人。也许，正是这种陌生感，才让他们远走他乡，去寻找属于他们的永恒居所。或许，某种根深蒂固的返祖现象，让这些游子再次回到他们的祖先在远古时代就已离开的土地。有时候，一个人偶然来到某个地方，他会神秘地感觉，这正是他始终怀想的栖身之所。这是他一直在寻找的家园，他会在这从未见过的场景中，在他从不认识的人群中定居下来，就好像他生来就熟悉这一切。在这里，他终于有了着落。

我给蒂阿瑞讲了一个医生的故事，这人是我在圣托马斯医院认识的。他叫亚伯拉罕，是个犹太人，一个一头金发、身材结实的小伙子。他性格腼腆，待人和气，但才华横溢。凭着一笔奖学金，他进入医学院，五年时间，任何一种可以申请的奖学金他都拿到了。他同时担任内科医生和外科医生。所有人都说他才华超群。最后，他被选进医院的管理层，他的前程有了可靠保证。就世俗的成功推断，他一定能平步青云，名利双收。在正式入职之前，他想度一次假，因为没有额外收入，所以就在一艘开往黎凡特[①]的流动货船上当起了外科医生。这种船上一般没有医生，因为医院的一名高级外科医生认识这条线上的船务经理，他才被破格留用。

几星期后，医院收到了他的辞呈，这个令人垂涎的职位他放弃了。这让人们万分惊讶，种种奇怪的谣言层出不穷。每当一个人有了意外之举，他周围的人总会认定，原因肯定很丢脸。但既然有人早就盯上了他的位置，亚伯拉罕很快就被遗忘了。后来再也没有他的消息，人间蒸发了一样。

一晃十年过去，有一次我乘船去亚历山大港，一大早和其他旅客一起排好队，等待医生检查。来的这位医生身材粗壮，衣衫破旧，当他摘下帽子，我注意到他已经完全秃顶了。我好像在哪里见过他。忽然，我想起来了。

“亚伯拉罕。”我叫道。

他转过身来，一脸疑惑，很快就认出了我，立刻握住了我的手。在双方惊讶、寒暄一番之后，他听说我准备在亚历山大港过夜，就请我到英国俱乐部一起吃饭。当我们久别重逢，我表示在

① 黎凡特（Levant），地中海东部地区，包括希腊、埃及以东诸国及岛屿。

这里遇见他真是不可思议。他现在的职务非常卑微，也让人感觉生活窘迫。然后，他给我讲了他的故事。当他前往地中海度假时，他一心想的是回到伦敦，去圣托马斯医院上任。一天早上，当他乘坐的轮船抵达亚历山大港，从甲板上，他看着眼前这座阳光闪耀的城市，和码头上来来往往的人群；他看着长袍破旧的当地人，从苏丹来的黑人，吵吵嚷嚷的希腊人、意大利人，戴着塔布什帽神情庄重的土耳其人，还有阳光、蓝天；突然间，他心动了。他说不清楚。就像晴天霹雳，他说，但又感觉不恰当，所以改口说，如同天启。就好像他的心被什么揪住了，突然之间满心欢喜，一种美妙的自由感。他感觉就像回到了家里，一下子打定主意，此生就在亚历山大港生活了。离开轮船没有多大困难，二十四小时以后，他已经带着自己的全部家当上岸了。

“船长一定以为你疯了。”我笑着说。

“别人爱怎么想就怎么想，不关我的事，有一种强大的力量左右着我。上岸以后，我想，我要去的是一家希腊人开的小旅馆，我四处看看，觉得自己知道在哪儿能找见。你猜怎么着？我径直走到了这家旅馆，一看见那地方，我立马就认出来了。”

“你以前来过亚历山大港？”

“没有。我从来都没出过英国。”

不久，他就在公立医院找到了工作，一直干到现在。

“你从来没有后悔过吗？”

“从来没有，一分钟也没有。我赚的钱刚好能养活自己，心满意足。我一无所求，就希望这样活下去，一直到老。我过得非常好。”

第二天，我就离开了亚历山大港，直到不久前，我又想起亚伯拉罕，那是我和另外一个行医的老朋友，亚历克·卡迈克尔一起吃饭，他回英国休短假。我在街上碰见了他，祝贺他获得了爵士称号，因为他在大战中表现卓越，受到了嘉奖。我们约好某个晚上，叙叙旧，当我答应和他一起吃饭，他建议不要再邀请别人，这样，我们就可以好好聊聊。他在安妮皇后街有一个漂亮的老宅子，装饰优雅，足见他很有品位。在餐厅的墙壁上，我看到一幅贝洛托[①]的画，还有两幅我很仰慕的佐法尼[②]的画。当他的妻子，一位身材高挑、满身珠光宝气的尤物离开我们，我笑说，你今天的生活和我们过去在医学院做学生时相比，变化真大。那时，我们在威斯敏斯特桥大街一家寒酸的意大利餐馆吃顿饭，都觉得非常奢侈。现在，亚历克·卡迈克尔在六七家医院兼任要职。我估计，他一年能赚一万英镑，这次受封爵士，不过是他迟早要揽到的第一个头衔罢了。

“我过得很好，”他说，“但说来奇怪，这一切都是因为我交了好运。”

“此话怎讲？”

“不懂吧，还记得亚伯拉罕吗？大有前途的本该是他。做学生那阵儿，他处处压着我。奖学金、助学金，全被他拿了，每次我都在他之下。如果这么继续下去，我现在的位子就是他的。对于

---

① 贝尔纳多·贝洛托（Bernardo Bellotto，1720—1780），意大利威尼斯派风景画家。

② 约翰·佐法尼（Johann Zoffany，1733—1810），英国皇家美术学院创建人之一，擅长描绘人物众多场面的风俗画。

外科手术，他简直是个天才，谁也别想沾边儿。当他被任命为圣托马斯医院的主任医生时，我根本没有机会像他那样。我只能当个全科医生，你也知道，一个普通的全科医生是什么样儿，永远没辙。但亚伯拉罕让位了。我得到了。我时来运转。”

“我想，你说得在理。”

“这完全是运气。我想，亚伯拉罕一定是智障了。可怜的家伙，完全被自己给毁了。他在亚历山大港医疗部门谋了个小差事——卫生检查员什么的。我听说，他和一个又老又丑的希腊女人生活在一起，生了六七个有毛病的孩子。所以，我想，重要的不是脑子，而是个性。亚伯拉罕没个性。”

个性？我以为，一个人因为看到另一种生活更有意义，只经过片刻思索就抛弃大好前程，这才需要足够的个性。勇敢走出这一步，绝不后悔，这才真有个性。但我没有吭声。亚历克·卡迈克尔继续沉吟道：

“当然，如果我对亚伯拉罕的行为故作遗憾，那就太虚伪了。不管怎样，没了他，才有了我。”他吧嗒吧嗒抽着长雪茄，样子很阔绰。“但是，如果这件事与我无关的话，我还真为他的浪费才华感到遗憾。一个人这样作践自己，实在太可惜了。”

我很怀疑，亚伯拉罕是否真在作践自己。做自己最想做的事，过自己想过的生活，心平气和，怎么能叫作践自己？做一个有名的外科医生，一年赚一万英镑，娶一位漂亮的妻子，就是成功？我想，这取决于你如何看待生活的意义，取决于你对社会应尽什么义务，你对自己有什么要求。但我依然闭口不言，我有什么资格和一位爵士争辩呢？

第五十一章

当我给蒂阿瑞讲完这个故事，她称赞我深谋远虑。有那么几分钟，我们沉默了，因为都在剥豌豆。可她的目光，一刻也没有离开过厨房，那位中国厨师的一些做法，让她非常不满，她立刻连珠炮似的对他大骂起来。中国厨师也不甘示弱，两人随即吵闹不休。他们用的是当地的土话，我只懂六七个字，听上去仿佛世界末日就要来了；但不一会儿，又偃旗息鼓了，蒂阿瑞递给厨师一根烟，两个人舒服地抽了起来。

“你知道吗，他老婆是我给他找的。”蒂阿瑞突然冒出这一句，一张大脸上满是笑容。

“厨师？”

“不，是斯特里克兰。”

“他已经有了啊。”

“他也这么说，可我告诉他，她在英国，英国在地球的另一边。”

“那倒是。”我回答。

“每隔两三个月，当他需要颜料、香烟或者没钱了，他就会来帕皮提，像野狗一样四处游荡。他怪可怜的。我这儿有个姑娘，叫阿塔，帮我打理房间，她是我的一个远方亲戚，父母双亡，所以我收留了她。斯特里克兰经常来这儿大吃大喝，或者和我这里的伙计下下棋。我发现，他每次来，阿塔都盯着他。我就问，是不是喜欢他。她说很喜欢。你知道这些姑娘怎么想：都乐意找个白人。”

“她是本地人吗？”我问。

“对，一滴白人的血也没有。就这样，在我和她谈了以后，我就把斯特里克兰找来，对他说：‘斯特里克兰，你也该在这儿安个家了。像你这把年纪，不应该再在码头上和女人鬼混了。她们都很坏，和她们在一起没什么好。你又没钱，一样工作干不了一两个月。现在，没人愿意雇你了。你说，你可以和随便哪个当地人一直住在丛林里，她们也愿意和你在一起，因为你是个白人，但是作为一个白人，可不能像你这样不成样子。现在，我有个主意，斯特里克兰。’”

蒂阿瑞时而用法语，时而用英语，因为这两种语言她说得都顺溜。她说起话来就像鸟儿在唱歌，令人愉悦。如果鸟儿会讲英语，你会觉得它们也会这么说。

“‘现在，跟阿塔结婚怎样？她是个好姑娘，今年才十七岁。她从不像那些女孩子一样胡来——和一个船长或者大副，是，这种事免不了，但当地人从来没碰过她。她很自重，你知道。上次瓦胡岛号上的事务长告诉我，他在岛上从来没见过比她更好的姑娘。现在，她也该有个家了，再说船长、大副也不时想换个口味。给我干活儿的姑娘我都不让她们待太久。她在塔拉瓦奥河边买了一小块儿地，就在你来这儿不久前，收获的椰子干按现在的价钱，足够你舒舒服服地过日子。那儿有一间房子，你想画画，有的是大把时间。怎么样，你说？’”

蒂阿瑞停下来，喘了口气。

“然后，他告诉我，他在英国有老婆。‘我可怜的斯特里克兰，’我说，‘他们在别的地方都已经娶了一个老婆；这就是为什么他们会到岛上来。阿塔是个明事理的姑娘，她不要求当着市长的面举行仪式。她是个新教徒，你知道，这不像天主教徒那么死板。’”

“这时候，他问我：‘阿塔怎么说？’‘看起来，她对你一见钟情，’我说，‘如果你愿意，她也同意。要不要我叫她来？’他咯咯地笑了起来，像他平常那样滑稽，笑得干巴巴的。于是我就把阿塔叫过来。她知道我刚才在说什么，这个骚货，我一直用眼角瞥着她，她假装在为我熨一件刚刚洗过的衬衫，却一直竖着两只耳朵在偷听。她走过来，乐呵呵的，但看得出有些害羞，斯特里克兰看着她，没有说话。”

“她漂亮吗？”我问。

“还不赖。但你一定看过她的画像了吧。他给她画了一张又一张，有时围着一件帕里欧，有时什么都不穿。没错，她够漂亮的。她会做饭，是我教的。我看斯特里克兰正在思量，就对他说：‘我给她的工资很高，她都攒起来了。她认识的船长、大副有时也送给她一些东西。她已经攒了好几百法郎了。’

“斯特里克兰捋着他的大红胡子，笑了起来。

“‘喂，阿塔，’他说，‘你愿意让我当你丈夫吗？’

“她一言不发，只是傻笑着。

“‘我不是说了吗，斯特里克兰，这姑娘对你一见钟情。’我说。

“‘我会打你的。’他望着她说。

“‘打是亲，骂是爱。’她回答说。”

蒂阿瑞中断了这个故事，突然回想起自己的事情来。

“我的第一个丈夫，约翰逊船长，经常打我。他是个男子汉，身高六英尺三英寸，一旦喝醉了，谁也拦不住，总是把我打得浑身青一块儿紫一块儿，很多天也好不了。哦，他死的时候，我那个哭啊。我想，我永远也缓不过来了。但是，直到我和乔治·雷尼结婚，我才真的明白我失去了什么。要是不和一个男人一起生活，你就永远不知道他什么样儿。没有哪个男人像乔治·雷尼一样让我失望。他也是相貌英俊、身材高大，差不多和约翰逊船长一样高，看起来非常强壮。但这都是表面。他从未喝醉过，从来不动手打我，简直可以当传教士了。每当一艘轮船靠岸，我都会和船上的官员谈情说爱，可乔治·雷尼视而不见。最后我厌倦了他，跟他离婚了。要这么个男人有什么用？有些男人对待女人的方式真是可怕。”

我安慰蒂阿瑞，同情地说，男人永远是骗子；然后请她继续给我讲斯特里克兰的事。

“‘好吧，’我对斯特里克兰说，‘这事儿不急，你好好想想。阿塔在侧楼有一间很漂亮的屋子，你跟她生活一个月，看看是不是喜欢她。你可以在这儿吃饭。一个月后，如果你决定娶她，你就可以去她那块地，安顿下来。’

“他说好，就这么办。阿塔继续干活儿，斯特里克兰在我这儿吃饭。我教阿塔做一两样他喜欢吃的菜。他画得不是很多，整天在山上游荡，在溪水里洗澡。他坐在海边眺望着环礁湖，太阳下山就去看莫里阿岛。他也经常坐在礁石上钓鱼。他喜欢在码头上闲逛，和当地人聊天。他很安静，招人喜欢。每天吃完晚饭，他就和阿塔一起回侧楼。看得出来，他很想回到丛林里去，月底的时候我问他，有什么打算。他说，如果阿塔愿意，他想和她一起走。所以晚上我就给他们办了一桌喜酒。我亲自下厨。我给他们做了豌豆汤、龙虾、咖喱饭和椰子沙拉——你还没尝过我做的椰子沙拉，对吧？你走之前我一定给你做——我还给他们做了冰淇淋。我们喝光了香槟酒，接着又喝利口酒。哦，我早就打定主意，要把婚礼办得风风光光。然后，我们就在客厅里跳舞。那时，我还没这么胖，我一直很喜欢跳舞。”

鲜花旅馆的客厅是个小房间，这儿有一架竖式小钢琴，沿着墙壁，整整齐齐摆着一套红木家具，上面盖着丝绒罩子。圆桌上放着几本相册，墙上挂着蒂阿瑞和她第一个丈夫约翰逊船长的大照片。尽管蒂阿瑞又老又胖，可有几次，我们还是把布鲁塞尔地毯卷起来，叫来几个干活儿的姑娘和蒂阿瑞的两个朋友，跳起舞来，只不过，伴奏是一台留声机，放着气喘般的音乐。露台上，空气里弥漫着蒂阿瑞花的芬芳，头顶，南十字星在无云的天空闪闪发光。

回想起很久以前的这些欢乐，蒂阿瑞非常欣慰地笑了起来。

“那晚我们一直玩到凌晨三点，睡觉的时候没有一个不喝得醉醺醺的。我给他们说，他们可以坐我的轻便马车，沿着大路一直走，然后再步行很长一段路。阿塔的那块地在很远的一处山褶里。他们天一亮就出发了，我派去送他们的伙计第二天才回来。

“就这样，斯特里克兰结婚了。”

第五十二章

我想，此后三年，是斯特里克兰一生中最幸福的日子。阿塔的房子距环岛公路八公里，要去那里，得走过一条长满热带植物、浓荫覆盖的羊肠小道。这是一栋用原木搭建的平房，一共有两间小屋，外面是一个小棚子，用作厨房。屋里没什么家具，地上铺着席子，当床用，窗外阳台上有一把摇椅。芭蕉树紧挨着房子生长，巨大的叶子破烂不堪，像是落难的女皇衣衫褴褛。屋后有一棵鳄梨树，周围到处种着能换钱的椰子树。阿塔的父亲生前在这片地上种了一圈儿巴豆，它们密密麻麻，开着鲜艳的花，仿佛一道火焰把这里围了起来。房前有一棵芒果树，旁边空地上长着两棵耀眼的孪生树，鲜红的花朵和金黄的椰果争奇斗艳。

就在这里，斯特里克兰住了下来，靠着这块地生活，很少再去帕皮提。离此不远有一条小溪，他经常在那里洗澡，有时候会有鱼群出现，当地人会拿着长矛赶来，吵吵嚷嚷，把正向大海游去的鱼叉上来。隔三岔五，他也会去海滩，带回来一筐五颜六色的小鱼，阿塔就用椰子油把鱼炸了，有时还会配上一只大龙虾。偶尔，她也会做一盘美味的大螃蟹，这种螃蟹经常在你脚下爬来爬去。山上长着野橘，阿塔经常和村里两三个伙伴儿一起去采摘，总是满载而归，带回来的橘子连着绿叶，甘甜爽口。很快，椰子成熟了，阿塔的表兄表弟、堂姐堂妹（像当地人一样，她也有一大堆亲戚）一拥而上，全爬上树，将大把大把的椰果扔下来。他们把椰子剖开，放在太阳下晾晒。晒干了就把椰肉割下取出，装进口袋。女人们就把它们拿到潟湖附近村子里的商人那儿，换回来大米、肥皂、罐头肉和一点钱。有时候，村子里摆宴席，就要杀猪。他们都会赶过去，又是跳舞，又是唱赞美诗，吃得太撑，都要吐了。

但是，他俩的房子离村子很远。塔希提人都很懒。他们喜欢旅行，说长道短，就是不爱串门儿，有时一连好几个星期也没人到阿塔和斯特里克兰家里来。斯特里克兰画画、看书，天黑了就和阿塔坐在外面的阳台上，一边抽烟，一边望着天空。后来，阿塔生了个孩子，一位老婆子来照顾她，一直没走。不久，这位老人的孙女也来住，接着，又来了个小伙儿——谁也不知道他从哪儿来，和谁是亲戚——他也无忧无虑地住了下来，就这样成了一大家子。

第五十三章

“喏，那就是布吕诺船长，”一天，当我正在把蒂阿瑞给我讲的斯特里克兰的故事理出个头绪来，她说，“他和斯特里克兰很熟。他去过那个房子。”

我看到，这是一个中年的法国人，留着大黑胡子，不少已经斑白，脸庞晒得黝黑，大大的眼睛炯炯有神。他穿着一身整洁的帆布工作服。其实午餐时我就注意到他了，阿林，那位中国伙计告诉我，这人是从包莫图斯岛来的，船当天刚靠岸。蒂阿瑞把我介绍给他，他递给我一张名片，名片很大，上面印着他的名字“勒内・布吕诺”，下面一行小字“龙谷号船长”。我们坐在厨房外的阳台上，蒂阿瑞正在给干活儿的一个姑娘裁衣服。布吕诺船长过来和我们坐下了。

“对，我和斯特里克兰很熟，”他说，“我很喜欢下棋，他也乐于此道。我因业务一年要来塔希提三四回，如果他也在帕皮提，总要找我杀几盘。他结婚时，”——说到这里他笑了笑，耸了耸肩——“当他和蒂阿瑞给他介绍的那个姑娘去乡下住，他说有空可以去看他。婚宴那天，我也是宾客之一。”他看着蒂阿瑞，两个人都笑了。“在那之后，他就很少来帕皮提了。大约过了一年，我碰巧去他那一带办件事儿，完了后我心想：‘嗨，为什么不去看看可怜的斯特里克兰呢？’我问了一两个当地人，看他们知不知道他，结果发现他住的地方离我那儿不到五公里。所以我就去了。我永远也不会忘记那次去的印象。我住在环礁岛上，周围是潟湖环绕的低矮小岛，那里的美是碧海蓝天、湖光山色，以及随风摇曳的椰子树；而斯特里克兰住的地方，美得就像伊甸园。啊，我真希望自己能将那儿的魅力说给你听。与世隔绝的偏僻一隅，头顶是湛蓝的天空，到处是郁郁葱葱的树木。这里色彩无尽，馥郁芬芳，清爽无比。真是人间天堂，难以用语言形容。他就住在那儿，与世无争，优哉游哉。我想，在欧洲人看来，那里简直太脏，房子破旧，一点儿也不干净。我走近房子，只见阳台上躺着三四个人。你知道，这儿的人总爱扎堆儿。我看见一个小伙儿舒展开身子躺在地上，抽着烟，只围了一件帕里欧。”

帕里欧，这是一种长条形的棉布，或红或蓝，印着白色图案，围在腰间，一直搭到膝盖上。

“一个女孩儿，大概十五岁，正在用露兜树叶子编草帽，一个老太婆蹲在地上抽着烟袋。然后我看到阿塔，她正在给一个婴儿喂奶，另外一个孩子，光着屁股在她脚边玩耍。她见我来了，就喊斯特里克兰，斯特里克兰从屋里走到门口，身上也围着帕里欧。他留着大红胡子，头发乱成一团，胸脯上满是胸毛，怪模怪样。他的双脚结着厚茧，满是疤痕，一看就知道走路不穿鞋。他比当地人还要土。一见我，他很高兴，立刻让阿塔杀鸡做晚餐。他把我让进屋，给我看他正在画的一幅画。屋子的一角有张床，中央是一个钉着画布的画架。我觉得他挺可怜，所以花了点儿钱，买了他几张画，有好几张后来寄给了法国的朋友。虽然当时是出于同情买的，但时间长了，我还是喜欢上了这些画。我发现，这些画有一种奇异之美。所有人都以为我疯了，但事实证明，我是对的。我是岛上第一个仰慕他的人。”

他幸灾乐祸地对蒂阿瑞笑了笑，于是蒂阿瑞又后悔地给我们讲起了她的老故事：在拍卖斯特里克兰的遗物时，她一点儿也没在意他的画，只花二十七法郎，买了个美式炉子。

“这些画还在吗？”我问。

“在，我会等到我女儿出嫁时再卖，给她当嫁妆。”

然后，他又接着给我们讲他去拜访斯特里克兰的事。

“我永远也忘不了我和他一起度过的那个夜晚。本来我只打算待个把钟头，但他坚持让我住上一晚。我有些犹豫，说真的，我很不喜欢他让我睡的那张草席，但后来还是耸耸肩，答应了下来。我在包莫图斯岛盖我的房子时，好几个星期都睡在外面，那床比这草席硬多了，身上没什么盖，只有灌木叶子。至于虫子，我这咬不动的皮肤可以对付。

“在阿塔准备晚饭时，我们去小溪边洗了个澡，吃完饭，我们就坐在阳台上，抽烟聊天。我来时看见躺在地上的那个小伙儿，有个六角手风琴，演奏的都是十几年前音乐厅里流行的曲子。在这样的热带夜晚，距离文明社会千里之外，这些曲调听起来异常奇怪。我问斯特里克兰，和这些人混在一起，烦不烦。他说不会，他喜欢他的模特就在身边。过了一会儿，当地人都呵欠连连，去睡觉了，只剩下我和斯特里克兰。夜晚的那种寂静，真的无法形容。在我住的包莫图斯岛上，哪有这么悄无声息。海滩上，成千上万的小动物窸窸窣窣，各种各样的甲虫到处爬动，陆地上的螃蟹也咔嚓咔嚓，飞快地爬来爬去。偶尔，你会听到潟湖里的鱼跳出水面的声响；有时，一条棕色的鲨鱼溅起一大片水花，吓得别的鱼都惊慌逃窜。但比这些声音更响的，是海水不断拍打礁石的沉闷怒吼，就像时间一样永无休止。但是这里寂静无声，空气里弥漫着在夜晚绽放的白色花朵的芬芳。夜晚如此美丽，你的灵魂仿佛再也无法忍受肉体的桎梏。你感觉，你的灵魂随时都会飘升到浩渺的天际，死神就像一位老朋友那样和你知根知底。”

蒂阿瑞叹了口气。

“哦，真希望能再回到十五岁。”

这时，她突然看见一只猫在厨房桌子上偷吃虾，随即破口大骂，一把抓过一本书，不偏不倚砸在仓皇逃走的猫尾巴上。

“我问他，和阿塔一起生活快不快乐。

“‘她不打扰我，’他说，‘她给我做饭，照看孩子。我叫她做什么她就做什么。一个女人能给我的，她都给了。’

“‘离开欧洲你从不后悔吗？有时候，你会不会怀念巴黎或伦敦的街头灯火？怀念你的朋友？还有剧院、报纸，公共马车驶过鹅卵石路面时的隆隆声？’

“沉默良久，他终于说：‘我会待在这里，一直到死。’

“‘但是，你就从来不感到无聊、孤独吗？’我问。

“他咯咯地笑了。

“‘我可怜的朋友，’他说，‘很明显，你不懂做一个艺术家是怎么回事。’”

布吕诺船长转过头来，对我微微一笑，一双漆黑、亲切的眼睛，奇妙地闪着。

“他这么说对我可不公平，因为我也知道什么是梦想。我也有自己的幻想。从某种方面说，我也是艺术家。”

片刻间，我们都沉默了。蒂阿瑞从她宽大的口袋里摸出几根香烟，递给我们一人一根，三个人抽了起来。最后她说：

“既然这位先生对斯特里克兰很感兴趣，为什么不带他去见见库特拉斯医生？他知道一些事，斯特里克兰怎么病的，怎么死的。”

“愿意效劳。”船长看着我说。

我说谢谢。他看了看手表。

“现在六点多了。如果你想去，他现在应该在家。”

我毫不犹豫地站了起来。我们一起出来，朝医生家的方向走去。库特拉斯住在城外，鲜花旅馆在城边上，所以很快就走到了郊外。道路开阔，胡椒树荫翳蔽日，路两边是种植园，长着椰子和香草。海盗鸟在棕榈树上尖叫着。我们经过小河上的一座石桥，在桥上站了会儿，看着孩子们戏水。他们叫着、笑着，追逐打闹，湿漉漉的、黝黑的身子，在阳光下闪耀。

第五十四章

当我们向前走时，我思索着斯特里克兰的状况；近来，我听到不少斯特里克兰的传闻，迫使我注意到他所处的环境。在这个偏远的海岛，他似乎和在老家大不一样，人们一点儿也不厌恶他，反而更多的是同情，他的喜怒无常也被欣然接受。无论土著还是欧洲人，在他们眼里，他是个怪人，但早就习以为常；世界上到处都是怪人，他们的举止稀奇古怪；但人们知道，一个人往往不是他想成为的那种人，而是他不得不成为的那种人。在英国和法国，斯特里克兰是方枘圆凿、格格不入的人，而在这里却有各种各样的卯眼儿，什么样的榫头都能协调。我不觉得，他到这里脾气就变好了，或者不自私、不冷酷了，而是这里的环境有利于他。如果他过去就在这样的环境中生活，人们就不会觉得他有多糟糕。他在这里得到的，是在本国既不期望、也不想要的——同情。

这一切令我感到惊讶，我试着把我的想法告诉布吕诺船长，但他没有立刻回答。

“这不足为奇，反正我对他挺同情，”后来他说，“因为，尽管我们可能都不知道，但彼此追求的却是同一种东西。”

“你和斯特里克兰完全不同，究竟有什么东西是你们共同追求的？”我微笑着问。

“美。”

“你们的追求可真高。”我嘟哝道。

“你知道吗？一个人要是为情所困，就会对世界上的一切听而不闻、视而不见；就像被囚禁在小船上摇桨的奴隶，身不由己。攫住斯特里克兰的那种激情，正如爱情一样蛮横，让他迫不得已。”

“怪了，你也会这么说！”我回答道，“我老早就觉得，他是被魔鬼揪住了。”

“攫住斯特里克兰的，是一种创造美的激情。这让他一刻也不得安宁，让他四处奔走。他是一个永远跋涉的朝圣者，被一种神圣的怀乡之情所困扰，他体内的魔鬼对他冷酷无情。有些人追求真理，坚定不移，为了实现它，不惜将他们自己的世界完全推翻。斯特里克兰也是这样，他所追求的美，等同于真理。像他这样的人，我只能深表同情。”

“这一点也很奇怪。有个他伤害过的人也对我说过，他非常可怜斯特里克兰。”说完，我沉默了一会儿。“我想知道，对于他这种让我一直迷惑不解的性格，你是否已经有了解释。你怎么会想到这个？”

他对我笑了笑。

“我不是说了嘛，从某种角度来说，我也是个艺术家。我意识到，在我身上，也有激励着他的那种热望。所不同的是，他凭借绘画，而我是生活。”

然后，布吕诺船长给我讲了他自己的故事，我想值得写下来。因为，即使仅仅作为对比，它也让我加深了对斯特里克兰的印象。何况，这个故事本身就很美。

布吕诺船长是布列塔尼人，年轻时曾在法国海军服役。结婚后他退了役，在坎佩尔附近置了一小份产业，准备安享生活。但是，替他料理事务的经纪人突然失手，让他一夜之间一贫如洗。他和妻子思来想去，都觉得不能这么穷下去。早年在海军时，他曾巡游到南太平洋岛，所以就决定再到那里去碰碰运气。他先在帕皮提待了几个月，谋划将来，积累经验。之后，他向法国的一个朋友借了笔钱，在包莫图斯群岛买下了一个小岛。这是一个环形岛屿，中间是幽深的潟湖，岛上荒无人烟，长满了灌木和野石榴。他和一位勇敢的女人，就是他的妻子，还有几个土著登上了小岛。凭着两只手，他们盖房子，清理灌木，种植椰子。这是二十年前的事，过去贫瘠的小岛，现在已是一座美丽的花园。

“刚开始很艰苦，也很焦虑。我们两个人拼命干活儿。每天天一亮我就起床，除草，种树，盖房子，到了晚上瘫倒在床上，就像死狗一样一觉睡到天亮。我妻子也像我一样卖力工作。后来，我们有了两个孩子，先是儿子，再是女儿。我们教他们读书识字，他们的知识都是我们教的。我们从法国运来一台钢琴，她教孩子们弹琴、说英语，我教他们拉丁文和数学，一起给他们读历史。他们还学会了划船，和当地人一样会游泳。岛上的事情他们无所不知。我们的椰子树长得郁郁葱葱，那里的珊瑚礁也盛产贝壳。我这次来塔希提是为买一艘双桅帆船。我可以驾船打捞到足够多的贝壳，把买船的钱赚回来。谁知道呢？说不定还能捞到珍珠。一切都是白手起家。我也在创造美。哦，你不知道，当我看着那些高大、挺拔的椰子树，想着它们都是我一棵一棵亲手种下的，是怎样的心情啊！”

“让我问个问题，你也这样问过斯特里克兰：你就从来不后悔吗，远离法国布列塔尼的老家？”

“等有一天，我女儿嫁了人，儿子娶了妻，可以把岛上的产业接手以后，我们就回到我出生时的老屋，安度晚年。”

“到那时，回顾过去，你会感觉一生都很幸福。”

“当然，在我的岛上，生活没那么扣人心弦，我们远离文明世界——想象一下，就是来塔希提，路上也要走四天。但我们过得很幸福。只有少数人有所追求，有所成就。我们的生活简单纯朴。我们没有野心，如果说有什么值得骄傲，那也是通过自己的双手进行创造的骄傲。我们既不嫉妒，也不怨恨。哦，我亲爱的先生，有人说劳动很幸福，这简直是废话，但对我来说却意义重大。我是个幸福的人。”

“我相信，你可以这么说。”

“我也希望如此。我的妻子是我的好朋友也是好帮手，不只是贤妻，还是良母。真不知道，我怎么能配上她呢。”

船长的话，让我对他的生活想了很多。我沉思良久。

“很明显，你这样生活，并且取得了很大成功，需要的不仅是坚强的意志，还有坚毅的性格。”我说。

“也许吧。可是，如果没有另外一个因素，我们也许一事无成。”

“什么呢？”

他站住了，像演戏似的，伸出了手臂。

“对上帝的信仰。要不然，早就迷失了方向。”

说话的工夫，我们已经到了库特拉斯医生家门口。

第五十五章

库特拉斯先生是个身材高大、又肥又胖的法国人，上了年纪。他的体形，就像一只巨大的鸭蛋；一双蓝眼睛目光锐利，却又和善可亲，时不时自鸣得意地落在自己的大肚皮上。他红光满面，头发花白，让人一见就产生好感。他接待我们的房子，就好像法国小镇上的一所宅子，一两件波利尼西亚古董看上去非常奇怪。他伸出双手握住我的手——他的手很大——亲切地看着我，但我却从他的眼神中看出，他十分精明。当他和布吕诺船长握手时，他很礼貌地问候夫人和孩子。我们寒暄了一阵儿，又扯了下岛上的闲话，椰子和香草的收成，之后才进入正题。

在这里，我不能写下库特拉斯医生的原话，只能用自己的语言来说，他生动的叙述一经我转述便大为减色。他嗓音浑厚，十分洪亮，和他魁梧的身材很是匹配，而且感觉敏锐，绘声绘色。听他讲话，就像人们经常说的，仿佛是在看戏，而且比大多数戏显得活灵活现。

事情的经过大概是这样的：一天，库特拉斯医生去塔拉瓦奥给一个女酋长看病，他把这位肥胖的老妇人描述得栩栩如生，说她躺在一张大床上，抽着烟，周围是一圈皮肤黝黑的侍从。看完病，他被请到另一个房间，安排了晚餐——生鱼片、炸香蕉和鸡肉，还有一些他叫不上名字的东西，这是当地人的标准膳食——正吃着，就见仆人正在把一个眼泪汪汪的小姑娘从门口赶走。当时，他没在意，但等他吃完饭，出来上了马车准备离开，又看见她在不远处站着望着他，愁眉苦脸，泪水涟涟。他问旁边的人怎么回事，人家告诉他，她是从山上下来的，想请他去给一个生病的白人看病。他们已经对她说过了，医生没工夫管她的事。库特拉斯就把她叫了过来，亲自问她有什么事儿。她说，她是阿塔派来的，就是过去一直在鲜花旅馆干活儿的那位，她来找医生，是因为“红毛”病了。她把一块皱巴巴的报纸塞到医生手中，他打开一看，里面是一张一百法郎的钞票。

“红毛是谁？”他问旁边一个人。

那人说，“红毛”就是那个英国人，一个画家，当地人给他起的外号。他和阿塔同居，住在七公里外的一条峡谷里。这么一说，他知道是斯特里克兰。但是，要去那儿只能走路，他们知道医生不可能去，所以就想把小姑娘打发走。

“说真的，”医生转过头来，对我说，“当时我犹豫了。在那么难走的山路上来回跑十四公里，那滋味真不好受，而且，我也不能连夜赶回帕皮提了。此外，我对斯特里克兰也没什么好感。他只不过是一个游手好闲的无赖，宁愿和一个当地女人同居，也不想像别人那样好好干活儿吃饭。天哪，我当时怎么知道，有一天全世界都承认他是天才？我问那个小姑娘，他病得重不重，能不能去我那儿看病。我还问她，知不知道他得的什么病。但她什么也不说。我又追问了几句，也许还对她发火了，但她低头看着地面，哭了起来。我无奈地耸了耸肩。不管怎样，看病是我的职责，所以，尽管我很生气，但还是让她带路，跟着去了。”

等库特拉斯走到的时候，他的火气一点儿不比出发前少。他走得汗流浃背，口干舌燥。阿塔在门口望眼欲穿，实在等不及，还走了一段路来接他。

“别急着看病，先给我弄点儿喝的，不然渴死了，”他喊道，“看在上帝分儿上，给我摘个椰子来。”

阿塔喊了一声，一个小男孩儿跑了过来。他噌噌几下爬上一棵椰树，很快扔下一个熟透的椰子。阿塔在椰子上开了个洞，医生迫不及待地痛饮一气。然后，他给自己卷了根纸烟，心情一下好多了。

“好吧，红毛在哪里？”他问道。

“他在房间，正画画呢。我没说你要来。进去看看吧。”

“那还说他不舒服？要是还能画画，就可以去塔拉瓦奥，免得我走这么要命的路。他的时间值钱，我的就不值钱？”

阿塔没有说话，和那个男孩儿一起跟着医生向房子走去。把医生找来的那个小姑娘这会儿正坐在阳台上，那里还躺着一个老太婆，背靠着墙，卷着当地人抽的纸烟。阿塔指了指门。医生感觉这些人的行为都很奇怪，有些烦躁。一走进屋子，就见斯特里克兰正在清洗他的调色板。画架上有幅画。斯特里克兰只穿着一件帕里欧，背对门站在画架前，听到脚步声，他转过身来。他很不耐烦地瞥了医生一眼，也有些惊讶，他讨厌别人打扰他。但是库特拉斯更加吃惊，他僵在那里，瞪大了眼睛。他没料到竟是这样。他惊恐万分。

“怎么连门都不敲就进来了，”斯特里克兰说，“有事儿吗？”

医生的情绪平复了下来，但还是有些张口结舌。他的满腔怒火一下子消失了，他感到——哦，对，不可否认——他感到心中生出难以抗拒的怜悯之情。

“我是库特拉斯医生。我去塔拉瓦奥给女酋长看病，阿塔派人请我来给你瞧瞧。”

“这个该死的蠢货。我最近身上是有点儿痛，还有点儿发烧，但不是什么大病，会好的。下次有人去帕皮提，我会让他给我捎些金鸡纳霜回来。”

“你还是照照镜子吧。”

斯特里克兰看了他一眼，笑了，走到镜子前，这种镜子很便宜，镶着木框，挂在墙上。

“有什么不对？”

“你没看到你的脸变得很奇怪吗？你有没有发现你的五官都变得很大——怎么说呢？——你的脸已经成了医书上说的‘狮子脸’。可怜的朋友，难道一定要我说出来，你得了一种可怕的疾病吗？”

“我？”

“从镜子上可以看出来，你的脸形，是典型的麻风病症状。”

“你在开玩笑。”斯特里克兰说。

“我也希望真是开玩笑。”

“你是想告诉我，我得了麻风病吗？”

“很遗憾，千真万确。”

库特拉斯医生对许多人宣判过死刑，但他始终无法克服内心的恐惧。他总是感觉，病人总爱拿自己和医生进行比较，看到医生头脑清醒、身体健康，享有不可估量的生命特权，他们往往又气又恼。而斯特里克兰只是默默地看着他，面无表情，虽然这种可恶的疾病已经使他五官变形。

“他们知道吗？”后来，斯特里克兰指着外面的人问。现在，他们正默默地坐在阳台上，气氛有些怪异。

“这些当地人，对这种病知道得一清二楚，”医生说，“他们只是不敢告诉你而已。”

斯特里克兰走到门口，往外看了看。他的脸色一定可怕极了，他们突然都哭了起来，呜呜咽咽，而且声音越来越大。他没有说话，怔怔地看了他们一会儿，转身走回屋里。

“你觉得，我还能活多久？”

“这谁说得准？有时候二十年；早死不受罪，倒是上帝的慈悲。”

斯特里克兰走到画架前，若有所思地看着上面的画。

“走了这么远的路，带来这么重要的消息，不能空手而归。这幅画给你吧。现在可能没什么，将来有一天，你会很高兴拥有它。”

库特拉斯医生坚决不要，那一百法郎，他也还给了阿塔。但斯特里克兰执意让他把画带走。后来他们一起出来，走到阳台上。几个当地人还在那里哭哭啼啼。

“别哭了，娘们儿。擦干眼泪，”斯特里克兰对阿塔说，“没什么大不了的，我很快就离开你。”

“他们不会把你弄走吧？”她哭着说。

当时，这些岛上还没有严格的隔离制度，麻风病人如果愿意，是可以留在家的。

“我会住到山里去。”斯特里克兰说。

阿塔站起身，冲着他说：

“别人谁要走就走吧。我不会离开你的。你是我男人，我是你女人。要是你抛下我，我就在屋后的树上吊死。我对上帝发誓。”

她说得异常坚决，看起来不再是一个温顺、软弱的本地姑娘，而是一个坚强的女人；一下变得谁也认不出来了。

“干吗要留在我身边？你可以回帕皮提，很快就可以找到另一个白人。那个老太婆继续给你看孩子，蒂阿瑞也会高兴你回去。”

“你是我男人，我是你女人。你去哪儿，我跟到哪儿。”

有那么一瞬，斯特里克兰的铁石心肠被打动了，他的眼里涌出了泪水，慢慢从脸上滚落下来。但是很快，又浮现出惯有的嘲笑。

“女人真是怪物，”他对库特拉斯医生说，“你可以像对待狗一样地对待她们，你可以打她们，打到你手疼，可最终她们依然爱你。”他耸了耸肩。“当然，基督教说女人也有灵魂，这简直是荒谬透顶的幻觉。”

“你在和医生说什么？”阿塔疑惑地问他，“你不走吧？”

“如果你愿意，我就不走，可怜的宝贝。”

阿塔一下子跪在他脚下，抱住他的双腿亲吻他。斯特里克兰看着库特拉斯医生，脸上带着一丝淡淡的微笑。

“到头来，她们还是会抓住你，怎么挣扎也没用。白人也好，棕色人种也好，一个样。”

库特拉斯医生觉得，在这么可怕的灾难面前，说什么安慰的话都很荒唐，他决定告辞。斯特里克兰让那个叫塔尼的小男孩儿给医生带路，回村子去。停了一会儿，库特拉斯医生继续对我说：

“我不喜欢他，我给你说过，我对他没什么好感。但当我下山，慢慢走回塔拉瓦奥时，我还是不由自主，对他那种自我克制的勇气深感钦佩，他忍受的，也许是最可怕的痛苦。当我和塔尼分手，我告诉他，我会送一些药过去，也许对他的病有用。但我也知道，斯特里克兰可能不会吃，即使吃了，也不知道有多大效用。活着真不容易，有时候，大自然竟折磨她的孩子，以此为乐趣。当我坐着马车，返回帕皮提我舒服的家时，心情特别沉重。”

很长一段时间，我们都沉默不语。

“但是，阿塔没再请我去，”后来，医生继续说，“碰巧很长一段时间我没去那个地方了，没听到斯特里克兰什么消息。有一两次，我听说阿塔来帕皮提买绘画用品，但没碰见她。大约过了两年，我又去塔拉瓦奥，还是给那个女酋长看病。我问那儿的人，斯特里克兰怎么样了。这时候，他得麻风病的事儿已经传开了。先是那个男孩儿塔尼离开了他们住的地方，不久，那个老太婆和她的孙女也走了。只剩下斯特里克兰和阿塔，还有他们的孩子。没人敢走近他们的种植园，你知道，当地人对这种病怕得要死，在过去，一旦发现谁得了麻风病，就会将他活活打死。有时候，村里的孩子上山去玩，会看见这个留着大红胡子的白人在游荡。他们吓得魂飞魄散，撒腿就跑。有时，阿塔会在晚上下山来到村子，叫醒杂货店的人，买些需要的东西。她知道当地人看她的眼神既害怕又厌恶，像对斯特里克兰那样，因此总躲着走。有一次，几个女人壮着胆，走近他们的种植园，不能再近了，她们看见阿塔在小溪边洗衣服，就捡起石子儿扔她。这事儿以后，村里杂货店的人就放出话来：如果她再用那条小溪的水，她的房子就会被烧掉。”

“这些畜生。”我说。

“别这么说，我亲爱的先生，人都是这样的。恐惧让人变得残酷无情……我决定去看看斯特里克兰。当我给女酋长看完病，想找个孩子带路，可没人愿意去，所以我只好自己找去了。”

一进种植园，库特拉斯医生立刻被一种不祥之感紧紧地攫住。虽然走得浑身燥热，他还是感觉不寒而栗。空气中有某种敌意，让他踟蹰不前，一种无形的力量阻止他，让他望而却步，仿佛有许多看不见的手臂将他往回拽。现在，没人敢来这里摘椰子，椰果全都掉下来，腐烂在地，放眼望去，一片荒凉。杂乱的灌木疯长，从四周逼近，看来，人们费尽心血开发出的这片土地，很快就要被原始森林重新夺回。他有一种感觉，这是痛苦的栖息地。当他走近房子，可怕的寂静让他惶恐不安，起初，他还以为这里已经废弃了。这时，他看见了阿塔。她正蹲在当厨房用的小棚里，看着眼前煮的一锅东西。在她跟前，一个小孩儿一声不吭地在泥地上玩耍。看见医生来了，阿塔的脸上并没有笑容。

“我来看看斯特里克兰。”他说。

“我去告诉他。”

阿塔向房子走去，跨上几层台阶，走上阳台，准备进屋子。库特拉斯医生跟在她身后，可走到门口，阿塔向他做手势，让他在门外等候。当房门打开，他立刻闻到一股腥甜的气味，这正是麻风病人住的地方常有的恶心味道。他听见阿塔在说话，斯特里克兰在回答，但他的声音显得陌生，变得嘶哑、模糊不清。库特拉斯医生眉头一皱。他想，疾病已经侵蚀到病人的声带。不一会儿，阿塔从屋里走了出来。

“他不想见你。你走吧。”

库特拉斯医生坚持要看病人，但阿塔拦住他，不让进去。他耸了耸肩。过了一会儿，他只好决定离开。阿塔跟着他。他觉得，她也希望自己走。

“真的帮不了你吗？”他问。

“你可以给他送点儿颜料来，”她说，“别的他都不需要。”

“他还能画画吗？”

“他正在往墙壁上画。”

“真是不幸，我可怜的孩子。”

终于，她的脸上露出了微笑，眼里充满了超凡的爱意。这让库特拉斯医生大吃一惊。他非常诧异。甚至感到敬畏。他无话可说。

“他是我男人。”她说。

“你们那个孩子呢？”医生问，“上次来，记得你有两个孩子。”

“对。已经死了。我们把他埋在芒果树下。”

阿塔陪医生走了一小段儿路，说她得回去了。库特拉斯医生猜测，她不敢走远，是怕遇见村里人。他又对她说，如果需要帮助，捎个话，他立马就到。

第五十六章

两年又过去了，也许是三年，因为在塔希提，时间总是恍然流逝，难以计数。但是后来，有人给库特拉斯医生捎信，说斯特里克兰快要死了。阿塔在路上拦了一辆去帕皮提送邮件的马车，恳求赶车的人立刻到医生家去。但消息传到时，医生不在，直到傍晚他才知道。天色已晚，他无法动身，所以第二天一大早就出发了。他先坐马车到塔拉瓦奥，然后步行七公里去阿塔家，这是他最后一次去。小路上杂草丛生，杳无人迹，很明显，已经荒废好几年了。路很难走。有时，他不得不踉踉跄跄蹚过河滩，有时，又得分开荆棘丛生的草木。好些回，为了躲开头顶树上的马蜂窝，他只能从岩石上爬过去。四周一片死寂。

最后，当他走到那座没有油漆过的木房子前，终于长出了一口气，可满目荒凉，破败不堪，同样是无法忍受的死寂。他向前走，一个小男孩儿正在阳光下漫不经心地玩耍，一看见他，就飞快地跑开了：在他眼里，陌生人都是敌人。库特拉斯医生发觉，那个孩子正躲在一棵树后偷偷地望着他。房门敞开着。他喊了一声，没人答应。他走了进去。他敲了敲另一扇门，还是没人。他拧了一下门把手，走了进去。一股扑鼻的恶臭，让他直犯恶心。他用手帕捂住鼻子，强迫自己走了进去。屋子里光线昏暗，从耀眼的阳光下走进来，一时什么也看不清。等他慢慢适应了室内的光线，他不禁心惊肉跳。他不知道自己身在何处。就好像走进了一个无比神奇的世界。恍惚间，他觉得自己站在原始大森林中，树下赤身裸体的野人走来走去。他定睛细看，这才发现是墙上的巨幅壁画。

“上帝啊，我不会是给太阳晒晕了吧。”他嘟哝道。

什么东西微微一动，引起了他的注意，他发现阿塔正躺在地板上，低声啜泣。

“阿塔，”他喊道，“阿塔。”

她没理他。强烈的恶臭再一次让他犯晕，他点燃一根方头雪茄。他的眼睛已经适应室内昏暗的光线了，现在，他看着墙上的壁画，无法抑制内心的激动。对于绘画，他一无所知，但眼前的东西让他惊讶不已。四面墙上，从地板一直到天花板，一幅幅奇特的、精心绘制的图画铺展开来，那种奇妙、神秘，简直难以形容。库特拉斯几乎屏住了呼吸。一种难以理解、无法参透的感情攫住了他。他感觉，这种敬畏和欣喜，就像一个人看到开天辟地时怀着的那种敬畏和欣喜。这壁画巨大无比，既耽于肉欲，又充满激情，同时，也包含某种恐怖，让他看着十分害怕。绘制这巨作的人，已经深入到大自然的隐秘深处，发现了美妙而惊人的秘密。他知晓了人类从不知晓的事物。他画出的是某种原始的、可怕的东西。这并不属于人类。库特拉斯模糊地感到，这就像巫术，既美丽，又污秽。

“上帝啊，真是天才。”

这话从他口中挤出，而他自己并不知道。

这时，他的目光落在墙角的一张草席上，他走过去，看到了一具骇人的、面目全非的、阴森森的东西。那是斯特里克兰。他死了。库特拉斯医生用了极大的意志力，俯身看了看这让人毛骨悚然的尸体。突然，他吓得魂飞魄散，猛地跳了起来，因为他感觉身后有什么东西。是阿塔。他没注意到她已经站了起来，走到自己的胳膊肘边，看着他看着的尸骸。

“天哪，真是灵魂出窍，”他说，“你可吓死我了。”

他又看了一眼地上可怜的尸体，那曾经是个活人。他惊慌失措地走开了。

“可他的眼睛已经瞎了。”

“对，瞎了快一年了。”

第五十七章

这时，库特拉斯夫人拜访朋友回来，我们的谈话被暂时打断。她推门进来，像一艘鼓起风帆的小船。这是一个很有气派、高大丰满的女人，胸部肥硕，腰围粗壮，却惊人地绷着紧身胸衣。她长着一个粗大的鹰钩鼻，三重肥大的肉下巴，腰杆儿挺得笔直。虽然热带气候总让人萎靡不振，但她却丝毫不受影响，反而更精神，更世故，更果断，比任何温带气候中的人都要精力充沛。显然，她非常健谈，一进门就说三道四，说东道西，滔滔不绝。她让我们刚才的谈话，一下变得非常遥远、异常虚幻。

过了一会儿，库特拉斯医生转过身来对我说：

“斯特里克兰送我的那幅画一直挂在我书房，要看看吗？”

“非常乐意。”

我们站起来，他带我走到外面环绕着他宅子的走廊上。我们站了一会儿，观望着花园里姹紫嫣红、绚烂绽放的花朵。

“很长时间，我都忘不了斯特里克兰画在墙上的那些非凡之作。”他若有所思地说。

我想的，也是这些。在我看来，斯特里克兰终于将自己的内心世界完整地表达出来了。他埋头创作，因为他心里非常清楚，这是他最后的机会，我想，他一定把自己所理解的、所洞悉的一切，倾毕生之力，表达得淋漓尽致。而且，他终于找到了内心的平静。纠缠着他的魔鬼终于被驱逐了，他痛苦的一生就是为这件作品做准备，随着作品的完成，他远离凡俗的、备受折磨的灵魂终于得到安息。他甘愿赴死，因为他一生追求的目标，已经达到了。

“那幅壁画的主题是什么？”我问。

“我也不清楚。看起来非常奇妙，荒诞至极。就像创世之初的图景，伊甸园，亚当夏娃——怎么说呢？——是对男人女人，人体之美的颂扬，对大自然的赞美，既崇高又冷漠，既美好又残忍。时间的无限，空间的无垠，让你深深感到敬畏。因为他画了很多树，椰子树，菩提树，凤凰木，鳄梨树，这些树我天天看到，但又仿佛从未见过，就好像它们都有了灵魂，有了秘密，眼看就要抓到手，它们却突然跑掉了。那些色彩是我熟悉的色彩，却又完全不同，它们都有自身的独特意义。而那些赤身裸体的男男女女，他们既是尘世的，又远离尘世。他们似乎是黏土搓成的，但又仿佛都是神灵。呈现在你面前的，是赤裸裸的人类原始本性，你感觉害怕，因为你看到的是你自己。”

库特拉斯医生耸了耸肩，笑了起来。

“你会笑话我的。我是个享乐主义者，一个粗俗而又肥胖的男人——福斯塔夫[①]？——抒情的风格对我很不适合。我这人很可笑。但还从未有过哪幅画像这样深深地打动我。说真的，我有一种感觉，就像走进了罗马西斯廷教堂。在那里，我也对那位画家在天花板上创作的巨作感到敬畏。真是天才之作，它气势磅礴，震慑人心，让我感觉自己非常渺小，微不足道。不过，对米开朗基罗的伟大，你还是有心理准备的。而这些作品出现在土著人的小屋中，远离文明世界，呈现在塔拉瓦奥大山的褶皱里，给人带来天大的惊喜。米开朗基罗头脑清醒，身体健康，他的伟大作品让人感觉崇高、肃穆；但在这里，虽然呈现的也是美，却令人不安。我不知道那是什么。但的确让我难以平静。它给你一种感觉，就仿佛你正坐在一间屋子隔壁，虽然你知道那屋子是空的，但不知为什么，你又恐怖地感到，屋子里有人。你责骂自己，知道这只不过是神经过敏——但是，但是……不一会儿，你就再也无法抗拒那种恐惧了，你被无形的恐惧紧紧地抓在手里，无能为力。对，说真的，当我听说这些奇妙的杰作被毁了，我不只是感到遗憾。”

“被毁了？”我大叫起来。

“是啊，你不知道吗？”

“我怎么知道？真的，我从来没听说过这件作品，还以为能落到某个收藏家手里。直到现在，依然没有斯特里克兰作品的详细目录。”

“自从眼睛瞎了，他总是坐在那两间画着壁画的屋子里，一坐就是大半天，用失明的眼睛望着自己的作品，也许那时他看到的，

---

① 福斯塔夫 (Falstaff)，莎士比亚历史剧《亨利四世》中的喜剧人物。

比他一生看到的还要多。阿塔告诉我，他从不抱怨命运，从未失去勇气。直到最后一刻，他依然坦然、平静。但他让阿塔答应他，在她将他埋葬了以后——我没告诉你吧，他的墓穴是我亲手挖的，因为没有一个当地人敢走近这容易传染疾病的房子，阿塔和我，用缝在一起的三块帕里欧把他裹起来，埋在那棵芒果树下——他让阿塔答应他，放火把房子烧个干净，一根树枝儿都不要剩，看烧光了再离开。”

好一会儿，我都没有说话。我在琢磨。后来，我说：

“这么说，他死到临头都没变啊。”

“你明白吗？我必须告诉你，当时我想，我有责任劝她，不要烧。”

“那你后来说了吗？”

“说了。因为我知道，这是天才之作，而且我想，我们没有权力让人类失去它。但是阿塔不听我的。她已经答应他了。我不忍留下，眼看着那样的野蛮行径，只是后来听说她是怎么做的。她把煤油泼在干燥的地板上和露兜树叶编织的草席上，然后点火。不大工夫，一切都化为灰烬，一幅伟大的杰作，就这样永远消失了。”

“我想，斯特里克兰也知道，这是一幅杰作。他已经得到了他所追求的东西。他无怨无悔。他创造了一个世界，也看到了这个世界的美好。之后，带着傲慢和不屑，又将它完全毁掉了。”

“但我还是得让你看看我的画。”库特拉斯医生说着，继续向前走。

“阿塔和他们的孩子后来怎样了？”

“他们去了马克萨斯群岛。在那儿她有亲戚。我听说他们的儿子在一艘卡梅隆的帆船上当水手。人们都说，他长得很像他父亲。”

从走廊走到诊室的门口，库特拉斯医生站住，笑了起来。

“这是一幅水果画。你也许认为，医生的诊室怎么能挂这样的画。可我妻子不让挂在客厅。她说这画太淫秽了。”

“淫秽的水果画！”我吃惊地叫道。

我们走进屋子，我的目光立刻落在画上。我看了很久。

画的是一堆水果：芒果、香蕉、橘子，还有一些别的什么。一眼望去，没什么特别之处。如果将它放在后印象派的画展上，一个粗心大意的人会认为挺好，但并非这一流派的经典杰作。但是，看过之后，这画他也许就记住了，可他自己并不知道为什么。我想，从此他便永远无法忘记。

这幅画的着色非常奇怪，语言难以说清，总之让人心神不宁。蓝色很深沉，像精雕细琢的天青色琉璃盘，却颤动着光芒，表明神秘生活的激动不安；紫色很可怕，像令人厌恶的生腐肉，却勾起炽热的欲望，让人隐约想到黑利阿加巴卢斯[①]统治下的罗马帝国；红色很耀眼，像冬青结出的浆果——我个人想到英国的圣诞节，雪天的兴高采烈，孩子们的欢声笑语——但画家却魔法般地让这种色彩变得柔和，呈现出令人着迷的、乳鸽胸脯般的柔软；深黄色很突兀，带着反常的激情渐渐消逝，变成绿色，像春天的芬芳和喧响的山间小溪的明净。谁能说出，是怎样痛苦的想象，

---

① 黑利阿加巴卢斯 (Heliogabalus，204—222)，一名埃拉加巴卢斯，第一位具有浓厚东方色彩、出身叙利亚的罗马帝国皇帝，荒淫无道。

幻化出这样的水果？也许，它们来自赫斯珀里得斯[①]看守的波利尼西亚的果园。不可思议，它们鲜活无比，仿佛混沌初开时的创造，那时，万事万物还没有最终的形体。它们肆意、华丽。它们带着浓郁的热带气息。它们仿佛拥有自己忧伤的情欲。这是被施了魔法的水果，品尝一口，就会打开灵魂秘密的上帝之门，步入幻境中的神秘宫殿。它们孕育着不可预知的危险，吃下去，一个人就会变成野兽或神仙。所有健康的、自然的东西，所有普通人的简单快乐、幸福生活，都在它们面前惊慌萎缩；然而，它们具有一种极大的吸引力，就像伊甸园中知善恶的智慧果，将人带入可怕的未知之境。

最后，我走开了。我觉得，斯特里克兰将他的秘密带进了坟墓。

"喂，勒内，亲爱的，"外面传来库特拉斯夫人欢快的声音，"这么半天，你在干吗？开胃酒准备好了。问问那位先生，要不要喝点儿金鸡纳杜本内酒。"

"好的，夫人。"我一边说，一边走到走廊上。

杰作的魅力瞬间破碎。

① 赫斯珀里得斯（Hesperides），古希腊神话中的三姐妹，在赫拉女神的花园中看守金苹果树。

第五十八章

我离开塔希提的日子到了。根据岛上的礼仪，凡是和我有过接触的人，都要送我礼物——椰子树叶编的篮子，露兜树叶编的席子和扇子；蒂阿瑞送我的是三颗小珍珠，和用她胖乎乎的大手亲自做的三罐番石榴酱。当从惠灵顿开往旧金山的邮轮在码头停泊了二十四小时后，汽笛长鸣，催促旅客上船，蒂阿瑞一把将我搂进她巨大的怀抱，我仿佛掉进了波涛汹涌的海洋，她鲜艳的红唇随即也压在了我的唇上。她的眼里闪着泪光。当邮轮缓缓驶出潟湖，从珊瑚礁中的通道小心翼翼开到广阔的海面上，一阵离愁涌上我的心头。微风吹来陆地上怡人的芳香，塔希提岛却越来越远。我知道，我永远也看不到它了。我生命的一页翻过去了，我感觉，我离不可避免的死亡，又近了一步。

不到一个月，我回到伦敦；在处理完一些急需解决的事后，我想，斯特里克兰夫人也许想知道她丈夫最后几年的情况，于是便给她写信。从大战前到现在，很长一段日子，我都没见过她了，所以只好在电话本里找她的地址。回信中她约了时间，到那天，我去了她的新居，坎普顿小丘一个整洁的房子。这时，斯特里克兰夫人快六十岁了，但她的相貌并不显老，没人会相信她已经五十多岁。她的脸，有些消瘦，皱纹不多，正是风韵犹存的年纪，你会觉得，她年轻时一定很美，比现在漂亮得多。她的头发，没有全白，梳得好看，身上的黑色礼服很时髦。我记得，有人说过，她的姐姐麦克安德鲁夫人，在她丈夫死后几年也去世了，留了笔钱给斯特里克兰夫人；从她现在的房子，和穿着整齐、来为我开门的女仆看，我想，这笔钱足够让她过着舒坦日子。

我被带到客厅，发现还有另一位客人，当我知道了他的身份，料定斯特里克兰夫人约我这个点儿来，不是没有目的。这是凡·布施·泰勒先生，一位美国人，斯特里克兰夫人一边赔着笑脸向他表示歉意，一边详细地给我介绍他。

“你知道，我们英国人孤陋寡闻，非常可怕。如果我不得不做些解释，还请务必原谅。”然后，她转过身来对我说：“凡·布施·泰勒先生是美国著名的评论家，如果你还没有拜读过他的大作，书真是白念了，必须好好补一下。泰勒先生正在写一些东西，关于亲爱的查理的。他来看看，也许我能帮上什么忙。”

凡·布施·泰勒先生非常瘦，一个大秃头，筋骨突出，闪闪发光，浑圆的脑壳下一张蜡黄的脸布满皱纹，看起来很小。他很文雅，彬彬有礼。他说话带新英格兰口音，行为举止刻板冰冷，真不知道怎么会研究起查尔斯·斯特里克兰来。斯特里克兰夫人说到她丈夫名字时的那种温柔，让我觉得好笑。在他们谈话时，我打量了一下我们坐着的房间。斯特里克兰夫人紧跟潮流。她在阿什利花园旧居时客厅的那些装饰都不见了：糊在墙上的莫里斯纸不见了，家具上盖的朴素的印花帘布不见了，四壁的阿伦德尔图片不见了；现在的客厅一片光怪陆离，我很想知道，这种时尚强加于她的多变色彩，是不是因为南海群岛上一个可怜的画家，有过如此斑斓的梦幻。她自己给出了答案。

“这些靠垫真是漂亮。”凡·布施·泰勒先生说。

“你喜欢？”她笑着说，“巴克斯特[①]，你知道。”

但是，墙上挂着几幅斯特里克兰最好作品的彩色复制品，柏林一家出版商印的。

“看我的画哪，”她说着，也顺着我的目光看了过来，“当然，他的原作我搞不到，但有这些足够了。这是出版商主动送我的。对我来说已很欣慰。”

“每天能欣赏这些，也是一大乐事。”凡·布施·泰勒先生说。

“对，它们在本质上有装饰意义。”

“我也坚信，”凡·布施·泰勒先生说，“伟大的艺术永远富有装饰性。”

他们的目光落在一个正给婴儿喂奶的裸体女人身上，画面旁边，一个女孩跪在地上，给一个小孩儿递过去一朵花，小孩儿不理不睬。一个满脸皱纹、皮包骨头的丑老太在一边看着她们。这是斯特里克兰版的神圣家庭[②]。我怀疑，画中的这些人物，就是他在

---

① 巴克斯特(Bakst，1866—1924)，俄国画家和舞台设计家。

② 神圣家庭(Holy Family)，基督教对耶稣基督、耶稣的生母圣母玛利亚以及养父约瑟的合称，在西方艺术史中非常常见，拉斐尔、米开朗基罗、伦勃朗等大师都曾以此为题材创作。

塔拉瓦奥附近那个房子里住的人，那个喂奶的女人和她怀里的婴儿，就是阿塔和他的第一个孩子。我很想知道，斯特里克兰夫人对这些事情，是否有所耳闻。

谈话继续进行。我惊讶于凡·布施·泰勒先生的分寸感，凡是让人感到尴尬的话题，他都尽量回避；我也佩服斯特里克兰夫人的才智，没说一句假话，却暗示了她和丈夫感情融洽。最后，凡·布施·泰勒先生起身告辞，他握住女主人的手，说了一大堆优美但未免造作的感谢话，离开了我们。

“希望他没烦到你。”当门在凡·布施·泰勒身后刚一关上，斯特里克兰太太说。“当然，有时是有些讨厌，但我觉得，人家既然来了解查理的情况，我就应该把知道的告诉他。这是我应尽的责任，谁让我是天才的妻子呢。”

她用那双愉悦的眼睛看着我，这眼睛依旧坦然、亲切，像二十多年前那样。我有些怀疑，她是不是在耍我。

“你原来的打印店早关了吧？”我说。

“哦，对，”她快活地说道，“我当年开它，就是爱好，别的原因不重要。后来，我的两个孩子劝我把它卖了。他们觉得，这让我太费神了。”

我看斯特里克兰夫人是忘了，当年她不得不做些让她觉得丢脸的工作，好养家糊口。和所有的好女人一样，她本能地相信，有人养活自己才够体面。

“他们都在家，”她说，“我想，你说他们父亲的事，他们一定乐意听。还记得罗伯特吧？很高兴告诉你，他已经被推荐上去，要得军功十字勋章啦。”

她走到门口招呼他们。进来了一位身穿卡其服的高大男子，脖子上系着牧师的硬领，他长得英俊，衣着有些守旧，但目光和小时候一样坦诚。跟在后面的，是他的妹妹。她这时和我当年初次见到的她母亲一般年纪。她长得很像她母亲，给人的印象也是，小时候一定长得比现在漂亮。

“我想，你一定不记得他们了吧。”斯特里克兰夫人说着，骄傲地笑了。“我女儿现在是罗纳德森夫人了，她丈夫是炮兵少校。”

“他纯粹是从士兵过来的，”罗纳德森夫人愉快地说，“所以现在只是少校。”

记得很久前我预言过，她将来会嫁给一名军人。看来是注定的。她的姿态表明，她完全是个军人的妻子。她富有教养，待人亲切，但几乎掩饰不住内心的信念：她和别人不一样。罗伯特谈笑风生。

“真是走运，你这次来，正好我在伦敦，”他说，“我只有三天假。”

“他就想着赶紧回去。”他母亲说。

“哦，坦白说，我在前线过得很好。我结识了一帮好哥们儿。这种生活简直棒极了。当然，战争很可怕，那些事儿谁都知道。但战争确实能表现一个人最优秀的品质，这也不可否认。”

然后，我把自己听到的查尔斯·斯特里克兰在塔希提的事情，给他们讲了一遍。我想，没必要提阿塔和她生的孩子，但其他的我都仔细说了。当我讲完他的惨死，我停了下来。有那么一两分钟，我们都沉默了。后来，罗伯特·斯特里克兰划了根火柴，点燃一根烟。

“上帝的磨盘转得很慢，但磨得很细。”罗伯特令人难忘地说道。

斯特里克兰夫人和罗纳德森夫人都低下头来，显得有些虔诚。我真感觉，她们以为这话出自《圣经》。事实上，罗伯特是否也和她们一样有这种错觉，我也怀疑。不知为什么，我突然想到阿塔为斯特里克兰生的那个孩子。有人告诉我，这是一个活泼开朗、无忧无虑的小伙子。我仿佛看见，他正站在他干活儿的帆船上，光着身子，只穿着蓝布工装裤；天色已晚，当船被一阵微风轻轻吹动，向前航行，水手们都聚集到甲板上，船长和押运员倚在躺椅上，懒洋洋地抽着烟斗，我看见，他正在和另一个小伙子，在沙哑的六角手风琴声中，跳着原始、疯狂的舞蹈。头顶是蔚蓝的天空，群星闪耀，太平洋一望无际，浩瀚无边。

《圣经》上的另一句话[①]，也到了我嘴边，但我管住了自己的舌头，没说出来，因为我知道，牧师不喜欢凡人偷尝他们的蜜饯，他们会认为，这有辱神明。我叔叔亨利，在惠特斯特布尔[②]当了二十七年牧师，遇到这种场合，经常说：魔鬼要行凶，总会引用《圣经》。他老忘不了那样的日子：一先令就能买十三个上好的牡蛎。

---

① 另一句话（A quotation），可能是指《圣经·马太福音》：“你们不要论断人，免得你们被论断。”

② 惠特斯特布尔（Whitstable），英国东南部肯特郡滨海小镇，以出产牡蛎而闻名。

译后记

人生如梦，让我们枕着月亮

一百多年前，奥斯卡·王尔德写下这样的话："我不想谋生。我想生活。"这简直可以拿来概括《月亮与六便士》这部小说。

一位家庭美满、事业成功的证券经纪人，一夜之间突然抛弃一切，远走他乡，从伦敦去了巴黎，没有给出任何理由，后来人们才知道，他是去那里画画。他在巴黎穷困潦倒，吃尽苦头，他勾引朋友的妻子，导致她自杀，这些都磨炼了他的意志。他对家人、朋友和一心爱他的情人都非常残忍冷酷，对世俗的一切表现得冷嘲热讽、傲慢不屑，但他对艺术有着一种本能的、无法抗拒的追求。最终，他厌倦了文明世界，来到南太平洋中的一座美丽岛屿，娶妻生子，与世隔绝，终于创作出了改写现代艺术史的不朽之作。但在得了绝症之后，他叮嘱自己的土著妻子一把火烧了他画在房子四壁上的壁画，一件杰作就这样化为乌有……

这就是《月亮与六便士》的整个故事。这部小说的主题，往往被理解为理想与现实的冲突。正像书名“月亮与六便士”，月亮代表高高在上的理想，六便士（约等于人民币六毛钱）深陷在泥里，象征世俗的生活。但是，通读这部小说，既没有出现月亮，也没有六便士，小说的名字完全是信手拈来。

一九一五年，毛姆的长篇小说《人性的枷锁》发表，八月十二日，英国《泰晤士报文学增刊》刊发了一篇书评，称这部小说的主人公菲利普·凯里和许多年轻人一样，“为天上的月亮神魂颠倒，对脚下的六便士视而不见”。毛姆喜欢这个说法，所以才有了一九一九年出版的《月亮与六便士》这一书名。理想与现实的矛盾，艺术与生活的冲突，自然与社会的反差，正是这样的主题，使这部小说一出版就在欧美引起了轰动，成为当时的畅销书。

但是，这部小说本身的内容远远比这些明显的主题要丰富得多。人生阅历深广的毛姆，不过是借创作了《我们从哪里来？我们是谁？我们到哪里去？》这一现代绘画杰作的高更，塑造了一位个性迥异的现代派画家，他不断战胜内心的欲望和生活的艰辛，去摸索，去创作，去过自己想过的生活。这不仅是艺术的感召，生活的呼唤，原始的回归，更有一种莫名其妙、难以说清的精神诉求，可以让一个人不惜任何代价，铤而走险，他的激情驱使他像朝圣者一样艰难跋涉，不远万里，去寻找心中的圣地。

可以说，理想与现实、崇高与卑贱、神圣与凡俗，在这部小说中并非二元对立，主人公斯特里克兰既带有现实生活的粗鄙与肉欲，也有着无人能及的超凡的意志和精神追求。拥有外科医生资质的毛姆手持他的手术刀，大胆地剖析人性，但他的文笔辛辣而又温情，虽处处嘲讽，却并未对世俗生活大加鞭挞。在这部小说（第四十四章）中，毛姆写道：“生活不过是一场混乱，充满了种种的荒谬和污秽，只能引人发笑，未免乐极生悲。”这真有莎士比亚的智慧。作为已有二十年丰富写作经验、红极一时的剧作家，他的小说有着谈笑人生、挥洒自如的戏剧特征，而非一意孤行的现代派小说，今天读来，依然显得洋洋洒洒，从容不迫。

人生经验的绮谈，伦敦、巴黎、马赛、南太平洋的风土人情与离奇见闻，诸多男男女女的悲欢离合，都使得《月亮与六便士》更像一部包罗万象的世情小说。这有很大一部分来自毛姆的个人经历。

一八七四年，毛姆在巴黎出生，父亲是律师，当时在英国驻法使馆工作。不到十岁，父母就先后去世。一八九二年初，毛姆去德国海德堡大学学习了一年。同年他返回英国，在伦敦一家会计师事务所当了六个星期的见习生，随后进伦敦圣托马斯医学院学医。长达五年的习医生涯，让他了解到社会各个阶层的人物和他们的生活状况，这在《月亮与六便士》中也有很多体现，尤其描写了好几位医生。

一八九七年，毛姆发表第一部长篇小说《兰贝斯的丽莎》。一九一五年发表长篇小说《人性的枷锁》。第一次世界大战期间，毛姆赴法国参加战地急救队，不久进入英国情报部门，在日内瓦收集敌情；后又出使俄国，劝阻俄国退出战争，与临时政府首脑克伦斯基有过接触。一九一六年底，毛姆自旧金山出发，经夏威夷、萨摩亚、斐济、汤加、新西兰，最终抵达现代派绘画大师高更曾隐居的法属塔希提岛。这次长达半年的南太平洋之旅，尤其高更的生平和故事，让毛姆感慨颇多，于是就有了这部仅三个月完成的长篇小说。

《月亮与六便士》描写了诸多的人物，一边是为理想而倾其所有、孜孜不倦的斯特里克兰、亚伯拉罕医生、布吕诺船长，一边是爱慕虚荣的斯特里克兰夫人、库特拉斯夫人、卡迈克尔医生，还有热心诚实的斯特洛夫、背叛爱情的布兰奇、贪图小利却义薄云天的尼克尔斯船长、乐善好施的蒂阿瑞、能说会道的库特拉斯、淳朴善良的阿塔……小说采用第一人称来写，夹叙夹议，娓娓道来，对自我也有很多反省，对人生感悟良多。如此纷繁的故事，全凭“我”来穿针引线，可以说“我”是这部小说的又一主角。

从《月亮与六便士》中可以看出，“我”对斯特里克兰这一人物并不十分熟悉，对于他的过去一知半解，他为什么要画画也不很清楚，至于他去世前在塔希提岛上的多年生活，更是道听途说。

作为一名作家，“我”带着年轻人的热情踏入文学圈，羞涩内敛，绝无世故，但渐渐地世事洞明以后，也变得人情练达，对人性、人生有了更多的感悟……而这正是一个真实的、不断成长的“我”。这是小说的又一主题。不过，“我”的见闻总是片段性的，“我”所知道的事情也不确定真伪，只是拿来述说、探讨。

“我”是谁？我们深陷于错综复杂的凡俗之中，对于别人和他们的生活无从知晓，只是凭着臆想，做出可能的判断。一切仿佛都是真实的，一切又都极不可靠。正是在这一点上，“我”也成为这部小说中另一个重要的形象。和模糊不清的斯特里克兰一样，“我”是一个孤独的叙述者，一个可能的存在。这是一种现代性的孤独与隔膜，它出现在自一八五七年问世的《恶之花》以来的诗歌、小说、绘画、戏剧、电影等一切艺术形式之中，只是在这部小说中显得较为温和，这个“我”不是那么离经叛道。

如同斯特里克兰不等于高更，“我”也不等于毛姆，但这里面也有很多作家个人的感悟。《月亮与六便士》问世于一九一九年，时年毛姆四十五岁。这个年代，正是现代派小说风起云涌的时代。这一年，卡夫卡写出了《致父亲的信》,《在流放地》出版；普鲁斯特躺在病床上写作《追忆似水年华》的第一部；乔伊斯早已完成了《尤利西斯》，杰作无人能识。这些小说运用前所未有的现代派技巧，不但揭示了现代社会的空洞本质，也对人性进行了异常深刻的反思。而毛姆，正像他在这部小说中说的，依然采用“老套”的写法。但很显然，他虽然保守，却很明智，他并不在意表面花里胡哨的技巧。

毛姆说，“我已经是老古董了，我会像克雷布一样继续写对仗押韵的道德故事。”但这并不影响《月亮与六便士》的伟大。现代派文学手法总免不了非理性的极端、冷酷、歇斯底里，而毛姆不是，他是一位绅士，他娓娓道来，他在享受生活，也在享受小说。在这部作品中，你会看到他处处对一些东西津津乐道，一提到某人、某物，总会荡开一笔，看似离题万里，实则有内在的联系。

而且，在小说中，他不说自己是写实还是虚构，总说自己对真实的事情所知甚少，往往借他人之口来叙述故事、塑造人物，甚至讲完了说也许不值得相信。今天看来，这是一种最为真实的虚构。总之，这是一种极为高超的小说技巧，不局限于传统的经典人物、线性叙述，或者现代派的意识流、荒诞、夸张变形，而是将写作当作一场平常而又奇异的旅行。旅行往往有目的，但也需要懂得享受落花流水、走走停停的意外之美，所以这部小说主题深刻，但外表非常放松，如同与你聊天。在这一点上，毛姆的小说技巧不但和卡夫卡、普鲁斯特相媲美，其亲切的笔触，温情和智慧，更能够抚慰更多备受折磨的心灵。

正是凭借这种温情而多变的笔调，毛姆在这部小说中不仅探讨了理想与现实、艺术与生活、社会与自我，也探索了人类的感情。这是小说的又一主题，或者说主题的根本基础。

小说第十五章中，毛姆借大哲人帕斯卡之口说："感情自有其理，理性难以知晓。"斯特里克兰全然不顾自己的妻子儿女，抛弃他们独自去巴黎画画，他对亲人朋友极其冷酷，却对艺术怀着莫名其妙的、异常深刻的感情。艺术是永远的感性，帕斯卡的原话其实也是在强调人的与理性相对的感性。而斯特里克兰正是因为自己身上的这种天然的感性突然被唤醒，所以义无反顾地抛弃一切，去进行艺术的创作。在人类的感情中有亲情有爱情，有爱也有欲望，毛姆着重分析了主人公的情欲和爱情观。小说第四十一章中，当布兰奇因斯特里克兰不爱她而绝望自杀后，"我"批评斯特里克兰过于残忍，斯特里克兰说：

> 我不需要爱情。我没有时间恋爱。这是人性的弱点。我是个男人，有时候我需要女人。当我的欲望满足了，我就会去忙别的事情。真是讨厌，我无法克制自己的欲望；它囚禁着我的精神；我希望有一天，我可以不受欲望支配，自由自在地去工作。因为女人除了爱情什么也不懂，所以她们把爱情看得非常重要，简直荒谬。她们还想说服我们，让我们相信这就是生活的全部。实际上，这是微不足道的一部分。我只知道欲望。这

是正常的、健康的。爱情是一种病。

可见，爱是一种矛盾的存在，它有时能够激发人的艺术感性、创作本能，有时又是欲望的牢笼。

爱是港湾，也是枷锁；爱是欲望，也是灵魂寻求的另一种更高的爱或自由的表象。爱是暂时的解脱，但灵魂似乎要去寻求另一种更大的、难以捉摸的解脱……正是这样，毛姆强调了感情在艺术创作中或者一个人心里的重要作用。尤其通过对爱情的分析，使得人物的内心世界更为丰满。而在这部小说中，关于爱情的格言也俯拾即是，它们道出了爱的虚幻与真实，同时也嘲讽了大多数男人和女人的爱情观。

可以说，毛姆对人类感情的分析，既不是以往的道德审判，也不是现代派的非理性表达，而是一种富有启示性的价值分析。这种分析既切近生活，又富有艺术的敏锐洞察力。这样一来，人物才更加真实，多个主题才更加鲜明。而从“我”的表现来看，毛姆对自己笔下的人物深感怜悯，深表同情，这同样是一种人类感情的坚守；这种细腻、温暖、智慧、丝丝入扣的感情，也许只有中国的小说大师沈从文可以与之相比。

然而，当我们明白了，理想与现实、艺术与生活、社会与自我、感情与理智的冲突是小说的四大主题，这还远远不够，《月亮与六便士》这部杰出的小说其实有着更为深层的精神追问。在小说中，毛姆专注于对斯特里克兰这一人物身上的“精神性”的挖掘，他将斯特里克兰比作希腊神话中的萨堤尔、马西亚斯，从而揭示了一种更为原始的人类激情和创造本能。这种激情和本能不局限于艺术创作。这种激情在初期阶段，只是身不由己的情欲，而当它有了更深层次的需求，就转变成人类的创造本能。这是一种对真实生活的绝对追求，既是对自然的追求，也是对美、对真理的追求。这正是尼采从希腊文明中所揭示过的狄奥尼索斯精神，一种舞蹈在万物之上的伟大的人类激情。

正是因为有了精神的深层需求，斯特里克兰才会不断地推翻自己的生活经验，从伦敦到巴黎，从马赛到塔希提，始终疯狂寻找，最终在塔希提创作出伟大的作品。

在小说的结尾，双目失明、即将死去的斯特里克兰嘱咐妻子烧掉他画在墙壁上的巨作，那是他在得知自己得了麻风病活不了多久之后，倾毕生之力的绝笔之作。他对尘世的理解，对精神世界的不懈探索，全都在这幅画里。

要真正理解斯特里克兰这个人物，他的精神追求以及他最终的命运，就需要对小说的“作料”有所了解。斯特里克兰在生命终结之前创作的这幅画的原型，是一八九七年高更在塔希提岛创作的巨作：《我们从哪里来？我们是谁？我们到哪里去？》（139cm×375cm，现藏波士顿美术馆）。斯特里克兰的人物原型是后印象派巨匠之一的高更。

高更早年在海轮上工作，后来又到法国海军中服务，二十三岁当上了股票经纪人，收入丰厚，还娶了一位漂亮的丹麦姑娘为妻。他的正业虽是如此，但早在一八七三年就开始画画，并收藏印象派画家作品。一八八二年股市大崩盘，在自己绘画天赋的召唤之下，三十五岁的高更毅然辞去了股票经纪人的工作，专心致力于绘画，三十八岁时与家庭基本断绝了关系，长期过着孤独的生活。

一八九一年至一八九三年，以及一八九五年至一九〇一年，高更曾两度前往塔希提岛，长期居住并进行创作。这些都和斯特里克兰多少相似。但与小说中的斯特里克兰不同的是，高更没有得麻风病，也没有失明，更没有完全断绝与世俗世界的联系，他始终在与妻子通信，抱怨缺钱以及生活的艰难，特别是，他不断将在塔希提创作完成的作品运回巴黎，挂进画廊出售，虽然很不理想。

一八九七年，高更的生活贫困潦倒，又患上了严重的疾病，当他最爱的小女儿艾琳因肺炎死亡的消息传来，他的精神彻底崩溃了。他服毒自杀，想彻底结束自己的生命，可是自杀未遂。这次事件后，他带着沉积已久的激情，创作了巨幅油画《我们从哪里来？我们是谁？我们到哪里去？》。对此，高更曾说："我希望能在临死之前完成一幅巨作。在整整一个月内，我几乎不分昼夜地以我前所未有的热情从事创作。我完全不用模特儿，在粗糙的麻袋布上直接作画，以至于看来十分粗糙，笔触相当草率，恐怕会被认为是未完成的作品。确实，我自己也无法十分明确地断定。可是我认为这幅画比我以前的任何作品都要优秀。今后也许再也画不出比它更好的或同样好的作品了。我在死之前把我全部精力都倾注在这幅作品中了。在恶劣的环境中，以痛苦的热情和清晰的幻觉来描绘，因此画面看起来毫无急躁的迹象，反而洋溢着生气。没有模特儿，没有画技，没有一般所谓的绘画规则。"

这幅画是高更的巅峰之作，正因为最具代表性，毛姆才借用它来安排斯特里克兰的最终命运。这幅画对高更意义非凡，高更说，"这里有多少我在种种可怕的环境中所体验过的悲伤之情。"它不但是感情的集中体现，也是精神的最高表达。

《我们从哪里来？我们是谁？我们到哪里去？》这幅现代绘画杰作，打破了以往的构图规则，从任何一点看起仿佛都能带给你无尽的想象和记忆。从立意来看，这幅作品展现了人生的三部曲、时间的流逝和人类的精神信仰。画面最右端，地上躺着一个赤身裸体的婴儿，象征生命的诞生；中间一个正在伸手采摘果子的青年，代表生命的成长和成熟，也隐喻亚当摘取智慧果，人类得以发展；画面最左端，坐在地上双手抱头的老人，代表生命的死亡和终结。这些人物和画面上其他的男男女女，以种种不同的方式，诉说着生命的欢乐与痛苦，以及时间的流逝。成双成对的青年男女，代表幸福美满的爱情和生活；远处一个低头沉思的女人，象征着孤独，或者人类自我的反省。画面最右边的狗是尘世生活的象征，最左边的白鸽是死后灵魂的象征。背景中的再生与复活女神象征生命的轮回和人类的精神信仰。画面中间仰头摘果子的青年最为醒目，将整幅画分割成左右两半，象征着人类智慧的泉源，精神的生生不息。

这幅作品整体以大自然为背景，没有远景，人物、植物、动物处处填满，给人一种局促、紧张、呼之欲出的强烈感觉，一种无可抗拒的生命力，从而凸显了原始野性的回归及生命意义。将近四米的恢宏长卷，以绿色和黄色为主色调，色彩单纯，构图开放，意义复杂，极为神秘。对文明社会厌倦了的高更，带着对自我生命的深彻领悟，从精神层面去寻找心中的终极乐园。他既承受着个人不幸的惨痛打击，也带着文明人无法摆脱的迷茫和绝望，从而把种种复杂的感情凝聚在巨大的画布上。

这幅作品在远离文明世界的塔希提创作，将人类的原始记忆、宗教信仰和凡俗生活进行了完整的提炼和浓缩。这种追问，既是一种来自精神的伟大哲思，也是人类情感记忆的凝结，最终生命通过艺术得以升华，从而达到最高的精神涅槃。

而在《月亮与六便士》这部小说中，毛姆并没有很具体地去描摹这幅作品，因为毕竟是小说，但我们知道，他所指的就是这件巨作。

我们从哪里来？我们是谁？我们到哪里去？这是最终极的精神追问。这幅画如此深邃而又震撼，而在小说中，它完成了主人公的精神性追问，最后被付之一炬，暗示着什么？当人类的精神性抵达了它自身，它便超越了自我与他人、肉体与灵魂，它就在它自身中守护住它自身并且为了这个自身而存在，不再需要任何物质性的东西，哪怕是所谓的艺术杰作。这正是艺术创作的心声：当你完成了最伟大的作品，它便离你而去，因为艺术的最高诉求并非任何实体，而是那遥不可及的精神的涅槃。付之一炬正是涅槃的象征。和高更相比，斯特里克兰的死和他的杰作的毁灭更显得撼动人心，这正是小说的高明与真实之处。

毛姆曾说："作为一个小说家，我回到年代悠远的新石器时代，仿效在山洞里围火讲故事的人。"他的小说表面看来确实非常朴素，并不复杂，但这丝毫掩盖不住他那游刃有余的刀锋。毛姆的小说夹叙夹议，人物性格鲜明，对话幽默生动，尤其分析透彻见底。这篇导读引用了小说中的片段，不只是为了让陌生的读者先睹为快，更重要的是想让大家明白，注重分析是《月亮与六便士》最卓越的艺术特色。这是毛姆所独有的思想意识流，是现代文学的另一种高超表现。所有的人物和情感，在毛姆的手术刀下都变得异常清晰。正因为这种分析，理想与现实、艺术与生活、自我与社会、感情与理智、物质与精神，所有的冲突才显得异常真实，所有人生的临床问题才显得刻不容缓，亟待治疗。这是心灵的对话，关于人生的一切秘密。而毛姆正是这样一位精神医生，区别于普鲁斯特、卡夫卡、乔伊斯这样的精神病人。现代社会的绝症需要卡夫卡们以毒攻毒，也需要毛姆这样的医生带给病人一点安慰。

将近一百年前，毛姆创作了这部他所谓的“家庭读物”，但这部小说直到今天依然带给我们许多启示，关于艺术，关于生活，关于自我……这正是《月亮与六便士》的多重变奏，它的现代性，它的超时间性。

什么是生活？生活的意义是什么？这些没有人能真正告诉你，需要你自己满怀勇气，像小说主人公那样抛弃一切，用整个灵魂去探索。在这个以物质为上帝的时代，用浅薄的幸福、成功来量死你的世界，你该怎样过完你的人生？人生如梦，你是希望枕着月亮还是六便士？很多人渴望名声，追求利益，很多人希望名利双收；大多数人按部就班，过着平庸乏味的生活；也有一些人忽然如梦方醒，一骨碌爬起，去寻找真正有价值的生活。所以无论如何，这部警世的小说都值得一读。正像小说第五十章中所说：

> 做自己最想做的事，过自己想过的生活，心平气和，怎么能叫作践自己？做一个有名的外科医生，一年赚一万英镑，娶一位漂亮的妻子，就是成功？我想，这取决于你如何看待生活的意义……

诗人译者｜徐淳刚

1975年生于陕西西安，知名诗人，翻译家，摄影师。出版有诗集《自行车王国》《面具》《南寨》，小说集《树叶全集》，译诗集《弗罗斯特诗精选》《生来如此：布考斯基诗集》《尘土是唯一的秘密：艾米莉·狄金森诗选》，布考斯基首部中文版权诗集《爱是地狱冥犬》。曾获水沫诗歌奖、天街诗歌奖、后天学术奖、波比文化小说奖等。策展并出版《全球电线摄影展》。出版英文版摄影集《Xi'an》。

策　　划｜作家榜
出　　品｜

出 品 人｜吴怀尧
总 编 辑｜周公度
产品经理｜邱绍棠
美术编辑｜李柳燕
内文插图｜［美］Frederic Dorr Steele
封面设计｜邵　飞
产品监制｜陈　俊
责任印制｜朱　毓

版权所有｜大星文化
官方电话｜021-60839180

作家榜抖音号
每周直播荐好书

作家榜官方微博
经典好书免费送

百态人生
尽在故事会

图书在版编目（CIP）数据

月亮与六便士：插图版 /（英）毛姆著；徐淳刚译.－－杭州：浙江文艺出版社，2019.7（2022.7重印）
（作家榜经典文库）
ISBN 978-7-5339-5687-5

Ⅰ.①月… Ⅱ.①毛… ②徐… Ⅲ.①长篇小说－英国－现代 Ⅳ.①I561.45

中国版本图书馆CIP数据核字（2019）第088622号

责任编辑：瞿昌林

作家榜经典文库®
★★★★★★★★★★★
读经典名著，认准作家榜

月亮与六便士《插图版》
［英］毛姆 著　　徐淳刚 译

全案策划
大星（上海）文化传媒有限公司

出版发行
浙江文艺出版社
杭州市体育场路347号　邮编 310006
浙江省新华书店集团有限公司 经销
浙江新华数码印务有限公司 印刷

2019年7月第1版　2022年7月第4次印刷
889毫米×1194毫米　32开本　9.625印张
字数：207千字　印数：30001－36000
书号：ISBN 978-7-5339-5687-5
定价：59.90元

作家榜经典文库®

★ ★ ★ ★ ★ ★ ★ ★ ★ ★

读 经 典 名 著 ， 认 准 作 家 榜

THE MOON AND SIXPENCE

W.Somerset Maugham

CHAPTER 1

I CONFESS that when first I made acquaintance with Charles Strickland I never for a moment discerned that there was in him anything out of the ordinary. Yet now few will be found to deny his greatness. I do not speak of that greatness which is achieved by the fortunate politician or the successful soldier; that is a quality which belongs to the place he occupies rather than to the man; and a change of circumstance reduces it to very discreet proportions. The Prime Minister out of office is seen, too often, to have been but a pompous rhetorician, and the General without an army is but the tame hero of a market town. The greatness of Charles Strickland was authentic. It may be that you do not like his art, but at all events you can hardly refuse it the tribute of your interest. He disturbs and arrests. The time has passed when he was an object of ridicule, and it is no longer a mark of eccentricity to defend or of perversity to extol him. His faults are accepted as the necessary complement to his merits. It is still possible to discuss his place in art, and the adulation of his admirers is perhaps no less capricious than the disparagement of his detractors; but one thing can never be doubtful, and that is that he had genius. To my mind the most interesting thing in art is the personality of the artist; and if that is singular, I am willing to excuse a thousand faults. I suppose Velasquez was a better painter than El Greco, but custom stales one's admiration for him: the Cretan, sensual and tragic, proffers the mystery of his soul like a standing sacrifice. The artist, painter, poet, or musician, by his decoration, sublime or beautiful, satisfies the aesthetic sense; but that is akin to the sexual instinct, and shares its barbarity: he lays before you also the greater gift of himself.

To pursue his secret has something of the fascination of a detective story. It is a riddle which shares with the universe the merit of having no answer. The most insignificant of Strickland's works suggests a personality which is strange, tormented, and complex; and it is this surely which prevents even those who do not like his pictures from being indifferent to them; it is this which has excited so curious an interest in his life and character.

It was not till four years after Strickland's death that Maurice Huret wrote that article in the *Mercure de France* which rescued the unknown painter from oblivion and blazed the trail which succeeding writers, with more or less docility, have followed. For a long time no critic has enjoyed in France a more incontestable authority, and it was impossible not to be impressed by the claims he made; they seemed extravagant; but later judgments have confirmed his estimate, and the reputation of Charles Strickland is now firmly established on the lines which he laid down. The rise of this reputation is one of the most romantic incidents in the history of art. But I do not propose to deal with Charles Strickland's work except in so far as it touches upon his character. I cannot agree with the painters who claim superciliously that the layman can understand nothing of painting, and that he can best show his appreciation of their works by silence and a cheque-book. It is a grotesque misapprehension which sees in art no more than a craft comprehensible perfectly only to the craftsman: art is a manifestation of emotion, and emotion speaks a language that all may understand. But I will allow that the critic who has not a practical knowledge of technique is seldom able to say anything on the subject of real value, and my ignorance of painting is extreme. Fortunately, there is no need for me to risk the adventure, since my friend, Mr. Edward Leggatt, an able writer as well as an admirable painter, has exhaustively discussed Charles Strickland's work in a little book[1] which is a charming example of a style, for the most part, less happily cultivated in England than in France.

Maurice Huret in his famous article gave an outline of Charles Strickland's life which was well calculated to whet the appetites of the inquiring. With his disinterested passion for art, he had a real desire to call the attention of the wise to a talent which was in the highest degree original; but he was too good a journalist to be unaware that the 'human interest' would enable him more easily to effect his purpose. And when such as had come in contact with Strickland in the past, writers who had known him in London, painters who had met him in the cafés of Montmartre, discovered to their amazement that where they had seen but an unsuccessful artist, like another, authentic genius had rubbed shoulders with them, there began to appear in the magazines of France and America a succession of articles, the reminiscences of one, the appreciation of another, which added to Strickland's notoriety, and fed without satisfying the curiosity of the public. The subject was grateful, and the industrious Weitbrecht-Rotholz in his imposing monograph[2] has been able to give a remarkable list of authorities.

The faculty for myth is innate in the human race. It seizes with avidity upon any incidents, surprising or mysterious, in the career of those who have at all distinguished themselves from their fellows, and invents a legend to which it then attaches a fanatical belief. It is the protest of romance against the commonplace of life. The incidents

---

1 *A Modern Artist: Notes on the work of Charles Strickland*, by Edward Leggatt, ARHA. Martin Secker, 1917.

2 *Karl Strickland: sein Leben und seine Kunst,* by Hugo Weitbrecht-Rotholz, Ph.D. Schwingel und Hanisch. Leipzig, 1914.

of the legend become the hero's surest passport to immortality. The ironic philosopher reflects with a smile that Sir Walter Raleigh is more safely enshrined in the memory of mankind because he set his cloak for the Virgin Queen to walk on than because he carried the English name to undiscovered countries. Charles Strickland lived obscurely. He made enemies rather than friends. It is not strange, then, that those who wrote of him should have eked out their scanty recollections with a lively fancy, and it is evident that there was enough in the little that was known of him to give opportunity to the romantic scribe; there was much in his life which was strange and terrible, in his character something outrageous, and in his fate not a little that was pathetic. In due course a legend arose of such circumstantiality that the wise historian would hesitate to attack it.

But a wise historian is precisely what the Rev. Robert Strickland is not. He wrote his biography[1] avowedly to 'remove certain misconceptions which had gained currency' in regard to the later part of his father's life, and which had 'caused considerable pain to persons still living'. It is obvious that there was much in the commonly received account of Strickland's life to embarrass a respectable family. I have read this work with a good deal of amusement, and upon this I congratulate myself, since it is colourless and dull. Mr. Strickland has drawn the portrait of an excellent husband and father, a man of kindly temper, industrious habits, and moral disposition. The modern clergyman has acquired in his study of the science which I believe is called exegesis an astonishing facility for explaining things away, but the subtlety with which the Rev. Robert

1 *Strickland: The Man and His Work*, by his son, Robert Strickland. Wm Heinemann, 1913.

Strickland has 'interpreted' all the facts in his father's life which a dutiful son might find it convenient to remember must surely lead him in the fullness of time to the highest dignities of the Church. I see already his muscular calves encased in the gaiters episcopal. It was a hazardous, though maybe a gallant thing to do, since it is probable that the legend commonly received has had no small share in the growth of Strickland's reputation; for there are many who have been attracted to his art by the detestation in which they held his character or the compassion with which they regarded his death; and the son's well-meaning efforts threw a singular chill upon the father's admirers. It is due to no accident that when one of his most important works, *The Woman of Samaria,*[1] was sold to Christie's shortly after the discussion which followed the publication of Mr. Strickland's biography, it fetched £235 less than it had done nine months before, when it was bought by the distinguished collector whose sudden death had brought it once more under the hammer. Perhaps Charles Strickland's power and originality would scarcely have sufficed to turn the scale if the remarkable mythopoeic faculty of mankind had not brushed aside with impaticncc a story which disappointed all its craving for the extraordinary. And presently Dr. Weitbrecht-Rotholz produced the work which finally set at rest the misgivings of all lovers of art.

Dr. Weitbrecht-Rotholz belongs to that school of historians which believes that human nature is not only about as bad as it can be, but a great deal worse; and certainly the reader is safer of entertainment in their hands than in those of the writers who take a malicious pleasure in representing the great figures of romance as patterns of the domestic

---

1 This was described in Christie's catalogue as follows: A nude woman, a native of the Society Islands, is lying on the ground beside a brook. Behind is a tropical landscape with palm-trees, bananas, etc,. 60 in. by 48 in.

virtues. For my part, I should be sorry to think that there was nothing between Anthony and Cleopatra but an economic situation; and it will require a great deal more evidence than is ever likely to be available, thank God, to persuade me that Tiberius was as blameless a monarch as King George V. Dr. Weitbrecht-Rotholz has dealt in such terms with the Rev. Robert Strickland's innocent biography that it is difficult to avoid feeling a certain sympathy for the unlucky parson. His decent reticence is branded as hypocrisy, his circumlocutions are roundly called lies, and his silence is vilified as treachery. And on the strength of peccadilloes, reprehensible in an author, but excusable in a son, the Anglo-Saxon race is accused of prudishness, humbug, pretentiousness, deceit, cunning, and bad cooking. Personally I think it was rash of Mr. Strickland, in refuting the account which had gained belief of a certain 'unpleasantness' between his father and mother, to state that Charles Strickland in a letter written from Paris had described her as 'an excellent woman', since Dr. Weitbrecht-Rotholz was able to print the letter in facsimile, and it appears that the passage referred to ran in fact as follows: *God damn my wife. She is an excellent woman. I wish she was in hell.* It is not thus that the Church in its great days dealt with evidence that was unwelcome.

Dr. Weitbrecht-Rotholz was an enthusiastic admirer of Charles Strickland, and there was no danger that he would whitewash him. He had an unerring eye for the despicable motive in actions that had all the appearance of innocence. He was a psycho-pathologist as well as a student of art, and the subconscious had few secrets from him. No mystic ever saw deeper meaning in common things. The mystic sees the ineffable and the psycho-pathologist the unspeakable. There is a singular fascination in watching the eagerness with which the learned author ferrets out every circumstance which may throw discredit on his hero. His heart warms to him when he can bring forward some example of cruelty or meanness, and he exults like an inquisitor at the *auto dé* of an heretic when with some forgotten story he can confound the filial piety of the Rev. Robert Strickland. His industry has been amazing. Nothing has been too small to escape him, and you may be sure that if Charles Strickland left a laundry bill unpaid it will be given you *in extenso*, and if he forbore to return a borrowed half-crown no detail of the transaction will be omitted.

CHAPTER 2

WHEN so much has been written about Charles Strickland, it may seem unnecessary that I should write more. A painter's monument is his work. It is true I knew him more intimately than most: I met him first before ever he became a painter, and I saw him not infrequently during the difficult years he spent in Paris; but I do not suppose I should ever have set down my recollections if the hazards of the war had not taken me to Tahiti. There, as is notorious, he spent the last years of his life; and there I came across persons who were familiar with him. I find myself in a position to throw light on just that part of his tragic career which has remained most obscure. If they who believe in Strickland's greatness are right, the personal narratives of such as knew him in the flesh can hardly be superfluous. What would we not give for the reminiscences of someone who had been as intimately acquainted with El Greco as I was with Strickland?

But I seek refuge in no such excuses. I forget who it was that recommended men for their soul's good to do each day two things they disliked: it was a wise man, and it is a precept that I have followed scrupulously; for every day I have got up and I have gone to bed. But there is in my nature a strain of asceticism, and I have subjected my flesh each week to a more severe mortification. I have never failed to read the Literary Supplement of *The Times*. It is a salutary discipline to consider the vast number of books that are written, the fair hopes with which their authors see them published, and the fate which awaits them. What chance is there that any book will make its way among that multitude? And the successful books are but the successes of a season. Heaven knows what pains the author has been at, what bitter experiences he has endured and what heartache suffered, to give some chance reader a few hours' relaxation or to while away the tedium of a journey. And if I may judge from the reviews, many of these books are well and carefully written; much thought has gone to their composition; to some even has been given the anxious labour of a lifetime. The moral I draw is that the writer should seek his reward in the pleasure of his work and in release from the burden of his thoughts; and, indifferent to aught else, care nothing for praise or censure, failure or success.

Now the war has come, bringing with it a new attitude. Youth has turned to gods we of an earlier day knew not, and it is possible to see already the direction in which those who come after us will move. The younger generation, conscious of strength and tumultuous, have done with knocking at the door; they have burst in and seated themselves in our seats. The air is noisy with their shouts. Of their elders some, by imitating the antics of youth, strive to persuade themselves that their day is not yet over; they shout with the lustiest, but the war cry sounds hollow in their mouth; they are like poor wantons attempting with pencil, paint and powder, with shrill gaiety, to recover the illusion of their spring. The wiser go their way with a decent grace. In their chastened smile is an indulgent mockery. They remember that they too trod down a sated generation, with just such clamor and with just such scorn, and they foresee that these brave torchbearers will presently yield their place also. There is no last word. The new evangel was old when Nineveh reared her greatness to the sky. These gallant words which seem so novel to those that speak them were said in accents scarcely changed a hundred times before. The pendulum swings backwards and forwards. The circle is ever travelled anew.

Sometimes a man survives a considerable time from an era in which he had his place into one which is strange to him, and then the curious are offered one of the most singular spectacles in the human comedy. Who now, for example, thinks of George Crabbe? He was a famous poet in his day, and the world recognized his genius with a unanimity which the greater complexity of modern life has rendered infrequent. He had learnt his craft at the school of Alexander Pope, and he wrote moral stories in rhymed couplets. Then came the French Revolution and the Napoleonic Wars, and the poets sang new songs. Mr. Crabbe continued to write moral stories in rhymed couplets. I think he must have read the verse of these young men who were making so great a stir in the world, and I fancy he found it poor stuff. Of course, much of it was. But the odes of Keats and of Wordsworth, a poem or two by Coleridge, a few more by Shelley, discovered vast realms of the spirit that none had explored before. Mr. Crabbe was as dead as mutton, but Mr. Crabbe continued to write moral stories in rhymed couplets. I have read desultorily the writings of the younger generation. It may be that among them a more fervid Keats, a more ethereal Shelley, has already published numbers the world will willingly remember. I cannot tell. I admire their polish – their youth is already so accomplished that it seems absurd to speak of promise – I marvel at the felicity of their style; but with all their copiousness (their vocabulary suggests that they fingered Roget's *Thesaurus* in their cradles) they say nothing to me: to my mind they know too much and feel too obviously; I cannot stomach the heartiness with which they slap me on the back or the emotion with which they hurl themselves on my bosom; their passion seems to me a little anaemic and their dreams a trifle dull. I do not like them. I am on the shelf. I will continue to write moral stories in rhymed couplets. But I should be thrice a fool if I did it for aught but my own entertainment.

CHAPTER 3

BUT all this is by the way.

I was very young when I wrote my first book. By a lucky chance it excited attention, and various persons sought my acquaintance.

It is not without melancholy that I wander among my recollections of the world of letters in London when first bashful but eager, I was introduced to it. It is long since I frequented it, and if the novels that describe its present singularities are accurate much in it is now changed. The venue is different. Chelsea and Bloomsbury have taken the place of Hampstead, Notting Hill Gate, and High Street, Kensington. Then it was a distinction to be under forty, but now to be more than twenty-five is absurd. I think in those days we were a little shy of our emotions, and the fear of ridicule tempered the more obvious forms of pretentiousness. I do not believe that there was in that genteel Bohemia an intensive culture of chastity, but I do not remember so crude a promiscuity as seems to be practised in the present day. We did not think it hypocritical to draw over our vagaries the curtain of a decent silence. The spade was not invariably called a bloody shovel. Woman had not yet altogether come into her own.

I lived near Victoria Station, and I recall long excursions by bus to the hospitable houses of the literary. In my timidity I wandered up and down the street while I screwed up my courage to ring the bell; and then, sick with apprehension, was ushered into an airless room full of people. I was introduced to this celebrated person after that one, and the kind words they said about my book made me excessively uncomfortable. I felt they expected me to say clever things, and I never could think of any till after the party was over. I tried to conceal my embarrassment by handing round cups of tea and rather ill-cut bread-and-butter. I wanted no one to take notice of me, so that I could observe these famous creatures at my ease and listen to the clever things they said.

I have a recollection of large, unbending women with great noses and rapacious eyes, who wore their clothes as though they were armour; and of little, mouse-like spinsters, with soft voices and a shrewd glance. I never ceased to be fascinated by their persistence in eating buttered toast with their gloves on, and I observed with admiration the unconcern with which they wiped their fingers on their chair when they thought no one was looking. It must have been bad for the furniture, but I suppose the hostess took her revenge on the furniture of her friends when, in turn, she visited them. Some of them were dressed fashionably, and they said they couldn't for the life of them see why you should be dowdy just because you had written a novel; if you had a neat figure you might as well make the most of it, and a smart shoe on a small foot had never prevented an editor from taking your 'stuff'. But others thought this frivolous, and they wore 'art fabrics' and barbaric jewellery. The men were seldom eccentric in appearance. They tried to look as little like authors as possible. They wished to be taken for men of the world, and could have passed anywhere for the managing clerks of a city firm. They always seemed a little tired. I had never known writers before, and I found them very strange, but I do not think they ever seemed to me quite real.

I remember that I thought their conversation brilliant, and I used to listen with astonishment to the stinging humour with which they would tear a brother-author to pieces the moment that his back was turned. The artist has this advantage over the rest of the world, that his friends offer not only their appearance and their character to his satire, but also their work. I despaired of ever expressing myself with such aptness or with such fluency. In those days conversation was still cultivated as an art; a neat repartee was more highly valued than the crackling of thorns under a pot; and the epigram, not yet a mechanical appliance by which the dull may achieve a semblance of wit, gave sprightliness to the small talk of the urbane. It is sad that I can remember nothing of all this scintillation. But I think the conversation never settled down so comfortably as when it turned to the details of the trade which was the other side of the art we practised. When we had done discussing the merits of the latest book, it was natural to wonder how many copies had been sold, what advance the author had received, and how much he was likely to make out of it. Then we would speak of this publisher and of that, comparing the generosity of one with the meanness of another; we would argue whether it was better to go to one who gave handsome royalties or to another who 'pushed' a book for all it was worth. Some advertised badly and some well. Some were modern and some were old-fashioned. Then we would talk of agents and the offers they had obtained for us;

of editors and the sort of contributions they welcomed, how much they paid a thousand, and whether they paid promptly or otherwise. To me it was all very romantic. It gave me an intimate sense of being a member of some mystic brotherhood.

CHAPTER 4

NO one was kinder to me at that time than Rose Waterford. She combined a masculine intelligence with a feminine perversity, and the novels she wrote were original and disconcerting. It was at her house one day that I met Charles Strickland's wife. Miss Waterford was giving a tea-party, and her small room was more than usually full. Everyone seemed to be talking, and I, sitting in silence, felt awkward; but I was too shy to break into any of the groups that seemed absorbed in their own affairs. Miss Waterford was a good hostess, and seeing my embarrassment came up to me.

'I want you to talk to Mrs. Strickland', she said. 'She's raving about your book.'

'What does she do?' I asked.

I was conscious of my ignorance, and if Mrs. Strickland was a well-known writer I thought it as well to ascertain the fact before I spoke to her.

Rose Waterford cast down her eyes demurely to give greater effect to her reply.

'She gives luncheon-parties. You've only got to roar a little, and she'll ask you.'

Rose Waterford was a cynic. She looked upon life as an opportunity for writing novels and the public as her raw material. Now and then she invited members of it to her house if they showed an appreciation of her talent and entertained with proper lavishness. She held their weakness for lions in good-humoured contempt, but played to them her part of the distinguished woman of letters with decorum.

I was led up to Mrs. Strickland, and for ten minutes we talked together. I noticed nothing about her except that she had a pleasant voice. She had a flat in Westminster, overlooking the unfinished cathedral, and because we lived in the same neighbourhood we felt friendly disposed to one another. The Army and Navy Stores are a bond of union between all who dwell between the river and St. James's Park. Mrs. Strickland asked me for my address, and a few days later I received an invitation to luncheon.

My engagements were few, and I was glad to accept. When I arrived, a little late, because in my fear of being too early I had walked three times round the cathedral, I found the party already complete. Miss Waterford was there and Mrs. Jay, Richard Twining, and George Road. We were all writers. It was a fine day, early in spring, and we were in a good humour. We talked about a hundred things. Miss Waterford, torn between the aestheticism of her early youth, when she used to go to parties in sage green, holding a daffodil, and the flippancy of her maturer years, which tended to high heels and Paris frocks, wore a new hat. It put her in high spirits. I had never heard her more malicious about our common friends. Mrs. Jay, aware that impropriety is the soul of wit, made observations in tones hardly above a whisper that might well have tinged the snowy tablecloth with a rosy hue. Richard Twining bubbled over with quaint absurdities, and George Road, conscious that he need not exhibit a brilliancy which was almost a byword, opened his mouth only to put food into it. Mrs. Strickland did not talk much, but she had a pleasant gift for keeping the conversation general; and when there was a pause she threw in just the right remark to set it going once more. She was a woman of thirty-seven, rather tall, and plump, without being fat; she was not pretty, but her face was pleasing, chiefly, perhaps, on account of her kind brown eyes. Her skin was rather sallow. Her dark hair was elaborately dressed. She was the only woman of the three whose face was free of make-up, and by contrast with the others she seemed simple and unaffected.

The dining-room was in the good taste of the period. It was very severe. There was a high dado of white wood and a green paper on which were etchings by Whistler in neat black frames. The green curtains with their peacock design, hung in straight lines, and the green carpet, in the pattern of which pale rabbits frolicked among leafy trees, suggested the influence of William Morris. There was blue delft on the chimneypiece. At that time there must have been five hundred dining-rooms in London decorated in exactly the same manner. It was chaste, artistic, and dull.

When we left I walked away with Miss Waterford, and the fine day and her new hat persuaded us to saunter through the Park.

'That was a very nice party', I said.

'Did you think the food was good? I told her that if she wanted writers she must feed them well.'

'Admirable advice', I answered. 'But why does she want them?'

Miss Waterford shrugged her shoulders.

'She finds them amusing. She wants to be in the movement. I fancy she's rather simple, poor dear, and she thinks we're all wonderful. After all, it pleases her to ask us to luncheon, and it doesn't hurt us. I like her for it.'

Looking back, I think that Mrs. Strickland was the most harmless of all the lion-hunters that pursue their quarry from the rarified heights of Hampstead to the nethermost studios of Cheyne Walk. She had led a very quiet youth in the country, and the books that came down from Mudie's Library brought with them not only their own romance, but the romance of London. She had a real passion for reading (rare in her kind, who for the most part are more interested in the author than in his book, in the painter than in his pictures), and she invented a world of the imagination in which she lived with a freedom she never acquired in the world of every day. When she came to know writers it was like adventuring upon a stage which till then she had known only from the other side of the footlights. She saw them dramatically, and really seemed herself to live a larger life because she entertained them and visited them in their fastnesses. She accepted the rules with which they played the game of life as valid for them, but never for a moment thought of regulating her own conduct in accordance with them. Their moral eccentricities, like their oddities of dress, their wild theories and paradoxes, were an entertainment which amused her, but had not the slightest influence on her convictions.

'Is there a Mr. Strickland?' I asked.

'Oh yes; he's something in the city. I believe he's a stockbroker. He's very dull.'

'Are they good friends?'

'They adore one another. You'll meet him if you dine there. But she doesn't often have people to dinner. He's very quiet. He's not in the least interested in literature or the arts.'

'Why do nice women marry dull men?'

'Because intelligent men won't marry nice women.'

I could not think of any retort to this, so I asked if Mrs. Strickland had children.

'Yes; she has a boy and a girl. They're both at school.'

The subject was exhausted, and we began to talk of other things.

CHAPTER 5

DURING the summer I met Mrs. Strickland not infrequently. I went now and then to pleasant little luncheons at her flat, and to rather more formidable tea-parties. We took a fancy to one another. I was very young, and perhaps she liked the idea of guiding my virgin steps on the hard road of letters; while for me it was pleasant to have someone I could go to with my small troubles, certain of an attentive ear and reasonable counsel. Mrs. Strickland had the gift of sympathy. It is a charming faculty, but one often abused by those who are conscious of its possession: for there is something ghoulish in the avidity with which they will pounce upon the misfortune of their friends so that they may exercise their dexterity. It gushes forth like an oil-well, and the sympathetic pour out their sympathy with an abandon that is sometimes embarrassing to their victims. There are bosoms on which so many tears have been shed that I cannot bedew them with mine. Mrs. Strickland used her advantage with tact. You felt that you obliged her by accepting her sympathy. When, in the enthusiasm of my youth, I remarked on this to Rose Waterford, she said:

'Milk is very nice, especially with a drop of brandy in it, but the domestic cow is only too glad to be rid of it. A swollen udder is very uncomfortable.'

Rose Waterford had a blistering tongue. No one could say such bitter things; on the other hand, no one could do more charming ones.

There was another thing I liked in Mrs. Strickland. She managed her surroundings with elegance. Her flat was always neat and cheerful, gay with flowers, and the chintzes in the drawing-room, notwithstanding their severe design, were bright and pretty. The meals in the artistic little dining-room were pleasant; the table looked nice, the two maids were trim and comely, the food was well cooked. It was impossible not to see that Mrs. Strickland was an excellent housekeeper. And you felt sure that she was an admirable mother. There were photographs in the drawing-room of her son and daughter. The son – his name was Robert – was a boy of sixteen at Rugby; and you saw him in flannels and a cricket cap, and again in a tail-coat and a stand-up collar. He had his mother's candid brow and fine, reflective eyes. He looked clean, healthy, and normal.

'I don't know that he's very clever', she said one day, when I was looking at the photograph, 'but I know he's good. He has a charming character.'

The daughter was fourteen. Her hair, thick and dark like her mother's, fell over her shoulders in fine profusion, and she had the same kindly expression and sedate, untroubled eyes.

'They're both of them the image of you', I said.

'Yes; I think they are more like me than their father.'

'Why have you never let me meet him?' I asked.

'Would you like to?'

She smiled, her smile was really very sweet, and she blushed a little; it was singular that a woman of that age should flush so readily. Perhaps her naïveté was her greatest charm.

'You know, he's not at all literary', she said. 'He's a perfect philistine.'

She said this not disparagingly, but affectionately rather, as though, by acknowledging the worst about him, she wished to protect him from the aspersions of her friends.

'He's on the Stock Exchange, and he's a typical broker. I think he'd bore you to death.'

'Does he bore you?' I asked.

'You see, I happen to be his wife. I'm very fond of him.' She smiled to cover her shyness, and I fancied she had a fear that I would make the sort of gibe that such a confession could hardly have failed to elicit from Rose Waterford. She hesitated a little. Her eyes grew tender.

'He doesn't pretend to be a genius. He doesn't even make much money on the Stock Exchange. But he's awfully good and kind.'

'I think I should like him very much.'

'I'll ask you to dine with us quietly some time, but mind, you come at your own risk; don't blame me if you have a very dull evening.'

CHAPTER 6

BUT when at last I met Charles Strickland, it was under circumstances which allowed me to do no more than just make his acquaintance. One morning Mrs. Strickland sent me round a note to say that she was giving a dinner-party that evening, and one of her guests had failed her. She asked me to stop the gap. She wrote:

It's only decent to warn you that you will be bored to extinction.

It was a thoroughly dull party from the beginning, but if you will come I shall be uncommonly grateful. And you and I can have a little chat by ourselves.

It was only neighbourly to accept.

When Mrs. Strickland introduced me to her husband, he gave me a rather indifferent hand to shake. Turning to him gaily, she attempted a small jest.

'I asked him to show him that I really had a husband. I think he was beginning to doubt it.'

Strickland gave the polite little laugh with which people acknowledge a facetiousness in which they see nothing funny, but did not speak. New arrivals claimed my host's attention, and I was left to myself. When at last we were all assembled, waiting for dinner to be announced, I reflected, while I chatted with the woman I had been asked to 'take in', that civilized man practises a strange ingenuity in wasting on tedious exercises the brief span of his life. It was the kind of party which makes you wonder why the hostess has troubled to bid her guests, and why the guests have troubled to come. There were ten people. They met with indifference, and would part with relief. It was, of course, a purely social function. The Stricklands 'owed' dinners to a number of persons, whom they took no interest in, and so had asked them; these persons had accepted. Why? To avoid the tedium of dining *têta-à-tête*, to give their servants a rest, because there was no reason to refuse, because they were 'owed' a dinner.

The dining-room was inconveniently crowded. There was a K.C. and his wife, a Government official and his wife, Mrs. Strickland's sister and her husband, Colonel MacAndrew, and the wife of a Member of Parliament. It was because the Member of Parliament found that he could not leave the House that I had been invited. The respectability of the party was portentous. The women were too nice to be well dressed, and too sure of their position to be amusing. The men were solid. There was about all of them an air of well-satisfied prosperity.

Everyone talked a little louder than natural in an instinctive desire to make the party go, and there was a great deal of noise in the room. But there was no general conversation. Each one talked to his neighbour; to his neighbour on the right during the soup, fish, and entrée; to his neighbour on the left during the roast, sweet, and savoury. They talked of the political situation and of golf, of their children and the latest play, of the pictures at the Royal Academy, of the weather, and their plans for the holidays. There was never a pause, and the noise grew louder. Mrs. Strickland might congratulate herself that her party was a success. Her husband played his part with decorum. Perhaps he did not talk very much, and I fancied there was towards the end a look of fatigue in the faces of the women on either side of him. They were finding him heavy. Once or twice Mrs. Strickland's eyes rested on him somewhat anxiously.

At last she rose and shepherded the ladies out of the room. Strickland shut the door behind her, and, moving to the other end of the table, took his place between the K.C. and the Government official. He passed round the port again and handed us cigars. The K.C. remarked on the excellence of the wine, and Strickland told us where he got it. We began to chat about vintages and tobacco. The K.C. told us of a case he was engaged in, and the Colonel talked about polo. I had nothing to say and so sat silent, trying politely to show interest in the conversation; and because I thought no one was in the least concerned with me, examined Strickland at my ease. He was bigger than I expected: I do not know why I had imagined him slender and of insignificant appearance; in point of fact he was broad and heavy, with large hands and feet, and he wore his evening clothes clumsily. He gave you somewhat the idea of a coachman dressed up for the occasion. He was a man of forty, not good-looking, and yet not ugly, for his features were rather good; but they were all a little larger than life-size, and the effect was ungainly. He was clean shaven, and his large face looked uncomfortably naked. His hair was reddish, cut very short, and his eyes were small, blue or grey. He looked commonplace. I no longer wondered that Mrs. Strickland felt a certain embarrassment about him; he was scarcely a credit to a woman who wanted to make herself a position in the world of art and letters. It was obvious that he had no social gifts, but these a man can do without; he had no eccentricity even, to take him out of the common run; he was just a good, dull, honest, plain man. One would admire his excellent qualities, but avoid his company. He was null. He was probably a worthy member of society, a good husband and father, an honest broker; but there was no reason to waste one's time over him.

CHAPTER 7

THE season was drawing to its dusty end, and everyone I knew was arranging to go away. Mrs. Strickland was taking her family to the coast of Norfolk, so that the children might have the sea and her husband golf. We said good-bye to one another, and arranged to meet in the autumn. But on my last day in town, coming out of the Stores, I met her with her son and daughter; like myself, she had been making her final purchases before leaving London, and we were both hot and tired. I proposed that we should all go and eat ices in the park.

I think Mrs. Strickland was glad to show me her children, and she accepted my invitation with alacrity. They were even more attractive than their photographs had suggested, and she was right to be proud of them. I was young enough for them not to feel shy, and they chattered merrily about one thing and another. They were extraordinarily nice, healthy young children. It was very agreeable under the trees.

When in an hour they crowded into a cab to go home, I strolled idly to my club. I was perhaps a little lonely, and it was with a touch of envy that I thought of the pleasant family life of which I had had a glimpse. They seemed devoted to one another. They had little private jokes of their own which, unintelligible to the outsider, amused them enormously. Perhaps Charles Strickland was dull judged by a standard that demanded above all things verbal scintillation; but his intelligence was adequate to his surroundings, and that is a passport, not only to reasonable success, but still more to happiness. Mrs. Strickland was a charming woman, and she loved him. I pictured their lives, troubled by no untoward adventure, honest, decent, and, by reason of those two upstanding, pleasant children, so obviously destined to carry on the normal traditions of their race and station, not without significance. They would grow old insensibly; they would see their son and daughter come to years of reason, marry in due course – the one a pretty girl, future mother of healthy children; the other a handsome, manly fellow, obviously a soldier; and at last, prosperous in their dignified retirement, beloved by their descendants, after a happy, not unuseful life, in the fullness of their age they would sink into the grave.

That must be the story of innumerable couples, and the pattern of life it offers has a homely grace. It reminds you of a placid rivulet, meandering smoothly through green pastures and shaded by pleasant trees, till at last it falls into the vasty sea; but the sea is so calm, so silent, so indifferent, that you are troubled suddenly by a vague uneasiness. Perhaps it is only by a kink in my nature, strong in me even in those days, that I felt in such an existence, the share of the great majority, something amiss. I recognized its social values. I saw its ordered happiness, but a fever in my blood asked for a wilder course. There seemed to me something alarming in such easy delights. In my heart was a desire to live more dangerously. I was not unprepared for jagged rocks and treacherous shoals if I could only have change – change and the excitement of the unforeseen.

CHAPTER 8

ON reading over what I have written of the Stricklands, I am conscious that they must seem shadowy. I have been able to invest them with none of those characteristics which make the persons of a book exist with a real life of their own; and, wondering if the fault is mine, I rack my brains to remember idiosyncrasies which might lend them vividness. I feel that by dwelling on some trick of speech or some queer habit I should be able to give them a significance peculiar to themselves. As they stand they are like the figures in an old tapestry; they do not separate themselves from the background, and at a distance seem to lose their pattern, so that you have little but a pleasing piece of colour. My only excuse is that the impression they made on me was no other. There was just that shadowiness about them which you find in people whose lives are part of the social organism, so that they exist in it and by it only. They are like cells in the body, essential, but, so long as they remain healthy, engulfed in the momentous whole. The Stricklands were an average family in the middle class. A pleasant, hospitable woman, with a harmless craze for the small lions of literary society; a rather dull man, doing his duty in that state of life in which a merciful Providence had placed him; two nice-looking, healthy children. Nothing could be more ordinary. I do not know that there was anything about them to excite the attention of the curious.

When I reflect on all that happened later, I ask myself if I was thick-witted not to see that there was in Charles Strickland at least something out of the common. Perhaps. I think that I have gathered in the years that intervene between then and now a fair knowledge of mankind, but even if when I first met the Stricklands I had the experience which I have now, I do not believe that I should have judged them differently. But because I have learnt that man is incalculable, I should not at this time of day be so surprised by the news that reached me when in the early autumn I returned to London.

I had not been back twenty-four hours before I ran across Rose Waterford in Jermyn Street.

'You look very gay and sprightly', I said. 'What's the matter with you?'

She smiled, and her eyes shone with a malice I knew already. It meant that she had heard some scandal about one of her friends, and the instinct of the literary woman was all alert.

'You did meet Charles Strickland, didn't you?'

Not only her face, but her whole body, gave a sense of alacrity. I nodded. I wondered if the poor devil had been hammered on the Stock Exchange or run over by an omnibus.

‘Isn’t it dreadful? He’s run away from his wife.’

Miss Waterford certainly felt that she could not do her subject justice on the kurb of Jermyn Street, and so, like an artist, flung the bare fact at me and declared that she knew no details. I could not do her the injustice of supposing that so trifling a circumstance would have prevented her from giving them, but she was obstinate.

‘I tell you I know nothing’, she said, in reply to my agitated questions, and then, with an airy shrug of the shoulders: ‘I believe that a young person in a city tea-shop has left her situation.’

She flashed a smile at me, and, protesting an engagement with her dentist, jauntily walked on. I was more interested than distressed. In those days my experience of life at first hand was small, and it excited me to come upon an incident among people I knew of the same sort as I had read in books. I confess that time has now accustomed me to incidents of this character among my acquaintance. But I was a little shocked. Strickland was certainly forty, and I thought it disgusting that a man of his age should concern himself with affairs of the heart. With the superciliousness of extreme youth, I put thirty-five as the utmost limit at which a man might fall in love without making a fool of himself. And this news was slightly disconcerting to me personally, because I had written from the country to Mrs. Strickland, announcing my return, and had added that unless I heard from her to the contrary, I would come on a certain day to drink a dish of tea with her. This was the very day, and I had received no word from Mrs. Strickland. Did she want to see me or did she not? It was likely enough that in the agitation of the moment my note had escaped her memory. Perhaps I should be wiser not to go. On the other hand, she might wish to keep the affair quiet, and it might be highly indiscreet on my part to give any sign that this strange news had reached me. I was torn between the fear of hurting a nice woman’s feelings and the fear of being in the way. I felt she must be suffering, and I did not want to see a pain which I could not help; but in my heart was a desire, that I felt a little ashamed of, to see how she was taking it. I did not know what to do.

Finally it occurred to me that I would call as though nothing had happened, and send a message in by the maid asking Mrs. Strickland if it was convenient for her to see me. This would give her the opportunity to send me away. But I was overwhelmed with embarrassment when I said to the maid the phrase I had prepared, and while I waited for the answer in a dark passage I had to call up all my strength of mind not to bolt. The maid came back. Her manner suggested to my excited fancy a complete knowledge of the domestic calamity.

'Will you come this way, sir?' she said.

I followed her into the drawing-room. The blinds were partly drawn to darken the room, and Mrs. Strickland was sitting with her back to the light. Her brother-in-law, Colonel MacAndrew, stood in front of the fireplace, warming his back at an unlit fire. To myself my entrance seemed excessively awkward. I imagined that my arrival had taken them by surprise, and Mrs. Strickland had let me come in only because she had forgotten to put me off. I fancied that the Colonel resented the interruption.

'I wasn't quite sure if you expected me', I said, trying to seem unconcerned.

'Of course I did. Anne will bring the tea in a minute.'

Even in the darkened room, I could not help seeing that Mrs. Strickland's face was all swollen with tears. Her skin, never very good, was earthy.

'You remember my brother-in-law, don't you? You met at dinner here, just before the holidays.'

We shook hands. I felt so shy that I could think of nothing to say, but Mrs. Strickland came to my rescue. She asked me what I had been doing with myself during the summer, and with this help I managed to make some conversation till tea was brought in. The Colonel asked for a whisky-and-soda.

'You'd better have one too, Amy', he said.

'No; I prefer tea.'

This was the first suggestion that anything untoward had happened. I took no notice, and did my best to engage Mrs. Strickland in talk. The Colonel, still standing in front of the fireplace, uttered no word. I wondered how soon I could decently take my leave, and I asked myself why on earth Mrs. Strickland had allowed me to come. There were no flowers, and various knick-knacks, put away during the summer, had not been replaced; there was something cheerless and stiff about the room which had always seemed so friendly; it gave you an odd feeling, as though someone were lying dead on the other side of the wall. I finished tea.

'Will you have a cigarette?' asked Mrs. Strickland.

She looked about for the box, but it was not to be seen.

'I'm afraid there are none.'

Suddenly she burst into tears, and hurried from the room.

I was startled. I suppose now that the lack of cigarettes, brought as a rule by her husband, forced him back upon her recollection, and the new feeling that the small comforts she was used to were missing gave her a sudden pang. She realized that the old life was gone and done with. It was impossible to keep up our social pretences any longer.

'I dare say you'd like me to go', I said to the Colonel, getting up.

'I suppose you've heard that blackguard has deserted her', he cried explosively.

I hesitated.

'You know how people gossip', I answered. 'I was vaguely told that something was wrong.'

'He's bolted. He's gone off to Paris with a woman. He's left Amy without a penny.'

'I'm awfully sorry', I said, not knowing what else to say.

The Colonel gulped down his whisky. He was a tall, lean man of fifty, with a drooping moustache and grey hair. He had pale blue eyes and a weak mouth. I remembered from my previous meeting with him that he had a foolish face, and was proud of the fact that for the ten years before he left the army he had played polo three days a week.

'I don't suppose Mrs. Strickland wants to be bothered with me just now', I said. 'Will you tell her how sorry I am? If there's anything I can do, I shall be delighted to do it.'

He took no notice of me.

'I don't know what's to become of her. And then there are the children. Are they going to live on air? Seventeen years.'

'What about seventeen years?'

'They've been married', he snapped. 'I never liked him. Of course he was my brother-in-law, and I made the best of it. Did you think him a gentleman? She ought never to have married him.'

'Is it absolutely final?'

'There's only one thing for her to do, and that's to divorce him. That's what I was telling her when you came in. "Fire in with your petition, my dear Amy," I said. "You owe it to yourself and you owe it to the children." He'd better not let me catch sight of him. I'd thrash him within an inch of his life.'

I could not help thinking that Colonel MacAndrew might have some difficulty in doing this, since Strickland had struck me as a hefty fellow, but I did not say anything. It is always distressing when outraged morality does not possess the strength of arm to administer direct chastisement on the sinner. I was making up my mind to another attempt at going when Mrs. Strickland came back. She had dried her eyes and powdered her nose.

'I'm sorry I broke down', she said. 'I'm glad you didn't go away.'

She sat down. I did not at all know what to say. I felt a certain shyness at referring to matters which were no concern of mine. I did not then know the besetting sin of woman, the passion to discuss her private affairs with anyone who is willing to listen. Mrs. Strickland seemed to make an effort over herself.

'Are people talking about it?' she asked.

I was taken aback by her assumption that I knew all about her domestic misfortune.

'I've only just come back. The only person I've seen is Rose Waterford.'

Mrs. Strickland clasped her hands.

'Tell me exactly what she said.' And when I hesitated, she insisted. 'I particularly want to know.'

'You know the way people talk. She's not very reliable, is she? She said your husband had left you.'

'Is that all?'

I did not choose to repeat Rose Waterford's parting reference to a girl from a tea-shop. I lied.

'She didn't say anything about his going with anyone?'

'No.'

'That's all I wanted to know.'

I was a little puzzled, but at all events I understood that I might now take my leave. When I shook hands with Mrs. Strickland I told her that if I could be of any use to her I should be very glad. She smiled wanly.

'Thank you so much. I don't know that anybody can do anything for me.'

Too shy to express my sympathy, I turned to say good-bye to the

Colonel. He did not take my hand.

'I'm just coming. If you're walking up Victoria Street, I'll come along with you.'

'All right', I said. 'Come on.'

CHAPTER 9

'THIS is a terrible thing', he said, the moment we got out into the street.

I realized that he had come away with me in order to discuss once more what he had been already discussing for hours with his sister-in-law.

'We don't know who the woman is, you know', he said. 'All we know is that the blackguard's gone to Paris.'

'I thought they got on so well.'

'So they did. Why, just before you came in Amy said they'd never had a quarrel in the whole of their married life. You know Amy. There never was a better woman in the world.'

Since these confidences were thrust on me, I saw no harm in asking a few questions.

'But do you mean to say she suspected nothing?'

'Nothing. He spent August with her and the children in Norfolk. He was just the same as he'd always been. We went down for two or three days, my wife and I, and I played golf with him. He came back to town in September to let his partner go away, and Amy stayed on in the country. They'd taken a house for six weeks, and at the end of her tenancy she wrote to tell him on which day she was arriving in London. He answered from Paris. He said he'd made up his mind not to live with her any more.'

'What explanation did he give?'

'My dear fellow, he gave no explanation. I've seen the letter. It wasn't more than ten lines.'

'But that's extraordinary.'

We happened then to cross the street, and the traffic prevented us from speaking. What Colonel MacAndrew had told me seemed very improbable, and I suspected that Mrs. Strickland, for reasons of her own, had concealed from him some part of the facts. It was clear that a man after seventeen years of wedlock did not leave his wife without certain occurrences which must have led her to suspect that all was not well with their married life. The Colonel caught me up.

'Of course, there was no explanation he could give except that he'd gone off with a woman. I suppose he thought she could find that out for herself. That's the sort of chap he was.'

'What is Mrs. Strickland going to do?'

'Well, the first thing is to get our proofs. I'm going over to Paris myself.'

'And what about his business?'

'That's where he's been so artful. He's been drawing in his horns for the last year.'

'Did he tell his partner he was leaving?'

'Not a word.'

Colonel MacAndrew had a very sketchy knowledge of business matters, and I had none at all, so I did not quite understand under what conditions Strickland had left his affairs. I gathered that the deserted partner was very angry and threatened proceedings. It appeared that when everything was settled he would be four or five hundred pounds out of pocket.

'It's lucky the furniture in the flat is in Amy's name. She'll have that at all events.'

'Did you mean it when you said she wouldn't have a bob?'

'Of course I did. She's got two or three hundred pounds and the furniture.'

'But how is she going to live?'

'God knows.'

The affair seemed to grow more complicated, and the Colonel, with his expletives and his indignation, confused rather than informed me. I was glad that, catching sight of the clock at the Army and Navy Stores, he remembered an engagement to play cards at his club, and so left me to cut across St. James's Park.

CHAPTER 10

A DAY or two later Mrs. Strickland sent me round a note asking if I could go and see her that evening after dinner. I found her alone. Her black dress, simple to austerity, suggested her bereaved condition, and I was innocently astonished that notwithstanding a real emotion she was able to dress the part she had to play according to her notions of seemliness.

'You said that if I wanted you to do anything you wouldn't mind doing it', she remarked.

'It was quite true.'

'Will you go over to Paris and see Charlie?'

'I?'

I was taken aback. I reflected that I had only seen him once. I did not know what she wanted me to do.

'Fred is set on going.' Fred was Colonel MacAndrew. 'But I'm sure he's not the man to go. He'll only make things worse. I don't know who else to ask.'

Her voice trembled a little, and I felt a brute even to hesitate.

'But I've not spoken ten words to your husband. He doesn't know me. He'll probably just tell me to go to the devil.'

'That wouldn't hurt you', said Mrs. Strickland, smiling.

'What is it exactly you want me to do?'

She did not answer directly.

'I think it's rather an advantage that he doesn't know you. You see, he never really liked Fred; he thought him a fool; he didn't understand soldiers. Fred would fly into a passion, and there'd be a quarrel, and things would be worse instead of better. If you said you came on my behalf, he couldn't refuse to listen to you.'

'I haven't known you very long', I answered. 'I don't see how anyone can be expected to tackle a case like this unless he knows all the details. I don't want to pry into what doesn't concern me. Why don't you go and see him yourself?'

'You forget he isn't alone.'

I held my tongue. I saw myself calling on Charles Strickland and sending in my card; I saw him come into the room, holding it between finger and thumb:

'To what do I owe this honour?'

'I've come to see you about your wife.'

'Really. When you are a little older you will doubtless learn the advantage of minding your own business. If you will be so good as to turn your head slightly to the left, you will see the door. I wish you good-afternoon.'

I foresaw that it would be difficult to make my exit with dignity, and I wished to goodness that I had not returned to London till Mrs. Strickland had composed her difficulties. I stole a glance at her. She was immersed in thought. Presently she looked up at me, sighed deeply, and smiled.

'It was all so unexpected', she said. 'We'd been married seventeen years. I sever dreamed that Charlie was the sort of man to get infatuated with anyone. We always got on very well together. Of course, I had a great many interests that he didn't share.'

'Have you found out who' – I did not quite know how to express myself – 'who the person, who it is he's gone away with?'

'No. No one seems to have an idea. It's so strange. Generally when a man falls in love with someone people see them about together, lunching or something, and her friends always come and tell the wife. I had no warning – nothing. His letter came like a thunderbolt. I thought he was perfectly happy.'

She began to cry, poor thing, and I felt very sorry for her. But in a little while she grew calmer.

'It's no good making a fool of myself', she said, drying her eyes. 'The only thing is to decide what is the best thing to do.'

She went on, talking somewhat at random, now of the recent past, then of their first meeting and their marriage; but presently I began to form a fairly coherent picture of their lives; and it seemed to me that my surmises had not been incorrect. Mrs. Strickland was the daughter of an Indian civilian, who on his retirement had settled in the depths of the country, but it was his habit every August to take his family to Eastbourne for change of air; and it was here, when she was twenty, that she met Charles Strickland. He was twenty-three. They played tennis together, walked on the front together, listened together to the nigger minstrels; and she made up her mind to accept him a week before he proposed to her. They lived in London, first in Hampstead, and then, as he grew more prosperous, in town. Two children were born to them.

'He always seemed very fond of them. Even if he was tired of me, I wonder that he had the heart to leave them. It's all so incredible. Even now I can hardly believe it's true.'

At last she showed me the letter he had written. I was curious to see it, but had not ventured to ask for it.

MY DEAR AMY,

I think you will find everything all right in the flat. I have given Anne your instructions, and dinner will be ready for you and the children when you come. I shall not be there to meet you. I have made up my mind to live apart from you, and I am going to Paris in the morning. I shall post this letter on my arrival. I shall not come back. My decision is irrevocable.

Yours always,
CHARLES STRICKLAND.

'Not a word of explanation or regret. Don't you think it's inhuman?'

'It's a very strange letter under the circumstances', I replied.

'There's only one explanation, and that is that he's not himself. I don't know who this woman is who's got hold of him, but she's made him into another man. It's evidently been going on a long time.'

'What makes you think that?'

'Fred found that out. My husband said he went to the club three or four nights a week to play bridge. Fred knows one of the members, and said something about Charles being a great bridge-player. The man was surprised. He said he'd never even seen Charles in the card-room. It's quite clear now that when I thought Charles was at his club he was with her.'

I was silent for a moment. Then I thought of the children. 'It must have been difficult to explain to Robert', I said.

'Oh, I never said a word to either of them. You see, we only came up to town the day before they had to go back to school. I had the presence of mind to say that their father had been called away on business.'

It could not have been very easy to be right and careless with that sudden secret in her heart, nor to give her attention to all the things that needed doing to get her children comfortably packed off. Mrs. Strickland's voice broke again.

'And what is to happen to them, poor darlings? How are we going to live?'

She struggled for self-control, and I saw her hands clench and unclench spasmodically. It was dreadfully painful.

'Of course I'll go over to Paris if you think I can do any good, but you must tell me exactly what you want me to do.'

'I want him to come back.'

'I understood from Colonel MacAndrew that you'd made up your mind to divorce him.'

'I'll never divorce him', she answered with a sudden violence. 'Tell him that from me. He'll never be able to marry that woman. I'm as obstinate as he is, and I'll never divorce him. I have to think of my children.'

I think she added this to explain her attitude to me, but I thought it was due to a very natural jealousy rather than to maternal solicitude.

'Are you in love with him still?'

'I don't know. I want him to come back. If he'll do that we'll let bygones be bygones. After all, we've been married for seventeen years. I'm a broad-minded woman. I wouldn't have minded what he did as long as I knew nothing about it. He must know that his infatuation won't last. If he'll come back now everything can be smoothed over, and no one will know anything about it.'

It chilled me a little that Mrs. Strickland should be concerned with gossip, for I did not know then how great a part is played in women's life by the opinion of others. It throws a shadow of insincerity over their most deeply felt emotions.

It was known where Strickland was staying. His partner, in a violent letter, sent to his bank, had taunted him with hiding his whereabouts; and Strickland, in a cynical and humourous reply, had told his partner exactly where to find him. He was apparently living in an hotel.

'I've never heard of it', said Mrs. Strickland. 'But Fred knows it well. He says it's very expensive.'

She flushed darkly. I imagined that she saw her husband installed in a luxurious suite of rooms, dining at one smart restaurant after another, and she pictured his days spent at race-meetings and his evenings at the play.

'It can't go on at his age', she said. 'After all, he's forty. I could understand it in a young man, but I think it's horrible in a man of his years, with children who are nearly grown up. His health will never stand it.'

Anger struggled in her breast with misery.

'Tell him that our home cries out for him. Everything is just the same, and yet everything is different. I can't live without him. I'd sooner kill myself. Talk to him about the past, and all we've gone through together. What am I to say to the children when they ask for him? His room is exactly as it was when he left it. It's waiting for him. We're all waiting for him.'

Now she told me exactly what I should say. She gave me elaborate answers to every possible observation of his.

'You will do everything you can for me?' she said pitifully. 'Tell him what a state I'm in.'

I saw that she wished me to appeal to his sympathies by every means in my power. She was weeping freely. I was extraordinarily touched. I felt indignant at Strickland's cold cruelty, and I promised to do all I could to bring him back. I agreed to go over on the next day but one, and to stay in Paris till I had achieved something. Then, as it was growing late and we were both exhausted by so much emotion, I left her.

CHAPTER 11

DURING the journey I thought over my errand with misgiving. Now that I was free from the spectacle of Mrs. Strickland's distress I could consider the matter more calmly. I was puzzled by the contradictions that I saw in her behaviour. She was very unhappy, but to excite my sympathy she was able to make a show of her unhappiness. It was evident that she had been prepared to weep, for she had provided herself with a sufficiency of handkerchiefs; I admired her forethought, but in retrospect it made her tears perhaps less moving. I could not decide whether she desired the return of her husband because she loved him, or because she dreaded the tongue of scandal; and I was perturbed by the suspicion that the anguish of love contemned was alloyed in her broken heart with the pangs, sordid to my young mind, of wounded vanity. I had not yet learnt how contradictory is human nature; I did not know how much pose there is in the sincere, how much baseness in the noble, nor how much goodness in the reprobate.

But there was something of an adventure in my trip, and my spirits rose as I approached Paris. I saw myself, too, from the dramatic standpoint, and I was pleased with my role of the trusted friend bringing back the errant husband to his forgiving wife. I made up my mind to see Strickland the following evening, for I felt instinctively that the hour must be chosen with delicacy. An appeal to the emotions is little likely to be effectual before luncheon. My own thoughts were then constantly occupied with love, but I never could imagine connubial bliss till after tea.

I inquired at my hotel for that in which Charles Strickland was living. It was called the Hôtel des Belges. But the concierge, somewhat to my surprise, had never heard of it. I had understood from Mrs. Strickland that it was a large and sumptuous place at the back of the Rue de Rivoli. We looked it out in the directory. The only hotel of that name was in the Rue des Moines. The quarter was not fashionable; it was not even respectable. I shook my head.

'I'm sure that's not it', I said.

The concierge shrugged his shoulders. There was no other hotel of that name in Paris. It occurred to me that Strickland had concealed his address, after all. In giving his partner the one I knew he was perhaps playing a trick on him. I do not know why I had an inkling that it would appeal to Strickland's sense of humour to bring a furious stockbroker over to Paris on a fool's errand to an ill-famed house in a mean street. Still, I thought I had better go and see. Next day about six o'clock I took a cab to the Rue des Moines, but dismissed it at the corner, since I preferred to walk to the hotel and look at it before I went in. It was a street of small shops subservient to the needs of poor people, and about the middle of it, on the left as I walked down, was the Hôtel des Belges. My own hotel was modest enough, but it was magnificent in comparison with this. It was a tall, shabby building, that cannot have been painted for years, and it had so bedraggled an air that the houses on each side of it looked neat and clean. The dirty windows were all shut. It was not here that Charles Strickland lived in guilty splendour with the unknown charmer for whose sake he had abandoned honour and duty. I was vexed, for I felt that I had been made a fool of, and I nearly turned away without making an inquiry. I went in only to be able to tell Mrs. Strickland that I had done my best.

The door was at the side of a shop. It stood open, and just within was a sign: *Bureau au premier.* I walked up the narrow stairs, and on the landing found a sort of box, glassed in, within which were a desk and a couple of chairs. There was a bench outside, on which it might be presumed the night porter passed uneasy nights. There was no one about, but under an electric bell was written *Garçon.* I rang, and presently a waiter appeared. He was a young man with furtive eyes and a sullen look. He was in shirt sleeves and carpet slippers.

I do not know why I made my inquiry as casual as possible.

'Does Mr. Strickland live here by any chance?' I asked.

'Number thirty-two. On the sixth floor.'

I was so surprised that for a moment I did not answer.

'Is he in?'

The waiter looked at a board in the *bureau.*

'He hasn't left his key. Go up and you'll see.'

I thought it as well to put one more question.

'*Madame est là?*'

'*Monsieur est seul.*'

The waiter looked at me suspiciously as I made my way upstairs. They were dark and airless. There was a foul and musty smell. Three flights up a woman in a dressing-gown, with touzled hair, opened a door and looked at me silently as I passed. At length I reached the sixth floor, and knocked at the door numbered thirty-two. There was a sound within, and the door was partly opened. Charles Strickland stood before me. He uttered not a word. He evidently did not know me.

I told him my name. I tried my best to assume an airy manner.

'You don't remember me. I had the pleasure of dining with you last July.'

'Come in', he said cheerily. 'I'm delighted to see you. Take a pew.'

I entered. It was a very small room, overcrowded with furniture of the style which the French know as Louis Philippe. There was a large wooden bedstead on which was a billowing red eiderdown, and there was a large wardrobe, a round table, a very small washstand, and two stuffed chairs covered with red rep. Everything was dirty and shabby. There was no sign of the abandoned luxury that Colonel MacAndrew had so confidently described. Strickland threw on the floor the clothes that burdened one of the chairs, and I sat down on it.

'What can I do for you?' he asked.

In that small room he seemed even bigger than I remembered him. He wore an old Norfolk jacket, and he had not shaved for several days. When last I saw him he was spruce enough, but he looked ill at ease: now, untidy and ill-kempt, he looked perfectly at home. I did not know how he would take the remark I had prepared.

'I've come to see you on behalf of your wife.'

'I was just going out to have a drink before dinner. You'd better come too. Do you like absinthe?'

'I can drink it.'

'Come on, then.'

He put on a bowler hat much in need of brushing.

'We might dine together. You owe me a dinner, you know.'

'Certainly. Are you alone?'

I flattered myself that I had got in that important question very naturally.

'Oh yes. In point of fact I've not spoken to a soul for three days. My French isn't exactly brilliant.'

I wondered as I preceded him downstairs what had happened to the little lady in the tea-shop. Had they quarrelled already, or was his infatuation passed? It seemed hardly likely if, as appeared, he had been taking steps for a year to make his desperate plunge. We walked to the Avenue de Clichy, and sat down at one of the tables on the pavement of a large café.

CHAPTER 12

THE Avenue de Clichy was crowded at that hour, and a lively fancy might see in the passers-by the personages of many a sordid romance. There were clerks and shopgirls; old fellows who might have stepped out of the pages of Honoré de Balzac; members, male and female, of the professions which make their profit of the frailties of mankind. There is in the streets of the poorer quarters of Paris a thronging vitality which excites the blood and prepares the soul for the unexpected.

'Do you know Paris well?' I asked.

'No. We came on our honeymoon. I haven't been since.'

'How on earth did you find out your hotel?'

'It was recommended to me. I wanted something cheap.'

The absinthe came, and with due solemnity we dropped water over the melting sugar.

'I thought I'd better tell you at once why I had come to see you', I said, not without embarrassment.

His eyes twinkled.

'I thought somebody would come along sooner or later. I've had a lot of letters from Amy.'

'Then you know pretty well what I've got to say.'

'I've not read them.'

I lit a cigarette to give myself a moment's time. I did not quite know now how to set about my mission. The eloquent phrases I had arranged, pathetic or indignant, seemed out of place on the Avenue de Clichy. Suddenly he gave a chuckle.

'Beastly job for you this, isn't it?'

'Oh, I don't know', I answered.

'Well, look here, you get it over, and then we'll have a jolly evening.'

I hesitated.

'Has it occurred to you that your wife is frightfully unhappy?'

'She'll get over it.'

I cannot describe the extraordinary callousness with which he made this reply. It disconcerted me, but I did my best not to show it. I adopted the tone used by my Uncle Henry, a clergyman, when he was asking one of his relatives for a subscription to the Additional Curates Society.

'You don't mind my talking to you frankly?'

He shook his head, smiling.

'Has she deserved that you should treat her like this?'

'No.'

'Have you any complaint to make against her?'

'None.'

'Then, isn't it monstrous to leave her in this fashion, after seventeen years of married life, without a fault to find with her?'

'Monstrous.'

I glanced at him with surprise. His cordial agreement with all I said cut the ground from under my feet. It made my position complicated, not to say ludicrous. I was prepared to be persuasive, touching, and hortatory, admonitory and expostulating, if need be vituperative even, indignant and sarcastic; but what the devil does a mentor do when the sinner makes no bones about confessing his sin? I had no experience, since my own practice has always been to deny everything.

'What, then?' asked Strickland.

I tried to curl my lip.

'Well, if you acknowledge that, there doesn't seem much more to be said.'

'I don't think there is.'

I felt that I was not carrying out my embassy with any great skill. I was distinctly nettled.

'Hang it all, one can't leave a woman without a bob.'

'Why not?'

'How is she going to live?'

'I've supported her for seventeen years. Why shouldn't she support herself for a change?'

'She can't.'

'Let her try.'

Of course there were many things I might have answered to this. I might have spoken of the economic position of woman, of the contract, tacit and overt, which a man accepts by his marriage, and of much else; but I felt that there was only one point which really signified.

'Don't you care for her any more?'

'Not a bit', he replied.

The matter was immensely serious for all the parties concerned, but there was in the manner of his answer such a cheerful effrontery that I had to bite my lips in order not to laugh. I reminded myself that his behaviour was abominable. I worked myself up into a state of moral indignation.

'Damn it all, there are your children to think of. They've never done you any harm. They didn't ask to be brought into the world. If you chuck everything like this, they'll be thrown on the streets.

'They've had a good many years of comfort. It's much more than the majority of children have. Besides, somebody will look after them. When it comes to the point, the MacAndrews will pay for their schooling.'

'But aren't you fond of them? They're such awfully nice kids. Do you mean to say you don't want to have anything more to do with them?'

'I liked them all right when they were kids, but now they're growing up I haven't got any particular feeling for them.'

'It's just inhuman.'

'I dare say.'

'You don't seem in the least ashamed.'

'I'm not.'

I tried another tack.

'Everyone will think you a perfect swine.'

'Let them.'

'Won't it mean anything to you to know that people loathe and despise you?'

'No.'

His brief answer was so scornful that it made my question, natural though it was, seem absurd. I reflected for a minute or two.

'I wonder if one can live quite comfortably when one's conscious of the disapproval of one's fellows? Are you sure it won't begin to worry you? Everyone has some sort of a conscience, and sooner or later it will find you out. Supposing your wife died, wouldn't you be tortured by remorse?'

He did not answer, and I waited for some time for him to speak. At last I had to break the silence myself.

'What have you to say to that?'

'Only that you're a damned fool.'

'At all events, you can be forced to support your wife and children', I retorted, somewhat piqued. 'I suppose the law has some protection to offer them.'

'Can the law get blood out of a stone? I haven't any money. I've got about a hundred pounds.'

I began to be more puzzled than before. It was true that his hotel pointed to the most straitened circumstances.

'What are you going to do when you've spent that?'

'Earn some.'

He was perfectly cool, and his eyes kept that mocking smile which made all I said seem rather foolish. I paused for a little while to consider what I had better say next. But it was he who spoke first.

'Why doesn't Amy marry again? She's comparatively young, and she's not unattractive. I can recommend her as an excellent wife. If she wants to divorce me I don't mind giving her the necessary grounds.'

Now it was my turn to smile. He was very cunning, but it was evidently this that he was aiming at. He had some reason to conceal the fact that he had run away with a woman, and he was using every precaution to hide her whereabouts. I answered with decision.

'Your wife says that nothing you can do will ever induce her to divorce you. She's quite made up her mind. You can put any possibility of that definitely out of your head.'

He looked at me with an astonishment that was certainly not feigned. The smile abandoned his lips, and he spoke quite seriously.

'But, my dear fellow, I don't care. It doesn't matter a twopenny damn to me one way or the other.'

I laughed.

'Oh, come now; you mustn't think us such fools as all that. We happen to know that you came away with a woman.'

He gave a little start, and then suddenly burst into a shout of laughter. He laughed so uproariously that the people sitting near us looked round, and some of them began to laugh too.

'I don't see anything very amusing in that.'

'Poor Amy', he grinned.

Then his face grew bitterly scornful.

'What poor minds women have got! Love. It's always love. They think a man leaves them only because he wants others. Do you think I should be such a fool as to do what I've done for a woman?'

'Do you mean to say you didn't leave your wife for another woman?'

'Of course not.'

'On your word of honour?'

I don't know why I asked for that. It was very ingenuous of me.

'On my word of honour.'

'Then, what in God's name have you left her for?'

'I want to paint.'

I looked at him for quite a long time. I did not understand. I thought he was mad. It must be remembered that I was very young, and I looked upon him as a middle-aged man. I forgot everything but my own amazement.

'But you're forty.'

'That's what made me think it was high time to begin.'

'Have you ever painted?'

'I rather wanted to be a painter when I was a boy, but my father made me go into business because he said there was no money in art. I began to paint a bit a year ago. For the last year I've been going to some classes at night.'

'Was that where you went when Mrs. Strickland thought you were playing bridge at your club?'

'That's it.'

'Why didn't you tell her?'

'I preferred to keep it to myself.'

'Can you paint?'

'Not yet. But I shall. That's why I've come over here. I couldn't get what I wanted in London. Perhaps I can here.'

'Do you think it's likely that a man will do any good when he starts at your age? Most men begin painting at eighteen.'

'I can learn quicker than I could when I was eighteen.'

'What makes you think you have any talent?'

He did not answer for a minute. His gaze rested on the passing throng, but I do not think he saw it. His answer was no answer.

'I've got to paint.'

'Aren't you taking an awful chance?'

He looked at me then. His eyes had something strange in them, so that I felt rather uncomfortable.

'How old are you? Twenty-three?'

It seemed to me that the question was beside the point. It was natural that I should take chances; but he was a man whose youth was past, a stockbroker with a position of respectability, a wife and two children. A course that would have been natural for me was absurd for him. I wished to be quite fair.

'Of course a miracle may happen, and you may be a great painter, but you must confess the chances are a million to one against it. It'll be an awful sell if at the end you have to acknowledge you've made a hash of it.'

'I've got to paint', he repeated.

'Supposing you're never anything more than third-rate, do you think it will have been worth while to give up everything? After all, in any other walk in life it doesn't matter if you're not very good; you can get along quite comfortably if you're just adequate; but it's different with an artist.'

'You blasted fool', he said.

'I don't see why, unless it's folly to say the obvious.'

'I tell you I've got to paint. I can't help myself. When a man falls into the water it doesn't matter how he swims, well or badly: he's got to get out or else he'll drown.'

There was real passion in his voice, and in spite of myself I was impressed. I seemed to feel in him some vehement power that was struggling within him; it gave me the sensation of something very strong, overmastering, that held him, as it were, against his will. I could not understand. He seemed really to be possessed of a devil, and I felt that it might suddenly turn and rend him. Yet he looked ordinary enough. My eyes, resting on him curiously, caused him no embarrassment. I wondered what a stranger would have taken him to be, sitting there in his old Norfolk jacket and his unbrushed bowler; his trousers were baggy, his hands were not clean; and his face, with the red stubble of the unshaved chin, the little eyes, and the large, aggressive nose, was uncouth and coarse. His mouth was large, his lips were heavy and sensual. No; I could not have placed him.

'You won't go back to your wife?' I said at last.

'Never.'

'She's willing to forget everything that's happened and start afresh. She'll never make you a single reproach.'

'She can go to hell.'

'You don't care if people think you an utter blackguard? You don't care if she and your children have to beg their bread?'

'Not a damn.'

I was silent for a moment in order to give greater force to my next remark. I spoke as deliberately as I could.

'You are a most unmitigated cad.'

'Now that you've got that off your chest, let's go and have dinner.'

CHAPTER 13

I DARE say it would have been more seemly to decline this proposal. I think perhaps I should have made a show of the indignation I really felt, and I am sure that Colonel MacAndrew at least would have thought well of me if I had been able to report my stout refusal to sit at the same table with a man of such character. But the fear of not being able to carry it through effectively has always made me shy of assuming the moral attitude; and in this case the certainty that my sentiments would be lost on Strickland made it peculiarly embarrassing to utter them. Only the poet or the saint can water an asphalt pavement in the confident anticipation that lilies will reward his labour.

I paid for what we had drunk, and we made our way to a cheap restaurant, crowded and gay, where we dined with pleasure. I had the appetite of youth and he of a hardened conscience. Then we went to a tavern to have coffee and liqueurs.

I had said all I had to say on the subject that had brought me to Paris, and though I felt it in a manner treacherous to Mrs. Strickland not to pursue it, I could not struggle against his indifference. It requires the feminine temperament to repeat the same thing three times with unabated zest. I solaced myself by thinking that it would be useful for me to find out what I could about Strickland's state of mind. It also interested me much more. But this was not an easy thing to do, for Strickland was not a fluent talker. He seemed to express himself with difficulty, as though words were not the medium with which his mind worked; and you had to guess the intentions of his soul by hackneyed phrases, slang, and vague, unfinished gestures. But though he said nothing of any consequence, there was something in his personality which prevented him from being dull. Perhaps it was sincerity. He did not seem to care much about the Paris he was now seeing for the first time (I did not count the visit with his wife), and he accepted sights which must have been strange to him without any sense of astonishment. I have been to Paris a hundred times, and it never fails to give me a thrill of excitement; I can never walk its streets without feeling myself on the verge of adventure. Strickland remained placid. Looking back, I think now that he was blind to everything but to some disturbing vision in his soul.

One rather absurd incident took place. There were a number of harlots in the tavern: some were sitting with men, others by themselves; and presently I noticed that one of these was looking at us. When she caught Strickland's eye she smiled. I do not think he saw her. In a little while she went out, but in a minute returned and, passing our table, very politely asked us to buy her something to drink. She sat down and I began to chat with her; but it was plain that her interest was in Strickland. I explained that he knew no more than two words of French. She tried to talk to him, partly by signs, partly in pidgin French, which, for some reason, she thought would be more comprehensible to him, and she had half a dozen phrases of English. She made me translate what she could only express in her own tongue, and eagerly asked for the meaning of his replies. He was quite good-tempered, a little amused, but his indifference was obvious.

'I think you've made a conquest', I laughed.

'I'm not flattered.'

In his place I should have been more embarrassed and less calm. She had laughing eyes and a most charming mouth. She was young. I wondered what she found so attractive in Strickland. She made no secret of her desires, and I was bidden to translate.

'She wants you to go home with her.'

'I'm not taking any', he replied.

I put his answer as pleasantly as I could. It seemed to me a little ungracious to decline an invitation of that sort, and I ascribed his refusal to lack of money.

'But I like him', she said. 'Tell him it's for love.'

When I translated this, Strickland shrugged his shoulders impatiently.

'Tell her to go to hell', he said.

His manner made his answer quite plain, and the girl threw back her head with a sudden gesture. Perhaps she reddened under her paint. She rose to her feet.

'*Monsieur n'est pas poli*',she said.

She walked out of the inn. I was slightly vexed.

'There wasn't any need to insult her that I can see', I said. 'After all, it was rather a compliment she was paying you.'

'That sort of thing makes me sick', he said roughly.

I looked at him curiously. There was real distaste in his face, and yet it was the face of a coarse and sensual man. I suppose the girl had been attracted by a certain brutality in it.

'I could have got all the women I wanted in London. I didn't come here for that.'

CHAPTER 14

DURING the journey back to England I thought much of Strickland. I tried to set in order what I had to tell his wife. It was unsatisfactory, and I could not imagine that she would be content with me; I was not content with myself. Strickland perplexed me. I could not understand his motives. When I had asked him what first gave him the idea of being a painter, he was unable or unwilling to tell me. I could make nothing of it. I tried to persuade myself that an obscure feeling of revolt had been gradually coming to a head in his slow mind, but to challenge this was the undoubted fact that he had never shown any impatience with the monotony of his life. If, seized by an intolerable boredom, he had determined to be a painter merely to break with irksome ties, it would have been comprehensible, and commonplace; but commonplace is precisely what I felt he was not. At last, because I was romantic, I devised an explanation which I acknowledged to be far-fetched, but which was the only one that in any way satisfied me. It was this: I asked myself whether there was not in his soul some deep-rooted instinct of creation, which the circumstances of his life had obscured, but which grew relentlessly, as a cancer may grow in the living tissues, till at last it took possession of his whole being and forced him irresistibly to action. The cuckoo lays its egg in the strange bird's nest, and when the young one is hatched it shoulders its foster-brothers out and breaks at last the nest that has sheltered it.

But how strange it was that the creative instinct should seize upon this dull stockbroker, to his own ruin, perhaps, and to the misfortune of such as were dependent on him; and yet no stranger than the way in which the spirit of God has seized men, powerful and rich, pursuing them with stubborn vigilance till at last, conquered, they have abandoned the joy of the world and the love of women for the painful austerities of the cloister. Conversion may come under many shapes, and it may be brought about in many ways. With some men it needs a cataclysm, as a stone may be broken to fragments by the fury of a torrent; but with some it comes gradually, as a stone may be worn away by the ceaseless fall of a drop of water. Strickland had the directness of the fanatic and the ferocity of the apostle.

But to my practical mind it remained to be seen whether the passion which obsessed him would be justified of its works. When I asked him what his brother-students at the night classes he had attended in London thought of his painting, he answered with a grin:

'They thought it a joke.'

'Have you begun to go to a studio here?'

'Yes. The blighter came round this morning – the master, you know; when he saw my drawing he just raised his eyebrows and walked on.'

Strickland chuckled. He did not seem discouraged. He was independent of the opinion of his fellows.

And it was just that which had most disconcerted me in my dealings with him. When people say they do not care what others think of them, for the most part they deceive themselves. Generally they mean only that they will do as they choose, in the confidence that no one will know their vagaries; and at the utmost only that they are willing to act contrary to the opinion of the majority because they are supported by the approval of their neighbours. It is not difficult to be unconventional in the eyes of the world when your unconventionality is but the convention of your set. It affords you then an inordinate amount of self-esteem. You have the self-satisfaction of courage without the inconvenience of danger. But the desire for approbation is perhaps the most deeply seated instinct of civilized man. No one runs so hurriedly to the cover of respectability as the unconventional woman who has exposed herself to the slings and arrows of outraged propriety. I do not believe the people who tell me they do not care a row of pins for the opinion of their fellows. It is the bravado of ignorance. They mean only that they do not fear reproaches for peccadilloes which they are convinced none will discover.

But here was a man who sincerely did not mind what people thought of him, and so convention had no hold on him; he was like a wrestler whose body is oiled; you could not get a grip on him; it gave him a freedom which was an outrage. I remember saying to him:

'Look here, if everyone acted like you, the world couldn't go on.'

'That's a damned silly thing to say. Everyone doesn't want to act like me. The great majority are perfectly content to do the ordinary thing.'

And once I sought to be satirical.

'You evidently don't believe in the maxim: Act so that every one of your actions is capable of being made into a universal rule.'

'I never heard it before, but it's rotten nonsense.'

'Well, it was Kant who said it.'

'I don't care; it's rotten nonsense.'

Nor with such a man could you expect the appeal to conscience to be effective. You might as well ask for a rejection without a mirror. I take it that conscience is the guardian in the individual of the rules which the community has evolved for its own preservation. It is the policeman in all our hearts, set there to watch that we do not break its laws. It is the spy seated in the central stronghold of the ego. Man's desire for the approval of his fellows is so strong, his dread of their censure so violent, that he himself has brought his enemy within his gates; and it keeps watch over him, vigilant always in the interests of its master to crush any half-formed desire to break away from the herd. It will force him to place the good of society before his own. It is the very strong link that attaches the individual to the whole. And man, subservient to interests he has persuaded himself are greater than his own, makes himself a slave to his taskmaster. He sits him in a seat of honour. At last, like a courtier fawning on the royal stick that is laid about his shoulders, he prides himself on the sensitiveness of his conscience. Then he has no words hard enough for the man who does not recognize its sway; for, a member of society now, he realizes accurately enough that against him he is powerless. When I saw that Strickland was really indifferent to the blame his conduct must excite, I could only draw back in horror as from a monster of hardly human shape.

The last words he said to me when I bade him good night were:

'Tell Amy it's no good coming after me. Anyhow I shall change my hotel, so she wouldn't be able to find me.'

'My own impression is that she's well rid of you', I said.

'My dear fellow, I only hope you'll be able to make her see it. But women are very unintelligent.'

CHAPTER 15

WHEN I reached London I found waiting for me an urgent request that I should go to Mrs. Strickland's as soon after dinner as I could. I found her with Colonel MacAndrew and his wife. Mrs. Strickland's sister was older than she, not unlike her, but more faded; and she had the efficient air, as though she carried the British Empire in her pocket, which the wives of senior officers acquire from the consciousness of belonging to a superior caste. Her manner was brisk, and her good-breeding scarcely concealed her conviction that if you were not a soldier you might as well be a counter-jumper. She hated the Guards, whom she thought conceited, and she could not trust herself to speak of their ladies, who were so remiss in calling. Her gown was dowdy and expensive.

Mrs. Strickland was plainly nervous.

'Well, tell us your news', she said.

'I saw your husband. I'm afraid he's quite made up his mind not to return.' I paused a little. 'He wants to paint.'

'What do you mean?' cried Mrs. Strickland, with the utmost

astonishment.

'Did you never know that he was keen on that sort of thing?'

'He must be as mad as a hatter', exclaimed the Colonel.

Mrs. Strickland frowned a little. She was searching among her recollections.

'I remember before we were married he used to potter about with a paint-box. But you never saw such daubs. We used to chaff him. He had absolutely no gift for anything like that.'

'Of course, it's only an excuse', said Mrs. MacAndrew.

Mrs. Strickland pondered deeply for some time. It was quite clear that she could not make head or tail of my announcement. She had put some order into the drawing-room by now, her housewifely instincts having got the better of her dismay; and it no longer bore that deserted look, like a furnished house long to let, which I had noticed on my first visit after the catastrophe. But now that I had seen Strickland in Paris it was difficult to imagine him in those surroundings. I thought it could hardly have failed to strike them that there was something incongruous in him.

'But if he wanted to be an artist, why didn't he say so?' asked Mrs. Strickland at last. 'I should have thought I was the last person to be unsympathetic to – to aspiration of that kind.'

Mrs. MacAndrew tightened her lips. I imagine that she had never looked with approval on her sister's leaning towards persons who cultivated the arts. She spoke of 'culchaw' derisively.

Mrs. Strickland continued:

'After all, if he had any talent I should be the first to encourage it. I wouldn't have minded sacrifices. I'd much rather be married to a painter than to a stockbroker. If it weren't for the children, I wouldn't mind anything. I could be just as happy in a shabby studio in Chelsea as in this flat.'

'My dear, I have no patience with you', cried Mrs. MacAndrew. 'You don't mean to say you believe a word of this nonsense?'

'But I think it's true', I put in mildly.

She looked at me with good-humoured contempt.

'A man doesn't throw up his business and leave his wife and children at the age of forty to become a painter unless there's a woman in it. I suppose he met one of your – artistic friends, and she's turned his head.'

A spot of colour rose suddenly to Mrs. Strickland's pale cheeks.

'What is she like?'

I hesitated a little. I knew that I had a bombshell.

'There isn't a woman.'

Colonel MacAndrew and his wife uttered expressions of incredulity, and Mrs. Strickland sprang to her feet.

'Do you mean to say you never saw her?'

'There's no one to see. He's quite alone.'

'That's preposterous', cried Mrs. MacAndrew.

'I knew I ought to have gone over myself', said the Colonel. 'You can bet your boots I'd have routed her out fast enough.'

'I wish you had gone over', I replied, somewhat tartly. 'You'd have seen that every one of your suppositions was wrong. He's not at a smart hotel. He's living in one tiny room in the most squalid way. If he's left his home, it's not to live a gay life. He's got hardly any money.'

'Do you think he's done something that we don't know about, and is lying doggo on account of the police?'

The suggestion sent a ray of hope in all their breasts, but I would have nothing to do with it.

'If that were so, he would hardly have been such a fool as to give his partner his address', I retorted acidly. 'Anyhow, there's one thing I'm positive of, he didn't go away with anyone. He's not in love. Nothing is farther from his thoughts.'

There was a pause while they reflected over my words.

'Well, if what you say is true', said Mrs. MacAndrew at last, 'things aren't so bad as I thought.'

Mrs. Strickland glanced at her, but said nothing. She was very pale now, and her fine brow was dark and lowering. I could not understand the expression of her face. Mrs. MacAndrew continued:

'If it's just a whim, he'll get over it.'

'Why don't you go over to him, Amy?' hazarded the Colonel. 'There's no reason why you shouldn't live with him in Paris for a year. We'll look after the children. I dare say he'd got stale. Sooner or later he'll be quite ready to come back to London, and no great harm will have been done.'

'I wouldn't do that', said Mrs. MacAndrew. 'I'd give him all the rope he wants. He'll come back with his tail between his legs and settle down again quite comfortably.' Mrs. MacAndrew looked at her sister coolly. 'Perhaps you weren't very wise with him sometimes. Men are queer creatures, and one has to know how to manage them.'

Mrs. MacAndrew shared the common opinion of her sex that a man is always a brute to leave a woman who is attached to him, but that a woman is much to blame if he does. *Le cœur a ses raisons que la raison ne connait point.*

Mrs. Strickland looked slowly from one to another of us.

'He'll never come back', she said.

'Oh, my dear, remember what we've just heard. He's been used to comfort and to having someone to look after him. How long do you think it'll be before he gets tired of a scrubby room in a scrubby hotel? Besides, he hasn't any money. He must come back.'

'As long as I thought he'd run away with some woman I thought there was a chance. I don't believe that sort of thing ever answers. He'd have got sick to death of her in three months. But if he hasn't gone because he's in love, then it's finished.'

'Oh, I think that's awfully subtle', said the Colonel, putting into the word all the contempt he felt for a quality so alien to the traditions of his calling. 'Don't you believe it. He'll come back, and, as Dorothy says, I dare say he'll be none the worse for having had a bit of a fling.'

'But I don't want him back', she said.

'Amy!'

It was anger that had seized Mrs. Strickland, and her pallor was the pallor of a cold and sudden rage. She spoke quickly now, with little gasps.

'I could have forgiven it if he'd fallen desperately in love with someone and gone off with her. I should have thought that natural. I shouldn't really have blamed him. I should have thought he was led away. Men are so weak, and women are so unscrupulous. But this is different. I hate him. I'll never forgive him now.'

Colonel MacAndrew and his wife began to talk to her together. They were astonished. They told her she was mad. They could not understand. Mrs. Strickland turned desperately to me.

'Don't *you* see?' she cried.

'I'm not sure. Do you mean that you could have forgiven him if he'd left you for a woman, but not if he's left you for an idea? You think you're a match for the one, but against the other you're helpless?'

Mrs. Strickland gave me a look in which I read no great friendliness, but did not answer. Perhaps I had struck home. She went on in a low and trembling voice:

'I never knew it was possible to hate anyone as much as I hate him. Do you know, I've been comforting myself by thinking that however long it lasted he'd want me at the end. I knew when he was dying he'd send for me, and I was ready to go; I'd have nursed him like a mother, and at the last I'd have told him that it didn't matter, I'd loved him always, and I forgave him everything.'

I have always been a little disconcerted by the passion women have for behaving beautifully at the death-bed of those they love. Sometimes it seems as if they grudge the longevity which postpones their chance of an effective scene.

'But now – now it's finished. I'm as indifferent to him as if he were a stranger. I should like him to die miserable, poor, and starving, without a friend. I hope he'll rot with some loathsome disease. I've done with him.'

I thought it as well then to say what Strickland had suggested.

'If you want to divorce him, he's quite willing to do whatever is necessary to make it possible.'

'Why should I give him his freedom?'

'I don't think he wants it. He merely thought it might be more convenient to you.'

Mrs. Strickland shrugged her shoulders impatiently. I think I was a little disappointed in her. I expected then people to be more of a piece than I do now, and I was distressed to find so much vindictiveness in so charming a creature. I did not realize how motley are the qualities that go to make up a human being. Now I am well aware that pettiness and grandeur, malice and charity, hatred and love, can find place side by side in the same human heart.

I wondered if there was anything I could say that would ease the sense of bitter humiliation which at present tormented Mrs. Strickland. I thought I would try.

'You know, I'm not sure that your husband is quite responsible for his actions. I do not think he is himself. He seems to me to be possessed by some power which is using him for its own ends, and in whose hold he is as helpless as a fly in a spider's web. It's as though someone had cast a spell over him. I'm reminded of those strange stories one sometimes hears of another personality entering into a man and driving out the old one. The soul lives unstably in the body, and is capable of mysterious transformations. In the old days they would say Charles Strickland had a devil.'

Mrs. MacAndrew smoothed down the lap of her gown, and gold bangles fell over her wrists.

'All that seems to me very far-fetched', she said acidly. 'I don't deny that perhaps Amy took her husband a little too much for granted. If she hadn't been so busy with her own affairs, I can't believe that she wouldn't have suspected something was the matter. I don't think that Alec could have something on his mind for a year or more without my having a pretty shrewd idea of it.'

The Colonel stared into vacancy, and I wondered whether anyone could be quite so innocent of guile as he looked.

'But that doesn't prevent the fact that Charles Strickland is a heartless beast.' She looked at me severely. 'I can tell you why he left his wife – from pure selfishness and nothing else whatever.'

'That is certainly the simplest explanation', I said. But I thought it explained nothing. When, saying I was tired, I rose to go, Mrs. Strickland made no attempt to detain me.

CHAPTER 16

WHAT followed showed that Mrs. Strickland was a woman of character. Whatever anguish she suffered she concealed. She saw shrewdly that the world is quickly bored by the recital of misfortune, and willingly avoids the sight of distress. Whenever she went out – and compassion for her misadventure made her friends eager to entertain her – she bore a demeanour that was perfect. She was brave, but not too obviously; cheerful, but not brazenly; and she seemed more anxious to listen to the troubles of others than to discuss her own. Whenever she spoke of her husband it was with pity. Her attitude towards him at first perplexed me. One day she said to me:

'You know, I'm convinced you were mistaken about Charles being alone. From what I've been able to gather from certain sources that I can't tell you, I know that he didn't leave England by himself.'

'In that case he has a positive genius for covering up his tracks.'

She looked away and slightly coloured.

'What I mean is, if anyone talks to you about it, please don't contradict it if they say he eloped with somebody.'

'Of course not.'

She changed the conversation as though it were a matter to which she attached no importance. I discovered presently that a peculiar story was circulating among her friends. They said that Charles Strickland had become infatuated with a French dancer, whom he had first seen in the ballet at the Empire, and had accompanied her to Paris. I could not find out how this had arisen, but, singularly enough, it created much sympathy for Mrs. Strickland, and at the same time gave her not a little prestige. This was not without its use in the calling which she had decided to follow. Colonel MacAndrew had not exaggerated when he said she would be penniless, and it was necessary for her to earn her living as quickly as she could. She made up her mind to profit by her acquaintance with so many writers, and without loss of time began to learn shorthand and typewriting. Her education made it likely that she would be a typist more efficient than the average, and her story made her claims appealing. Her friends promised to send her work, and took care to recommend her to all theirs.

The MacAndrews, who were childless and in easy circumstances, arranged to undertake the care of the children, and Mrs. Strickland had only herself to provide for. She let her flat and sold her furniture. She settled in two tiny rooms in Westminster, and faced the world anew. She was so efficient that it was certain she would make a success of the adventure.

CHAPTER 17

IT was about five years after this that I decided to live in Paris for a while. I was growing stale in London. I was tired of doing much the same thing every day. My friends pursued their course with uneventfulness; they had no longer any surprises for me, and when I met them I knew pretty well what they would say; even their love-affairs had a tedious banality. We were like tram-cars running on their lines from terminus to terminus, and it was possible to calculate within small limits the number of passengers they would carry. Life was ordered too pleasantly. I was seized with panic. I gave up my small apartment, sold my few belongings, and resolved to start afresh.

I called on Mrs. Strickland before I left. I had not seen her for some time, and I noticed changes in her; it was not only that she was older, thinner, and more lined; I think her character had altered. She had made a success of her business, and now had an office in Chancery Lane; she did little typing herself, but spent her time correcting the work of the four girls she employed. She had had the idea of giving it a certain daintiness, and she made much use of blue and red inks; she bound the copy in coarse paper, that looked vaguely like watered silk, in various pale colours; and she had acquired a reputation for neatness and accuracy. She was making money. But she could not get over the idea that to earn her living was somewhat undignified, and she was inclined to remind you that she was a lady by birth. She could not help bringing into her conversation the names of people she knew which would satisfy you that she had not sunk in the social scale. She was a little ashamed of her courage and business capacity, but delighted that she was going to dine the next night with a K.C. who lived in South Kensington. She was pleased to be able to tell you that her son was at Cambridge, and it was with a little laugh that she spoke of the rush of dances to which her daughter, just out, was invited. I suppose I said a very stupid thing.

'Is she going into your business?' I asked.

'Oh no; I wouldn't let her do that', Mrs. Strickland answered. 'She's so pretty. I'm sure she'll marry well.'

'I should have thought it would be a help to you.'

'Several people have suggested that she should go on the stage, but of course I couldn't consent to that, I know all the chief dramatists, and I could get her a part tomorrow, but I shouldn't like her to mix with all sorts of people.'

I was a little chilled by Mrs. Strickland's exclusiveness.

'Do you ever hear of your husband?'

'No; I haven't heard a word. He may be dead for all I know.'

'I may run across him in Paris. Would you like me to let you know about him?'

She hesitated a minute.

'If he's in any real want I'm prepared to help him a little. I'd send you a certain sum of money, and you could give it him gradually, as he needed it.'

'That's very good of you', I said.

But I knew it was not kindness that prompted the offer. It is not true that suffering ennobles the character; happiness does that sometimes, but suffering, for the most part, makes men petty and vindictive.

CHAPTER 18

IN point of fact, I met Strickland before I had been a fortnight in Paris.

I quickly found myself a tiny apartment on the fifth floor of a house in the Rue des Dames, and for a couple of hundred francs bought at a second-hand dealer's enough furniture to make it habitable. I arranged with the concierge to make my coffee in the morning and to keep the place clean. Then I went to see my friend Dirk Stroeve.

Dirk Stroeve was one of those persons whom, according to your character, you cannot think of without derisive laughter or an embarrassed shrug of the shoulders. Nature had made him a buffoon. He was a painter, but a very bad one, whom I had met in Rome, and I still remembered his pictures. He had a genuine enthusiasm for the commonplace. His soul palpitating with love of art, he painted the models who hung about the stairway of Bernini in the Piazza di Spagna, undaunted by their obvious picturesqueness; and his studio was full of canvases on which were portrayed moustachioed, large-eyed peasants in peaked hats, urchins in becoming rags, and women in bright petticoats. Sometimes they lounged at the steps of a church, and sometimes dallied among cypresses against a cloudless sky; sometimes they made love by a Renaissance well-head, and sometimes they wandered through the Campagna by the side of an ox-wagon. They were carefully drawn and carefully painted. A photograph could not have been more exact. One of the painters at the Villa Medici had called him *Le Maître de la Boîte â chocolats.* To look at his pictures you would have thought that Monet, Manet, and the rest of the Impressionists had never been.

'I don't pretend to be a great painter', he said, 'I'm not a Michael Angelo, no, but I have something. I sell. I bring romance into the homes of all sorts of people. Do you know, they buy my pictures not only in Holland, but in Norway and Sweden and Denmark? It's mostly merchants who buy them, and rich tradesmen. You can't imagine what the winters are like in those countries, so long and dark and cold. They like to think that Italy is like my pictures. That's what they expect. That's what I expected Italy to be before I came here.'

And I think that was the vision that had remained with him always, dazzling his eyes so that he could not see the truth; and notwithstanding the brutality of fact, he continued to see with the eyes of the spirit an Italy of romantic brigands and picturesque ruins. It was an ideal that he painted – a poor one, common, and shop-soiled, but still it was an ideal; and it gave his character a definite charm.

It was because I felt this that Dirk Stroeve was not to me, as to others, merely an object of ridicule. His fellow-painters made no secret of their contempt for his work, but he earned a fair amount of money, and they did not hesitate to make free use of his purse. He was generous, and the needy, laughing at him because he believed so naïvely their stories of distress, borrowed from him with effrontery. He was very emotional, yet his feeling, so easily aroused, had in it something absurd, so that you accepted his kindness, but felt no gratitude. To take money from him was like robbing a child, and you despised him because he was so foolish. I imagine that a pickpocket, proud of his light fingers, must feel a sort of indignation with the careless woman who leaves in a cab a vanity-bag with all her jewels in it. Nature had made him a butt, but had denied him insensibility. He writhed under the jokes, practical and otherwise, which were perpetually made at his expense, and yet never ceased, it seemed wilfully, to expose himself to them. He was constantly wounded, and yet his good nature was such that he could not bear malice: the viper might sting him, but he never learned by experience, and had no sooner recovered from his pain than he tenderly placed it once more in his bosom. His life was a tragedy written in the terms of knockabout farce. Because I did not laugh at him he was grateful to me, and he used to pour into my sympathetic ear the long list of his troubles. The saddest thing about them was that they were grotesque, and the more pathetic they were, the more you wanted to laugh.

But though so bad a painter, he had a very delicate feeling for art, and to go with him to picture galleries was a rare treat. His enthusiasm was sincere and his criticism acute. He was catholic. He had not only a true appreciation of the old masters, but sympathy with the moderns. He was quick to discover talent, and his praise was generous. I think I have never known a man whose judgement was surer. And he was better educated than most painters. He was not, like most of them, ignorant of kindred arts, and his taste for music and literature gave depth and variety to his comprehension of painting. To a young man like myself his advice and guidance were of incomparable value.

When I left Rome I corresponded with him, and about once in two months received from him long letters in queer English, which brought before me vividly his spluttering, enthusiastic, gesticulating conversation. Some time before I went to Paris he had married an

Englishwoman, and was now settled in a studio in Montmartre. I had not seen him for four years, and had never met his wife.

CHAPTER 19

I HAD not announced my arrival to Stroeve, and when I rang the bell of his studio, on opening the door himself, for a moment he did not know me. Then he gave a cry of delighted surprise and drew me in. It was charming to be welcomed with so much eagerness. His wife was seated near the stove at her sewing, and she rose as I came in. He introduced me.

'Don't you remember?' he said to her. 'I've talked to you about him often.' And then to me: 'But why didn't you let me know you were coming? How long have you been here? How long are you going to stay? Why didn't you come an hour earlier, and we would have dined together?'

He bombarded me with questions. He sat me down in a chair, patting me as though I were a cushion, pressed cigars upon me, cakes, wine. He could not let me alone. He was heart-broken because he had no whisky, wanted to make coffee for me, racked his brain for something he could possibly do for me, and beamed and laughed, and in the exuberance of his delight sweated at every pore.

'You haven't changed', I said, smiling, as I looked at him.

He had the same absurd appearance that I remembered. He was a fat little man, with short legs, young still – he could not have been more than thirty – but prematurely bald. His face was perfectly round, and he had a very high colour, a white skin, red cheeks, and red lips. His eyes were blue and round too, he wore large gold-rimmed spectacles, and his eyebrows were so fair that you could not see them. He reminded you of those jolly, fat merchants that Rubens painted.

When I told him that I meant to live in Paris for a while, and had taken an apartment, he reproached me bitterly for not having let him know. He would have found me an apartment himself, and lent me furniture – did I really mean that I had gone to the expense of buying it? – and he would have helped me to move in. He really looked upon it as unfriendly that I had not given him the opportunity of making himself useful to me. Meanwhile, Mrs. Stroeve sat quietly mending her stockings, without talking, and she listened to all he said with a quiet smile on her lips.

'So, you see, I'm married', he said suddenly; 'what do you think of my wife?'

He beamed at her, and settled his spectacles on the bridge of his nose. The sweat made them constantly slip down.

'What on earth do you expect me to say to that?' I laughed.

'Really, Dirk', put in Mrs. Stroeve, smiling.

'But isn't she wonderful? I tell you, my boy, lose no time; get married as soon as ever you can. I'm the happiest man alive. Look at her sitting there. Doesn't she make a picture? Chardin, eh? I've seen all the most beautiful women in the world; I've never seen anyone more beautiful than Madame Dirk Stroeve.'

'If you don't be quiet, Dirk, I shall go away.'

'*Mon petit chou*', he said.

She flushed a little, embarrassed by the passion in his tone. His letters had told me that he was very much in love with his wife, and I saw that he could hardly take his eyes off her. I could not tell if she loved him.

Poor pantaloon, he was not an object to excite love, but the smile in her eyes was affectionate and it was possible that her reserve concealed a very deep feeling. She was not the ravishing creature that his love-sick fancy saw, but she had a grave comeliness. She was rather tall, and her gray dress, simple and quite well-cut, did not hide the fact that her figure was beautiful. It was a figure that might have appealed more to the sculptor than to the costumier. Her hair, brown and abundant, was plainly done, her face was very pale, and her features were good without being distinguished. She had quiet gray eyes. She just missed being beautiful, and in missing it was not even pretty. But when Stroeve spoke of Chardin it was not without reason, and she reminded me curiously of that pleasant housewife in her mob-cap and apron whom the great painter has immortalized. I could imagine her sedately busy among her pots and pans, making a ritual of her household duties, so that they acquired a moral significance; I did not suppose that she was clever or could ever be amusing, but there was something in her grave intentness which excited my interest.

Her reserve was not without mystery. I wondered why she had married Dirk Stroeve. Though she was English, I could not exactly place her, and it was not obvious from what rank in society she sprang, what had been her upbringing, or how she had lived before her marriage. She was very silent, but when she spoke it was with a pleasant voice, and her manners were natural.

I asked Stroeve if he was working.

'Working? I'm painting better than I've ever painted before.'

We sat in the studio, and he waved his hand to an unfinished picture on an easel. I gave a little start. He was painting a group of Italian peasants, in the costume of the Campagna, lounging on the steps of a Roman church.

'Is that what you're doing now?' I asked.

'Yes. I can get my models here just as well as in Rome.'

'Don't you think it's very beautiful?' said Mrs. Stroeve.

'This foolish wife of mine thinks I'm a great artist', said he.

His apologetic laugh did not disguise the pleasure that he felt. His eyes lingered on his picture. It was strange that his critical sense, so accurate and unconventional when he dealt with the work of others, should be satisfied in himself with what was hackneyed and vulgar beyond belief.

'Show him some more of your pictures', she said.

'Shall I?'

Though he had suffered so much from the ridicule of his friends, Dirk Stroeve, eager for praise and naïvely self-satisfied, could never resist displaying his work. He brought out a picture of two curly-headed Italian urchins playing marbles.

'Aren't they sweet?' said Mrs. Stroeve.

And then he showed me more. I discovered that in Paris he had been painting just the same stale, obviously picturesque things that he had painted for years in Rome. It was all false, insincere, shoddy; and yet no one was more honest, sincere, and frank than Dirk Stroeve. Who could resolve the contradiction?

I do not know what put it into my head to ask:

'I say, have you by any chance run across a painter called Charles Strickland?'

'You don't mean to say you know him?' cried Stroeve.

'Beast', said his wife.

Stroeve laughed.

'*Ma pauvre chérie.*' He went over to her and kissed both her hands. 'She doesn't like him. How strange that you should know Strickland!'

'I don't like bad manners', said Mrs. Stroeve.

Dirk, laughing still, turned to me to explain.

'You see, I asked him to come here one day and look at my pictures. Well, he came, and I showed him everything I had.' Stroeve hesitated a moment with embarrassment. I do not know why he had begun the story against himself; he felt an awkwardness at finishing it. 'He looked at – at my pictures, and he didn't say anything. I thought he was reserving his judgement till the end. And at last I said: "There, that's the lot!" He said: "I came to ask you to lend me twenty francs."'

'And Dirk actually gave it him', said his wife indignantly.

'I was so taken aback. I didn't like to refuse. He put the money in his pocket, just nodded, said "Thanks", and walked out.'

Dirk Stroeve, telling the story, had such a look of blank astonishment on his round, foolish face that it was almost impossible not to laugh.

'I shouldn't have minded if he'd said my pictures were bad, but he said nothing – nothing.'

'And you *will* tell the story, Dirk', Said his wife.

It was lamentable that one was more amused by the ridiculous figure cut by the Dutchman than outraged by Strickland's brutal treatment of him.

'I hope I shall never see him again', said Mrs. Stroeve.

Stroeve smiled and shrugged his shoulders. He had already recovered his good humour.

'The fact remains that he's a great artist, a very great artist.'

'Strickland?' I exclaimed. 'It can't be the same man.'

'A big fellow with a red beard. Charles Strickland. An Englishman.'

'He had no beard when I knew him, but if he has grown one it might well be red. The man I'm thinking of only began painting five years ago.'

'That's it. He's a great artist.'

'Impossible.'

'Have I ever been mistaken?' Dirk asked me. 'I tell you he has genius. I'm convinced of it. In a hundred years, if you and I are remembered at all, it will be because we knew Charles Strickland.'

I was astonished, and at the same time I was very much excited. I remembered suddenly my last talk with him.

'Where can one see his work?' I asked. 'Is he having any success? Where is he living?'

'No; he has no success. I don't think he's ever sold a picture. When you speak to men about him they only laugh. But I *know* he's a great artist. After all, they laughed at Manet. Corot never sold a picture. I don't know where he lives, but I can take you to see him. He goes to a café in the Avenue de Clichy at seven o'clock every evening. If you like we'll go there tomorrow.'

'I'm not sure if he'll wish to see me. I think I may remind him of a time he prefers to forget. But I'll come all the same. Is there any chance of seeing any of his pictures?'

'Not from him. He won't show you a thing. There's a little dealer I know who has two or three. But you mustn't go without me; you wouldn't understand. I must show them to you myself.'

'Dirk, you make me impatient', said Mrs. Stroeve. 'How can you talk like that about his pictures when he treated you as he did?' She turned to me. 'Do you know, when some Dutch people came here to buy Dirk's pictures he tried to persuade them to buy Strickland's. He insisted on bringing them here to show.'

'What did *you* think of them?' I asked her, smiling.

'They were awful.'

'Ah, sweetheart, you don't understand.'

'Well, your Dutch people were furious with you. They thought you were having a joke with them.'

Dirk Stroeve took off his spectacles and wiped them. His flushed face was shining with excitement.

'Why should you think that beauty, which is the most precious thing in the world, lies like a stone on the beach for the careless passer-by to pick up idly? Beauty is something wonderful and strange that the artist fashions out of the chaos of the world in the torment of his soul. And when he has made it, it is not given to all to know it. To recognize it you must repeat the adventure of the artist. It is a melody that he sings to you, and to hear it again in your own heart you want knowledge and sensitiveness and imagination.'

'Why did I always think your pictures beautiful, Dirk? I admired them the very first time I saw them.'

Stroeve's lips trembled a little.

'Go to bed, my precious. I will walk a few steps with our friend, and then I will come back.'

CHAPTER 20

DIRK Stroeve agreed to fetch me on the following evening and take me to the café at which Strickland was most likely to be found. I was interested to learn that it was the same as that at which Strickland and I had drunk absinthe when I had gone over to Paris to see him. The fact that he had never changed suggested a sluggishness of habit which seemed to me characteristic.

'There he is', said Stroeve, as we reached the café.

Though it was October, the evening was warm, and the tables on the pavement were crowded. I ran my eyes over them, but did not see Strickland.

'Look. Over there, in the corner. He's playing chess.'

I noticed a man bending over a chess-board, but could see only a large felt hat and a red beard. We threaded our way among the tables till we came to him.

'Strickland.'

He looked up.

'Hulloa, fatty. What do you want?'

'I've brought an old friend to see you.'

Strickland gave me a glance, and evidently did not recognize me. He resumed his scrutiny of the chess-board.

'Sit down, and don't make a noise', he said.

He moved a piece and straightway became absorbed in the game. Poor Stroeve gave me a troubled look, but I was not disconcerted by so little. I ordered something to drink, and waited quietly till Strickland had finished. I welcomed the opportunity to examine him at my ease. I certainly should never have known him. In the first place his red beard, ragged and untrimmed, hid much of his face, and his hair was long; but the most surprising change in him was his extreme thinness. It made his great nose protrude more arrogantly; it emphasized his cheek-bones; it made his eyes seem larger. There were deep hollows at his temples. His body was cadaverous. He wore the same suit that I had seen him in five years before; it was torn and stained, threadbare, and it hung upon him loosely, as though it had been made for someone else. I noticed his hands, dirty, with long nails; they were merely bone and sinew, large and strong; but I had forgotten that they were so shapely. He gave me an extraordinary impression as he sat there, his attention riveted on his game – an impression of great strength; and I could not understand why it was that his emaciation somehow made it more striking.

Presently, after moving, he leaned back and gazed with a curious abstraction at his antagonist. This was a fat, bearded Frenchman. The Frenchman considered the position, then broke suddenly into jovial expletives, and with an impatient gesture, gathering up the pieces, flung them into their box. He cursed Strickland freely, then, calling for the waiter, paid for the drinks, and left. Stroeve drew his chair closer to the table.

'Now I suppose we can talk', he said.

Strickland's eyes rested on him, and there was in them a malicious expression. I felt sure he was seeking for some gibe, could think of none, and so was forced to silence.

'I've brought an old friend to see you', repeated Stroeve, beaming cheerfully.

Strickland looked at me thoughtfully for nearly a minute. I did not speak.

'I've never seen him in my life', he said.

I do not know why he said this, for I felt certain I had caught a gleam of recognition in his eyes. I was not so easily abashed as I had been some years earlier.

'I saw your wife the other day', I said. 'I felt sure you'd like to have the latest news of her.'

He gave a short laugh. His eyes twinkled.

'We had a jolly evening together', he said. 'How long ago is it?'

'Five years.'

He called for another absinthe. Stroeve, with voluble tongue, explained how he and I had met, and by what an accident we discovered that we both knew Strickland. I do not know if Strickland listened. He glanced at me once or twice reflectively, but for the most part seemed occupied with his own thoughts; and certainly without Stroeve's babble the conversation would have been difficult. In half an hour the Dutchman, looking at his watch, announced that he must go. He asked whether I would come too. I thought, alone, I might get something out of Strickland, and so answered that I would stay.

When the fat man had left I said:

'Dirk Stroeve thinks you're a great artist.'

'What the hell do you suppose I care?'

'Will you let me see your pictures?'

'Why should I?'

'I might feel inclined to buy one.'

'I might not feel inclined to sell one.'

'Are you making a good living?' I asked, smiling.

He chuckled.

'Do I look it?'

'You look half starved.'

'I am half starved.'

'Then come and let's have a bit of dinner.'

'Why do you ask me?'

'Not out of charity', I answered coolly. 'I don't really care a twopenny damn if you starve or not.'

His eyes lit up again.

'Come on, then', he said, getting up. 'I'd like a decent meal.'

CHAPTER 21

I LET him take me to a restaurant of his choice, but on the way I bought a paper. When he had ordered our dinner, I propped it against a bottle of St. Galmier and began to read. We ate in silence. I felt him looking at me now and again, but I took no notice. I meant to force him to conversation.

'Is there anything in the paper?' he said, as we approached the end of our silent meal.

I fancied there was in his tone a slight note of exasperation.

'I always like to read the *feuilleton* on the drama', I said.

I folded the paper and put it down beside me.

'I've enjoyed my dinner', he remarked.

'I think we might have our coffee here, don't you?'

'Yes.'

We lit our cigars. I smoked in silence. I noticed that now and then his eyes rested on me with a faint smile of amusement. I waited patiently.

'What have you been up to since I saw you last?' he asked at length.

I had not very much to say. It was a record of hard work and of little adventure; of experiments in this direction and in that; of the gradual acquisition of the knowledge of books and of men. I took care to ask Strickland nothing about his own doings. I showed not the least interest in him, and at last I was rewarded. He began to talk of himself. But with his poor gift of expression he gave but indications of what he had gone through, and I had to fill up the gaps with my own imagination. It was tantalising to get no more than hints into a character that interested me so much. It was like making one's way through a mutilated manuscript. I received the impression of a life which was a bitter struggle against every sort of difficulty; but I realized that much which would have seemed horrible to most people did not in the least affect him. Strickland was distinguished from most Englishmen by his perfect indifference to comfort; it did not irk him to live always in one shabby room; he had no need to be surrounded by beautiful things. I do not suppose he had ever noticed how dingy was the paper on the wall of the room in which on my first visit I found him. He did not want arm-chairs to sit in; he really felt more at his ease on a kitchen-chair. He ate with appetite, but was indifferent to what he ate; to him it was only food that he devoured to still the pangs of hunger; and when no food was to be had he seemed capable of doing without. I learned that for six months he had lived on a loaf of bread and a bottle of milk a day. He was a sensual man and yet was indifferent to sensual things. He looked upon privation as no hardship. There was something impressive in the manner in which he lived a life wholly of the spirit.

When the small sum of money which he brought with him from London came to an end he suffered from no dismay. He sold no pictures; I think he made little attempt to sell any; he set about finding some way to make a bit of money. He told me with grim humour of the time he had spent acting as guide to Cockneys who wanted to see the right side of life in Paris; it was an occupation that appealed to his sardonic temper; and somehow or other he had acquired a wide acquaintance with the more disreputable quarters of the city. He told me of the long hours he spent walking about the Boulevard de la Madeleine on the look-out for Englishmen, preferably the worse for liquor, who desired to see things which the law forbade. When in luck he was able to make a tidy sum; but the shabbiness of his clothes at last frightened the sightseers, and he could not find people adventurous enough to trust themselves to him. Then he happened on a job to translate the advertisements of patent medicines which were sent broadcast to the medical profession in England. During a strike he had been employed as a house-painter.

Meanwhile he had never ceased to work at his art; but, soon tiring of the studios, entirely by himself. He had never been so poor that he could not buy canvas and paint, and really he needed nothing else. So far as I could make out, he painted with great difficulty, and in his unwillingness to accept help from anyone lost much time in finding out for himself the solution of technical problems which preceding generations had already worked out one by one. He was aiming at something, I knew not what, and perhaps he hardly knew himself; and I got again more strongly the impression of a man possessed. He did not seem quite sane. It seemed to me that he would not show his pictures because he was really not interested in them. He lived in a dream, and the reality meant nothing to him. I had the feeling that he worked on a canvas with all the force of his violent personality, oblivious of everything in his effort to get what he saw with the mind's eye; and then, having finished, not the picture perhaps, for I had an idea that he seldom brought anything to completion, but the passion that fired him, he lost all care for it. He was never satisfied with what he had done; it seemed to him of no consequence compared with the vision that obsessed his mind.

'Why don't you ever send your work to exhibitions?' I asked. 'I should have thought you'd like to know what people thought about it.'

'Would you?'

I cannot describe the unmeasurable contempt he put into the two words.

'Don't you want fame? It's something that most artists haven't been indifferent to.'

'Children. How can you care for the opinion of the crowd, when you don't care twopence for the opinion of the individual?'

'We're not all reasonable beings', I laughed.

'Who makes fame? Critics, writers, stockbrokers, women.'

'Wouldn't it give you a rather pleasant sensation to think of people you didn't know and had never seen receiving emotions, subtle and passionate, from the work of your hands? Everyone likes power. I can't imagine a more wonderful exercise of it than to move the souls of men to pity or terror.'

'Melodrama.'

'Why do you mind if you paint well or badly?'

'I don't. I only want to paint what I see.'

'I wonder if I could write on a desert island, with the certainty that no eyes but mine would ever see what I had written.'

Strickland did not speak for a long time, but his eyes shone strangely, as though he saw something that kindled his soul to ecstasy.

'Sometimes I've thought of an island lost in a boundless sea, where I could live in some hidden valley, among strange trees, in silence. There I think I could find what I want.'

He did not express himself quite like this. He used gestures instead of adjectives, and he halted. I have put into my own words what I think he wanted to say.

'Looking back on the last five years, do you think it was worth it?' I asked.

He looked at me, and I saw that he did not know what I meant. I explained.

'You gave up a comfortable home and a life as happy as the average. You were fairly prosperous. You seem to have had a rotten time in Paris. If you had your time over again would you do what you did?'

'Rather.'

'Do you know that you haven't asked anything about your wife and children? Do you never think of them?'

'No.'

'I wish you weren't so damned monosyllabic. Have you never had a moment's regret for all the unhappiness you caused them?'

His lips broke into a smile, and he shook his head.

'I should have thought sometimes you couldn't help thinking of the past. I don't mean the past of seven or eight years ago, but further back still, when you first met your wife, and loved her, and married her. Don't you remember the joy with which you first took her in your arms?'

'I don't think of the past. The only thing that matters is the everlasting present.'

I thought for a moment over this reply. It was obscure perhaps, but I thought that I saw dimly his meaning.

'Are you happy?' I asked.

'Yes.'

I was silent. I looked at him reflectively. He held my stare, and presently a sardonic twinkle lit up his eyes.

'I'm afraid you disapprove of me?'

'Nonsense', I answered promptly; 'I don't disapprove of the boa-constrictor; on the contrary, I'm interested in his mental processes.'

'It's a purely professional interest you take in me?'

'Purely.'

'It's only right that you shouldn't disapprove of me. You have a despicable character.'

'Perhaps that's why you feel at home with me', I retorted. He smiled dryly, but said nothing. I wish I knew how to describe his smile. I do not know that it was attractive, but it lit up his face, changing the expression, which was generally sombre, and gave it a look of not ill-natured malice. It was a slow smile, starting and sometimes ending in the eyes; it was very sensual, neither cruel nor kindly, but suggested rather the inhuman glee of the satyr. It was his smile that made me ask him:

'Haven't you been in love since you came to Paris?'

'I haven't got time for that sort of nonsense. Life isn't long enough for love and art.'

'Your appearance doesn't suggest the anchorite.'

'All that business fills me with disgust.'

'Human nature is a nuisance, isn't it?' I said.

'Why are you sniggering at me?'

'Because I don't believe you.'

'Then you're a damned fool.'

I paused, and I looked at him searchingly.

'What's the good of trying to humbug me?' I said.

'I don't know what you mean.'

I smiled.

'Let me tell you. I imagine that for months the matter never comes into your head, and you're able to persuade yourself that you've finished with it for good and all. You rejoice in your freedom, and you feel that at last you can call your soul your own. You seem to walk with your head among the stars. And then, all of a sudden you can't stand it any more, and you notice that all the time your feet have been walking in the mud. And you want to roll yourself in it. And you find some woman, coarse and low and vulgar, some beastly creature in whom all the horror of sex is blatant, and you fall upon her like a wild animal. You drink till you're blind with rage.'

He stared at me without the slightest movement. I held his eyes with mine. I spoke very slowly.

'I'll tell you what must seem strange, that when it's over you feel so extraordinarily pure. You feel like a disembodied spirit, immaterial; and you seem to be able to touch beauty as though it were a palpable thing; and you feel an intimate communion with the breeze, and with the trees breaking into leaf, and with the iridescence of the river. You feel like God. Can you explain that to me?'

He kept his eyes fixed on mine till I had finished, and then he turned away. There was on his face a strange look, and I thought that so might a man look when he had died under the torture. He was silent. I knew that our conversation was ended.

CHAPTER 22

I SETTLED down in Paris and began to write a play. I led a very regular life, working in the morning, and in the afternoon lounging about the gardens of the Luxembourg or sauntering through the streets. I spent long hours in the Louvre, the most friendly of all galleries and the most convenient for meditation; or idled on the quays, fingering second-hand books that I never meant to buy. I read a page here and there, and made acquaintance with a great many authors whom I was content to know thus desultorily. In the evenings I went to see my friends. I looked in often on the Stroeves, and sometimes shared their modest fare. Dirk Stroeve flattered himself on his skill in cooking Italian dishes, and I confess that his *spaghetti* were very much better than his pictures. It was a dinner for a king when he brought in a huge dish of it, succulent with tomatoes, and we ate it together with the good household bread and a bottle of red wine. I grew more intimate with Blanche Stroeve, and I think, because I was English and she knew few English people, she was glad to see me. She was pleasant and simple, but she remained always rather silent, and I knew not why, gave me the impression that she was concealing something. But I thought that was perhaps no more than a natural reserve accentuated by the verbose frankness of her husband. Dirk never concealed anything. He discussed the most intimate matters with a complete lack of self-consciousness. Sometimes he embarrassed his wife, and the only time I saw her put out of countenance was when he insisted on telling me that he had taken a purge, and went into somewhat realistic details on the subject. The perfect seriousness with which he narrated his misfortunes convulsed me with laughter, and this added to Mrs. Stroeve's irritation.

'You seem to like making a fool of yourself', she said.

His round eyes grew rounder still, and his brow puckered in dismay as he saw that she was angry.

'Sweetheart, have I vexed you? I'll never take another. It was only because I was bilious. I lead a sedentary life. I don't take enough exercise. For three days I hadn't ...'

'For goodness' sake, hold your tongue', she interrupted, tears of annoyance in her eyes.

His face fell, and he pouted his lips like a scolded child. He gave me a look of appeal, so that I might put things right, but unable to control myself, I shook with helpless laughter.

We went one day to the picture-dealer in whose shop Stroeve thought he could show me at least two or three of Strickland's pictures, but when we arrived were told that Strickland himself had taken them away. The dealer did not know why.

'But don't imagine to yourself that I make myself bad blood on that account. I took them to oblige Monsieur Stroeve, and I said I would sell them if I could. But really – ' He shrugged his shoulders. 'I'm interested in the young men, but *voyons*, you yourself, Monsieur Stroeve, you don't think there's any talent there.'

'I give you my word of honour, there's no one painting today of whose talent I am more convinced. Take my word for it, you are missing a good affair. Some day those pictures will be worth more than all you have in your shop. Remember Monet, who could not get anyone to buy his pictures for a hundred francs. What are they worth now?'

'True. But there were a hundred as good painters as Monet who couldn't sell their pictures at that time, and their pictures are worth nothing still. How can one tell? Is merit enough to bring success? Don't believe it. *Du reste*, it has still to be proved that this friend of yours has merit. No one claims it for him but Monsieur Stroeve.'

'And how, then, will you recognize merit?' asked Dirk, red in the face with anger.

'There is only one way – by success.'

'Philistine', cried Dirk.

'But think of the great artists of the past – Raphael, Michael Angelo, Ingres, Delacroix – they were all successful.'

'Let us go', said Stroeve to me, 'or I shall kill this man.'

CHAPTER 23

I SAW Strickland not infrequently, and now and then played chess with him. He was of uncertain temper. Sometimes he would sit silent and abstracted, taking no notice of anyone; and at others, when he was in a good humour, he would talk in his own halting way. He never said a clever thing, but he had a vein of brutal sarcasm which was not ineffective, and he always said exactly what he thought. He was indifferent to the susceptibilities of others, and when he wounded them was amused. He was constantly offending Dirk Stroeve so bitterly that he flung away, vowing he would never speak to him again; but there was a solid force in Strickland that attracted the fat Dutchman against his will, so that he came back, fawning like a clumsy dog, though he knew that his only greeting would be the blow he dreaded.

I do not know why Strickland put up with me. Our relations were peculiar. One day he asked me to lend him fifty francs.

'I wouldn't dream of it', I replied.

'Why not?'

'It wouldn't amuse me.'

'I'm frightfully hard up, you know.'

'I don't care.'

'You don't care if I starve?'

'Why on earth should I?' I asked in my turn.

He looked at me for a minute or two, pulling his untidy beard. I smiled at him.

'What are you amused at?' he said, with a gleam of anger in his eyes.

'You're so simple. You recognize no obligations. No one is under any obligation to you.'

'Wouldn't it make you uncomfortable if I went and hanged myself because I'd been turned out of my room as I couldn't pay the rent?'

'Not a bit.'

He chuckled.

'You're bragging. If I really did you'd be overwhelmed with remorse.'

'Try it, and we'll see', I retorted.

A smile flickered in his eyes, and he stirred his absinthe in silence.

'Would you like to play chess?' I asked.

'I don't mind.'

We set up the pieces, and when the board was ready he considered it with a comfortable eye. There is a sense of satisfaction in looking at your men all ready for the fray.

'Did you really think I'd lend you money?' I asked.

'I didn't see why you shouldn't.'

'You surprise me.'

'Why?'

'It's disappointing to find that at heart you are sentimental. I should have liked you better if you hadn't made that ingenuous appeal to my sympathies.'

'I should have despised you if you'd been moved by it', he answered.

'That's better', I laughed.

We began to play. We were both absorbed in the game. When it was finished I said to him:

'Look here, if you're hard up, let me see your pictures. If there's anything I likc I'll buy it.'

'Go to hell', he answered.

He got up and was about to go away. I stopped him.

'You haven't paid for your absinthe', I said, smiling.

He cursed me, flung down the money, and left.

I did not see him for several days after that, but one evening, when I was sitting in the café, reading a paper, he came up and sat beside me.

'You haven't hanged yourself after all', I remarked.

'No. I've got a commission. I'm painting the portrait of a retired plumber for two hundred francs.'

'How did you manage that?'

'The woman where I get my bread recommended me. He'd told

her he was looking out for someone to paint him. I've got to give her twenty francs.'[1]

'What's he like?'

'Splendid. He's got a great red face like a leg of mutton, and on his right cheek there's an enormous mole with long hairs growing out of it.'

Strickland was in a good humour, and when Dirk Stroeve came up and sat down with us he attacked him with ferocious banter. He showed a skill I should never have credited him with in finding the places where the unhappy Dutchman was most sensitive. Strickland employed not the rapier of sarcasm but the bludgeon of invective. The attack was so unprovoked that Stroeve, taken unawares, was defenceless. He reminded you of a frightened sheep running aimlessly hither and thither. He was startled and amazed. At last the tears ran from his eyes. And the worst of it was that, though you hated Strickland, and the exhibition was horrible, it was impossible not to laugh. Dirk Stroeve was one of those unlucky persons whose most sincere emotions are ridiculous.

But after all when I look back upon that winter in Paris, my pleasantest recollection is of Dirk Stroeve. There was something very charming in his little household. He and his wife made a picture which the imagination gratefully dwelt upon, and the simplicity of his love for her had a deliberate grace. He remained absurd, but the sincerity of his passion excited one's sympathy. I could understand how his wife must feel for him, and I was glad that her affection was so tender. If she had any sense of humour, it must amuse her that he

---

1 This picture, formerly in the possession of a wealthy manufacturer at Lille, who fled from that city on the approach of the Germans, is now in the National Gallery at Stockholm. The Swede is adept at the gentle pastime of fishing in troubled waters.

should place her on a pedestal and worship her with such an honest idolatry, but even while she laughed she must have been pleased and touched. He was the constant lover, and though she grew old, losing her rounded lines and her fair comeliness, to him she would certainly never alter. To him she would always be the loveliest woman in the world. There was a pleasing grace in the orderliness of their lives. They had but the studio, a bedroom, and a tiny kitchen. Mrs. Stroeve did all the housework herself; and while Dirk painted bad pictures, she went marketing, cooked the luncheon, sewed, occupied herself like a busy ant all the day; and in the evening sat in the studio, sewing again, while Dirk played music which I am sure was far beyond her comprehension. He played with taste, but with more feeling than was always justified, and into his music poured all his honest, sentimental, exuberant soul.

Their life in its own way was an idyll, and it managed to achieve a singular beauty. The absurdity that clung to everything connected with Dirk Stroeve gave it a curious note, like an unresolved discord, but made it somehow more modern, more human; like a rough joke thrown into a serious scene, it heightened the poignancy which all beauty has.

CHAPTER 24

SHORTLY before Christmas Dirk Stroeve came to ask me to spend the holiday with him. He had a characteristic sentimentality about the day and wanted to pass it among his friends with suitable ceremonies. Neither of us had seen Strickland for two or three weeks – I because I had been busy with friends who were spending a little while in Paris, and Stroeve because, having quarreled with him more violently than usual, he had made up his mind to have nothing more to do with him. Strickland was impossible, and he swore never to speak to him again. But the season touched him with gentle feeling, and he hated the thought of Strickland spending Christmas Day by himself; he ascribed his own emotions to him, and could not bear that on an occasion given up to good fellowship the lonely painter should be abandoned to his own melancholy. Stroeve had set up a Christmas-tree in his studio, and I suspected that we should both find absurd little presents hanging on its festive branches; but he was shy about seeing Strickland again; it was a little humiliating to forgive so easily insults so outrageous, and he wished me to be present at the reconciliation on which he was determined.

We walked together down the Avenue de Clichy, but Strickland was not in the café. It was too cold to sit outside, and we took our places on leather benches within. It was hot and stuffy, and the air was grey with smoke. Strickland did not come, but presently we saw the French painter who occasionally played chess with him. I had formed a casual acquaintance with him, and he sat down at our table. Stroeve asked him if he had seen Strickland.

'He's ill', he said. 'Didn't you know?'

'Seriously?'

'Very, I understand.'

Stroeve's face grew white.

'Why didn't he write and tell me? How stupid of me to quarrel with him! We must go to him at once. He can have no one to look after him. Where does he live?'

'I have no idea', said the Frenchman.

We discovered that none of us knew how to find him. Stroeve grew more and more distressed.

'He might die, and not a soul would know anything about it. It's dreadful. I can't bear the thought. We must find him at once.'

I tried to make Stroeve understand that it was absurd to hunt vaguely about Paris. We must first think of some plan.

'Yes; but all this time he may be dying, and when we get there it may be too late to do anything.'

'Sit still and let us think', I said impatiently.

The only address I knew was the Hôtel des Belges, but Strickland had long left that, and they would have no recollection of him. With that queer idea of his to keep his whereabouts secret, it was unlikely that, on leaving, he had said where he was going. Besides, it was more than five years ago.

I felt pretty sure that he had not moved far. If he continued to frequent the same café as when he had stayed at the hotel, it was probably because it was the most convenient. Suddenly I remembered that he had got his commission to paint a portrait through the baker from whom he bought his bread, and it struck me that there one might find his address. I called for a directory and looked out the bakers. There were five in the immediate neighbourhood, and the only thing was to go to all of them. Stroeve accompanied me unwillingly. His own plan was to run up and down the streets that led out of the Avenue de Clichy and ask at every house if Strickland lived there. My commonplace scheme was, after all, effective, for in the second shop we asked at the woman behind the counter acknowledged that she knew him. She was not certain where he lived, but it was in one of the three houses opposite. Luck favoured us, and in the first we tried the concierge told us that we should find him on the top floor.

'It appears that he's ill', said Stroeve.

'It may be', answered the concierge indifferently. '*En effet*, I have not seen him for several days.'

Stroeve ran up the stairs ahead of me, and when I reached the top floor I found him talking to a workman in his shirtsleeves who had opened a door at which Stroeve had knocked. He pointed to another door. He believed that the person who lived there was a painter. He had not seen him for a week. Stroeve made as though he were about to knock, and then turned to me with a gesture of helplessness. I saw that he was panic-stricken.

'Supposing he's dead?'

'Not he', I said.

I knocked. There was no answer. I tried the handle, and found the door unlocked. I walked in, and Stroeve followed me. The room was in darkness. I could only see that it was an attic, with a sloping roof; and a faint glimmer, no more than a less profound obscurity, came from a skylight.

'Strickland', I called. There was no answer. It was really rather mysterious, and it seemed to me that Stroeve, standing just behind, was trembling in his shoes. For a moment I hesitated to strike a light. I dimly perceived a bed in the corner, and I wondered whether the light would disclose lying on it a dead body.

'Haven't you got a match, you fool?'

Strickland's voice, coming out of the darkness, harshly, made me start.

Stroeve cried out.

'Oh, my God, I thought you were dead.'

I struck a match, and looked about for a candle. I had a rapid glimpse of a tiny apartment, half room, half studio, in which was nothing but a bed, canvases with their faces to the wall, an easel, a table, and a chair.

There was no carpet on the floor. There was no fireplace. On the table, crowded with paints, palette-knives, and litter of all kinds, was the end of a candle. I lit it. Strickland was lying in the bed, uncomfortably because it was too small for him, and he had put all his clothes over him for warmth. It was obvious at a glance that he was in a high fever. Stroeve, his voice cracking with emotion, went up to him.

'Oh, my poor friend, what is the matter with you? I had no idea you were ill. Why didn't you let me know? You must know I'd have done anything in the world for you. Were you thinking of what I said? I didn't mean it. I was wrong. It was stupid of me to take offence.'

'Go to hell', said Strickland.

'Now, be reasonable. Let me make you comfortable. Haven't you anyone to look after you?'

He looked round the squalid attic in dismay. He tried to arrange the bedclothes. Strickland, breathing laboriously, kept an angry silence. He gave me a resentful glance. I stood quite quietly, looking at him.

'If you want to do something for me, you can get me some milk', he said at last. 'I haven't been able to get out for two days.'

There was an empty bottle by the side of the bed, which had contained milk, and in a piece of newspaper a few crumbs.

'What have you been having?' I asked.

'Nothing.'

'For how long?' cried Stroeve. 'Do you mean to say you've had nothing to eat or drink for two days? It's horrible.'

'I've had water.'

His eyes dwelt for a moment on a large can within reach of an outstretched arm.

'I'll go immediately', said Stroeve. 'Is there anything you fancy?'

I suggested that he should get a thermometer, and a few grapes, and some bread. Stroeve, glad to make himself useful, clattered down the stairs.

'Damned fool', muttered Strickland.

I felt his pulse. It was beating quickly and feebly. I asked him one or two questions, but he would not answer, and when I pressed him he turned his face irritably to the wall. The only thing was to wait in silence. In ten minutes Stroeve, panting, came back. Besides what I had suggested, he brought candles, and meat juice, and a spirit-lamp. He was a practical little fellow, and without delay set about making bread-and-milk. I took Strickland's temperature. It was a hundred and four. He was obviously very ill.

CHAPTER 25

PRESENTLY we left him. Dirk was going home to dinner, and I proposed to find a doctor and bring him to see Strickland; but when we got down into the street, fresh after the stuffy attic, the Dutchman begged me to go immediately to his studio. He had something in mind which he would not tell me, but he insisted that it was very necessary for me to accompany him. Since I did not think a doctor could at the moment do any more than we had done, I consented. We found Blanche Stroeve laying the table for dinner. Dirk went up to her, and took both her hands.

'Dear one, I want you to do something for me', he said.

She looked at him with the grave cheerfulness which was one of her charms. His red face was shining with sweat, and he had a look of comic agitation, but there was in his round, surprised eyes an eager light.

'Strickland is very ill. He may be dying. He is alone in a filthy attic, and there is not a soul to look after him. I want you to let me bring him here.'

She withdrew her hands quickly – I had never seen her make so rapid a movement – and her cheeks flushed.

'Oh no.'

'Oh, my dear one, don't refuse. I couldn't bear to leave him where he is. I shouldn't sleep a wink for thinking of him.'

'I have no objection to your nursing him.'

Her voice was cold and distant.

'But he'll die.'

'Let him.'

Stroeve gave a little gasp. He wiped his face. He turned to me for support, but I did not know what to say.

'He's a great artist.'

'What do I care? I hate him.'

'Oh, my love, my precious, you don't mean that. I beseech you to let me bring him here. We can make him comfortable. Perhaps we can save him. He shall be no trouble to you. I will do everything. We'll make him up a bed in the studio. We can't let him die like a dog. It would be inhuman.'

'Why can't he go to a hospital?'

'A hospital! He needs the care of loving hands. He must be treated with infinite tact.'

I was surprised to see how moved she was. She went on laying the table, but her hands trembled.

'I have no patience with you. Do you think if you were ill he would stir a finger to help you?'

'But what does that matter? I should have you to nurse me. It wouldn't be necessary. And besides, I'm different; I'm not of any importance.'

'You have no more spirit than a mongrel cur. You lie down on the ground and ask people to trample on you.'

Stroeve gave a little laugh. He thought he understood the reason of his wife's attitude.

'Oh, my poor dear, you're thinking of that day he came here to look at my pictures. What does it matter if he didn't think them any good? It was stupid of me to show them to him. I dare say they're not very good.'

He looked round the studio ruefully. On the easel was a half-finished picture of a smiling Italian peasant, holding a bunch of grapes over the head of a dark-eyed girl.

'Even if he didn't like them he should have been civil. He needn't have insulted you. He showed that he despised you, and you lick his hand. Oh, I hate him.'

'Dear child, he has genius. You don't think I believe that I have it. I wish I had; but I know it when I see it, and I honour it with all my heart. It's the most wonderful thing in the world. It's a great burden to its possessors. We should be very tolerant with them, and very patient.'

I stood apart, somewhat embarrassed by the domestic scene, and wondered why Stroeve had insisted on my coming with him. I saw that his wife was on the verge of tears.

'But it's not only because he's a genius that I ask you to let me bring him here; it's because he's a human being, and he is ill and poor.'

'I will never have him in my house – never.'

Stroeve turned to me.

'Tell her that it's a matter of life and death. It's impossible to leave him in that wretched hole.'

'It's quite obvious that it would be much easier to nurse him here', I said, 'but of course it would be very inconvenient. I have an idea that someone will have to be with him day and night.'

'My love, it's not you who would shirk a little trouble.'

'If he comes here, I shall go', said Mrs. Stroeve violently.

'I don't recognize you. You're so good and kind.'

'Oh, for goodness' sake, let me be. You drive me to distraction.'

Then at last the tears came. She sank into a chair, and buried her face in her hands. Her shoulders shook convulsively. In a moment Dirk was on his knees beside her, with his arms round her, kissing her, calling her all sorts of pet names, and the facile tears ran down his own cheeks. Presently she released herself and dried her eyes.

'Leave me alone', she said, not unkindly; and then to me, trying to smile: 'What must you think of me?'

Stroeve, looking at her with perplexity, hesitated. His forehead was all puckered, and his red mouth set in a pout. He reminded me oddly of an agitated guinea-pig.

'Then it's No, darling?' he said at last.

She gave a gesture of lassitude. She was exhausted.

'The studio is yours. Everything belongs to you. If you want to bring him here, how can I prevent you?'

A sudden smile flashed across his round face.

'Then you consent? I knew you would. Oh, my precious.'

Suddenly she pulled herself together. She looked at him with haggard eyes. She clasped her hands over her heart as though its beating were intolerable.

'Oh, Dirk, I've never since we met asked you to do anything for me.'

'You know there's nothing in the world that I wouldn't do for you.'

'I beg you not to let Strickland come here. Anyone else you like. Bring a thief, a drunkard, any outcast off the streets, and I promise you I'll do everything I can for them gladly. But I beseech you not to bring Strickland here.'

'But why?'

'I'm frightened of him. I don't know why, but there's something in him that terrifies me. He'll do us some great harm. I know it. I feel it. If you bring him here it can only end badly.'

'But how unreasonable!'

'No, no. I know I'm right. Something terrible will happen to us.'

'Because we do a good action?'

She was panting now, and in her face was a terror which was inexplicable. I do not know what she thought. I felt that she was possessed by some shapeless dread which robbed her of all self-control. As a rule she was so calm; her agitation now was amazing. Stroeve looked at her for a while with puzzled consternation.

'You are my wife; you are dearer to me than anyone in the world. No one shall come here without your entire consent.'

She closed her eyes for a moment, and I thought she was going to faint. I was a little impatient with her. I had not suspected that she was so neurotic a woman. Then I heard Stroeve's voice again. It seemed to break oddly on the silence.

'Haven't you been in bitter distress once when a helping hand was held out to you? You know how much it means. Wouldn't you like to do someone a good turn when you have the chance?'

The words were ordinary enough, and to my mind there was in them something so hortatory that I almost smiled. I was astonished at the effect they had on Blanche Stroeve. She started a little, and gave her husband a long look. His eyes were fixed on the ground. I did not know why he seemed embarrassed. A faint colour came into her cheeks, and then her face became white – more than white, ghastly; you felt that the blood had shrunk away from the whole surface of her body; and even her hands were pale. A shiver passed through her. The silence of the studio seemed to gather body, so that it became an almost palpable presence. I was bewildered.

'Bring Strickland here, Dirk. I'll do my best for him.'

'My precious', he smiled.

He wanted to take her in his arms, but she avoided him.

'Don't be affectionate before strangers, Dirk', she said. 'It makes me feel such a fool.'

Her manner was quite normal again, and no one could have told that so shortly before she had been shaken by such a great emotion.

CHAPTER 26

NEXT day we moved Strickland. It needed a good deal of firmness and still more patience to induce him to come, but he was really too ill to offer any effective resistance to Stroeve's entreaties and to my determination. We dressed him, while he feebly cursed us, got him downstairs, into a cab, and eventually to Stroeve's studio. He was so exhausted by the time we arrived that he allowed us to put him to bed without a word. He was ill for six weeks. At one time it looked as though he could not live more than a few hours, and I am convinced that it was only through the Dutchman's doggedness that he pulled through. I have never known a more difficult patient. It was not that he was exacting and querulous; on the contrary, he never complained, he asked for nothing, he was perfectly silent; but he seemed to resent the care that was taken of him; he received all inquiries about his feelings or his needs with a jibe, a sneer, or an oath. I found him detestable, and as soon as he was out of danger I had no hesitation in telling him so.

'Go to hell', he answered briefly.

Dirk Stroeve, giving up his work entirely, nursed Strickland with tenderness and sympathy. He was dexterous to make him comfortable, and he exercised a cunning of which I should never have thought him capable to induce him to take the medicines prescribed by the doctor. Nothing was too much trouble for him. Though his means were adequate to the needs of himself and his wife, he certainly had no money to waste; but now he was wantonly extravagant in the purchase of delicacies, out of season and dear, which might tempt Strickland's capricious appetite. I shall never forget the tactful patience with which he persuaded him to take nourishment. He was never put out by Strickland's rudeness; if it was merely sullen, he appeared not to notice it; if it was aggressive, he only chuckled. When Strickland, recovering somewhat, was in a good humour and amused himself by laughing at him, he deliberately did absurd things to excite his ridicule. Then he would give me little happy glances, so that I might notice in how much better form the patient was. Stroeve was sublime.

But it was Blanche who most surprised me. She proved herself not only a capable, but a devoted nurse. There was nothing in her to remind you that she had so vehemently struggled against her husband's wish to bring Strickland to the studio. She insisted on doing her share of the offices needful to the sick. She arranged his bed so that it was possible to change the sheet without disturbing him. She washed him. When I remarked on her competence, she told me with that pleasant little smile of hers that for a while she had worked in a hospital. She gave no sign that she hated Strickland so desperately. She did not speak to him much, but she was quick to forestall his wants. For a fortnight it was necessary that someone should stay with him all night, and she took turns at watching with her husband. I wondered what she thought during the long darkness as she sat by the bedside. Strickland was a weird figure as he lay there, thinner than ever, with his ragged red beard and his eyes staring feverishly into vacancy; his illness seemed to have made them larger, and they had an unnatural brightness.

'Does he ever talk to you in the night?' I asked her once.

'Never.'

'Do you dislike him as much as you did?'

'More, if anything.'

She looked at me with her calm grey eyes. Her expression was so placid, it was hard to believe that she was capable of the violent emotion I had witnessed.

'Has he ever thanked you for what you do for him?'

'No', she smiled.

'He's inhuman.'

'He's abominable.'

Stroeve was, of course, delighted with her. He could not do enough to show his gratitude for the whole-hearted devotion with which she had accepted the burden he laid on her. But he was a little puzzled by the behaviour of Blanche and Strickland towards one another.

'Do you know, I've seen them sit there for hours together without saying a word.'

On one occasion, when Strickland was so much better that in a day or two he was to get up, I sat with them in the studio. Dirk and I were talking. Mrs. Stroeve sewed, and I thought I recognized the shirt she was mending as Strickland's. He lay on his back; he did not speak. Once I saw that his eyes were fixed on Blanche Stroeve, and there was in them a curious irony. Feeling their gaze, she raised her own, and for a moment they stared at one another. I could not quite understand her expression. Her eyes had in them a strange perplexity, and perhaps –

but why? – alarm. In a moment Strickland looked away and idly surveyed the ceiling, but she continued to stare at him, and now her look was quite inexplicable.

In a few days Strickland began to get up. He was nothing but skin and bone. His clothes hung upon him like rags on a scarecrow. With his untidy beard and long hair, his features, always a little larger than life, now emphasized by illness, he had an extraordinary aspect; but it was so odd that it was not quite ugly. There was something monumental in his ungainliness. I do not know how to express precisely the impression he made upon me. It was not exactly spirituality that was obvious, though the screen of the flesh seemed almost transparent, because there was in his face an outrageous sensuality; but, though it sounds nonsense, it seemed as though his sensuality were curiously spiritual. There was in him something primitive. He seemed to partake of those obscure forces of nature which the Greeks personified in shapes part human and part beast, the satyr and the faun. I thought of Marsyas, whom the god flayed because he had dared to rival him in song. Strickland seemed to bear in his heart strange harmonies and unadventured patterns, and I foresaw for him an end of torture and despair. I had again the feeling that he was possessed of a devil; but you could not say that it was a devil of evil, for it was a primitive force that existed before good and ill.

He was still too weak to paint, and he sat in the studio, silent, occupied with God knows what dreams, or reading. The books he liked were queer; sometimes I would find him poring over the poems of Mallarmé, and he read them as a child reads, forming the words with his lips, and I wondered what strange emotion he got from those subtle cadences and obscure phrases; and again I found him absorbed in the detective novels of Gaboriau. I amused myself by thinking that in his choice of books he showed pleasantly the irreconcilable sides of his fantastic nature. It was singular to notice that even in the weak state of his body he had no thought for its comfort. Stroeve liked his ease, and in his studio were a couple of heavily upholstered arm-chairs and a large divan. Strickland would not go near them, not from any affectation of stoicism, for I found him seated on a three-legged stool when I went into the studio one day and he was alone, but because he did not like them. For choice he sat on a kitchen chair without arms. It often exasperated me to see him. I never knew a man so entirely indifferent to his surroundings.

CHAPTER 27

TWO or three weeks passed. One morning, having come to a pause in my work, I thought I would give myself a holiday, and I went to the Louvre. I wandered about looking at the pictures I knew so well, and let my fancy play idly with the emotions they suggested. I sauntered into the long gallery, and there suddenly saw Stroeve. I smiled, for his appearance, so rotund and yet so startled, could never fail to excite a smile, and then as I came nearer I noticed that he seemed singularly disconsolate. He looked woebegone and yet ridiculous, like a man who has fallen into the water with all his clothes on, and, being rescued from death, frightened still, feels that he only looks a fool. Turning round, he stared at me, but I perceived that he did not see me. His round blue eyes looked harassed behind his glasses.

'Stroeve', I said.

He gave a little start, and then smiled, but his smile was rueful.

'Why are you idling in this disgraceful fashion?' I asked gaily.

'It's a long time since I was at the Louvre. I thought I'd come and see if they had anything new.'

'But you told me you had to get a picture finished this week.'

'Strickland's painting in my studio.'

'Well?'

'I suggested it myself. He's not strong enough to go back to his own place yet. I thought we could both paint there. Lots of fellows in the Quarter share a studio. I thought it would be fun. I've always thought it would be jolly to have someone to talk to when one was tired of work.'

He said all this slowly, detaching statement from statement with a little awkward silence, and he kept his kind, foolish eyes fixed on mine. They were full of tears.

'I don't think I understand', I said.

'Strickland can't work with anyone else in the studio.'

'Damn it all, it's your studio. That's his look-out.'

He looked at me pitifully. His lips were trembling.

'What happened?' I asked, rather sharply.

He hesitated and flushed. He glanced unhappily at one of the pictures on the wall.

'He wouldn't let me go on painting. He told me to get out.'

'But why didn't you tell him to go to hell?'

'He turned me out. I couldn't very well struggle with him. He threw my hat after me, and locked the door.'

I was furious with Strickland, and was indignant with myself, because Dirk Stroeve cut such an absurd figure that I felt inclined to laugh.

'But what did your wife say?'

'She'd gone out to do the marketing.'

'Is he going to let her in?'

'I don't know.'

I gazed at Stroeve with perplexity. He stood like a schoolboy with whom a master is finding fault.

'Shall I get rid of Strickland for you?' I asked.

He gave a little start, and his shining face grew very red.

'No. You'd better not do anything.'

He nodded to me and walked away. It was clear that for some reason he did not want to discuss the matter. I did not understand.

CHAPTER 28

THE explanation came a week later. It was about ten o' clock at night; I had been dining by myself at a restaurant, and having returned to my small apartment, was sitting in my parlour, reading. I heard the cracked tinkling of the bell, and, going into the corridor, opened the door. Stroeve stood before me.

'Can I come in?' he asked.

In the dimness of the landing I could not see him very well, but there was something in his voice that surprised me. I knew he was of abstemious habit or I should have thought he had been drinking. I led the way into my sitting-room and asked him to sit down.

'Thank God I've found you', he said.

'What's the matter?' I asked in astonishment at his vehemence.

I was able now to see him well. As a rule he was neat in his person, but now his clothes were in disorder. He looked suddenly bedraggled. I was convinced he had been drinking, and I smiled. I was on the point of chaffing him on his state.

'I didn't know where to go', he burst out. 'I came here earlier, but you weren't in.'

'I dined late', I said.

I changed my mind: it was not liquor that had driven him to this obvious desperation. His face, usually so rosy, was now strangely mottled. His hands trembled.

'Has anything happened?' I asked.

'My wife has left me.'

He could hardly get the words out. He gave a little gasp, and the tears began to trickle down his round cheeks. I did not know what to say. My first thought was that she had come to the end of her forbearance with his infatuation for Strickland, and, goaded by the latter's cynical behaviour, had insisted that he should be turned out. I knew her capable of temper, for all the calmness of her manner; and if Stroeve still refused, she might easily have flung out of the studio with vows never to return. But the little man was so distressed that I could not smile.

'My dear fellow, don't be unhappy. She'll come back. You mustn't take very seriously what women say when they're in a passion.'

'You don't understand. She's in love with Strickland.'

'What!' I was startled at this, but the idea had no sooner taken possession of me than I saw it was absurd. 'How can you be so silly? You don't mean to say you're jealous of Strickland?' I almost laughed. 'You know very well that she can't bear the sight of him.'

'You don't understand', he moaned.

'You're an hysterical ass', I said a little impatiently. 'Let me give you a whisky-and-soda, and you'll feel better.'

I supposed that for some reason or other – and Heaven knows what ingenuity men exercise to torment themselves – Dirk had got it into his head that his wife cared for Strickland, and with his genius for blundering he might quite well have offended her so that, to anger him, perhaps, she had taken pains to foster his suspicion.

'Look here', I said, 'let's go back to your studio. If you've made a fool of yourself you must eat humble pie. Your wife doesn't strike me as the sort of woman to bear malice.'

'How can I go back to the studio?' he said wearily. 'They're there. I've left it to them.'

'Then it's not your wife who's left you; it's you who've left your wife.'

'For God's sake don't talk to me like that.'

Still I could not take him seriously. I did not for a moment believe what he had told me. But he was in very real distress.

'Well, you've come here to talk to me about it. You'd better tell me the whole story.'

'This afternoon I couldn't stand it any more. I went to Strickland and told him I thought he was quite well enough to go back to his own place. I wanted the studio myself.'

'No one but Strickland would have needed telling', I said. 'What did he say?'

'He laughed a little; you know how he laughs, not as though he were amused but as though you were a damned fool, and said he'd go at once. He began to put his things together. You remember I fetched from his room what I thought he needed, and he asked Blanche for a piece of paper and some string to make a parcel.'

Stroeve stopped, gasping, and I thought he was going to faint. This was not at all the story I had expected him to tell me.

'She was very pale, but she brought the paper and the string. He didn't say anything. He made the parcel and he whistled a tune. He took no notice of either of us. His eyes had an ironic smile in them. My heart was like lead. I was afraid something was going to happen, and I wished I hadn't spoken. He looked round for his hat. Then she spoke:

"'I'm going with Strickland, Dirk', she said. 'I can't live with you any more.'

'I tried to speak, but the words wouldn't come. Strickland didn't say anything. He went on whistling as though it had nothing to do with him.'

Stroeve stopped again and mopped his face. I kept quite still. I believed him now, and I was astounded. But all the same I could not understand.

Then he told me, in a trembling voice, with the tears pouring down his cheeks, how he had gone up to her, trying to take her in his arms, but she had drawn away and begged him not to touch her. He implored her not to leave him. He told her how passionately he loved her, and reminded her of all the devotion he had lavished upon her. He spoke to her of the happiness of their life. He was not angry with her. He did not reproach her.

'Please let me go quietly, Dirk', she said at last. 'Don't you understand that I love Strickland? Where he goes I shall go.'

'But you must know that he'll never make you happy. For your own sake don't go. You don't know what you've got to look forward to.'

'It's your fault. You insisted on his coming here.'

He turned to Strickland.

'Have mercy on her', he implored him. 'You can't let her do anything so mad.'

'She can do as she chooses', said Strickland. 'She's not forced to come.'

'My choice is made', she said, in a dull voice.

Strickland's injurious calm robbed Stroeve of the rest of his self-control. Blind rage seized him, and without knowing what he was doing he flung himself on Strickland. Strickland was taken by surprise and he staggered, but he was very strong, even after his illness, and in a moment, he did not exactly know how, Stroeve found himself on the floor.

'You funny little man', said Strickland.

Stroeve picked himself up. He noticed that his wife had remained perfectly still, and to be made ridiculous before her increased his humiliation. His spectacles had tumbled off in the struggle, and he could not immediately see them. She picked them up and silently handed them to him. He seemed suddenly to realize his unhappiness, and though he knew he was making himself still more absurd, he began to cry. He hid his face in his hands. The others watched him without a word. They did not move from where they stood.

'Oh, my dear', he groaned at last, 'how can you be so cruel?'

'I can't help myself, Dirk', she answered.

'I've worshipped you as no woman was ever worshipped before. If in anything I did I displeased you, why didn't you tell me, and I'd have changed. I've done everything I could for you.'

She did not answer. Her face was set, and he saw that he was only boring her. She put on a coat and her hat. She moved towards the door, and he saw that in a moment she would be gone. He went up to her quickly and fell on his knees before her, seizing her hands: he abandoned all self-respect.

'Oh, don't go, my darling. I can't live without you; I shall kill myself. If I've done anything to offend you I beg you to forgive me. Give me another chance. I'll try harder still to make you happy.'

'Get up, Dirk. You're making yourself a perfect fool.'

He staggered to his feet, but still he would not let her go.

'Where are you going?' he said hastily. 'You don't know what

Strickland's place is like. You can't live there. It would be awful.'

'If I don't care, I don't see why you should.'

'Stay a minute longer. I must speak. After all, you can't grudge me that.'

'What is the good? I've made up my mind. Nothing that you can say will make me alter it.'

He gulped, and put his hand to his heart to ease its painful beating.

'I'm not going to ask you to change your mind, but I want you to listen to me for a minute. It's the last thing I shall ever ask you. Don't refuse me that.'

She paused, looking at him with those reflective eyes of hers, which now were so indifferent to him. She came back into the studio and leaned against the table.

'Well?'

Stroeve made a great effort to collect himself.

'You must be a little reasonable. You can't live on air, you know. Strickland hasn't got a penny.'

'I know.'

'You'll suffer the most awful privations. You know why he took so long to get well. He was half starved.'

'I can earn money for him.'

'How?'

'I don't know. I shall find a way.'

A horrible thought passed through the Dutchman's mind, and he shuddered.

'I think you must be mad. I don't know what has come over you.'

She shrugged her shoulders.

'Now may I go?'

'Wait one second longer.'

He looked round his studio wearily; he had loved it because her presence had made it gay and home-like; he shut his eyes for an instant; then he gave her a long look as though to impress on his mind the picture of her. He got up and took his hat.

'No; I'll go.'

'You?'

She was startled. She did not know what he meant.

'I can't bear to think of you living in that horrible, filthy attic. After all, this is your home just as much as mine. You'll be comfortable here. You'll be spared at least the worst privations.'

He went to the drawer in which he kept his money and took out several bank-notes.

'I would like to give you half what I've got here.'

He put them on the table. Neither Strickland nor his wife spoke.

Then he recollected something else.

'Will you pack up my clothes and leave them with the concierge? I'll come and fetch them tomorrow.' He tried to smile.' Good-bye, my dear. I'm grateful for all the happiness you gave me in the past.'

He walked out and closed the door behind him. With my mind's eye I saw Strickland throw his hat on a table, and, sitting down, begin to smoke a cigarette.

CHAPTER 29

I KEPT silence for a little while, thinking of what Stroeve had told me. I could not stomach his weakness, and he saw my disapproval.

'You know as well as I do how Strickland lived', he said tremulously. 'I couldn't let her live in those circumstances – I simply couldn't.'

'That's your business', I answered.

'What would *you* have done?' he asked.

'She went with her eyes open. If she had to put up with certain inconveniences it was her own look-out.'

'Yes; but, you see, you don't love her.'

'Do you love her still?'

'Oh, more than ever. Strickland isn't the man to make a woman happy. It can't last. I want her to know that I shall never fail her.'

'Does that mean that you're prepared to take her back?'

'I shouldn't hesitate. Why, she'll want me more than ever then. When she's alone and humiliated and broken it would be dreadful if she had nowhere to go.'

He seemed to bear no resentment. I suppose it was commonplace in me that I felt slightly outraged at his lack of spirit. Perhaps he guessed what was in my mind, for he said:

'I couldn't expect her to love me as I loved her. I'm a buffoon. I'm not the sort of man that women love. I've always known that. I can't blame her if she's fallen in love with Strickland.'

'You certainly have less vanity than any man I've ever known', I said.

'I love her so much better than myself. It seems to me that when vanity comes into love it can only be because really you love yourself best. After all, it constantly happens that a man when he's married falls in love with somebody else; when he gets over it he returns to his wife, and she takes him back, and everyone thinks it very natural. Why should it be different with women?'

'I dare say that's logical', I smiled, 'but most men are made differently, and they can't.'

But while I talked to Stroeve I was puzzling over the suddenness of the whole affair. I could not imagine that he had had no warning. I remembered the curious look I had seen in Blanche Stroeve's eyes; perhaps its explanation was that she was growing dimly conscious of a feeling in her heart that surprised and alarmed her.

'Did you have no suspicion before today that there was anything between them?' I asked.

He did not answer for a while. There was a pencil on the table, and unconsciously he drew a head on the blotting-paper.

'Please say so, if you hate my asking you questions', I said.

'It eases me to talk. Oh, if you knew the frightful anguish in my heart.' He threw the pencil down. 'Yes, I've known it for a fortnight. I knew it before she did.'

'Why on earth didn't you send Strickland packing?'

'I couldn't believe it. It seemed so improbable. She couldn't bear the sight of him. It was more than improbable; it was incredible. I thought it was merely jealousy. You see, I've always been jealous, but I trained myself never to show it; I was jealous of every man she knew; I was jealous of you. I knew she didn't love me as I loved her. That was only natural, wasn't it? But she allowed me to love her, and that was enough to make me happy. I forced myself to go out for hours together in order to leave them by themselves; I wanted to punish myself for suspicions which were unworthy of me; and when I came back I found they didn't want me – not Strickland, he didn't care if I was there or not, but Blanche. She shuddered when I went to kiss her. When at last I was certain I didn't know what to do; I knew they'd only laugh at me if I made a scene. I thought if I held my tongue and pretended not to see, everything would come right. I made up my mind to get him away quietly, without quarrelling. Oh, if you only knew what I've suffered!'

Then he told me again of his asking Strickland to go. He chose his moment carefully, and tried to make his request sound casual; but he could not master the trembling of his voice, and he felt himself that into words that he wished to seem jovial and friendly there crept the bitterness of his jealousy. He had not expected Strickland to take him up on the spot and make his preparations to go there and then; above all, he had not expected his wife's decision to go with him. I saw that now he wished with all his heart that he had held his tongue. He preferred the anguish of jealousy to the anguish of separation.

'I wanted to kill him, and I only made a fool of myself.'

He was silent for a long time, and then he said what I knew was in his mind.

'If I'd only waited, perhaps it would have gone all right. I shouldn't have been so impatient. Oh, poor child, what have I driven her to?'

I shrugged my shoulders, but did not speak. I had no sympathy for Blanche Stroeve, but knew that it would only pain poor Dirk if I told him exactly what I thought of her.

He had reached that stage of exhaustion when he could not stop talking. He went over again every word of the scene. Now something occurred to him that he had not told me before; now he discussed what he ought to have said instead of what he did say; then he lamented his blindness. He regretted that he had done this, and blamed himself that he had omitted the other. It grew later and later, and at last I was as tired as he.

'What are you going to do now?' I said finally.

'What can I do? I shall wait till she sends for me.'

'Why don't you go away for a bit?'

'No, no; I must be at hand when she wants me.'

For the present he seemed quite lost. He had made no plans. When I suggested that he should go to bed he said he could not sleep; he wanted to go out and walk about the streets till day. He was evidently in no state to be left alone. I persuaded him to stay the night with me, and I put him into my own bed. I had a divan in my sitting-room, and could very well sleep on that. He was by now so worn out that he could not resist my firmness. I gave him a sufficient dose of veronal to ensure his unconsciousness for several hours. I thought that was the best service I could render him.

CHAPTER 30

BUT the bed I made up for myself was sufficiently uncomfortable to give me a wakeful night, and I thought a good deal of what the unlucky Dutchman had told me. I was not so much puzzled by Blanche Stroeve's action, for I saw in that merely the result of a physical appeal. I do not suppose she had ever really cared for her husband, and what I had taken for love was no more than the feminine response to caresses and comfort which in the minds of most women passes for it. It is a passive feeling capable of being roused for any object, as the vine can grow on any tree; and the wisdom of the world recognizes its strength when it urges a girl to marry the man who wants her with the assurance that love will follow. It is an emotion made up of the satisfaction in security, pride of property, the pleasure of being desired, the gratification of a household, and it is only by an amiable vanity that women ascribe to it spiritual value. It is an emotion which is defenceless against passion. I suspected that Blanche Stroeve's violent dislike of Strickland had in it from the beginning a vague element of sexual attraction. Who am I that I should seek to unravel the mysterious intricacies of sex? Perhaps Stroeve's passion excited without satisfying that part of her nature, and she hated Strickland because she felt in him the power to give her what she needed. I think she was quite sincere when she struggled against her husband's desire to bring him into the studio; I think she was frightened of him, though she knew not why; and I remembered how she had foreseen disaster. I think in some curious way the horror which she felt for him was a transference of the horror which she felt for herself because he so strangely troubled her. His appearance was wild and uncouth; there was aloofness in his eyes and sensuality in his mouth; he was big and strong; he gave the impression of untamed passion; and perhaps she felt in him, too, that sinister element which had made me think of those wild beings of the world's early history when matter, retaining its early connexion with the earth, seemed to possess yet a spirit of its own. If he affected her at all, it was inevitable that she should love or hate him. She hated him.

And then I fancy that the daily intimacy with the sick man moved her strangely. She raised his head to give him food, and it was heavy against her hand; when she fed him she wiped his sensual mouth and his red beard. She washed his limbs; they were covered with thick hair; and when she dried his hands, even in his weakness they were strong and sinewy. His fingers were long; they were the capable, fashioning fingers of the artist; and I know not what troubling thoughts they excited in her. He slept very quietly, without a movement, so that he might have been dead, and he was like some wild creature of the woods, resting after a long chase; and she wondered what fancies passed through his dreams. Did he dream of the nymph flying through the woods of Greece with the satyr in hot pursuit? She fled, swift of foot and desperate, but he gained on her step by step, till she felt his hot breath on her neck; and still she fled silently, and silently he pursued, and when at last he seized her was it terror that thrilled her heart or was it ecstasy?

Blanche Stroeve was in the cruel grip of appetite. Perhaps she hated Strickland still, but she hungered for him, and everything that had made up her life till then became of no account. She ceased to be a woman, complex, kind and petulant, considerate and thoughtless; she was a Maenad. She was desire.

But perhaps this is very fanciful; and it may be that she was merely bored with her husband and went to Strickland out of a callous curiosity. She may have had no particular feeling for him, but succumbed to his wish from propinquity or idleness, to find then that she was powerless in a snare of her own contriving. How did I know what were the thoughts and emotions behind that placid brow and those cool grey eyes?

But if one could be certain of nothing in dealing with creatures so incalculable as human beings, there were explanations of Blanche Stroeve's behaviour which were at all events plausible. On the other hand, I did not understand Strickland at all. I racked my brain, but could in no way account for an action so contrary to my conception of him. It was not strange that he should so heartlessly have betrayed his friends' confidence, nor that he hesitated not at all to gratify a whim at the cost of another's misery. That was in his character. He was a man without any conception of gratitude. He had no compassion. The emotions common to most of us simply did not exist in him, and it was as absurd to blame him for not feeling them as for blaming the tiger because he is fierce and cruel. But it was the whim I could not understand.

I could not believe that Strickland had fallen in love with Blanche

Stroeve. I did not believe him capable of love. That is an emotion in which tenderness is an essential part, but Strickland had no tenderness either for himself or for others; there is in love a sense of weakness, a desire to protect, an eagerness to do good and to give pleasure – if not unselfishness, at all events a selfishness which marvellously conceals itself; it has in it a certain diffidence. These were not traits which I could imagine in Strickland. Love is absorbing; it takes the lover out of himself; the most clear-sighted, though he may know, cannot realize that this love will cease; it gives body to what he knows is illusion, and, knowing it is nothing else, he loves it better than reality. It makes a man a little more than himself, and at the same time a little less. He ceases to be himself. He is no longer an individual, but a thing, an instrument to some purpose foreign to his ego. Love is never quite devoid of sentimentality, and Strickland was the least inclined to that infirmity of any man I have known. I could not believe that he would ever suffer that possession of himself which love is; he could never endure a foreign yoke. I believed him capable of uprooting from his heart, though it might be with agony, so that he was left battered and ensanguined, anything that came between himself and that uncomprehended craving that urged him constantly to he knew not what. If I have succeeded at all in giving the complicated impression that Strickland made on me, it will not seem outrageous to say that I felt he was at once too great and too small for love.

But I suppose that everyone's conception of the passion is formed on his own idiosyncrasies and it is different with every different person. A man like Strickland would love in a manner peculiar to himself. It was vain to seek the analysis of his emotion.

CHAPTER 31

NEXT day, though I pressed him to remain, Stroeve left me. I offered to fetch his things from the studio, but he insisted on going himself; I think he hoped they had not thought of getting them together, so that he would have an opportunity of seeing his wife again and perhaps inducing her to come back to him. But he found his traps waiting for him in the porter's lodge, and the concierge told him that Blanche had gone out. I do not think he resisted the temptation of giving her an account of his troubles. I found that he was telling them to everyone he knew; he expected sympathy, but only excited ridicule.

He bore himself most unbecomingly. Knowing at what time his wife did her shopping, one day, unable any longer to bear not seeing her, he waylaid her in the street. She would not speak to him, but he insisted on speaking to her. He spluttered out words of apology for any wrong he had committed towards her; he told her he loved her devotedly and begged her to return to him. She would not answer; she walked hurriedly, with averted face. I imagined him with his fat little legs trying to keep up with her. Panting a little in his haste, he told her how miserable he was; he besought her to have mercy on him; he promised, if she would forgive him, to do everything she wanted. He offered to take her for a journey. He told her that Strickland would soon tire of her. When he repeated to me the whole sordid little scene I was outraged. He had shown neither sense nor dignity. He had omitted nothing that could make his wife despise him. There is no cruelty greater than a woman's to a man who loves her and whom she does not love; she has no kindness then, no tolerance even, she has only an insane irritation. Blanche Stroeve stopped suddenly, and as hard as she could slapped her husband's face. She took advantage of his confusion to escape, and ran up the stairs to the studio. No word had passed her lips.

When he told me this he put his hand to his cheek as though he still felt the smart of the blow, and in his eyes was a pain that was heartrending and an amazement that was ludicrous. He looked like an overblown schoolboy, and though I felt so sorry for him, I could hardly help laughing.

Then he took to walking along the street which she must pass through to get to the shops, and he would stand at the corner, on the other side, as she went along. He dared not speak to her again, but sought to put into his round eyes the appeal that was in his heart. I suppose he had some idea that the sight of his misery would touch her. She never made the smallest sign that she saw him. She never even changed the hour of her errands or sought an alternative route. I have an idea that there was some cruelty in her indifference. Perhaps she got enjoyment out of the torture she inflicted. I wondered why she hated him so much.

I begged Stroeve to behave more wisely. His want of spirit was exasperating.

'You're doing no good at all by going on like this', I said. 'I think you'd have been wiser if you'd hit her over the head with a stick. She wouldn't have despised you as she does now.'

I suggested that he should go home for a while. He had often spoken to me of the silent town, somewhere up in the north of Holland, where his parents still lived. They were poor people. His father was a carpenter, and they dwelt in a little old red-brick house, neat and clean, by the side of a sluggish canal. The streets were wide and empty; for two hundred years the place had been dying, but the houses had the homely stateliness of their time. Rich merchants, sending their wares to the distant Indies, had lived in them calm and prosperous lives, and in their decent decay they kept still an aroma of their splendid past. You could wander along the canal till you came to broad green fields, with windmills here and there, in which cattle, black and white, grazed lazily. I thought that amongst those surroundings, with their recollections of his boyhood, Dirk Stroeve would forget his unhappiness. But he would not go.

'I must be here when she needs me', he repeated. 'It would be dreadful if something terrible happened and I were not at hand.'

'What do you think is going to happen?' I asked.

'I don't know. But I'm afraid.'

I shrugged my shoulders.

For all his pain, Dirk Stroeve remained a ridiculous object. He might have excited sympathy if he had grown worn and thin. He did nothing of the kind. He remained fat, and his round, red cheeks shone like ripe apples. He had great neatness of person, and he continued to wear his spruce black coat and his bowler hat, always a little too small for him, in a dapper, jaunty manner. He was getting something of a paunch, and sorrow had no effect on it. He looked more than ever like a prosperous bagman. It is hard that a man's exterior should tally so little sometimes with his soul. Dirk Stroeve had the passion of Romeo in the body of Sir Toby Belch. He had a sweet and generous nature, and yet was always blundering; a real feeling for what was beautiful and the capacity to create only what was commonplace; a peculiar delicacy of sentiment and gross manners. He could exercise tact when dealing with the affairs of others, but none when dealing with his own. What a cruel practical joke old Nature played when she flung so many contradictory elements together, and left the man face to face with the perplexing callousness of the universe.

CHAPTER 32

I DID not see Strickland for several weeks. I was disgusted with him, and if I had had an opportunity should have been glad to tell him so, but I saw no object in seeking him out for the purpose. I am a little shy of any assumption of moral indignation; there is always in it an element of self-satisfaction which makes it awkward to anyone who has a sense of humour. It requires a very lively passion to steel me to my own ridicule. There was a sardonic sincerity in Strickland which made me sensitive to anything that might suggest a pose.

But one evening, when I was passing along the Avenue de Clichy in front of the café which Strickland frequented and which I now avoided, I ran straight into him. He was accompanied by Blanche Stroeve, and they were just going to Strickland's favourite corner.

'Where the devil have you been all this time?' said he. 'I thought you must be away.'

His cordiality was proof that he knew I had no wish to speak to him. He was not a man with whom it was worth while wasting politeness.

'No', I said; 'I haven't been away.'

'Why haven't you been here?'

'There are more cafés in Paris than one, at which to trifle away an idle hour.'

Blanche then held out her hand and bade me good evening. I do not know why I had expected her to be somehow changed; she wore the same grey dress that she wore so often, neat and becoming, and her brow was as candid, her eyes as untroubled, as when I had been used to see her occupied with her household duties in the studio.

'Come and have a game of chess', said Strickland.

I do not know why at the moment I could think of no excuse. I followed them rather sulkily to the table at which Strickland always sat, and he called for the board and the chessmen. They both took the situation so much as a matter of course that I felt it absurd to do otherwise. Mrs. Stroeve watched the game with inscrutable face. She was silent, but she had always been silent. I looked at her mouth for an expression that could give me a clue to what she felt; I watched her eyes for some tell-tale flash, some hint of dismay or bitterness; I scanned her brow for any passing line that might indicate a settling emotion. Her face was a mask that told nothing. Her hands lay on her lap motionless, one in the other loosely clasped. I knew from what I had heard that she was a woman of violent passions; and that injurious blow that she had given Dirk, the man who had loved her so devotedly, betrayed a sudden temper and a horrid cruelty. She had abandoned the safe shelter of her husband's protection and the comfortable ease of a well-provided establishment for what she could not but see was an extreme hazard. It showed an eagerness for adventure, a readiness for the hand-to-mouth, which the care she took of her home and her love of good housewifery made not a little remarkable. She must be a woman of complicated character, and there was something dramatic in the contrast of that with her demure appearance.

I was excited by the encounter, and my fancy worked busily while I sought to concentrate myself on the game I was playing. I always tried my best to beat Strickland, because he was a player who despised the opponent he vanquished; his exultation in victory made defeat more difficult to bear. On the other hand, if he was beaten he took it with complete good humour. He was a bad winner and a good loser. Those who think that a man betrays his character nowhere more clearly than when he is playing a game might on this draw subtle inferences.

When we had finished I called the waiter to pay for the drinks, and left them. The meeting had been devoid of incident. No word had been said to give me anything to think about, and any surmises I might make were unwarranted. I was intrigued. I could not tell how they were getting on. I would have given much to be a disembodied spirit so that I could see them in the privacy of the studio and hear what they talked about. I had not the smallest indication on which to let my imagination work.

CHAPTER 33

TWO or three days later Dirk Stroeve called on me.

'I hear you've seen Blanche', he said.

'How on earth did you find out?'

'I was told by someone who saw you sitting with them. Why didn't you tell me?'

'I thought it would only pain you.'

'What do I care if it does? You must know that I want to hear the smallest thing about her.'

I waited for him to ask me questions.

'What does she look like?' he said.

'Absolutely unchanged.'

'Does she seem happy?'

I shrugged my shoulders.

'How can I tell? We were in a café; we were playing chess; I had no opportunity to speak to her.'

'Oh, but couldn't you tell by her face?'

I shook my head. I could only repeat that by no word, by no hinted gesture, had she given an indication of her feelings. He must know better than I how great were her powers of self-control. He clasped his hands emotionally.

'Oh, I'm so frightened. I know something is going to happen, something terrible, and I can do nothing to stop it.'

'What sort of thing?' I asked.

'Oh, I don't know', he moaned, seizing his head with his hands. 'I foresee some terrible catastrophe.'

Stroeve had always been excitable, but now he was beside himself; there was no reasoning with him. I thought it probable enough that Blanche Stroeve would not continue to find life with Strickland tolerable, but one of the falsest of proverbs is that you must lie on the bed that you have made. The experience of life shows that people are constantly doing things which must lead to disaster, and yet by some chance manage to evade the result of their folly. When Blanche quarrelled with Strickland she had only to leave him, and her husband was waiting humbly to forgive and forget. I was not prepared to feel any great sympathy for her.

'You see, you don't love her', said Stroeve.

'After all, there's nothing to prove that she is unhappy. For all we know they may have settled down into a most domestic couple.'

Stroeve gave me a look with his woeful eyes.

'Of course, it doesn't much matter to you, but to me it's so serious, so intensely serious.'

I was sorry if I had seemed impatient or flippant.

'Will you do something for me?' asked Stroeve.

'Willingly.'

'Will you write to Blanche for me?'

'Why can't you write yourself?'

'I've written over and over again. I didn't expect her to answer. I don't think she reads the letters.'

'You make no account of feminine curiosity. Do you think she could resist?'

'She could – mine.'

I looked at him quickly. He lowered his eyes. That answer of his seemed to me strangely humiliating. He was conscious that she regarded him with an indifference so profound that the sight of his handwriting would have not the slightest effect on her.

'Do you really believe that she'll ever come back to you?' I asked.

'I want her to know that if the worst comes to the worst she can count on me. That's what I want you to tell her.'

I took a sheet of paper.

'What is it exactly you wish me to say?'

This is what I wrote:

DEAR MRS. STROEVE,

Dirk wishes me to tell you that if at any time you want him he will be grateful for the opportunity of being of service to you. He has no ill-feeling towards you on account of anything that has happened. His love for you is unaltered. You will always find him at the following address.

CHAPTER 34

BUT though I was no less convinced than Stroeve that the connexion between Strickland and Blanche would end disastrously, I did not expect the issue to take the tragic form it did. The summer came, breathless and sultry, and even at night there was no coolness to rest one's jaded nerves. The sun-baked streets seemed to give back the heat that had beat down on them during the day, and the passers-by dragged their feet along them wearily. I had not seen Strickland for weeks. Occupied with other things, I had ceased to think of him and his affairs. Dirk, with his vain lamentations, had begun to bore me, and I avoided his society. It was a sordid business, and I was not inclined to trouble myself with it further.

One morning I was working. I sat in my pyjamas. My thoughts wandered, and I thought of the sunny beaches of Brittany and the freshness of the sea. By my side was the empty bowl in which the concierge had brought me my *café au lait* and the fragment of *croissant* which I had not had appetite enough to eat. I heard the concierge in the next room emptying my bath. There was a tinkle at my bell, and I left her to open the door. In a moment I heard Stroeve's voice asking if I was in. Without moving, I shouted to him to come. He entered the room quickly, and came up to the table at which I sat.

'She's killed herself', he said hoarsely.

'What do you mean?' I cried, startled.

He made movements with his lips as though he were speaking, but no sound issued from them. He gibbered like an idiot. My heart thumped against my ribs, and, I do not know why, I flew into a temper.

'For God's sake, collect yourself, man', I said. 'What on earth are you talking about?'

He made despairing gestures with his hands, but still no words came from his mouth. He might have been struck dumb. I do not know what came over me; I took him by the shoulders and shook him. Looking back, I am vexed that I made such a fool of myself. I suppose the last restless nights had shaken my nerves more than I knew.

'Let me sit down', he gasped at length.

I filled a glass with St. Galmier, and gave it to him to drink. I held it to his mouth as though he were a child. He gulped down a mouthful, and some of it was spilt on his shirt-front.

'Who's killed herself?'

I do not know why I asked, for I knew whom he meant. He made an effort to collect himself.

'They had a row last night. He went away.'

'Is she dead?'

'No; they've taken her to the hospital.'

'Then what are you talking about?' I cried impatiently. 'Why did you say she'd killed herself?'

'Don't be cross with me. I can't tell you anything if you talk to me like that.'

I clenched my hands, seeking to control my irritation. I attempted to smile.

'I'm sorry. Take your time. Don't hurry, there's a good fellow.'

His round blue eyes behind the spectacles were ghastly with terror. The magnifying glasses he wore distorted them.

'When the concierge went up this morning to take a letter she could get no answer to her ring. She heard someone groaning. The door wasn't locked, and she went in. Blanche was lying on the bed. She'd been frightfully sick. There was a bottle of oxalic acid on the table.'

Stroeve hid his face in his hands and swayed backwards and

forwards, groaning.

'Was she conscious?'

'Yes. Oh, if you knew how she's suffering. I can't bear it. I can't bear it.'

His voice rose to a shriek.

'Damn it all, you haven't got to bear it', I cried impatiently. 'She's got to bear it.'

'How can you be so cruel?'

'What have you done?'

'They sent for a doctor and for me, and they told the police. I'd given the concierge twenty francs, and told her to send for me if anything happened.'

He paused a minute, and I saw that what he had to tell me was very hard to say.

'When I went she wouldn't speak to me. She told them to send me away. I swore that I forgave her everything, but she wouldn't listen. She tried to beat her head against the wall. The doctor told me that I mustn't remain with her. She kept on saying, "Send him away!" I went, and waited in the studio. And when the ambulance came and they put her on a stretcher, they made me go in the kitchen so that she shouldn't know I was there.'

While I dressed – for Stroeve wished me to go at once with him to the hospital – he told me that he had arranged for his wife to have a private room, so that she might at least be spared the sordid promiscuity of a ward. On our way he explained to me why he desired my presence; if she still refused to see him, perhaps she would see me. He begged me to repeat to her that he loved her still; he would reproach her for nothing, but desired only to help her; he made no claim on her, and on her recovery would not seek to induce her to return to him; she would be perfectly free.

But when we arrived at the hospital, a gaunt, cheerless building, the mere sight of which was enough to make one's heart sick, and after being directed from this official to that, up endless stairs and through long bare corridors, found the doctor in charge of the case, we were told that the patient was too ill to see anyone that day. The doctor was a little bearded man in white, with an off-hand manner. He evidently looked upon a case as a case, and anxious relatives as a nuisance which must be treated with firmness. Moreover, to him the affair was commonplace; it was just an hysterical woman who had quarrelled with her lover and taken poison; it was constantly happening. At first he thought that Dirk was the cause of the disaster, and he was needlessly brusque with him. When I explained that he was the husband, anxious to forgive, the doctor looked at him suddenly, with curious, searching eyes. I seemed to see in them a hint of mockery; it was true that Stroeve had the head of the husband who is deceived. The doctor faintly shrugged his shoulders.

'There is no immediate danger', he said, in answer to our questioning. 'One doesn't know how much she took. It may be that she will get off with a fright. Women are constantly trying to commit suicide for love, but generally they take care not to succeed. It's generally a gesture to arouse pity or terror in their lover.'

There was in his tone a frigid contempt. It was obvious that to him Blanche Stroeve was only a unit to be added to the statistical list of attempted suicides in the city of Paris during the current year. He was busy, and could waste no more time on us. He told us that if we came at a certain hour next day, should Blanche be better, it might be possible for her husband to see her.

CHAPTER 35

I SCARCELY know how we got through that day. Stroeve could not bear to be alone, and I exhausted myself in efforts to distract him. I took him to the Louvre, and he pretended to look at pictures, but I saw that his thoughts were constantly with his wife. I forced him to eat, and after luncheon I induced him to lie down, but he could not sleep. He accepted willingly my invitation to remain for a few days in my apartment. I gave him books to read, but after a page or two he would put the book down and stare miserably into space. During the evening we played innumerable games of piquet, and bravely, not to disappoint my efforts, he tried to appear interested. Finally I gave him a draught, and he sank into uneasy slumber.

When we went again to the hospital we saw a nursing sister. She told us that Blanche seemed a little better, and she went in to ask if she would see her husband. We heard voices in the room in which she lay, and presently the nurse returned to say that the patient refused to see anyone. We had told her that if she refused to see Dirk the nurse was to ask if she would see me, but this she refused also. Dirk's lips trembled.

'I dare not insist', said the nurse. 'She is too ill. Perhaps in a day or two she may change her mind.'

'Is there anyone else she wants to see?' asked Dirk, in a voice so low it was almost a whisper.

'She says she only wants to be left in peace.'

Dirk's hands moved strangely, as though they had nothing to do with his body, with a movement of their own.

'Will you tell her that if there is anyone else she wishes to see I will bring him? I only want her to be happy.'

The nurse looked at him with her calm, kind eyes, which had seen all the horror and pain of the world, and yet, filled with the vision of a world without sin, remained serene.

'I will tell her when she is a little calmer.'

Dirk, filled with compassion, begged her to take the message at once.

'It may cure her. I beseech you to ask her now.'

With a faint smile of pity, the nurse went back into the room. We heard her low voice, and then, in a voice I did not recognize, the answer:

'No. No. No.'

The nurse came out again and shook her head.

'Was that she who spoke then?' I asked. 'Her voice sounded so strange.'

'It appears that her vocal cords have been burnt by the acid.'

Dirk gave a low cry of distress. I asked him to go on and wait for me at the entrance, for I wanted to say something to the nurse. He did not ask what it was, but went silently. He seemed to have lost all power of will; he was like an obedient child.

'Has she told you why she did it?' I asked.

'No. She won't speak. She lies on her back quite quietly. She doesn't move for hours at a time. But she cries always. Her pillow is all wet. She's too weak to use a handkerchief, and the tears just run down her face.'

It gave me a sudden wrench of the heart-strings. I could have killed Strickland then, and I knew that my voice was trembling when I bade the nurse good-bye.

I found Dirk waiting for me on the steps. He seemed to see nothing, and did not notice that I had joined him till I touched him on the arm.

We walked along in silence. I tried to imagine what had happened to drive the poor creature to that dreadful step. I presumed that Strickland knew what had happened, for someone must have been to see him from the police, and he must have made his statement. I did not know where he was. I supposed he had gone back to the shabby attic which served him as a studio. It was curious that she should not wish to see him. Perhaps she refused to have him sent for because she knew he would refuse to come. I wondered what an abyss of cruelty she must have looked into that in horror she refused to live.

CHAPTER 36

THE next week was dreadful. Stroeve went twice a day to the hospital to inquire after his wife, who still declined to see him; and came away at first relieved and hopeful because he was told that she seemed to be growing better, and then in despair because, the complication which the doctor had feared having ensued, recovery was impossible. The nurse was pitiful to his distress, but she had little to say that could console him. The poor woman lay quite still, refusing to speak, with her eyes intent, as though she watched for the coming of death. It could now be only the question of a day or two; and when, late one evening, Stroeve came to see me I knew it was to tell me she was dead. He was absolutely exhausted. His volubility had left him at last, and he sank down wearily on my sofa. I felt that no words of condolence availed, and I let him lie there quietly. I feared he would think it heartless if I read, so I sat by my window, smoking a pipe, till he felt inclined to speak.

'You've been very kind to me', he said at last. 'Everyone's been very kind.'

'Nonsense', I said, a little embarrassed.

'At the hospital they told me I might wait. They gave me a chair, and I sat outside the door. When she became unconscious they said I might go in. Her mouth and chin were all burnt by the acid. It was awful to see her lovely skin all wounded. She died very peacefully, so that I didn't know she was dead till the sister told me.'

He was too tired to weep. He lay on his back limply, as though all the strength had gone out of his limbs, and presently I saw that he had fallen asleep. It was the first natural sleep he had had for a week. Nature, sometimes so cruel, is sometimes merciful. I covered him and turned down the light. In the morning when I awoke he was still asleep. He had not moved. His gold-rimmed spectacles were still on his nose.

CHAPTER 37

THE circumstances of Blanche Stroeve's death necessitated all manner of dreadful formalities, but at last we were allowed to bury her. Dirk and I alone followed the hearse to the cemetery. We went at a foot-pace, but on the way back we trotted, and there was something to my mind singularly horrible in the way the driver of the hearse whipped up his horses. It seemed to dismiss the dead with a shrug of the shoulders. Now and then I caught sight of the swaying hearse in front of us, and our own driver urged his pair so that we might not remain behind. I felt in myself, too, the desire to get the whole thing out of my mind. I was beginning to be bored with a tragedy that did not really concern me, and pretending to myself that I spoke in order to distract Stroeve, I turned with relief to other subjects.

'Don't you think you'd better go away for a bit?' I said. 'There can be no object in your staying in Paris now.'

He did not answer, but I went on ruthlessly:

'Have you made any plans for the immediate future?'

'No.'

'You must try and gather together the threads again. Why don't you go down to Italy and start working?'

Again he made no reply, but the driver of our carriage came to my rescue. Slackening his pace for a moment, he leaned over and spoke. I could not hear what he said, so I put my head out of the window; he wanted to know where we wished to be set down. I told him to wait a minute.

'You'd better come and have lunch with me', I said to Dirk. 'I'll tell him to drop us in the Place Pigalle.'

'I'd rather not. I want to go to the studio.'

I hesitated a moment.

'Would you like me to come with you?' I asked then.

'No; I should prefer to be alone.'

'All right.'

I gave the driver the necessary direction, and in renewed silence we drove on. Dirk had not been to the studio since the wretched morning on which they had taken Blanche to the hospital. I was glad he did not want me to accompany him, and when I left him at the door I walked away with relief. I took a new pleasure in the streets of Paris, and I looked with smiling eyes at the people who hurried to and fro. The day was fine and sunny, and I felt in myself a more acute delight in life. I could not help it; I put Stroeve and his sorrows out of my mind. I wanted to enjoy.

CHAPTER 38

I DID not see him again for nearly a week. Then he fetched me soon after seven one evening and took me out to dinner. He was dressed in the deepest mourning, and on his bowler was a broad black band. He had even a black border to his handkerchief. His garb of woe suggested that he had lost in one catastrophe every relation he had in the world, even to cousins by marriage twice removed. His plumpness and his red, fat cheeks made his mourning not a little incongruous. It was cruel that his extreme unhappiness should have in it something of buffoonery.

He told me he had made up his mind to go away, though not to Italy, as I had suggested, but to Holland.

'I'm starting tomorrow. This is perhaps the last time we shall ever meet.'

I made an appropriate rejoinder, and he smiled wanly.

'I haven't been home for five years. I think I'd forgotten it all; I seemed to have come so far away from my father's house that I was shy at the idea of revisiting it; but now I feel it's my only refuge.'

He was sore and bruised, and his thoughts went back to the tenderness of his mother's love. The ridicule he had endured for years seemed now to weigh him down, and the final blow of Blanche's treachery had robbed him of the resiliency which had made him take it so gaily. He could no longer laugh with those who laughed at him. He was an outcast. He told me of his childhood in the tidy brick house, and of his mother's passionate orderliness. Her kitchen was a miracle of clean brightness. Everything was always in its place, and nowhere could you see a speck of dust. Cleanliness, indeed, was a mania with her. I saw a neat little old woman, with cheeks like apples, toiling away from morning to night, through the long years, to keep her house trim and spruce. His father was a spare old man, his hands gnarled after the work of a lifetime, silent and upright; in the evening he read the paper aloud, while his wife and daughter (now married to the captain of a fishing smack), unwilling to lose a moment, bent over their sewing. Nothing ever happened in that little town, left behind by the advance of civilization, and one year followed the next till death came, like a friend, to give rest to those who had laboured so diligently.

'My father wished me to become a carpenter like himself. For five generations we've carried on the same trade, from father to son. Perhaps that is the wisdom of life, to tread in your father's steps, and look neither to the right nor to the left. When I was a little boy I said I would marry the daughter of the harness-maker who lived next door. She was a little girl with blue eyes and a flaxen pigtail. She would have kept my house like a new pin, and I should have had a son to carry on the business after me.'

Stroeve sighed a little and was silent. His thoughts dwelt among pictures of what might have been, and the safety of the life he had refused filled him with longing.

'The world is hard and cruel. We are here none knows why, and we go none knows whither. We must be very humble. We must see the beauty of quietness. We must go through life so inconspicuously that Fate does not notice us. And let us seek the love of simple, ignorant people. Their ignorance is better than all our knowledge. Let us be silent, content in our little corner, meek and gentle like them. That is the wisdom of life.'

To me it was his broken spirit that expressed itself, and I rebelled against his renunciation. But I kept my own counsel.

'What made you think of being a painter?' I asked.

He shrugged his shoulders.

'It happened that I had a knack for drawing. I got prizes for it at school. My poor mother was very proud of my gift, and she gave me a box of water-colours as a present. She showed my sketches to the pastor and the doctor and the judge. They sent me to Amsterdam to try for a scholarship, and I won it. Poor soul, she was so proud; and though it nearly broke her heart to part from me, she smiled, and would not show me her grief. She was pleased that her son should be an artist. They pinched and saved so that I should have enough to live on, and when my first picture was exhibited they came to Amsterdam to see it, my father and mother and my sister, and my mother cried when she looked at it.' His kind eyes glistened. 'And now on every wall of the old house there is one of my pictures in a beautiful gold frame.'

He glowed with happy pride. I thought of those cold scenes of his, with their picturesque peasants and cypresses and olive-trees. They must look queer in their garish frames on the walls of the peasant house.

'The dear soul thought she was doing a wonderful thing for me when she made me an artist, but perhaps, after all, it would have been better for me if my father's will had prevailed and I were now but an honest carpenter.'

'Now that you know what art can offer, would you change your life? Would you have missed all the delight it has given you?'

'Art is the greatest thing in the world', he answered, after a pause.

He looked at me for a minute reflectively; he seemed to hesitate; then he said:

'Did you know that I had been to see Strickland?'

'You?'

I was astonished. I should have thought he could not bear to set eyes on him. Stroeve smiled faintly.

'You know already that I have no proper pride.'

'What do you mean by that?'

He told me a singular story.

CHAPTER 39

WHEN I left him, after we had buried poor Blanche, Stroeve walked into the house with a heavy heart. Something impelled him to go to the studio, some obscure desire for self-torture, and yet he dreaded the anguish that he foresaw. He dragged himself up the stairs; his feet seemed unwilling to carry him; and outside the door he lingered for a long time, trying to summon up courage to go in. He felt horribly sick. He had an impulse to run down the stairs after me and beg me to go in with him; he had a feeling that there was somebody in the studio. He remembered how often he had waited for a minute or two on the landing to get his breath after the ascent, and how absurdly his impatience to see Blanche had taken it away again. To see her was a delight that never staled, and even though he had not been out an hour he was as excited at the prospect as if they had been parted for a month. Suddenly he could not believe that she was dead. What had happened could only be a dream, a frightful dream; and when he turned the key and opened the door, he would see her bending slightly over the table in the gracious attitude of the woman in Chardin's *Benedicite*, which always seemed to him so exquisite. Hurriedly he took the key out of his pocket, opened, and walked in.

The apartment had no look of desertion. His wife's tidiness was one of the traits which had so much pleased him; his own upbringing had given him a tender sympathy for the delight in orderliness; and when he had seen her instinctive desire to put each thing in its appointed place it had given him a little warm feeling in his heart. The bedroom looked as though she had just left it: the brushes were neatly placed on the toilet-table, one on each side of the comb; someone had smoothed down the bed on which she had spent her last night in the studio; and her nightdress in a little case lay on the pillow. It was impossible to believe that she would never come into that room again.

But he felt thirsty, and went into the kitchen to get himself some water. Here, too, was order. On a rack were the plates that she had used for dinner on the night of her quarrel with Strickland, and they had been carefully washed. The knives and forks were put away in a drawer. Under a cover were the remains of a piece of cheese, and in a tin box was a crust of bread. She had done her marketing from day to day, buying only what was strictly needful, so that nothing was left over from one day to the next. Stroeve knew from the inquiries made by the police that Strickland had walked out of the house immediately after dinner, and the fact that Blanche had washed up the things as usual gave him a little thrill of horror. Her methodicalness made her suicide more deliberate. Her self-possession was frightening. A sudden pang seized him, and his knees felt so weak that he almost fell. He went back into the bedroom and threw himself on the bed. He cried out her name:

'Blanche. Blanche.'

The thought of her suffering was intolerable. He had a sudden vision of her standing in the kitchen – it was hardly larger than a cupboard – washing the plates and glasses, the forks and spoons, giving the knives a rapid polish on the knife-board; and then putting everything away, giving the sink a scrub, and hanging the dish-cloth up to dry – it was there still, a grey, torn rag. Then looking round to see that everything was clean and nice. He saw her roll down her sleeves and remove her apron – the apron hung on a peg behind the door – and take the bottle of oxalic acid and go with it into the bedroom.

The agony of it drove him up from the bed and out of the room. He went into the studio. It was dark, for the curtains had been drawn over the great window, and he pulled them quickly back; but a sob broke from him as with a rapid glance he took in the place where he had been so happy. Nothing was changed here, either. Strickland was indifferent to his surroundings, and he had lived in the other's studio without thinking of altering a thing. It was deliberately artistic. It represented Stroeve's idea of the proper environment for an artist. There were bits of old brocade on the walls, and the piano was covered with a piece of silk, beautiful and tarnished; in one corner was a copy of the Venus of Milo, and in another of the Venus of the Medici. Here and there was an Italian cabinet surmounted with Delft, and here and there a bas-relief. In a handsome gold frame was a copy of Velasquez' Innocent X, that Stroeve had made in Rome, and placed so as to make the most of their decorative effect were a number of Stroeve's pictures, all in splendid frames. Stroeve had always been very proud of his taste. He had never lost his appreciation for the romantic atmosphere of a studio, and though now the sight of it was like a stab in his heart, without thinking what he was at, he changed slightly the position of a Louis XV table which was one of his treasures. Suddenly he caught sight of a canvas with its face to the wall. It was a much larger one than he himself was in the habit of using, and he wondered what it did there. He went over to it and leaned it towards him so that he could see the painting. It was a nude. His heart began to beat quickly, for he guessed at once that it was one of Strickland's pictures. He flung it back against the wall angrily – what did he mean by leaving it there? – but his movement caused it to fall, face downward, on the ground. No matter whose the picture, he could not leave it there in the dust, and he raised it; but then curiosity got the better of him. He thought he would like to have a proper look at it, so he brought it along and set it on the easel. Then he stood back in order to see it at his ease.

He gave a gasp. It was the picture of a woman lying on a sofa, with one arm beneath her head and the other along her body; one knee was raised, and the other leg was stretched out. The pose was classic. Stroeve's head swam. It was Blanche. Grief and jealousy and rage seized him, and he cried out hoarsely; he was inarticulate; he clenched his fists and raised them threateningly at an invisible enemy. He screamed at the top of his voice. He was beside himself. He could not bear it. That was too much. He looked round wildly for some instrument; he wanted to hack the picture to pieces; it should not exist another minute. He could see nothing that would serve his purpose; he rummaged about his painting things; somehow he could not find a thing; he was frantic. At last he came upon what he sought, a large scraper, and he pounced on it with a cry of triumph. He seized it as though it were a dagger, and ran to the picture.

As Stroeve told me this he became as excited as when the incident occurred, and he took hold of a dinner-knife on the table between us, and brandished it. He lifted his arm as though to strike, and then, opening his hand, let it fall with a clatter to the ground. He looked at me with a tremulous smile. He did not speak.

'Fire away', I said.

'I don't know what happened to me. I was just going to make a great hole in the picture, I had my arm all ready for the blow, when suddenly I seemed to see it.'

'See what?'

'The picture. It was a work of art. I couldn't touch it. I was afraid.'

Stroeve was silent again, and he stared at me with his mouth open and his round blue eyes starting out of his head.

'It was a great, a wonderful picture. I was seized with awe. I had nearly committed a dreadful crime. I moved a little to see it better, and my foot knocked against the scraper. I shuddered.'

I really felt something of the emotion that had caught him. I was strangely impressed. It was as though I were suddenly transported into a world in which the values were changed. I stood by, at a loss, like a stranger in a land where the reactions of man to familiar things are all different from those he has known. Stroeve tried to talk to me about the picture, but he was incoherent, and I had to guess at what he meant. Strickland had burst the bonds that hitherto had held him. He had found, not himself, as the phrase goes, but a new soul with unsuspected powers. It was not only the bold simplification of the drawing which showed so rich and so singular a personality; it was not only the painting, though the flesh was painted with a passionate sensuality which had in it something miraculous; it was not only the solidity, so that you felt extraordinarily the weight of the body; there was also a spirituality, troubling and new, which led the imagination along unsuspected ways, and suggested dim empty spaces, lit only by the eternal stars, where the soul, all naked, adventured fearful to the discovery of new mysteries.

If I am rhetorical it was because Stroeve was rhetorical. (Do we not know that man in moments of emotion expresses himself naturally in the terms of a novelette?) Stroeve was trying to express a feeling which he had never known before, and he did not know how to put it into common terms. He was like the mystic seeking to describe the ineffable. But one fact was made clear to me; people talk of beauty lightly, and having no feeling for words, they use that one carelessly, so that it loses its force; and the thing it stands for, sharing its name with a hundred trivial objects, is deprived of dignity. They call beautiful a dress, a dog, a sermon; and when they are face to face with Beauty cannot recognize it. The false emphasis with which they try to deck their worthless thoughts blunts their susceptibilities. Like the charlatan who counterfeits a spiritual force he has sometimes felt, they lose the power they have abused. But Stroeve, the unconquerable buffoon, had a love and an understanding of beauty which were as honest and sincere as was his own sincere and honest soul. It meant to him what God means to the believer, and when he saw it he was afraid.

'What did you say to Strickland when you saw him?'

'I asked him to come with me to Holland.'

I was dumbfounded. I could only look at Stroeve in stupid amazement.

'We both loved Blanche. There would have been room for him in my mother's house. I think the company of poor, simple people would have done his soul a great good. I think he might have learnt from them something that would be very useful to him.'

'What did he say?'

'He smiled a little. I suppose he thought me very silly. He said he had other fish to fry.'

I could have wished that Strickland had used some other phrase to indicate his refusal.

'He gave me the picture of Blanche.'

I wondered why Strickland had done that. But I made no remark, and for some time we kept silence.

'What have you done with all your things?' I said at last.

'I got a Jew in, and he gave me a round sum for the lot. I'm taking my pictures home with me. Besides them I own nothing in the world now but a box of clothes and a few books.'

'I'm glad you're going home', I said.

I felt that his chance was to put all the past behind him. I hoped that the grief which now seemed intolerable would be softened by the lapse of time, and a merciful forgetfulness would help him to take up once more the burden of life. He was young still, and in a few years he would look back on all his misery with a sadness in which there would be something not unpleasurable. Sooner or later he would marry some honest soul in Holland, and I felt sure he would be happy. I smiled at the thought of the vast number of bad pictures he would paint before he died.

Next day I saw him off for Amsterdam.

CHAPTER 40

FOR the next month, occupied with my own affairs, I saw no one connected with this lamentable business, and my mind ceased to be occupied with it. But one day, when I was walking along, bent on some errand, I passed Charles Strickland. The sight of him brought back to me all the horror which I was not unwilling to forget, and I felt in me a sudden repulsion for the cause of it. Nodding, for it would have been childish to cut him, I walked on quickly; but in a minute I felt a hand on my shoulder.

'You're in a great hurry', he said cordially.

It was characteristic of him to display geniality with anyone who showed a disinclination to meet him, and the coolness of my greeting can have left him in little doubt of that.

'I am', I answered briefly.

'I'll walk along with you', he said.

'Why?' I asked.

'For the pleasure of your society.'

I did not answer, and he walked by my side silently. We continued thus for perhaps a quarter of a mile. I began to feel a little ridiculous. At last we passed a stationer's, and it occurred to me that I might as well buy some paper. It would be an excuse to be rid of him.

'I'm going in here', I said. 'Good-bye.'

'I'll wait for you.'

I shrugged my shoulders, and went into the shop. I reflected that French paper was bad, and that, foiled of my purpose, I need not burden myself with a purchase that I did not need. I asked for something I knew could not be provided, and in a minute came out into the street.

'Did you get what you wanted?' he asked.

'No.'

We walked on in silence, and then came to a place where several streets met. I stopped at the kerb.

'Which way do you go?' I inquired.

'Your way', he smiled.

'I'm going home.'

'I'll come along with you and smoke a pipe.'

'You might wait for an invitation', I retorted frigidly.

'I would if I thought there was any chance of getting one.'

'Do you see that wall in front of you?' I said, pointing.

'Yes.'

'In that case I should have thought you could see also that I don't want your company.'

'I vaguely suspected it, I confess.'

I could not help a chuckle. It is one of the defects of my character that I cannot altogether dislike anyone who makes me laugh. But I pulled myself together.

'I think you're detestable. You're the most loathsome beast that it's ever been my misfortune to meet. Why do you seek the society of someone who hates and despises you?'

'My dear fellow, what the hell do you suppose I care what you think of me?'

'Damn it all', I said, more violently because I had an inkling my motive was none too creditable, 'I don't want to know you.'

'Are you afraid I shall corrupt you?'

His tone made me feel not a little ridiculous. I knew that he was looking at me sideways, with a sardonic smile.

'I suppose you are hard up', I remarked insolently.

'I should be a damned fool if I thought I had any chance of borrowing money from you.'

'You've come down in the world if you can bring yourself to flatter.'

He grinned.

'You'll never really dislike me so long as I give you the opportunity to get off a good thing now and then.'

I had to bite my lip to prevent myself from laughing. What he said had a hateful truth in it, and another defect of my character is that I enjoy the company of those, however depraved, who can give me a Roland for my Oliver. I began to feel that my abhorrence for Strickland could only be sustained by an effort on my part. I recognized my moral weakness, but saw that my disapprobation had in it already something of a pose; and I knew that if I felt it, his own keen instinct had discovered it too. He was certainly laughing at me up his sleeve. I left him the last word, and sought refuge in a shrug of the shoulders and taciturnity.

CHAPTER 41

WE arrived at the house in which I lived. I would not ask him to come in with me, but walked up the stairs without a word. He followed me, and entered the apartment on my heels. He had not been in it before, but he never gave a glance at the room I had been at pains to make pleasing to the eye. There was a tin of tobacco on the table, and, taking out his pipe, he filled it. He sat down on the only chair that had no arms and tilted himself on the back legs.

'If you're going to make yourself at home, why don't you sit in an arm-chair?' I asked irritably.

'Why are you concerned about my comfort?'

'I'm not', I retorted, 'but only about my own. It makes me uncomfortable to see someone sit on an uncomfortable chair.'

He chuckled, but did not move. He smoked on in silence, taking no further notice of me, and apparently was absorbed in thought. I wondered why he had come.

Until long habit has blunted the sensibility, there is something disconcerting to the writer in the instinct which causes him to take an interest in the singularities of human nature so absorbing that his moral sense is powerless against it. He recognizes in himself an artistic satisfaction in the contemplation of evil which a little startles him; but sincerity forces him to confess that the disapproval he feels for certain actions is not nearly so strong as his curiosity in their reasons. The character of a scoundrel, logical and complete, has a fascination for his creator which is an outrage to law and order. I expect that Shakespeare devised Iago with a gusto which he never knew when, weaving moonbeams with his fancy, he imagined Desdemona. It may be that in his rogues the writer gratifies instincts deep-rooted in him, which the manners and customs of a civilized world have forced back to the mysterious recesses of the subconscious. In giving to the character of his invention flesh and bones he is giving life to that part of himself which finds no other means of expression. His satisfaction is a sense of liberation.

The writer is more concerned to know than to judge.

There was in my soul a perfectly genuine horror of Strickland, and side by side with it a cold curiosity to discover his motives. I was puzzled by him, and I was eager to see how he regarded the tragedy he had caused in the lives of people who had used him with so much kindness. I applied the scalpel boldly.

'Stroeve told me that picture you painted of his wife was the best thing you've ever done.'

Strickland took his pipe out of his mouth, and a smile lit up his eyes.

'It was great fun to do.'

'Why did you give it him?'

'I'd finished it. It wasn't any good to me.'

'Do you know that Stroeve nearly destroyed it?'

'It wasn't altogether satisfactory.'

He was quiet for a moment or two, then he took his pipe out of his mouth again, and chuckled.

'Do you know that the little man came to see me?'

'Weren't you rather touched by what he had to say?'

'No; I thought it damned silly and sentimental.'

'I suppose it escaped your memory that you'd ruined his life?' I remarked.

He rubbed his bearded chin reflectively.

'He's a very bad painter.'

'But a very good man.'

'And an excellent cook', Strickland added derisively.

His callousness was inhuman, and in my indignation I was not inclined to mince my words.

'As a mere matter of curiosity I wish you'd tell me, have you felt the smallest twinge of remorse for Blanche Stroeve's death?'

I watched his face for some change of expression, but it remained impassive.

'Why should I?' he asked.

'Let me put the facts before you. You were dying, and Dirk Stroeve took you into his own house. He nursed you like a mother. He sacrificed his time and his comfort and his money for you. He snatched you from the jaws of death.'

Strickland shrugged his shoulders.

'The absurd little man enjoys doing things for other people. That's his life.'

'Granting that you owed him no gratitude, were you obliged to go out of your way to take his wife from him? Until you came on the scene they were happy. Why couldn't you leave them alone?'

'What makes you think they were happy?'

'It was evident.'

'You are a discerning fellow. Do you think she could ever have forgiven him for what he did for her?'

'What do you mean by that?'

'Don't you know why he married her?'

I shook my head.

'She was a governess in the family of some Roman prince, and the son of the house seduced her. She thought he was going to marry her. They turned her out into the street neck and crop. She was going to have a baby, and she tried to commit suicide. Stroeve found her and married her.'

'It was just like him. I never knew anyone with so compassionate a heart.'

I had often wondered why that ill-assorted pair had married, but just that explanation had never occurred to me. That was perhaps the cause of the peculiar quality of Dirk's love for his wife. I had noticed in it something more than passion. I remembered also how I had always fancied that her reserve concealed I knew not what; but now I saw in it more than the desire to hide a shameful secret. Her tranquillity was like the sullen calm that broods over an island which has been swept by a hurricane. Her cheerfulness was the cheerfulness of despair. Strickland interrupted my reflections with an observation the profound cynicism of which startled me.

'A woman can forgive a man for the harm he does her', he said, 'but she can never forgive him for the sacrifices he makes on her account.'

'It must be reassuring to you to know that you certainly run no risk of incurring the resentment of the women you come in contact with', I retorted.

A slight smile broke on his lips.

'You are always prepared to sacrifice your principles for a repartee', he answered.

'What happened to the child?'

'Oh, it was still-born, three or four months after they were married.'

Then I came to the question which had seemed to me most puzzling.

'Will you tell me why you bothered about Blanche Stroeve at all?'

He did not answer for so long that I nearly repeated it.

'How do I know?' he said at last. 'She couldn't bear the sight of me. It amused me.'

'I see.'

He gave a sudden flash of anger.

'Damn it all, I wanted her.'

But he recovered his temper immediately, and looked at me with a smile.

'At first she was horrified.'

'Did you tell her?'

'There wasn't any need. She knew. I never said a word. She was frightened. At last I took her.'

I do not know what there was in the way he told me this that extraordinarily suggested the violence of his desire. It was disconcerting and rather horrible. His life was strangely divorced from material things, and it was as though his body at times wreaked a fearful revenge on his spirit. The satyr in him suddenly took possession, and he was powerless in the grip of an instinct which had all the strength of the primitive forces of nature. It was an obsession so complete that there was no room in his soul for prudence or gratitude.

'But why did you want to take her away with you?' I asked.

'I didn't', he answered, frowning. 'When she said she was coming I was nearly as surprised as Stroeve. I told her that when I'd had enough of her she'd have to go, and she said she'd risk that.' He paused a little. 'She had a wonderful body, and I wanted to paint a nude. When I'd finished my picture I took no more interest in her.'

'And she loved you with all her heart.'

He sprang to his feet and walked up and down the small room.

'I don't want love. I haven't time for it. It's weakness. I am a man, and sometimes I want a woman. When I've satisfied my passion I'm ready for other things. I can't overcome my desire, but I hate it; it imprisons my spirit; I look forward to the time when I shall be free from all desire and can give myself without hindrance to my work. Because women can do nothing except love, they've given it a ridiculous importance. They want to persuade us that it's the whole of life. It's an insignificant part. I know lust. That's normal and healthy. Love is a disease. Women are the instruments of my pleasure; I have no patience with their claim to be helpmates, partners, companions.'

I had never heard Strickland speak so much at one time. He spoke with a passion of indignation. But neither here nor elsewhere do I pretend to give his exact words; his vocabulary was small, and he had no gift for framing sentences, so that one had to piece his meaning together out of interjections, the expression of his face, gestures and hackneyed phrases.

'You should have lived at a time when women were chattels and men the masters of slaves', I said.

'It just happens that I am a completely normal man.'

I could not help laughing at this remark, made in all seriousness; but he went on, walking up and down the room like a caged beast, intent on expressing what he felt, but found such difficulty in putting coherently.

'When a woman loves you she's not satisfied until she possesses your soul. Because she's weak she has a rage for domination, and nothing less will satisfy her. She has a small mind, and she resents the abstract which she is unable to grasp. She is occupied with material things, and she is jealous of the ideal. The soul of man wanders through the uttermost regions of the universe, and she seeks to imprison it in the circle of her account-book. Do you remember my wife? I saw Blanche little by little trying all her tricks. With infinite patience she prepared to snare me and bind me. She wanted to bring me down to her level; she cared nothing for me, she only wanted me to be hers. She was willing to do everything in the world for me except the one thing I wanted: to leave me alone.'

I was silent for a while.

'What did you expect her to do when you left her?'

'She could have gone back to Stroeve', he said irritably. 'He was ready to take her.'

'You're inhuman', I answered. 'It's as useless to talk to you about these things as to describe colours to a man who was born blind.'

He stopped in front of my chair, and stood looking down at me with an expression in which I read a contemptuous amazement.

'Do you really care a twopenny damn if Blanche Stroeve is alive or dead?'

I thought over his question, for I wanted to answer it truthfully, at all events to my soul.

'It may be a lack of sympathy in myself if it does not make any great difference to me that she is dead. Life had a great deal to offer her. I think it's terrible that she should have been deprived of it in that cruel way, and I am ashamed because I do not really care.'

'You have not the courage of your convictions. Life has no value. Blanche Stroeve didn't commit suicide because I left her, but because she was a foolish and unbalanced woman. But we've talked about her quite enough; she was an entirely unimportant person. Come, and I'll show you my pictures.'

He spoke as though I were a child that needed to be distracted. I was sore, but not with him so much as with myself. I thought of the happy life that pair had led in the cosy studio in Montmartre, Stroeve and his wife, their simplicity, kindness, and hospitality; it seemed to me cruel that it should have been broken to pieces by a ruthless chance; but the cruellest thing of all was that in fact it made no great difference. The world went on, and no one was a penny the worse for all that wretchedness. I had an idea that Dirk, a man of greater emotional reactions than depth of feeling, would soon forget; and Blanche's life, begun with who knows what bright hopes and what dreams, might just as well have never been lived. It all seemed useless and inane.

Strickland had found his hat, and stood looking at me.

'Are you coming?'

'Why do you seek my acquaintance?' I asked him. 'You know that I hate and despise you.'

He chuckled good-humouredly.

'Your only quarrel with me really is that I don't care a twopenny damn what you think about me.'

I felt my cheeks grow red with sudden anger. It was impossible to make him understand that one might be outraged by his callous selfishness. I longed to pierce his armour of complete indifference. I knew also that in the end there was truth in what he said. Unconsciously, perhaps, we treasure the power we have over people by their regard for our opinion of them, and we hate those upon whom we have no such influence. I suppose it is the bitterest wound to human pride. But I would not let him see that I was put out.

'Is it possible for any man to disregard others entirely?' I said, though more to myself than to him. 'You're dependent on others for everything in existence. It's a preposterous attempt to try to live only for yourself and by yourself. Sooner or later you'll be ill and tired and old, and then you'll crawl back into the herd. Won't you be ashamed when you feel in your heart the desire for comfort and sympathy? You're trying an impossible thing. Sooner or later the human being in you will yearn for the common bonds of humanity.'

'Come and look at my pictures.'

'Have you ever thought of death?'

'Why should I? It doesn't matter.'

I stared at him. He stood before me, motionless, with a mocking smile in his eyes; but for all that, for a moment I had an inkling of a fiery, tortured spirit, aiming at something greater than could be conceived by anything that was bound up with the flesh. I had a fleeting glimpse of a pursuit of the ineffable. I looked at the man before me in his shabby clothes, with his great nose and shining eyes, his red beard and untidy hair; and I had a strange sensation that it was only an envelope, and I was in the presence of a disembodied spirit.

'Let us go and look at your pictures', I said.

CHAPTER 42

I DID not know why Strickland had suddenly offered to show them to me. I welcomed the opportunity. A man's work reveals him. In social intercourse he gives you the surface that he wishes the world to accept, and you can only gain a true knowledge of him by inferences from little actions, of which he is unconscious, and from fleeting expressions, which cross his face unknown to him. Sometimes people carry to such perfection the mask they have assumed that in due course they actually become the person they seem. But in his book or his picture the real man delivers himself defenceless. His pretentiousness will only expose his vacuity. The lath painted to look like iron is seen to be but a lath. No affectation of peculiarity can conceal a commonplace mind. To the acute observer no one can produce the most casual work without disclosing the innermost secrets of his soul.

As I walked up the endless stairs of the house in which Strickland lived, I confess that I was a little excited. It seemed to me that I was on the threshold of a surprising adventure. I looked about the room with curiosity. It was even smaller and more bare than I remembered it. I wondered what those friends of mine would say who demanded vast studios, and vowed they could not work unless all the conditions were to their liking.

'You'd better stand there', he said, pointing to a spot from which, presumably, he fancied I could see to best advantage what he had to show me.

'You don't want me to talk, I suppose', I said.

'No, blast you; I want you to hold your tongue.'

He placed a picture on the easel, and let me look at it for a minute or two; then took it down and put another in its place. I think he showed me about thirty canvases. It was the result of the six years during which he had been painting. He had never sold a picture. The canvases were of different sizes. The smaller were pictures of still-life and the largest were landscapes. There were about half a dozen portraits.

'That is the lot', he said at last.

I wish I could say that I recognized at once their beauty and their great originality. Now that I have seen many of them again and the rest are familiar to me in reproductions, I am astonished that at first sight I was bitterly disappointed. I felt nothing of the peculiar thrill which it is the property of art to give. The impression that Strickland's pictures gave me was disconcerting; and the fact remains, always to reproach me, that I never even thought of buying any. I missed a wonderful chance. Most of them have found their way into museums, and the rest are the treasured possessions of wealthy amateurs. I try to find excuses for myself. I think that my taste is good, but I am conscious that it has no originality. I know very little about painting, and I wander along trails that others have blazed for me. At that time I had the greatest admiration for the Impressionists. I longed to possess a Sisley and a Degas, and I worshipped Manet. His *Olympia* seemed to me the greatest picture of modern times, and *Le Déjeuner sur l'Herbe* moved me profoundly. These works seemed to me the last word in painting.

I will not describe the pictures that Strickland showed me. Descriptions of pictures are always dull, and these, besides, are familiar to all who take an interest in such things. Now that his influence has so enormously affected modern painting, now that others have charted the country which he was among the first to explore, Strickland's pictures, seen for the first time, would find the mind more prepared for them; but it must be remembered that I had never seen anything of the sort. First of all I was taken aback by what seemed to me the clumsiness of his technique. Accustomed to the drawing of the old masters, and convinced that Ingres was the greatest draughtsman of recent times, I thought that Strickland drew very badly. I knew nothing of the simplification at which he aimed. I remembered a still-life of oranges on a plate, and I was bothered because the plate was not round and the oranges were lop-sided. The portraits were a little larger than life-size, and this gave them an ungainly look. To my eyes the faces looked like caricatures. They were painted in a way that was entirely new to me. The landscape puzzled me even more. There were two or three pictures of the forest at Fontainebleau and several of streets in Paris: my first feeling was that they might have been painted by a drunken cab-driver. I was perfectly bewildered. The colour seemed to me extraordinarily crude. It passed through my mind that the whole thing was a stupendous, incomprehensible farce. Now that I look back I am more than ever impressed by Stroeve's acuteness. He saw from the first that here was a revolution in art, and he recognized in its beginnings the genius which now all the world allows.

But if I was puzzled and disconcerted, I was not unimpressed. Even I, in my colossal ignorance, could not but feel that here, trying to express itself, was real power. I was excited and interested. I felt that these pictures had something to say to me that was very important for me to know, but I could not tell what it was. They seemed to me ugly, but they suggested without disclosing a secret of momentous significance. They were strangely tantalizing. They gave me an emotion that I could not analyse. They said something that words were powerless to utter. I fancy that Strickland saw vaguely some spiritual meaning in material things that was so strange that he could only suggest it with halting symbols. It was as though he found in the chaos of the universe a new pattern, and were attempting clumsily, with anguish of soul, to set it down. I saw a tormented spirit striving for the release of expression. I turned to him.

'I wonder if you haven't mistaken your medium', I said.

'What the hell do you mean?'

'I think you're trying to say something; I don't quite know what it is, but I'm not sure that the best way of saying it is by means of painting.'

When I imagined that on seeing his pictures I should get a clue to the understanding of his strange character I was mistaken. They merely increased the astonishment with which he filled me. I was more at sea than ever. The only thing that seemed clear to me – and perhaps even this was fanciful – was that he was passionately striving for liberation from some power that held him. But what the power was and what line the liberation would take remained obscure. Each one of us is alone in the world. He is shut in a tower of brass, and can communicate with his fellows only by signs, and the signs have no common value, so that their sense is vague and uncertain. We seek pitifully to convey to others the treasures of our heart, but they have not the power to accept them, and so we go lonely, side by side but not together, unable to know our fellows and unknown by them. We are like people living in a country whose language they know so little that, with all manner of beautiful and profound things to say, they are condemned to the banalities of the conversation manual. Their brain is seething with ideas, and they can only tell you that the umbrella of the gardener's aunt is in the house.

The final impression I received was of a prodigious effort to express some state of the soul, and in this effect, I fancied, must be sought the explanation of what so utterly perplexed me. It was evident that colours and forms had a significance for Strickland that was peculiar to himself. He was under an intolerable necessity to convey something that he felt, and he created them with that intention alone. He did not hesitate to simplify or to distort if he could get nearer to that unknown thing he sought. Facts were nothing to him, for beneath the mass of irrelevant incidents he looked for something significant to himself. It was as though he had become aware of the soul of the universe and were compelled to express it.Though these pictures confused and puzzled me, I could not be unmoved by the emotion that was patent in them; and, I knew not why, I felt in myself a feeling that with regard to Strickland was the last I had ever expected to experience. I felt an overwhelming compassion.

'I think I know now why you surrendered to your feeling for Blanche Stroeve', I said to him.

'Why?'

'I think your courage failed. The weakness of your body communicated itself to your soul. I do not know what infinite yearning possesses you, so that you are driven to a perilous, lonely search for some goal where you expect to find a final release from the spirit that torments you. I see you as the eternal pilgrim to some shrine that perhaps does not exist. I do not know at what inscrutable Nirvana you aim. Do you know yourself? Perhaps it is Truth and Freedom that you seek, and for a moment you thought that you might find release in Love. I think your tired soul sought rest in a woman's arms, and when you found no rest there you hated her. You had no pity for her, because you have no pity for yourself. And you killed her out of fear, because you trembled still at the danger you had barely escaped.'

He smiled dryly and pulled his beard.

'You are a dreadful sentimentalist, my poor friend.'

A week later I heard by chance that Strickland had gone to Marseilles. I never saw him again.

CHAPTER 43

LOOKING back, I realize that what I have written about Charles Strickland must seem very unsatisfactory. I have given incidents that came to my knowledge, but they remain obscure because I do not know the reason that led to them. The strangest, Strickland's determination to become a painter, seems to be arbitrary; and though it must have had causes in the circumstances of his life, I am ignorant of them. From his own conversation I was able to glean nothing. If I were writing a novel, rather than narrating such facts as I know of a curious personality, I should have invented much to account for this change of heart. I think I should have shown a strong vocation in boyhood, crushed by the will of his father or sacrificed to the necessity of earning a living; I should have pictured him impatient of the restraints of life; and in the struggle between his passion for art and the duties of his station I could have aroused sympathy for him. I should so have made him a more imposing figure. Perhaps it would have been possible to see in him a new Prometheus. There was here, maybe, the opportunity for a modern version of the hero who for the good of mankind exposes himself to the agonies of the damned. It is always a moving subject.

On the other hand, I might have found his motives in the influence of the married relation. There are a dozen ways in which this might be managed. A latent gift might reveal itself on acquaintance with the painters and writers whose society his wife sought; or domestic incompatability might turn him upon himself; a love affair might fan into bright flame a fire which I could have shown smouldering dimly in his heart. I think then I should have drawn Mrs. Strickland quite differently. I should have abandoned the facts and made her a nagging, tiresome woman, or else a bigoted one with no sympathy for the claims of the spirit. I should have made Strickland's marriage a long torment from which escape was the only possible issue. I think I should have emphasized his patience with the unsuitable mate, and the compassion which made him unwilling to throw off the yoke that oppressed him. I should certainly have eliminated the children.

An effective story might also have been made by bringing him into contact with some old painter whom the pressure of want or the desire for commercial success had made false to the genius of his youth, and who, seeing in Strickland the possibilities which himself had wasted, influenced him to forsake all and follow the divine tyranny of art. I think there would have been something ironic in the picture of the successful old man, rich and honoured, living in another the life which he, though knowing it was the better part, had not had the strength to pursue.

The facts are much duller. Strickland, a boy fresh from school, went into a broker's office without any feeling of distaste. Until he married he led the ordinary life of his fellows, gambling mildly on the Exchange, interested to the extent of a sovereign or two on the result of the Derby or the Oxford and Cambridge Race. I think he boxed a little in his spare time. On his chimney-piece he had photographs of Mrs. Langtry and Mary Anderson. He read and punch the *Sporting Times*. He went to dances in Hampstead.

It matters less that for so long I should have lost sight of him. The years during which he was struggling to acquire proficiency in a difficult art were monotonous, and I do not know that there was anything significant in the shifts to which he was put to earn enough money to keep him. An account of them would be an account of the things he had seen happen to other people. I do not think they had any effect on his own character. He must have acquired experiences which would form abundant material for a picaresque novel of modern Paris, but he remained aloof, and judging from his conversation there was nothing in those years that had made a particular impression on him. Perhaps when he went to Paris he was too old to fall a victim to the glamour of his environment. Strange as it may seem, he always appeared to me not only practical, but immensely matter-of-fact. I suppose his life during this period was romantic, but he certainly saw no romance in it. It may be that in order to realize the romance of life you must have something of the actor in you; and, capable of standing outside yourself, you must be able to watch your actions with an interest at once detached and absorbed. But no one was more single-minded than Strickland. I never knew anyone who was less self-conscious. But it is unfortunate that I can give no description of the arduous steps by which he reached such mastery over his art as he ever acquired; for if I could show him undaunted by failure, by an unceasing effort of courage holding despair at bay, doggedly persistent in the face of self-doubt, which is the artist's bitterest enemy, I might excite some sympathy for a personality which, I am all too conscious, must appear singularly devoid of charm. But I have nothing to go on. I never once saw Strickland at work, nor do I know that anyone else did. He kept the secret of his struggles to himself. If in the loneliness of his studio he wrestled desperately with the Angel of the Lord he never allowed a soul to divine his anguish.

When I come to his connexion with Blanche Stroeve I am exasperated by the fragmentariness of the facts at my disposal. To give my story coherence I should describe the progress of their tragic union, but I know nothing of the three months during which they lived together. I do not know how they got on or what they talked about. After all, there are twenty-four hours in the day, and the summits of emotion can only be reached at rare intervals. I can only imagine how they passed the rest of the time. While the light lasted and so long as Blanche's strength endured, I suppose that Strickland painted, and it must have irritated her when she saw him absorbed in his work. As a mistress she did not then exist for him, but only as a model; and then there were long hours in which they lived side by side in silence. It must have frightened her. When Strickland suggested that in her surrender to him there was a sense of triumph over Dirk Stroeve, because he had come to her help in her extremity, he opened the door to many a dark conjecture. I hope it was not true. It seems to me rather horrible. But who can fathom the subtleties of the human heart? Certainly not those who expect from it only decorous sentiments and normal emotions. When Blanche saw that, notwithstanding his moments of passion, Strickland remained aloof, she must have been filled with dismay, and even in those moments I surmise that she realized that to him she was not an individual, but an instrument of pleasure; he was a stranger still, and she tried to bind him to herself with pathetic arts. She strove to ensnare him with comfort and would not see that comfort meant nothing to him. She was at pains to get him the things to eat that he liked, and would not see that he was indifferent to food. She was afraid to leave him alone. She pursued him with attentions, and when his passion was dormant sought to excite it, for then at least she had the illusion of holding him. Perhaps she knew with her intelligence that the chains she forged only aroused his instinct of destruction, as the plateglass window makes your fingers itch for half a brick; but her heart, incapable of reason, made her continue on a course she knew was fatal. She must have been very unhappy. But the blindness of love led her to believe what she wanted to be true, and her love was so great that it seemed impossible to her that it should not in return awake an equal love.

But my study of Strickland's character suffers from a graver defect than my ignorance of many facts. Because they were obvious and striking, I have written of his relations to women; and yet they were but an insignificant part of his life. It is an irony that they should so tragically have affected others. His real life consisted of dreams and of tremendously hard work.

Here lies the unreality of fiction. For in men, as a rule, love is but an episode which takes its place among the other affairs of the day, and the emphasis laid on it in novels gives it an importance which is untrue to life. There are few men to whom it is the most important thing in the world, and they are not very interesting ones; even women, with whom the subject is of paramount interest, have a contempt for them. They are flattered and excited by them, but have an uneasy feeling that they are poor creatures. But even during the brief intervals in which they are in love, men do other things which distract their mind; the trades by which they earn their living engage their attention; they are absorbed in sport; they can interest themselves in art. For the most part, they keep their various activities in various compartments, and they can pursue one to the temporary exclusion of the other. They have a faculty of concentration on that which occupies them at the moment, and it irks them if one encroaches on the other. As lovers, the difference between men and women is that women can love all day long, but men only at times.

With Strickland the sexual appetite took a very small place. It was unimportant. It was irksome. His soul aimed elsewhither. He had violent passions, and on occasion desire seized his body so that he was driven to an orgy of lust, but he hated the instincts that robbed him of his self-possession. I think, even, he hated the inevitable partner in his debauchery. When he had regained command over himself, he shuddered at the sight of the woman he had enjoyed. His thoughts floated then serenely in the empyrean, and he felt towards her the horror that perhaps the painted butterfly, hovering about the flowers, feels for the filthy chrysalis from which it has triumphantly emerged. I suppose that art is a manifestation of the sexual instinct. It is the same emotion which is excited in the human heart by the sight of a lovely woman, the Bay of Naples under the yellow moon, and the *Entombment* of Titian. It is possible that Strickland hated the normal release of sex because it seemed to him brutal by comparison with the satisfaction of artistic creation. It seems strange even to myself when I have described a man who was cruel, selfish, brutal, and sensual, to say that he was a great idealist. The fact remains.

He lived more poorly than an artisan. He worked harder. He cared nothing for those things which with most people make life gracious and beautiful. He was indifferent to money. He cared nothing about fame. You cannot praise him because he resisted the temptation to make any of those compromises with the world which most of us yield to. He had no such temptation. It never entered his head that compromise was possible. He lived in Paris more lonely than an anchorite in the deserts of Thebes. He asked nothing his fellows except that they should leave him alone. He was single-hearted in his aim, and to pursue it he was willing to sacrifice not only himself – many can do that – but others. He had a vision.

Strickland was an odious man, but I still think be was a great one.

CHAPTER 44

A CERTAIN importance attaches to the views on art of painters, and this is the natural place for me to set down what I know of Strickland's opinions of the great artists of the past. I am afraid I have very little worth noting. Strickland was not a conversationalist, and he had no gift for putting what he had to say in the striking phrase that the listener remembers. He had no wit. His humour, as will be seen if I have in any way succeeded in reproducing the manner of his conversation, was sardonic. His repartee was rude. He made one laugh sometimes by speaking the truth, but this is a form of humour which gains its force only by its unusualness; it would cease to amuse if it were commonly practised.

Strickland was not, I should say, a man of great intelligence, and his views on painting were by no means out of the ordinary. I never heard him speak of those whose work had a certain analogy with his own – of Cézanne, for instance, or of Van Gogh; and I doubt very much if he had ever seen their pictures. He was not greatly interested in the Impressionists. Their technique impressed him, but I fancy that he thought their attitude commonplace. When Stroeve was holding forth at length on the excellence of Monet, he said: 'I prefer Winterhalter.' But I dare say he said it to annoy, and if he did he certainly succeeded.

I am disappointed that I cannot report any extravagances in his opinions on the old masters. There is so much in his character which is strange that I feel it would complete the picture if his views were outrageous. I feel the need to ascribe to him fantastic theories about his predecessors, and it is with a certain sense of disillusion that I confess he thought about them pretty much as does everybody else. I do not believe he knew El Greco. He had a great but somewhat impatient admiration for Velasquez. Chardin delighted him, and Rembrandt moved him to ecstasy. He described the impression that Rembrandt made on him with a coarseness I cannot repeat. The only painter that interested him who was at all unexpected was Brueghel the Elder. I knew very little about him at that time, and Strickland had no power to explain himself. I remember what he said about him because it was so unsatisfactory.

'He's all right', said Strickland. 'I bet he found it hell to paint.'

When later, in Vienna, I saw several of Peter Brueghel's pictures, I thought I understood why he had attracted Strickland's attention. Here, too, was a man with a vision of the world peculiar to himself. I made somewhat copious notes at the time, intending to write something about him, but I have lost them, and have now only the recollection of an emotion. He seemed to see his fellow-creatures grotesquely, and he was angry with them because they were grotesque; life was a confusion of ridiculous, sordid happenings, a fit subject for laughter, and yet it made him sorrowful to laugh. Brueghel gave me the impression of a man striving to express in one medium feelings more appropriate to expression in another, and it may be that it was the obscure consciousness of this that excited Strickland's sympathy. Perhaps both were trying to put down in paint ideas which were more suitable to literature.

Strickland at this time must have been nearly forty-seven.

CHAPTER 45

I HAVE said already that but for the hazard of a journey to Tahiti I should doubtless never have written this book. It is thither that after many wanderings Charles Strickland came, and it is there that he painted the pictures on which his fame most securely rests.

I suppose no artist achieves completely the realization of the dream that obsesses him, and Strickland, harassed incessantly by his struggle with technique, managed, perhaps, less than others to express the vision that he saw with his mind's eye; but in Tahiti the circumstances were favourable to him; he found in his surroundings the accidents necessary for his inspiration to become effective, and his later pictures give at least a suggestion of what he sought. They offer the imagination something new and strange. It is as though in this far country his spirit, that had wandered disembodied, seeking a tenement, at last was able to clothe itself in flesh. To use the hackneyed phrase, here he found himself.

It would seem natural that my visit to this remote island should immediately revive my interest in Strickland, but the work I was engaged in occupied my attention to the exclusion of whatever was irrelevant, and it was not till I had been there some days that I even remembered his connexion with it. After all, I had not seen him for fifteen years, and it was nine since he died. But I think my arrival at Tahiti would have driven out of my head matters of much more immediate importance to me, and even after a week I found it not easy to order myself soberly. I remember that on my first morning I awoke early, and when I came on to the terrace of the hotel no one was stirring. I wandered round to the kitchen, but it was locked, and on a bench outside it a native boy was sleeping. There seemed no chance of breakfast for some time, so I sauntered down to the water-front. The Chinamen were already busy in their shops. The sky had still the pallor of dawn, and there was a ghostly silence on the lagoon. Ten miles away the island of Murea, like some high fastness of the Holy Grail, guarded its mystery.

I did not altogether believe my eyes. The days that had passed since I left Wellington seemed extraordinary and unusual. Wellington is trim and neat and English; it reminds you of a seaport town on the South Coast. And for three days afterwards the sea was stormy. Grey clouds chased one another across the sky. Then the wind dropped, and the sea was calm and blue. The Pacific is more desolate than other seas; its spaces seem more vast, and the most ordinary journey upon it has somehow the feeling of an adventure. The air you breathe is an elixir which prepares you for the unexpected. Nor is it vouchsafed to man in the flesh to know aught that more nearly suggests the golden realms of fancy than the approach to Tahiti. Murea, the sister isle, comes into view in rocky splendour, rising from the desert sea mysteriously, like the unsubstantial fabric of a magic wand. With its jagged outline it is like a Montserrat of the Pacific, and you may imagine that there Polynesian knights guard with strange rites mysteries unholy for men to know. The beauty of the island is unveiled as diminishing distance shows you in distincter shape its lovely peaks, but it keeps its secret as you sail by, and, darkly inviolable, seems to fold itself together in a stony, inaccessible grimness. It would not surprise you if, as you came near seeking for an opening in the reef, it vanished suddenly from your view, and nothing met your gaze but the blue loneliness of the Pacific.

Tahiti is a lofty green island, with deep folds of a darker green, in which you divine silent valleys; there is mystery in their sombre depths, down which murmur and plash cool streams, and you feel that in those umbrageous places life from immemorial times has been led according to immemorial ways. Even here is something sad and terrible. But the impression is fleeting, and serves only to give a greater acuteness to the enjoyment of the moment. It is like the sadness which you may see in the jester's eyes when a merry company is laughing at his sallies; his lips smile and his jokes are gayer because in the communion of laughter he finds himself more intolerably alone. For Tahiti is smiling and friendly; it is like a lovely woman graciously prodigal of her charm and beauty; and nothing can be more conciliatory than the entrance into the harbour at Papeete. The schooners moored to the quay are trim and neat, the little town along the bay is white and urbane, and the flamboyants, scarlet against the blue sky, flaunt their colour like a cry of passion. They are sensual with an unashamed violence that leaves you breathless. And the crowd that throngs the wharf as the steamer draws alongside is gay and debonair; it is a noisy, cheerful, gesticulating crowd. It is a sea of brown faces. You have an impression of coloured movement against the flaming blue of the sky. Everything is done with a great deal of bustle, the unloading of the baggage, the examination of the customs; and everyone seems to smile at you. It is very hot. The colour dazzles you.

CHAPTER 46

I HAD not been in Tahiti long before I met Captain Nichols. He came in one morning when I was having breakfast on the terrace of the hotel and introduced himself. He had heard that I was interested in Charles Strickland, and announced that he was come to have a talk about him. They are as fond of gossip in Tahiti as in an English village, and one or two inquiries I had made for pictures by Strickland had been quickly spread. I asked the stranger if he had breakfasted.

'Yes; I have my coffee early', he answered, 'but I don't mind having a drop of whisky.'

I called the Chinese boy.

'You don't think it's too early?' said the Captain.

'You and your liver must decide that between you', I replied.

'I'm practically a teetotaller', he said, as he poured himself out a good half-tumbler of Canadian Club.

When he smiled he showed broken and discoloured teeth. He was a very lean man, of no more than average height, with grey hair cut short and a stubbly grey moustache. He had not shaved for a couple of days. His face was deeply lined, burned brown by long exposure to the sun, and he had a pair of small blue eyes which were astonishingly shifty. They moved quickly, following my smallest gesture, and gave him the look of a very thorough rogue. But at the moment he was all heartiness and good-fellowship. He was dressed in a bedraggled suit of khaki, and his hands would have been all the better for a wash.

'I knew Strickland well', he said, as he leaned back in his chair and lit the cigar I had offered him. 'It's through me he came out to the islands.'

'Where did you meet him?' I asked.

'In Marseilles.'

'What were you doing there?'

He gave me an ingratiating smile.

'Well, I guess I was on the beach.'

My friend's appearance suggested that he was now in the same predicament, and I prepared myself to cultivate an agreeable acquaintance. The society of beach-combers always repays the small pains you need be at to enjoy it. They are easy of approach and affable in conversation. They seldom put on airs, and the offer of a drink is a sure way to their hearts. You need no laborious steps to enter upon familiarity with them, and you can earn not only their confidence, but their gratitude, by turning an attentive ear to their discourse.

They look upon conversation as the great pleasure of life, thereby proving the excellence of their civilization, and for the most part they are entertaining talkers. The extent of their experience is pleasantly balanced by the fertility of their imagination. It cannot be said that they are without guile, but they have a tolerant respect for the law, when the law is supported by strength. It is hazardous to play poker with them, but their ingenuity adds a peculiar excitement to the best game in the world. I came to know Captain Nichols very well before I left Tahiti, and I am the richer for his acquaintance. I do not consider that the cigars and whisky he consumed at my expense (he always refused cocktails, since he was practically a teetotaller), and the few dollars, borrowed with a civil air of conferring a favour upon me, that passed from my pocket to his, were in any way equivalent to the entertainment he afforded me. I remained his debtor. I should be sorry if my conscience, insisting on a rigid attention to the matter in hand, forced me to dismiss him in a couple of lines.

I do not know why Captain Nichols first left England. It was a matter upon which he was reticent, and with persons of his kidney a direct question is never very discreet. He hinted at undeserved misfortune, and there is no doubt that he looked upon himself as the victim of injustice. My fancy played with the various forms of fraud and violence, and I agreed with him sympathetically when he remarked that the authorities in the old country were so damned technical. But it was nice to see that any unpleasantness he had endured in his native land had not impaired his ardent patriotism. He frequently declared that England was the finest country in the world, sir, and he felt a lively superiority over Americans, Colonials, Dagos, Dutchmen, and Kanakas.

But I do not think he was a happy man. He suffered from dyspepsia, and he might often be seen sucking a tablet of pepsin; in the morning his appetite was poor; but this affiliction alone would hardly have impaired his spirits. He had a greater cause of discontent with life than this. Eight years before he had rashly married a wife. There are men whom a merciful Providence has undoubtedly ordained to a single life, but who from wilfulness or through circumstances they could not cope with have flown in the face of its decrees. There is no object more deserving of pity than the married bachelor. Of such was Captain Nichols. I met his wife. She was a woman of twenty-eight, I should think, though of a type whose age is always doubtful; for she cannot have looked different when she was twenty, and at forty would look no older. She gave me an impression of extraordinary tightness. Her plain face with its narrow lips was tight, her skin was stretched tightly over her bones, her smile was tight, her hair was tight, her clothes were tight, and the white drill she wore had all the effect of black bombazine. I could not imagine why Captain Nichols had married her, and having married her why he had not deserted her. Perhaps he had, often, and his melancholy arose from the fact that he could never succeed. However far he went and in howsoever secret a place he hid himself, I felt sure that Mrs. Nichols, inexorable as fate and remorseless as conscience, would presently rejoin him. He could as little escape her as the cause can escape the effect.

The rogue, like the artist and perhaps the gentleman, belongs to no class. He is not embarrassed by the *sans-gêne* of the hobo, nor put out of countenance by the etiquette of the prince. But Mrs. Nichols belonged to the well-defined class, of late become vocal, which is known as the lower-middle. Her father, in fact, was a policeman. I am certain that he was an efficient one. I do not know what her hold was on the Captain, but I do not think it was love. I never heard her speak, but it may be that in private she had a copious conversation. At any rate Captain Nichols was frightened to death of her. Sometimes, sitting with me on the terrace of the hotel, he would become conscious that she was walking in the road outside. She did not call him; she gave no sign that she was aware of his existence; she merely walked up and down composedly. Then a strange uneasiness would seize the Captain; he would look at his watch and sigh.

'Well, I must be off', he said.

Neither wit nor whisky could detain him then. Yet he was a man who had faced undaunted hurricane and typhoon, and would not have hesitated to fight a dozen unarmed niggers with nothing but a revolver to help him. Sometimes Mrs. Nichols would send her daughter, a pale-faced, sullen child of seven, to the hotel.

'Mother wants you', she said, in a whining tone.

'Very well, my dear', said Captain Nichols.

He rose to his feet at once, and accompanied his daughter along the road. I suppose it was a very pretty example of the triumph of spirit over matter, and so my digression has at least the advantage of a moral.

CHAPTER 47

I HAVE tried to put some connexion into the various things Captain Nichols told me about Strickland, and I here set them down in the best order I can. They made one another's acquaintance during the latter part of the winter following my last meeting with Strickland in Paris. How he had passed the intervening months I do not know, but life must have been very hard, for Captain Nichols saw him first in the Asile de Nuit. There was a strike at Marseilles at the time, and Strickland, having come to the end of his resources, had apparently found it impossible to earn the small sum he needed to keep body and soul together.

The Asile de Nuit is a large stone building where pauper and vagabond may get a bed for a week, provided their papers are in order and they can persuade the friars in charge that they are working-men. Captain Nichols noticed Strickland for his size and his singular appearance among the crowd that waited for the doors to open; they waited listlessly, some walking to and fro, some leaning against the wall, and others seated on the kurb with their feet in the gutter; and when they filed into the office he heard the monk who read his papers address him in English. But he did not have a chance to speak to him, since, as he entered the common-room, a monk came in with a huge Bible in his arms, mounted a pulpit which was at the end of the room, and began the service which the wretched outcasts had to endure as the price of their lodging. He and Strickland were assigned to different rooms, and when, thrown out of bed at five in the morning by a stalwart monk, he had made his bed and washed his face, Strickland had already disappeared. Captain Nichols wandered about the streets for an hour of bitter cold, and then made his way to the Place Victor Gélu, where the sailor-men are wont to congregate. Dozing against the pedestal of a statue, he saw Strickland again. He gave him a kick to awaken him.

'Come and have breakfast, mate', he said.

'Go to hell', answered Strickland.

I recognized my friend's limited vocabulary, and I prepared to regard Captain Nichols as a trustworthy witness.

'Busted?' asked the Captain.

'Blast you', answered Strickland.

'Come along with me. I'll get you some breakfast.'

After a moment's hesitation, Strickland scrambled to his feet, and together they went to the Bouchée de Pain, where the hungry are given a wedge of bread, which they must eat there and then, for it is forbidden to take it away; and then to the Cuillère de Soupe, where for a week, at eleven and four, you may get a bowl of thin, salt soup. The two buildings are placed far apart, so that only the starving should be tempted to make use of them. So they had breakfast, and so began the queer companionship of Charles Strickland and Captain Nichols.

They must have spent something like four months at Marseilles in one another's society. Their career was devoid of adventure, if by adventure you mean unexpected or thrilling incident, for their days were occupied in the pursuit of enough money to get a night's lodging and such food as would stay the pangs of hunger. But I wish I could give here the pictures, coloured and racy, which Captain Nichols' vivid narrative offered to the imagination. His account of their discoveries in the low life of a seaport town would have made a charming book, and in the various characters that came their way the student might easily have found matter for a very complete dictionary of rogues. But I must content myself with a few paragraphs. I received the impression of a life intense and brutal, savage, multicoloured, and vivacious. It made the Marseilles that I knew, gesticulating and sunny, with its comfortable hotels and its restaurants crowded with the well-to-do, tame and commonplace. I envied men who had seen with their own eyes the sights that Captain Nichols described.

When the doors of the Asile de Nuit were closed to them, Strickland and Captain Nichols sought the hospitality of Tough Bill. This was the master of a sailors' boarding-house, a huge mulatto with a heavy fist, who gave the stranded mariner food and shelter till he found him a berth. They lived with him a month, sleeping with a dozen others, Swedes, Negroes, Brazilians, on the floor of the two bare rooms in his house which he assigned to his charges; and every day they went with him to the Place Victor Gélu, whither came ships' captains in search of a man. He was married to an American woman, obese and slatternly, fallen to this pass by Heaven knows what process of degradation, and every day the boarders took it in turns to help her with the housework. Captain Nichols looked upon it as a smart piece of work on Strickland's part that he had got out of this by painting a portrait of Tough Bill. Tough Bill not only paid for the canvas, colours, and brushes, but gave Strickland a pound of smuggled tobacco into the bargain. For all I know, this picture may still adorn the parlour of the tumble-down little house somewhere near the Quai de la Joliette, and I suppose it could now be sold for fifteen hundred pounds. Strickland's idea was to ship on some vessel bound for Australia or New Zealand, and from there make his way to Samoa or Tahiti. I do not know how he had come upon the notion of going to the South Seas, though I remember that his imagination had long been haunted by an island, all green and sunny, encircled by a sea more blue than is found in Northern latitudes. I suppose that he clung to Captain Nichols because he was acquainted with those parts, and it was Captain Nichols who persuaded him that he would be more comfortable in Tahiti.

'You see, Tahiti's Frenché he explained to me. 'And the French aren't so damned technical.'

I thought I saw his point.

Strickland had no papers, but that was not a matter to disconcert Tough Bill when he saw a profit (he took the first month's wages of the sailor for whom he found a berth), and he provided Strickland with those of an English stoker who had providentially died on his hands. But both Captain Nichols and Strickland were bound East, and it chanced that the only opportunities for signing on were with ships sailing West. Twice Strickland refused a berth on tramps sailing for the United States, and once on a collier going to Newcastle. Tough Bill had no patience with an obstinacy which could only result in loss to himself, and on the last occasion he flung both Strickland and Captain Nichols out of his house without more ado. They found themselves once more adrift.

Tough Bill's fare was seldom extravagant, and you rose from his table almost as hungry as you sat down, but for some days they had good reason to regret it. They learned what hunger was. The Cuillère de Soupe and the Asile de Nuit were both closed to them, and their only sustenance was the wedge of bread which the Bouchée de Pain provided. They slept where they could, sometimes in an empty truck on a siding near the station, sometimes in a cart behind a warehouse; but it was bitterly cold, and after an hour or two of uneasy dozing they would tramp the streets again. What they felt the lack of most bitterly was tobacco, and Captain Nichols, for his part, could not do without it; he took to hunting the 'Can o' Beer' for cigarette-ends and the butt-end of cigars which the promenaders of the night before had thrown away.

'I've tasted worse smoking mixtures in a pipe', he added with a philosophic shrug of his shoulders, as he took a couple of cigars from the case I offered him, putting one in his mouth and the other in his pocket.

Now and then they made a bit of money. Sometimes a mail steamer would come in, and Captain Nichols, having scraped acquaintance with the time-keeper, would succeed in getting the pair of them a job as stevedores. When it was an English boat, they would dodge into the forecastle and get a hearty breakfast from the crew. They took the risk of running against one of the ship's officers and being hustled down the gangway with the toe of a boot to speed their going.

'There's no harm in a kick in the hindquarters when your belly's full', said Captain Nichols, 'and personally I never take it in bad part. An officer's got to think about discipline.'

I had a lively picture of Captain Nichols flying headlong down a narrow gangway before the uplifted foot of an angry mate, and, like a true Englishman, rejoicing in the spirit of the Mercantile Marine.

There were often odd jobs to be got about the fish-market. Once they each of them earned a franc by loading trucks with innumerable boxes of oranges that had been dumped down on the quay. One day they had a stroke of luck: one of the boarding-masters got a contract to paint a tramp that had come in from Madagascar round the Cape of Good Hope, and they spent several days on a plank hanging over the side, covering the rusty hull with paint. It was a situation that must have appealed to Strickland's sardonic humour. I asked Captain Nichols how he bore himself during these hardships.

'Never knew him say a cross word', answered the Captain. 'He'd be a bit surly sometimes, but when we hadn't had a bite since morning, and we hadn't even got the price of a lie down at the Chink's, he'd be as lively as a cricket.'

I was not surprised at this. Strickland was just the man to rise superior to circumstances, when they were such as to occasion despondency in most; but whether this was due to equanimity of soul or to contradictoriness it would be difficult to say.

The Chink's Head was the name the beach-combers gave to a wretched inn off the Rue Bouterie, kept by a one-eyed Chinaman, where for six sous you could sleep in a cot and for three on the floor. Here they made friends with others in as desperate condition as themselves, and when they were penniless and the night was bitter cold, they were glad to borrow from anyone who had earned a stray franc during the day the price of a roof over their heads. They were not niggardly, these tramps, and he who had money did not hesitate to share it among the rest. They belonged to all the countries in the world, but this was no bar to good-fellowship; for they felt themselves freemen of a country whose frontiers include them all, the great country of Cockaigne.

'But I guess Strickland was an ugly customer when he was roused', said Captain Nichols, reflectively. 'One day we ran into Tough Bill in the Place, and he asked Charlie for the papers he'd given him.'

"You'd better come and take them if you want them", says Charlie.

'He was a powerful fellow, Tough Bill, but he didn't quite like the look of Charlie, so he began cursing him. He called him pretty near every name he could lay hands on, and when Tough Bill began cursing it was worth listening to him. Well, Charlie stuck it for a bit, then he stepped forward and he just said: "Get out, you bloody swine." It wasn't so much what he said, but the way he said it. Tough Bill never spoke another word; you could see him go yellow, and he walked away as if he'd remembered he had a date.'

Strickland, according to Captain Nichols, did not use exactly the words I have given, but since this book is meant for family reading I have thought it better, at the expense of truth, to put into his mouth expressions familiar to the domestic circle.

Now, Tough Bill was not the man to put up with humiliation at the hands of a common sailor. His power depended on his prestige, and first one, then another, of the sailors who lived in his house told them that he had sworn to do Strickland in.

One night Captain Nichols and Strickland were sitting in one of the bars of the Rue Bouterie. The Rue Bouterie is a narrow street of one-storeyed houses, each house consisting of but one room; they are like the booths in a crowded fair or the cages of animals in a circus.

At every door you see a woman. Some lean lazily against the side-posts, humming to themselves or calling to the passer-by in a raucous voice, and some listlessly read. They are French, Italian, Spanish, Japanese, coloured; some are fat and some are thin; and under the thick paint on their faces, the heavy smears on their eyebrows, and the scarlet of their lips, you see the lines of age and the scars of dissipation. Some wear black shifts and flesh-coloured stockings; some with curly hair, dyed yellow, are dressed like little girls in short muslin frocks. Through the open door you see a red-tiled floor, a large wooden bed, and on a deal table a ewer and a basin. A motley crowd saunters along the streets – Lascars off a P. and O., blond Northmen from a Swedish barque, Japanese from a man-of-war, English sailors, Spaniards, pleasant-looking fellows from a French cruiser, Negroes off an American tramp. By day it is merely sordid, but at night, lit only by the lamps in the little huts, the street has a sinister beauty. The hideous lust that pervades the air is oppressive and horrible, and yet there is something mysterious in the sight which haunts and troubles you. You feel I know not what primitive force which repels and yet fascinates you. Here all the decencies of civilization are swept away, and you feel that men are face to face with a sombre reality. There is an atmosphere that is at once intense and tragic.

In the bar in which Strickland and Nichols sat a mechanical piano was loudly grinding out dance music. Round the room people were sitting at table, here half a dozen sailors uproariously drunk, there a group of soldiers; and in the middle, crowded together, couples were dancing. Bearded sailors with brown faces and large horny hands clasped their partners in a tight embrace. The women wore nothing but a shift. Now and then two sailors would get up and dance together. The noise was deafening. People were singing, shouting, laughing; and when a man gave a long kiss to the girl sitting on his knees, catcalls from the English sailors increased the din. The air was heavy with the dust beaten up by the heavy boots of the men, and grey with smoke. It was very hot. Behind the bar was seated a woman nursing her baby. The waiter, an undersized youth with a flat, spotty face, hurried to and fro carrying a tray laden with glasses of beer.

In a little while Tough Bill, accompanied by two huge Negroes, came in, and it was easy to see that he was already three parts drunk. He was looking for trouble. He lurched against a table at which three soldiers were sitting and knocked over a glass of beer. There was an angry altercation, and the owner of the bar stepped forward and ordered Tough Bill to go. He was a hefty fellow, in the habit of standing no nonsense from his customers, and Tough Bill hesitated. The landlord was not a man he cared to tackle, for the police were on his side, and with an oath he turned on his heel. Suddenly he caught sight of Strickland. He rolled up to him. He did not speak. He gathered the spittle in his mouth and spat full in Strickland's face. Strickland seized his glass and flung it at him. The dancers stopped suddenly still. There was an instant of complete silence, but when Tough Bill threw himself on Strickland the lust of battle seized them all, and in a moment there was a confused scrimmage. Tables were overturned, glasses crashed to the ground. There was a hellish row. The women scattered to the door and behind the bar. Passers-by surged in from the street. You heard curses in every tongue, the sound of blows, cries; and in the middle of the room a dozen men were fighting with all their might. On a sudden the police rushed in, and everyone who could made for the door. When the bar was more or less cleared, Tough Bill was lying insensible on the floor with a great gash in his head. Captain Nichols dragged Strickland, bleeding from a wound in his arm, his clothes in rags, into the street. His own face was covered with blood from a blow on the nose.

'I guess you'd better get out of Marseilles before Tough Bill comes out of hospital', he said to Strickland, when they had got back to the Chink's Head and were cleaning themselves.

'This beats cock-fighting', said Strickland.

I could see his sardonic smile.

Captain Nichols was anxious. He knew Tough Bill's vindictiveness. Strickland had downed the mulatto twice, and the mulatto, sober, was a man to be reckoned with. He would bide his time stealthily. He would be in no hurry, but one night Strickland would get a knife-thrust in his back, and in a day or two the corpse of a nameless beach-comber would be fished out of the dirty water of the harbour. Nichols went next evening to Tough Bill's house and made inquiries. He was in hospital still, but his wife, who had been to see him, said he was swearing hard to kill Strickland when they let him out.

A week passed.

'That's what I always say', reflected Captain Nichols, 'when you hurt a man, hurt him bad. It gives you a bit of time to look about and think what you'll do next.'

Then Strickland had a bit of luck. A ship bound for Australia had sent to the Sailors' Home for a stoker in place of one who had thrown himself overboard off Gibraltar in an attack of delirium tremens.

'You double down to the harbour, my lad', said the Captain to Strickland, 'and sign on. You've got your papers.'

Strickland set off at once, and that was the last Captain Nichols saw of him. The ship was only in port for six hours, and in the evening Captain Nichols watched the vanishing smoke from her funnels as she ploughed East through the wintry sea.

I have narrated all this as best I could, because I like the contrast of these episodes with the life that I had seen Strickland live in Ashley Gardens when he was occupied with stocks and shares; but I am aware that Captain Nichols was an outrageous liar, and I dare say there is not a word of truth in anything he told me. I should not be surprised to learn that he had never seen Strickland in his life, and owed his knowledge of Marseilles to the pages of a magazine.

CHAPTER 48

IT is here that I purposed to end my book. My first idea was to begin it with the account of Strickland's last years in Tahiti and with his horrible death, and then to go back and relate what I knew of his beginnings. This I meant to do, not from wilfulness, but because I wished to leave Strickland setting out with I know not what fancies in his lonely soul for the unknown islands which fired his imagination. I liked the picture of him, starting at the age of forty-seven, when most men have already settled comfortably in a groove, for a new world. I saw him, the sea grey under the mistral and foam-flecked, watching the vanishing coast of France, which he was destined never to see again; and I thought there was something gallant in his bearing and dauntless in his soul. I wished so to end on a note of hope. It seemed to emphasize the unconquerable spirit of man. But I could not manage it. Somehow I could not get into my story, and after trying once or twice I had to give it up; I started from the beginning in the usual way, and made up my mind I could only tell what I knew of Strickland's life in the order in which I learnt the facts.

Those that I have now are fragmentary. I am in the position of a biologist who from a single bone must reconstruct not only the appearance of an extinct animal, but its habits. Strickland made no particular impression on the people who came in contact with him in Tahiti. To them he was no more than a beach-comber in constant need of money, remarkable only for the peculiarity that he painted pictures which seemed to them absurd; and it was not till he had been dead for some years and agents came from the dealers in Paris and Berlin to look for any pictures which might still remain on the island, that they had any idea that among them had dwelt a man of consequence. They remembered then that they could have bought for a song canvases which now were worth large sums, and they could not forgive themselves for the opportunity which had escaped them. There was a Jewish trader called Cohen, who had come by one of Strickland's pictures in a singular way. He was a little old Frenchman, with soft kind eyes and a pleasant smile, half trader and half seaman, who owned a cutter in which he wandered boldly among the Paumotus and the Marquesas, taking out trade goods and bringing back copra, shell, and pearls. I went to see him because I was told he had a large black pearl which he was willing to sell cheaply, and when I discovered that it was beyond my means I began to talk to him about Strickland. He had known him well.

'You see, I was interested in him because he was a painter', he told me. 'We don't get many painters in the islands, and I was sorry for him because he was such a bad one. I gave him his first job. I had a plantation on the peninsula, and I wanted a white overseer. You never get any work out of the natives unless you have a white man over them. I said to him: "You'll have plenty of time for painting, and you can earn a bit of money." I knew he was starving, but I offered him good wages.'

'I can't imagine that he was a very satisfactory overseer', I said, smiling.

'I made allowances. I have always had a sympathy for artists. It is in our blood, you know. But he only remained a few months. When he had enough money to buy paints and canvases he left me. The place had got hold of him by then, and he wanted to get away into the bush. But I continued to see him now and then. He would turn up in Papeete every few months and stay a little while; he'd get money out of someone or other and then disappear again. It was on one of these visits that he came to me and asked for the loan of two hundred francs. He looked as if he hadn't had a meal for a week, and I hadn't the heart to refuse him. Of course, I never expected to see my money again. Well, a year later he came to see me once more, and he brought a picture with him. He did not mention the money he owed me, but he said: "Here is a picture of your plantation that I've painted for you." I looked at it. I did not know what to say, but of course I thanked him, and when he had gone away I showed it to my wife.'

'What was it like?' I asked.

'Do not ask me. I could not make head or tail of it. I never saw such a thing in my life. "What shall we do with it?" I said to my wife. "We can never hang it up", she said. "People would laugh at us." So she took it into an attic and put it away with all sorts of rubbish, for my wife can never throw anything away. It is her mania. Then, imagine to yourself, just before the war my brother wrote to me from Paris, and said: "Do you know anything about an English painter who lived in Tahiti? It appears that he was a genius, and his pictures fetch large prices. See if you can lay your hands on anything and send it to me. There's money to be made." So I said to my wife:"What about that picture that Strickland gave me? Is it possible that it is still in the attic?"

"Without doubt", she answered, "for you know that I never throw anything away. It is my mania." We went up to the attic, and there, among I know not what rubbish that had been gathered during the thirty years we have inhabited that house, was the picture. I looked at it again, and I said: 'Who would have thought that the overseer of my plantation on the peninsula, to whom I lent two hundred francs, had genius? Do you see anything in the picture?" "No", she said, "it does not resemble the plantation and I have never seen coconuts with blue leaves; but they are mad in Paris, and it may be that your brother will be able to sell it for the two hundred francs you lent Strickland." Well, we packed it up and we sent it to my brother. And at last I received a letter from him. What do you think he said? "I received your picture", he said, "and I confess I thought it was a joke that you had played on me. I would not have given the cost of postage for the picture. I was half afraid to show it to the gentleman who had spoken to me about it. Imagine my surprise when he said it was a masterpiece, and offered me thirty thousand francs. I dare say he would have paid more, but frankly I was so taken aback that I lost my head; I accepted the offer before I was able to collect myself."'

Then Monsieur Cohen said an admirable thing.

'I wish that poor Strickland had been still alive. I wonder what he would have said when I gave him twenty-nine thousand eight hundred francs for his picture.'

CHAPTER 49

I LIVED at the Hôtel de la Fleur, and Mrs. Johnson, the proprietress, had a sad story to tell of lost opportunity. After

Strickland's death certain of his effects were sold by auction in the market-place at Papeete, and she went to it herself because there was among the truck an American stove she wanted. She paid twenty-seven francs for it.

'There were a dozen pictures', she told me, 'but they were unframed, and nobody wanted them. Some of them sold for as much as ten francs, but mostly they went for five or six. Just think, if I had bought them I should be a rich woman now.'

But Tiaré Johnson would never under any circumstances have been rich. She could not keep money. The daughter of a native and an English sea-captain settled in Tahiti, when I knew her she was a woman of fifty, who looked older, and of enormous proportions. Tall and extremely stout, she would have been of imposing presence if the great good-nature of her face had not made it impossible for her to express anything but kindliness. Her arms were like legs of mutton, her breasts like giant cabbages; her face, broad and fleshy, gave you an impression of almost indecent nakedness, and vast chin succeeded to vast chin. I do not know how many of them there were. They fell away voluminously into the capaciousness of her bosom. She was dressed usually in a pink Mother Hubbard, and she wore all day long a large straw hat. But when she let down her hair, which she did now and then, for she was vain of it, you saw that it was long and dark and curly; and her eyes had remained young and vivacious. Her laughter was the most catching I ever heard; it would begin, a low peal in her throat, and would grow louder and louder till her whole vast body shook. She loved three things – a joke, a glass of wine, and a handsome man. To have known her is a privilege.

She was the best cook on the island, and she adored good food. From morning till night you saw her sitting on a low chair in the kitchen, surrounded by a Chinese cook and two or three native girls, giving her orders, chatting sociably with all and sundry, and tasting the savoury messes she devised. When she wished to do honour to a friend she cooked the dinner with her own hands. Hospitality was a passion with her, and there was no one on the island who need go without a dinner when there was anything to eat at the Hôtel de la Fleur. She never turned her customers out of her house because they did not pay their bills. She always hoped they would pay when they could. There was one man there who had fallen on adversity, and to him she had given board and lodging for several months. When the Chinese laundryman refused to wash for him without payment she had sent his things to be washed with hers. She could not allow the poor fellow to go about in a dirty shirt, she said, and since he was a man, and men must smoke, she gave him a franc a day for cigarettes. She used him with the same affability as those of her clients who paid their bills once a week.

Age and obesity had made her inapt for love, but she took a keen interest in the amatory affairs of the young. She looked upon venery as the natural occupation for men and women, and was ever ready with precept and example from her own wide experience.

'I was not fifteen when my father found that I had a lover', she said. 'He was third mate on the *Tropic Bird*. A good-looking boy.'

She sighed a little. They say a woman always remembers her first lover with affection; but perhaps she does not always remember him.

'My father was a sensible man.'

'What did he do?' I asked.

'He thrashed me within an inch of my life, and then he made me marry Captain Johnson. I did not mind. He was older, of course, but he was good-looking too.'

Tiaré – her father had called her by the name of the white, scented flower which, they tell you, if you have once smelt, will always draw you back to Tahiti in the end, however far you may have roamed – Tiaré remembered Strickland very well.

'He used to come here sometimes, and I used to see him walking about Papeete. I was sorry for him, he was so thin, and he never had any money. When I heard he was in town, I used to send a boy to find him and make him come to dinner with me. I got him a job once or twice, but he couldn't stick to anything. After a little while he wanted to get back to the bush, and one morning he would be gone.'

Strickland reached Tahiti about six months after he left Marseilles. He worked his passage on a sailing vessel that was making the trip from Auckland to San Francisco, and he arrived with a box of paints, an easel, and a dozen canvases. He had a few pounds in his pocket, for he had found work in Sydney, and he took a small room in a native house outside the town. I think the moment he reached Tahiti he felt himself at home. Tiaré told me that he said to her once: 'I'd been scrubbing the deck, and all at once a chap said to me: "Why, there it is." And I looked up and I saw the outline of the island. I knew right away that there was the place I'd been looking for all my life. Then we came near, and I seemed to recognize it. Sometimes when I walk about it all seems familiar. I could swear I've lived here before.'

'Sometimes it takes them like that', said Tiaré. 'I've known men come on shore for a few hours while their ship was taking in cargo, and never go back. And I've known men who came here to be in an office for a year, and they cursed the place, and when they went away they took their dying oath they'd hang themselves before they came back again, and in six months you'd see them land once more, and they'd tell you they couldn't live anywhere else.'

CHAPTER 50

I HAVE an idea that some men are born out of their due place. Accident has cast them amid certain surroundings, but they have always a nostalgia for a home they know not. They are strangers in their birthplace, and the leafy lanes they have known from childhood or the populous streets in which they have played, remain but a place of passage. They may spend their whole lives aliens among their kindred and remain aloof among the only scenes they have ever known. Perhaps it is this sense of strangeness that sends men far and wide in the search for something permanent, to which they may attach themselves. Perhaps some deep-rooted atavism urges the wanderer back to lands which his ancestors left in the dim beginnings of history. Sometimes a man hits upon a place to which he mysteriously feels that he belongs. Here is the home he sought, and he will settle amid scenes that he has never seen before, among men he has never known, as though they were familiar to him from his birth. Here at last he finds rest.

I told Tiaré the story of a man I had known at St. Thomas's Hospital. He was a Jew named Abraham, a blond, rather stout young man, shy and very unassuming; but he had remarkable gifts. He entered the hospital with a scholarship, and during the five years of the curriculum gained every prize that was open to him. He was made house-physician and house-surgeon. His brilliance was allowed by all. Finally he was elected to a position on the staff, and his career was assured. So far as human things can be predicted, it was certain that he would rise to the greatest heights of his profession. Honours and wealth awaited him. Before he entered upon his new duties he wished to take a holiday, and, having no private means, he went as surgeon on a tramp steamer to the Levant. It did not generally carry a doctor, but one of the senior surgeons at the hospital knew a director of the line, and Abraham was taken as a favour.

In a few weeks the authorities received his resignation of the coveted position on the staff. It created profound astonishment, and wild rumours were current. Whenever a man does anything unexpected, his fellows ascribe it to the most discreditable motives. But there was a man ready to step into Abraham's shoes, and Abraham was forgotten. Nothing more was heard of him. He vanished.

It was perhaps ten years later that one morning on board ship, about to land at Alexandria, I was bidden to line up with the other passengers for the doctor's examination. The doctor was a stout man in shabby clothes, and when he took off his hat I noticed that he was very bald. I had an idea that I had seen him before. Suddenly I remembered.

'Abraham', I said.

He turned to me with a puzzled look, and then, recognizing me, seized my hand. After expressions of surprise on either side, hearing that I meant to spend the night in Alexandria, he asked me to dine with him at the English Club. When we met again I declared my astonishment at finding him there. It was a very modest position that he occupied, and there was about him an air of straitened circumstance. Then he told me his story. When he set out on his holiday in the Mediterranean he had every intention of returning to London and his appointment at St. Thomas's. One morning the tramp docked at Alexandria, and from the deck he looked at the city, white in the sunlight, and the crowd on the wharf; he saw the natives in their shabby gabardines, the blacks from the Sudan, the noisy throng of Greeks and Italians, the grave Turks in tarbooshes, the sunshine and the blue sky; and something happened to him. He could not describe it. It was like a thunder-clap, he said, and then, dissatisfied with this, he said it was like a revelation. Something seemed to twist his heart, and suddenly he felt an exultation, a sense of wonderful freedom. He felt himself at home, and he made up his mind there and then, in a minute, that he would live the rest of his life in Alexandria. He had no great difficulty in leaving the ship, and in twenty-four hours, with all his belongings, he was on shore.

'The Captain must have thought you as mad as a hatter', I smiled.

'I didn't care what anybody thought. It wasn't I that acted, but something stronger within me. I thought I would go to a little Greek hotel, while I looked about, and I felt I knew where to find one. And do you know, I walked straight there, and when I saw it I recognized it at once.'

'Had you been to Alexandria before?'

'No; I'd never been out of England in my life.'

Presently he entered the Government service, and there he had been ever since.

'Have you never regretted it?'

'Never, not for a minute. I earn just enough to live upon, and I'm satisfied. I ask nothing more than to remain as I am till I die. I've had a wonderful life.'

I left Alexandria next day, and I forgot about Abraham till a little while ago, when I was dining with another old friend in the profession, Alec Carmichael, who was in England on short leave. I ran across him in the street and congratulated him on the knighthood with which his eminent services during the war had been rewarded. We arranged to spend an evening together for old time's sake, and when I agreed to dine with him, he proposed that he should ask nobody else, so that we could chat without interruption. He had a beautiful old house in Queen Anne Street, and being a man of taste he had furnished it admirably. On the walls of the dining-room I saw a charming Bellotto, and there was a pair of Zoffanys that I envied. When his wife, a tall, lovely creature in cloth of gold, had left us, I remarked laughingly on the change in his present circumstances from those when we had both been medical students. We had looked upon it then as an extravagance to dine in a shabby Italian restaurant in the Westminster Bridge Road. Now Alec Carmichael was on the staff of half a dozen hospitals. I should think he earned ten thousand a year, and his knighthood was but the first of the honours which must inevitably fall to his lot.

'I've done pretty well', he said, 'but the strange thing is that I owe it all to one piece of luck.'

'What do you mean by that?'

'Well, do you remember Abraham? He was the man who had the future. When we were students he beat me all along the line. He got the prizes and the scholarships that I went in for. I always played second fiddle to him. If he'd kept on he'd be in the position I'm in now. That man had a genius for surgery. No one had a look in with him. When he was appointed Registrar at St. Thomas's I hadn't a chance of getting on the staff. I should have had to become a G.P., and you know what likelihood there is for a G.P. ever to get out of the common rut. But Abraham fell out, and I got the job. That gave me my opportunity.'

'I dare say that's true.'

'It was just luck. I suppose there was some kink in Abraham. Poor devil, he's gone to the dogs altogether. He's got some twopenny-halfpenny job in the medical at Alexandria – sanitary officer or something like that. I'm told he lives with an ugly old Greek woman and has half a dozen scrofulous kids. The fact is, I suppose, that it's not enough to have brains. The thing that counts is character. Abraham hadn't got character.'

Character? I should have thought it needed a good deal of character to throw up a career after half an hour's meditation, because you saw in another way of living a more intense significance. And it required still more character never to regret the sudden step. But I said nothing, and Alec Carmichael proceeded reflectively:

'Of course it would be hypocritical for me to pretend that I regret what Abraham did. After all, I've scored by it.' He puffed luxuriously at the long Corona he was smoking. 'But if I weren't personally concerned I should be sorry at the waste. It seems a rotten thing that a man should make such a hash of life.'

I wondered if Abraham really had made a hash of life. Is to do what you most want, to live under the conditions that please you, in peace with yourself, to make a hash of life; and is it success to be an eminent surgeon with ten thousand a year and a beautiful wife? I suppose it depends on what meaning you attach to life, the claim which you acknowledge to society, and the claim of the individual. But again I held my tongue, for who am I to argue with a knight?

CHAPTER 51

TIARÉ, when I told her this story, praised my prudence, and for a few minutes we worked in silence, for we were shelling peas. Then her eyes, always alert for the affairs of her kitchen, fell on some action of the Chinese cook which aroused her violent disapproval. She turned on him with a torrent of abuse. The Chink was not backward to defend himself, and a very lively quarrel ensued. They spoke in the native language, of which I had learnt but half a dozen words, and it sounded as though the world would shortly come to an end; but presently peace was restored and Tiaré gave the cook a cigarette. They both smoked comfortably.

'Do you know, it was I who found him his wife?' said Tiaré suddenly, with a smile that spread all over her immense face.

'The cook?'

'No, Strickland.'

'But he had one already.'

'That is what he said, but I told him she was in England, and England is at the other end of the world.'

'True', I replied.

'He would come to Papeete every two or three months, when he wanted paints or tobacco or money, and then he would wander about like a lost dog. I was sorry for him. I had a girl here then called Ata to do the rooms; she was some sort of a relation of mine, and her father and mother were dead, so I had her to live with me. Strickland used to come here now and then to have a square meal or to play chess with one of the boys. I noticed that she looked at him when he came, and I asked her if she liked him. She said she liked him well enough. You know what these girls are; they're always pleased to go with a white man.'

'Was she a native?' I asked.

'Yes; she hadn't a drop of white blood in her. Well, after I'd talked to her I sent for Strickland, and I said to him: "Strickland, it's time for you to settle down. A man of your age shouldn't go playing about with the girls down at the front. They're bad lots, and you'll come to no good with them. You've got no money, and you can never keep a job for more than a month or two. No one will employ you now. You say you can always live in the bush with one or other of the natives, and they're glad to have you because you're a white man, but it's not decent for a white man. Now, listen to me, Strickland."'

Tiaré mingled French with English in her conversation, for she used both languages with equal facility. She spoke them with a singing accent which was not unpleasing. You felt that a bird would speak in these tones if it could speak English.

'"Now, what do you say to marrying Ata? She's a good girl and she's only seventeen. She's never been promiscuous like some of these girls – a captain or a first mate, yes, but she's never been touched by a native. *Elle se respecte, vois-tu.* The purser of the *Oahu* told me last journey that he hadn't met a nicer girl in the islands. It's time she settled down too, and besides, the captains and the first mates like a change now and then. I don't keep my girls too long. She has a bit of property down by Taravao, just before you come to the peninsula, and with copra at the price it is now you could live quite comfortably. There's a house, and you'd have all the time you wanted for your painting. What do you say to it?'

Tiaré paused to take breath.

'It was then he told me of his wife in England. "My poor Strickland," I said to him, "they've all got a wife somewhere; that is generally why they come to the islands. Ata is a sensible girl, and she doesn't expect any ceremony before the Mayor. She's a Protestant, and you know they don't look upon these things like the Catholics.'

'Then he said: "But what does Ata say to it?" "It appears that she has a *béguin* for you", I said. 'She's willing if you...are. Shall I call her?' He chuckled in a funny, dry way he had, and I called her. She knew what I was talking about, the hussy, and I saw her out of the corner of my eyes listening with all her ears, while she pretended to iron a blouse that she had been washing for me. She came. She was laughing, but I could see that she was a little shy, and Strickland looked at her without speaking.'

'Was she pretty?' I asked.

'Not bad. But you must have seen pictures of her. He painted her over and over again, sometimes with a *pareo* on and sometimes with nothing at all. Yes, she was pretty enough. And she knew how to cook. I taught her myself. I saw Strickland was thinking of it, so I said to him: "I've given her good wages and she's saved them, and the captains and the first mates she's known have given her a little something now and then. She's saved several hundred francs."'

'He pulled his great red beard and smiled.'

'"Well, Ata", he said, "do you fancy me for a husband?"

'She did not say anything, but just giggled.'

'"But I tell you, my poor Strickland, the girl has a *béguin* for you", I said.

'"I shall beat you", he said, looking at her.

'"How else should I know you loved me?" she answered.'

Tiaré broke off her narrative and addressed herself to me reflectively.

'My first husband, Captain Johnson, used to thrash me regularly. He was a man. He was handsome, six foot three, and when he was drunk there was no holding him. I would be black and blue all over for days at a time. Oh, I cried when he died. I thought I should never get over it. But it wasn't till I married George Rainey that I knew what I'd lost. You can never tell what a man is like till you live with him. I've never been so deceived in a man as I was in George Rainey. He was a fine, upstanding fellow too. He was nearly as tall as Captain Johnson, and he looked strong enough. But it was all on the surface. He never drank. He never raised his hand to me. He might have been a missionary. I made love with the officers of every ship that touched at the island, and George Rainey never saw anything. At last I was disgusted with him, and I got a divorce. What was the good of a husband like that? It's a terrible thing the way some men treat women.'

I condoled with Tiaré, and remarked feelingly that men were deceivers ever, then asked her to go on with her story of Strickland.

'"Well", I said to him, "there's no hurry about it. Take your time and think it over. Ata has a very nice room in the annexe. Live with her for a month, and see how you like her. You can have your meals here. And at the end of a month, if you decide you want to marry her, you can just go and settle down on her property."

'Well, he agreed to that. Ata continued to do the housework, and I gave him his meals as I said I would. I taught Ata how to make one or two dishes I knew he was fond of. He did not paint much. He wandered about the hills and bathed in the stream. And he sat about the front looking at the lagoon, and at sunset he would go down and look at Murea. He used to go fishing on the reef. He loved to moon about the harbour talking to the natives. He was a nice quiet fellow. And every evening after dinner he would go down to the annexe with Ata. I saw he was longing to get away to the bush, and at the end of the month I asked him what he intended to do. He said if Ata was willing to go, he was willing to go with her. So I gave them a wedding dinner. I cooked it with my own hands. I gave them a pea soup and lobster *à la portugaise*, and a curry, and a coconut salad – you've never had one of my coconut salads, have you? I must make you one before you go – and then I made them an ice. We had all the champagne we could drink and liqueurs to follow. Oh, I'd made up my mind to do things well. And afterwards we danced in the drawing-room. I was not so fat then, and I always loved dancing.'

The drawing-room at the Hôtel de la Fleur was a small room, with a cottage piano, and a suite of mahogany furniture, covered in stamped velvet, neatly arranged around the walls. On round tables were photograph albums, and on the walls enlarged photographs of Tiaré and her first husband, Captain Johnson. Still, though Tiaré was old and fat, on occasion we rolled back the Brussels carpet, brought in the maids and one or two friends of Tiaré's, and danced, though now to the wheezy music of a gramaphone. On the veranda the air was scented with the heavy perfume of the tiaré, and overhead the Southern Cross shone in a cloudless sky.

Tiaré smiled indulgently as she remembered the gaiety of a time long passed.

'We kept it up till three, and when we went to bed I don't think anyone was very sober. I had told them they could have my trap to take them as far as the road went, because after that they had a long walk. Ata's property was right away in a fold of the mountain. They started at dawn, and the boy I sent with them didn't come back till next day.

'Yes, that's how Strickland was married.'

CHAPTER 52

I SUPPOSE the next three years were the happiest of Strickland's life. Ata's house stood about eight kilometres from the road that runs round the island, and you went to it along a winding pathway shaded by the luxuriant trees of the tropics. It was a bungalow of unpainted wood, consisting of two small rooms, and outside was a small shed that served as a kitchen. There was no furniture except the mats they used as beds, and a rocking-chair, which stood on the veranda. Bananas with their great ragged leaves, like the tattered habiliments of an empress in adversity, grew close up to the house. There was a tree just behind which bore alligator pears, and all about were the coconuts which gave the land its revenue. Ata's father had planted crotons round his property, and they grew in coloured profusion, gay and brilliant; they fenced the land with flame. A mango grew in front of the house, and at the edge of the clearing were two flamboyants, twin trees, that challenged the gold of the coconuts with their scarlet flowers.

Here Strickland lived, coming seldom to Papeete, on the produce of the land. There was a little stream that ran not far away, in which he bathed, and down this on occasion would come a shoal of fish. Then the natives would assemble with spears, and with much shouting would transfix the great startled things as they hurried down to the sea. Sometimes Strickland would go down to the reef, and come back with a basket of small, coloured fish that Ata would fry in coconut oil, or with a lobster; and sometimes she would make a savoury dish of the great land-crabs that scuttled away under your feet. Up the mountain were wild-orange trees, and now and then Ata would go with two or three women from the village and return laden with the green, sweet, luscious fruit. Then the coconuts would be ripe for picking, and her cousins (like all the natives, Ata had a host of relatives) would swarm up the trees and throw down the big ripe nuts. They split them open and put them in the sun to dry. Then they cut out the copra and put it into sacks, and the women would carry it down to the trader at the village by the lagoon, and he would give in exchange for it rice and soap and tinned meat and a little money. Sometimes there would be a feast in the neighbourhood, and a pig would be killed. Then they would go and eat themselves sick, and dance, and sing hymns.

But the house was a long way from the village, and the Tahitians are lazy. They love to travel and they love to gossip, but they do not care to walk, and for weeks at a time Strickland and Ata lived alone. He painted and he read, and in the evening, when it was dark, they sat together on the veranda, smoking and looking at the night. Then Ata had a baby, and the old woman who came up to help her through her trouble stayed on. Presently the grand-daughter of the old woman came to stay with her, and then a youth appeared – no one quite knew where from or to whom he belonged – but he settled down with them in a happy-go-lucky way, and they all lived together.

CHAPTER 53

'*TENEZ, voilà le Capitaine Brunot'*, said Tiaré, one day when I was fitting together what she could tell me of Strickland. 'He knew Strickland well; he visited him at his house.'

I saw a middle-aged Frenchman with a big black beard, streaked with grey, a sunburned face, and large, shining eyes. He was dressed in a neat suit of ducks. I had noticed him at luncheon, and Ah Lin, the Chinese boy, told me he had come from the Paumotus on the boat that had that day arrived. Tiaré introduced me to him, and he handed me his card, a large card on which was printed *René Brunot*, and underneath,*Capitaine au Long Cours*. We were sitting on a little veranda outside the kitchen, and Tiaré was cutting out a dress that she was making for one of the girls about the house. He sat down with us.

'Yes; I knew Strickland well', he said. 'I am very fond of chess, and he was always glad of a game. I come to Tahiti three or four times a year for my business, and when he was at Papeete he would come here and we would play. When he married' – Captain Brunot smiled and shrugged his shoulders – '*enfin*, when he went to live with the girl that Tiaré gave him, he asked me to go and see him. I was one of the guests at the wedding feast.' He looked at Tiaré, and they both laughed. 'He did not come much to Papeete after that, and about a year later it chanced that I had to go to that part of the island for I forgot what business, and when I had finished it I said to myself: "*Voyons*, why should I not go and see that poor Strickland?" I asked one or two natives if they knew anything about him, and I discovered that he lived not more than five kilometres from where I was. So, I went. I shall never forget the impression my visit made on me. I live on an atoll, a low island, it is a strip of land surrounding a lagoon, and its beauty is the beauty of the sea and sky and the varied colour of the lagoon, and the grace of the coconut trees; but the place where Strickland lived had the beauty of the Garden of Eden. Ah, I wish I could make you see the enchantment of that spot, a corner hidden away from all the world, with the blue sky overhead and the rich, luxuriant trees. It was a feast of colour. And it was fragrant and cool. Words cannot describe that paradise. And here he lived, unmindful of the world and by the world forgotten. I suppose to European eyes it would have seemed astonishingly sordid. The house was dilapidated and none too clean. When I approached I saw three or four natives were lying on the veranda. You know how natives love to herd together. There was a young man lying full length, smoking a cigarette, and he wore nothing but a *pareo*.'

The *pareo* is a long strip of trade cotton, red or blue, stamped with a white pattern. It is worn round the waist and hangs to the knees.

'A girl of fifteen, perhaps, was plaiting pandanus-leaf to make a hat, and an old woman was sitting on her haunches smoking a pipe. Then I saw Ata. She was suckling a new-born child, and another child, stark naked, was playing at her feet. When she saw me, she called out to Strickland, and he came to the door. He, too, wore nothing but a *pareo*. He was an extraordinary figure, with his red beard and matted hair, and his great hairy chest. His feet were horny and scarred, so that I knew he went always barefoot. He had gone native with a vengeance. He seemed pleased to see me, and told Ata to kill a chicken for our dinner. He took me into the house to show me the picture he was at work on when I came in. In one corner of the room was the bed, and in the middle was an easel with the canvas upon it. Because I was sorry for him, I had bought a couple of his pictures for small sums, and I had sent others to friends of mine in France. And though I had bought them out of compassion, after living with them I began to like them. Indeed, I found a strange beauty in them. Everyone thought I was mad, but it turns out that I was right. I was his first admirer in the islands.'

He smiled maliciously at Tiaré, and with lamentations she told us again the story of how at the sale of Strickland's effects she had neglected the pictures, but bought an American stove for twenty-seven francs.

'Have you the pictures still?' I asked.

'Yes; I am keeping them till my daughter is of marriageable age, and then I shall sell them. They will be her *dot*.'

Then he went on with the account of his visit to Strickland.

'I shall never forget the evening I spent with him. I had not intended to stay more than an hour, but he insisted that I should spend the night. I hesitated, for I confess I did not much like the look of the mats on which he proposed that I should sleep; but I shrugged my shoulders. When I was building my house in the Paumotus I had slept out for weeks on a harder bed than that, with nothing to shelter me but wild shrubs; and as for vermin, my tough skin should be proof against their malice.

'We went down to the stream to bathe while Ata was preparing the dinner, and after we had eaten it we sat on the veranda. We smoked and chatted. The young man had a concertina, and he played the tunes popular on the music-halls a dozen years before. They sounded strangely in the tropical night thousands of miles from civilization. I asked Strickland if it did not irk him to live in that promiscuity. No, he said; he liked to have his models under his hand. Presently, after loud yawning, the natives went away to sleep, and Strickland and I were left alone. I cannot describe to you the intense silence of the night. On my island in the Paumotus there is never at night the complete stillness that there was here. There is the rustle of the myriad animals on the beach, all the little shelled things that crawl about ceaselessly, and there is the noisy scurrying of the land-crabs. Now and then in the lagoon you hear the leaping of a fish, and sometimes a hurried noisy splashing as a brown shark sends all the other fish scampering for their lives. And above all, ceaseless like time, is the dull roar of the breakers on the reef. But here there was not a sound, and the air was scented with the white flowers of the night. It was a night so beautiful that your soul seemed hardly able to bear the prison of the body. You felt that it was ready to be wafted away on the immaterial air, and death bore all the aspect of a beloved friend.'

Tiaré sighed.

'Ah, I wish I were fifteen again.'

Then she caught sight of a cat trying to get at a dish of prawns on the kitchen table, and with a dexterous gesture and a lively volley of abuse flung a book at its scampering tail.

'I asked him if he was happy with Ata.

'"She leaves me alone", he said. 'She cooks my food and looks after her babies. She does what I tell her. She gives me what I want from a woman."

"And do you never regret Europe? Do you not yearn sometimes for the light of the streets in Paris or London, the companionship of your friends, and equals, *que sais je?* for theatres and newspapers, and the rumble of omnibuses on the cobbled pavements?'

'For a long time he was silent. Then he said:

'"I shall stay here till I die."

"But are you never bored or lonely?" I asked.

'He chuckled.

'"*Mon pauvre ami*", he said. "It is evident that you do not know what it is to be an artist."'

Capitaine Brunot turned to me with a gentle smile, and there was a wonderful look in his dark, kind eyes.

'He did me an injustice, for I too know what it is to have dreams. I have my visions too. In my way I also am an artist.'

We were all silent for a while, and Tiaré fished out of her capacious pocket a handful of cigarettes. She handed one to each of us, and we all three smoked. At last she said:

'Since *ce monsieur* is interested in Strickland, why do you not take him to see Dr. Coutras? He can tell him something about his illness and death.'

'*Volontiers*', said the Captain, looking at me.

I thanked him, and he looked at his watch.

'It is past six o'clock. We should find him at home if you care to come now.'

I got up without further ado, and we walked along the road that led to the doctor's house. He lived out of the town, but the Hôtel de la Fleur was on the edge of it, and we were quickly in the country. The broad road was shaded by pepper-trees, and on each side were the plantations, coconut and vanilla. The pirate birds were screeching among the leaves of the palms. We came to a stone bridge over a shallow river, and we stopped for a few minutes to see the native boys bathing. They chased one another with shrill cries and laughter, and their bodies, brown and wet, gleamed in the sunlight.

CHAPTER 54

AS we walked along I reflected on a circumstance which all that I had lately heard about Strickland forced on my attention. Here, on this remote island, he seemed to have aroused none of the detestation with which he was regarded at home, but compassion rather; and his vagaries were accepted with tolerance. To these people, native and European, he was a queer fish, but they were used to queer fish, and they took him for granted; the world was full of odd persons, who did odd things; and perhaps they knew that a man is not what he wants to be, but what he must be. In England and France he was the square peg in the round hole, but here the holes were any sort of shape, and no sort of peg was quite amiss. I do not think he was any gentler here, less selfish or less brutal, but the circumstances were more favourable. If he had spent his life amid these surroundings he might have passed for no worse a man than another. He received here what he neither expected nor wanted among his own people – sympathy.

I tried to tell Captain Brunot something of the astonishment with which this filled me, and for a little while he did not answer.

'It is not strange that I, at all events, should have had sympathy for him', he said at last, 'for, though perhaps neither of us knew it, we were both aiming at the same thing.'

'What on earth can it be that two people so dissimilar as you and Strickland could aim at?' I asked, smiling.

'Beauty.'

'A large order', I murmured.

'Do you know how men can be so obsessed by love that they are deaf and blind to everything else in the world? They are as little their own masters as the slaves chained to the benches of a galley. The passion that held Strickland in bondage was no less tyrannical than love.'

'How strange that you should say that!' I answered. 'For long ago I had the idea that he was possessed of a devil.'

'And the passion that held Strickland was a passion to create beauty. It gave him no peace. It urged him hither and thither. He was eternally a pilgrim, haunted by a divine nostalgia, and the demon within him was ruthless. There are men whose desire for truth is so great that to attain it they will shatter the very foundation of their world. Of such was Strickland, only beauty with him took the place of truth. I could only feel for him a profound compassion.'

'That is strange also. A man whom he had deeply wronged told me that he felt a great pity for him.' I was silent for a moment. 'I wonder if there you have found the explanation of a character which has always seemed to me inexplicable. How did you hit on it?'

He turned to me with a smile.

'Did I not tell you that I, too, in my way was an artist? I realized in myself the same desire as animated him. But whereas his medium was paint, mine has been life.'

Then Captain Brunot told me a story which I must repeat, since, if only by way of contrast, it adds something to my impression of Strickland. It has also to my mind a beauty of its own.

Captain Brunot was a Breton, and had been in the French Navy. He left it on his marriage, and settled down on a small property he had near Quimper to live for the rest of his days in peace; but the failure of an attorney left him suddenly penniless, and neither he nor his wife was willing to live in penury where they had enjoyed consideration. During his seafaring days he had cruised the South Seas, and he determined now to seek his fortune there. He spent some months in Papeete to make his plans and gain experience; then, on money borrowed from a friend in France, he bought an island in the Paumotus. It was a ring of land round a deep lagoon, uninhabited, and covered only with scrub and wild guava. With the intrepid woman who was his wife, and a few natives, he landed there, and set about building a house, and clearing the scrub so that he could plant coconuts. That was twenty years before, and now what had been a barren island was a garden.

'It was hard and anxious work at first, and we worked strenuously, both of us. Every day I was up at dawn, clearing, planting, working on my house, and at night when I threw myself on my bed it was to sleep like a log till morning. My wife worked as hard as I did. Then children were born to us, first a son and then a daughter. My wife and I have taught them all they know. We had a piano sent out from France, and she has taught them to play and to speak English, and I have taught them Latin and mathematics, and we read history together. They can sail a boat. They can swim as well as the natives. There is nothing about the land of which they are ignorant. Our trees have prospered, and there is shell on my reef. I have come to Tahiti now to buy a schooner. I can get enough shell to make it worth while to fish for it, and, who knows? I may find pearls. I have made something where there was nothing. I too have made beauty. Ah, you do not know what it is to look at those tall, healthy trees and think that every one I planted myself.'

'Let me ask you the question that you asked Strickland. Do you never regret France and your old home in Brittany?'

'Some day, when my daughter is married and my son has a wife and is able to take my place on the island, we shall go back and finish our days in the old house in which I was born.'

'You will look back on a happy life', I said.

'*Évidemment*, it is not exciting on my island, and we are very far from the world – imagine, it takes me four days to come to Tahiti – but we are happy there. It is given to few men to attempt a work and to achieve it. Our life is simple and innocent. We are untouched by ambition, and what pride we have is due only to our contemplation of the work of our hands. Malice cannot touch us, nor envy attack. Ah, *mon cher monsieur*, they talk of the blessedness of labour, and it is a meaningless phrase, but to me it has the most intense significance. I am a happy man.'

'I am sure you deserve to be', I smiled.

'I wish I could think so. I do not know how I have deserved to have a wife who was the perfect friend and helpmate, the perfect mistress and the perfect mother.'

I reflected for a while on the life that the Captain suggested to my imagination.

'It is obvious that to lead such an existence and make so great a success of it, you must both have needed a strong will and a determined character.'

'Perhaps; but without one other factor we could have achieved nothing.'

'And what was that?'

He stopped, somewhat dramatically, and stretched out his arm.

'Belief in God. Without that we should have been lost.'

Then we arrived at the house of Dr. Coutras.

CHAPTER 55

MR. Coutras was an old Frenchman of great stature and exceeding bulk. His body was shaped like a huge duck's egg; and his eyes, sharp, blue, and good-natured, rested now and then with self-satisfaction on his enormous paunch. His complexion was florid and his hair white. He was a man to attract immediate sympathy. He received us in a room that might have been in a house in a provincial town in France, and the one or two Polynesian curios had an odd look. He took my hand in both of his – they were huge – and gave me a hearty look, in which, however, was great shrewdness. When he shook hands with Capitaine Brunot he inquired politely after *Madame et les enfants.* For some minutes there was an exchange of courtesies and some local gossip about the island, the prospects of copra and the vanilla crop; then we came to the object of my visit.

I shall not tell what Dr. Coutras related to me in his words, but in my own, for I cannot hope to give at second hand any impression of his vivacious delivery. He had a deep, resonant voice, fitted to his massive frame, and a keen sense of the dramatic. To listen to him was, as the phrase goes, as good as a play; and much better than most.

It appears that Dr. Coutras had gone one day to Taravao in order to see an old chiefess who was ill, and he gave a vivid picture of the obese old lady, lying in a huge bed, smoking cigarettes, and surrounded by a crowd of dark-skinned retainers. When he had seen her he was taken into another room and given dinner – raw fish, fried bananas, and chicken – *que sais je?* the typical dinner of the *indigène* – and while he was eating it he saw a young girl being driven away from the door in tears. He thought nothing of it, but when he went out to get into his trap and drive home, he saw her again, standing a little way off; she looked at him with a woebegone air, and tears streamed down her cheeks. He asked someone what was wrong with her, and was told that she had come down from the hills to ask him to visit a white man who was sick. They had told her that the doctor could not be disturbed. He called her, and himself asked what she wanted. She told him that Ata had sent her, she who used to be at the Hôtel de la Fleur, and that the Red One was ill. She thrust into his hand a crumpled piece of newspaper, and when he opened it he found in it a hundred-franc note.

'Who is the Red One?' he asked of one of the bystanders.

He was told that that was what they called the Englishman, a painter, who lived with Ata up in the valley seven kilometres from where they were. He recognized Strickland by the description. But it was necessary to walk. It was impossible for him to go; that was why they had sent the girl away.

'I confess', said the doctor, turning to me, 'that I hesitated. I did not relish fourteen kilometres over a bad pathway, and there was no chance that I could get back to Papeete that night. Besides, Strickland was not sympathetic to me. He was an idle useless scoundrel, who preferred to live with a native woman rather than work for his living like the rest of us. *Mon Dieu*, how was I to know that one day the world would come to the conclusion that he had genius? I asked the girl if he was not well enough to have come down to see me. I asked her what she thought was the matter with him. She would not answer. I pressed her, angrily perhaps, but she looked down on the ground and began to cry. Then I shrugged my shoulders; after all, perhaps it was my duty to go, and in a very bad temper I bade her lead the way.'

His temper was certainly no better when he arrived, perspiring freely and thirsty. Ata was on the look-out for him, and came a little way along the path to meet him.

'Before I see anyone, give me something to drink or I shall die of thirst', he cried out. '*Pour l'amour de Dieu*, get me a coconut.'

She called out, and a boy came running along. He swarmed up a tree, and presently threw down a ripe nut. Ata pierced a hole in it, and the doctor took a long, refreshing draught. Then he rolled himself a cigarette and felt in a better humour.

'Now, where is the Red One?' he asked.

'He is in the house, painting. I have not told him you were coming. Go in and see him.'

'But what does he complain of? If he is well enough to paint, he is well enough to have come down to Taravao and save me this confounded walk. I presume my time is no less valuable than his.'

Ata did not speak, but with the boy followed him to the house. The girl who had brought him was by this time sitting on the veranda, and here was lying an old woman, with her back to the wall, making native cigarettes. Ata pointed to the door. The doctor, wondering irritably why they behaved so strangely, entered, and there found Strickland cleaning his palette. There was a picture on the easel. Strickland, clad only in a *pareo,* was standing with his back to the door, but he turned round when he heard the sound of boots. He gave the doctor a look of vexation. He was surprised to see him, and resented the intrusion. But the doctor gave a gasp, he was rooted to the floor, and he stared with all his eyes. This was not what he expected. He was seized with horror.

'You enter without ceremony', said Strickland. 'What can I do for you?'

The doctor recovered himself, but it required quite an effort for him to find his voice. All his irritation was gone, and he felt – *eh bien, oui, je ne le nie pas* – he felt an overwhelming pity.

'I am Dr. Coutras. I was down at Taravao to see the chiefess, and Ata sent for me to see you.'

'She's a damned fool. I have had a few aches and pains lately and a little fever, but that's nothing; it will pass off. Next time anyone went to Papeete I was going to send for some quinine.'

'Look at yourself in the glass.'

Strickland gave him a glance, smiled, and went over to a cheap mirror in a little wooden frame that hung on the wall.

'Well?'

'Do you not see a strange change in your face? Do you not see the thickening of your features and a look – how shall I describe it? – the books call it lion-faced. *Mon pauvre ami*, must I tell you that you have a terrible disease?'

'I?'

'When you look at yourself in the glass you see the typical appearance of the leper.'

'You are jesting', said Strickland.

'I wish to God I were.'

'Do you intend to tell me that I have leprosy?'

'Unfortunately, there can be no doubt about it.'

Dr. Coutras had delivered sentence of death on many men, and he could never overcome the horror with which it filled him. He felt always the furious hatred that must seize a man condemned when he compared himself with the doctor, sane and healthy, who had the inestimable privilege of life.

Strickland looked at him in silence. Nothing of emotion could be seen on his face, disfigured already by the loathsome disease.

'Do they know?' he asked at last, pointing to the persons on the veranda, now sitting in unusual, unaccountable silence.

'These natives know the signs so well', said the doctor. 'They were afraid to tell you.'

Strickland stepped to the door and looked out. There must have been something terrible in his face, for suddenly they burst out into loud cries and lamentation. They lifted up their voices and they wept. Strickland did not speak. After looking at them for a moment, he came back into the room.

'How long do you think I can last?'

'Who knows? Sometimes the disease continues for twenty years. It is a mercy when it runs its course quickly.'

Strickland went to his easel and looked reflectively at the picture that stood on it.

'You have had a long journey. It is fitting that the bearer of important tidings should be rewarded. Take this picture. It means nothing to you now, but it may be that one day you will be glad to have it.'

Dr. Coutras protested that he needed no payment for his journey; he had already given back to Ata the hundred-franc note, but Strickland insisted that he should take the picture. Then together they went out on the veranda. The natives were sobbing violently.

'Be quiet, woman. Dry thy tears', said Strickland, addressing Ata. 'There is no great harm. I shall leave thee very soon.'

'They are not going to take thee away?' she cried.

At that time there was no rigid sequestration on the islands, and lepers, if they chose, were allowed to go free.

'I shall go up into the mountain', said Strickland.

Then Ata stood up and faced him.

'Let the others go if they choose, but I will not leave thee. Thou art my man and I am thy woman. If thou leavest me I shall hang myself on the tree that is behind the house. I swear it by God.'

There was something immensely forcible in the way she spoke. She was no longer the meek, soft native girl, but a determined woman. She was extraordinarily transformed.

'Why shouldst thou stay with me? Thou canst go back to Papeete, and thou wilt soon find another white man. The old woman can take care of thy children, and Tiaré will be glad to have thee back.'

'Thou art my man and I am thy woman. Whither thou goest I will go too.'

For a moment Strickland's fortitude was shaken, and a tear filled each of his eyes and trickled slowly down his cheeks. Then he gave the sardonic smile which was usual with him.

'Women are strange little beasts', he said to Dr. Coutras. 'You can treat them like dogs, you can beat them till your arm aches, and still they love you.' He shrugged his shoulders. 'Of course, it is one of the most absurd illusions of Christianity that they have souls.'

'What is it that thou art saying to the doctor?' asked Ata suspiciously. 'Thou wilt not go?'

'If it please thee I will stay, poor child.'

Ata flung herself on her knees before him, and clasped his legs with her arms and kissed them. Strickland looked at Dr. Coutras with a faint smile.

'In the end they get you, and you are helpless in their hands. White or brown, they are all the same.'

Dr. Coutras felt that it was absurd to offer expressions of regret in so terrible a disaster, and he took his leave. Strickland told Tané, the boy, to lead him to the village. Dr. Coutras paused for a moment, and then he addressed himself to me.

'I did not like him, I have told you he was not sympathetic to me, but as I walked slowly down to Taravao I could not prevent an unwilling admiration for the stoical courage which enabled him to bear perhaps the most dreadful of human afflictions. When Tané left me I told him I would send some medicine that might be of service; but my hope was small that Strickland would consent to take it, and even smaller that, if he did, it would do him good. I gave the boy a message for Ata that I would come whenever she sent for me. Life is hard, and Nature takes sometimes a terrible delight in torturing her children. It was with a heavy heart that I drove back to my comfortable home in Papeete.'

For a long time none of us spoke.

'But Ata did not send for me', the doctor went on, at last, 'and it chanced that I did not go to that part of the island for a long time. I had no news of Strickland. Once or twice I heard that Ata had been to Papeete to buy painting materials, but I did not happen to see her. More than two years passed before I went to Taravao again, and then it was once more to see the old chiefess. I asked them whether they had heard anything of Strickland. By now it was known everywhere that he had leprosy. First Tané, the boy, had left the house, and then, a little time afterwards, the old woman and her grandchild. Strickland and Ata were left alone with their babies. No one went near the plantation, for, as you know, the natives have a very lively horror of the disease, and in the old days when it was discovered the sufferer was killed; but sometimes, when the village boys were scrambling about the hills, they would catch sight of the white man, with his great red beard, wandering about. They fled in terror. Sometimes Ata would come down to the village at night and arouse the trader, so that he might sell her various things of which she stood in need. She knew that the natives looked upon her with the same horrified aversion as they looked upon Strickland, and she kept out of their way. Once some women, venturing nearer than usual to the plantation, saw her washing clothes in the brook, and they threw stones at her. After that the trader was told to give her the message that if she used the brook again men would come and burn down her house.'

'Brutes', I said.

'*Mais non, mon cher monsieur*, men are always the same. Fear makes them cruel... I decided to see Strickland, and when I had finished with the chiefess asked for a boy to show me the way. But none would accompany me, and I was forced to find it alone.'

When Dr. Coutras arrived at the plantation he was seized with a feeling of uneasiness. Though he was hot from walking, he shivered. There was something hostile in the air which made him hesitate, and he felt that invisible forces barred his way. Unseen hands seemed to draw him back. No one would go near now to gather the coconuts, and they lay rotting on the ground. Everywhere was desolation. The bush was encroaching, and it looked as though very soon the primeval forest would regain possession of that strip of land which had been snatched from it at the cost of so much labour. He had the sensation that here was the abode of pain. As he approached the house he was struck by the unearthly silence, and at first he thought it was deserted. Then he saw Ata. She was sitting on her haunches in the lean-to that served her as kitchen, watching some mess cooking in a pot. Near her a small boy was playing silently in the dirt. She did not smile when she saw him.

'I have come to see Strickland', he said.

'I will go and tell him.'

She went to the house, ascended the few steps that led to the veranda, and entered. Dr. Coutras followed her, but waited outside in obedience to her gesture. As she opened the door he smelt the sickly sweet smell which makes the neighbourhood of the leper nauseous. He heard her speak, and then he heard Strickland's answer, but he did not recognize the voice. It had become hoarse and indistinct. Dr. Coutras raised his eyebrows. He judged that the disease had already attacked the vocal cords. Then Ata came out again.

'He will not see you. You must go away.'

Dr. Coutras insisted, but she would not let him pass. Dr. Coutras shrugged his shoulders, and after a moment's reflection turned away. She walked with him. He felt that she too wanted to be rid of him.

'Is there nothing I can do at all?' he asked.

'You can send him some paints', she said. 'There is nothing else he wants.'

'Can he paint still?'

'He is painting the walls of the house.'

'This is a terrible life for you, my poor child.'

Then at last she smiled, and there was in her eyes a look of superhuman love. Dr. Coutras was startled by it, and amazed. And he was awed. He found nothing to say.

'He is my man', she said.

'Where is your other child?' he asked. 'When I was here last you had two.'

'Yes; it died. We buried it under the mango.'

When Ata had gone with him a little way she said she must turn back. Dr. Coutras surmised she was afraid to go farther in case she met any of the people from the village. He told her again that if she wanted him she had only to send and he would come at once.

CHAPTER 56

THEN two years more went by, or perhaps three, for time passes imperceptibly in Tahiti, and it is hard to keep count of it; but at last a message was brought to Dr. Coutras that Strickland was dying. Ata had waylaid the cart that took the mail into Papeete, and besought the man who drove it to go at once to the doctor. But the doctor was out when the summons came, and it was evening when he received it. It was impossible to start at so late an hour, and so it was not till next day soon after dawn that he set out. He arrived at Taravao, and for the last time tramped the seven kilometres that led to Ata's house. The path was overgrown, and it was clear that for years now it had remained all but untrodden. It was not easy to find the way. Sometimes he had to stumble along the bed of the stream, and sometimes he had to push through shrubs, dense and thorny; often he was obliged to climb over rocks in order to avoid the hornet-nests that hung on the trees over his head. The silence was intense.

It was with a sigh of relief that at last he came upon the little unpainted house, extraordinarily bedraggled now, and unkempt; but here too was the same intolerable silence. He walked up, and a little boy, playing unconcernedly in the sunshine, started at his approach and fled quickly away: to him the stranger was the enemy. Dr. Coutras had a sense that the child was stealthily watching him from behind a tree. The door was wide open. He called out, but no one answered. He stepped in. He knocked at a door, but again there was no answer. He turned the handle and entered. The stench that assailed him turned him horribly sick. He put his handkerchief to his nose and forced himself to go in. The light was dim, and after the brilliant sunshine for a while he could see nothing. Then he gave a start. He could not make out where he was. He seemed on a sudden to have entered a magic world. He had a vague impression of a great primeval forest and of naked people walking beneath the trees. Then he saw that there were paintings on the walls.

'*Mon Dieu*, I hope the sun hasn't affected me', he muttered. A slight movement attracted his attention, and he saw that Ata was lying on the floor, sobbing quietly.

'Ata', he called. 'Ata.'

She took no notice. Again the beastly stench almost made him faint, and he lit a cheroot. His eyes grew accustomed to the darkness, and now he was seized by an overwhelming sensation as he stared at the painted walls. He knew nothing of pictures, but there was something about these that extraordinarily affected him. From floor to ceiling the walls were covered with a strange and elaborate composition. It was indescribably wonderful and mysterious. It took his breath away. It filled him with an emotion which he could not understand or analyse. He felt the awe and the delight which a man might feel who watched the beginning of a world. It was tremendous, sensual, passionate; and yet there was something horrible there too, something which made him afraid. It was the work of a man who had delved into the hidden depths of nature and had discovered secrets which were beautiful and fearful too. It was the work of a man who knew things which it is unholy for men to know. There was something primeval there and terrible. It was not human. It brought to his mind vague recollections of black magic. It was beautiful and obscene.

'*Mon Dieu*, this is genius.'

The words were wrung from him, and he did not know he had spoken.

Then his eyes fell on the bed of mats in the corner, and he went up, and he saw the dreadful, mutilated, ghastly object which had been Strickland. He was dead. Dr. Coutras made an effort of will and bent over that battered horror. Then he started violently, and terror blazed in his heart, for he felt that someone was behind him. It was Ata. He had not heard her get up. She was standing at his elbow, looking at what he looked at.

'Good Heavens, my nerves are all distraught', he said. 'You nearly frightened me out of my wits.'

He looked again at the poor dead thing that had been man, and then he started back in dismay.

'But he was blind.'

'Yes; he had been blind for nearly a year.'

CHAPTER 57

AT that moment we were interrupted by the appearance of Madame Coutras, who had been paying visits. She came in, like a ship in full sail, an imposing creature, tall and stout, with an ample bust and an obesity girthed in alarmingly by straight-fronted corsets. She had a bold hooked nose and three chins. She held herself upright. She had not yielded for an instant to the enervating charm of the tropics, but contrariwise was more active, more worldly, more decided than anyone in a temperate clime would have thought it possible to be. She was evidently a copious talker, and now poured forth a breathless stream of anecdote and comment. She made the conversation we had just had seem far away and unreal.

Presently Dr. Coutras turned to me.

'I still have in my *bureau* the picture that Strickland gave me', he said. 'Would you like to see it?'

'Willingly.'

We got up, and he led me on to the veranda which surrounded his house. We paused to look at the gay flowers that rioted in his garden.

'For a long time I could not get out of my head the recollection of the extraordinary decoration with which Strickland had covered the walls of his house', he said reflectively.

I had been thinking of it too. It seemed to me that here Strickland had finally put the whole expression of himself. Working silently, knowing that it was his last chance, I fancied that here he must have said all that he knew of life and all that he divined. And I fancied that perhaps here he had at last found peace. The demon which possessed him was exorcised at last, and with the completion of the work, for which all his life had been a painful preparation, rest descended on his remote and tortured soul. He was willing to die, for he had fulfilled his purpose.

'What was the subject?' I asked.

'I scarcely know. It was strange and fantastic. It was a vision of the beginnings of the world, the Garden of Eden, with Adam and Eve –

que sais-je? – it was a hymn to the beauty of the human form, male and female, and the praise of Nature, sublime, indifferent, lovely, and cruel. It gave you an awful sense of the infinity of space and of the endlessness of time. Because he painted the trees I see about me every day, the coconuts, the banyans, the flamboyants, the alligator pears, I have seen them ever since differently, as though there were in them a spirit and a mystery which I am ever on the point of seizing and which for ever escapes me. The colours were the colours familiar to me, and yet they were different. They had a significance which was all their own. And those nude men and women. They were of the earth, the clay of which they were created, and at the same time something divine. You saw man in the nakedness of his primeval instincts, and you were afraid, for you saw yourself.'

Dr. Coutras shrugged his shoulders and smiled.

'You will laugh at me. I am a materialist, and I am a gross, fat man – Falstaff, eh? – the lyrical mode does not become me. I make myself ridiculous. But I have never seen painting which made so deep an impression upon me. *Tenez*, I had just the same feeling as when I went to the Sistine Chapel in Rome. There too I was awed by the greatness of the man who had painted that ceiling. It was genius, and it was stupendous and overwhelming. I felt small and insignificant. But you are prepared for the greatness of Michael Angelo. Nothing had prepared me for the immense surprise of these pictures in a native hut, far away from civilization, in a fold of the mountain above Taravao. And Michael Angelo is sane and healthy. Those great works of his have the calm of the sublime; but here, notwithstanding beauty, was something troubling. I do not know what it was. It made me uneasy. It gave me the impression you get when you are sitting next door to a room that you know is empty, but in which, you know not why, you have a dreadful consciousness that notwithstanding there is someone. You scold yourself; you know it is only your nerves – and yet, and yet... In a little while it is impossible to resist the terror that seizes you, and you are helpless in the clutch of an unseen horror. Yes: I confess I was not altogether sorry when I heard that those strange masterpieces had been destroyed.'

'Destroyed?' I cried.

'*Mais oui*; did you not know?'

'How should I know? It is true I had never heard of this work; but I thought perhaps it had fallen into the hands of a private owner. Even now there is no certain list of Strickland's paintings.'

'When he grew blind he would sit hour after hour in those two rooms that he had painted, looking at his works with sightless eyes, and seeing, perhaps, more than he ever had seen in his life before. Ata told me that he never complained of his fate, he never lost courage. To the end his mind remained serene and undisturbed. But he made her promise that when she had buried him – did I tell you that I dug his grave with my own hands, for none of the natives would approach the infected house, and we buried him, she and I, sewn up in three *pareos* joined together, under the mango-tree – he made her promise that she would set fire to the house and not leave it till it was burned to the ground and not a stick remained.'

I did not speak for a while, for I was thinking. Then I said: 'He remained the same to the end, then.'

'Do you understand? I must tell you that I thought it my duty to dissuade her.'

'Even after what you have just said?'

'Yes; for I knew that here was a work of genius, and I did not think we had the right to deprive the world of it. But Ata would not listen to me. She had promised. I would not stay to witness the barbarous deed, and it was only afterwards that I heard what she had done. She poured paraffin on the dry floors and on the pandanus-mats, and then she set fire. In a little while nothing remained but smouldering embers, and a great masterpiece existed no longer.

'I think Strickland knew it was a masterpiece. He had achieved what he wanted. His life was complete. He had made a world and saw that it was good. Then, in pride and contempt, he destroyed it.'

'But I must show you my picture', said Dr. Coutras, moving on.

'What happened to Ata and the child?'

They went to the Marquesas. She had relations there. I have heard that the boy works on one of Cameron's schooners. They say he is very like his father in appearance.'

At the door that led from the veranda to the doctor's consultingroom, he paused and smiled.

'It is a fruit-piece. You would think it not a very suitable picture for a doctor's consulting-room, but my wife will not have it in the drawing-room. She says it is frankly obscene.'

'A fruit-piece!' I exclaimed in surprise.

We entered the room, and my eyes fell at once on the picture. I looked at it for a long time.

It was a pile of mangoes, bananas, oranges, and I know not what; and at first sight it was an innocent picture enough. It would have been passed in an exhibition of the Post- Impressionists by a careless person as an excellent but not very remarkable example of the school; but perhaps afterwards it would come back to his recollection, and he would wonder why. I do not think then he could ever entirely forget it.

The colours were so strange that words can hardly tell what a troubling emotion they gave. There were sombre blues, opaque like a delicately carved bowl in lapis lazuli, and yet with a quivering lustre that suggested the palpitation of mysterious life; there were purples, horrible like raw and putrid flesh, and yet with a glowing, sensual passion that called up vague memories of the Roman Empire of Heliogabalus; there were reds, shrill like the berries of holly – one thought of Christmas in England, and the snow, the good cheer, and the pleasure of children – and yet by some magic softened till they had the swooning tenderness of a dove's breast; there were deep yellows that died with an unnatural passion into a green as fragrant as the spring and as pure as the sparkling water of a mountain brook. Who can tell what anguished fancy made these fruits? They belonged to a Polynesian garden of the Hesperides. There was something strangely alive in them, as though they were created in a stage of the earth's dark history when things were not irrevocably fixed to their forms. They were extravagantly luxurious. They were heavy with tropical odours. They seemed to possess a sombre passion of their own. It was enchanted fruit, to taste which might open the gateway to God knows what secrets of the soul and to mysterious palaces of the imagination. They were sullen with unawaited dangers, and to eat them might turn a man to beast or god. All that was healthy aid natural, all that clung to happy relationships and the simple joys of simple men, shrunk from them in dismay; and yet a fearful attraction was in them, and, like the fruit on the Tree of the Knowledge of Good and Evil, they were terrible with the possibilities of the Unknown.

At last I turned away. I felt that Strickland had kept his secret to the grave.

'*Voyons*, *René*, *mon ami*', came the loud, cheerful voice of Madame Coutras, 'what are you doing all this time? Here are the *apéritifs*. Ask *Monsieur* if he will not drink a little glass of Quinquina Dubonnet.'

'*Volontiers*, *Madame*', I said, going out on to the veranda.

The spell was broken.

CHAPTER 58

THE time came for my departure from Tahiti. According to the gracious custom of the island, presents were given me by the persons with whom I had been thrown in contact – baskets made of the leaves of the coconut tree, mats of pandanus, fans; and Tiaré gave me three little pearls and three jars of guava jelly made with her own plump hands. When the mail-boat, stopping for twenty-four hours on its way from Wellington to San Francisco, blew the whistle that warned the passengers to get on board, Tiaré clasped me to her vast bosom, so that I seemed to sink into a billowy sea, and pressed her red lips to mine. Tears glistened in her eyes. And when we steamed slowly out of the lagoon, making our way gingerly through the opening in the reef, and then steered for the open sea, a certain melancholy fell upon me. The breeze was laden still with the pleasant odours of the land. Tahiti is very far away, and I knew that I should never see it again. A chapter of my life was closed, and I felt a little nearer to inevitable death.

Not much more than a month later I was in London; and after I had arranged certain matters which claimed my immediate attention, thinking Mrs. Strickland might like to hear what I knew of her husband's last years, I wrote to her. I had not seen her since long before the war, and I had to look out her address in the telephone-book. She made an appointment, and I went to the trim little house on Campden Hill which she now inhabited. She was by this time a woman of hard on sixty, but she bore her years well, and no one would have taken her for more than fifty. Her face, thin and not much lined, was of the sort that ages gracefully, so that you thought in youth she must have been a much handsomer woman than in fact she was. Her hair, not yet very grey, was becomingly arranged, and her black gown was modish. I remembered having heard that her sister, Mrs. MacAndrew, outliving her husband but a couple of years, had left money to Mrs. Strickland; and by the look of the house and the trim maid who opened the door I judged that it was a sum adequate to keep the widow in modest comfort.

When I was ushered into the drawing-room I found that Mrs. Strickland had a visitor, and when I discovered who he was, I guessed that I had been asked to come at just that time not without intention. The caller was Mr. Van Busche Taylor, an American, and Mrs. Strickland gave me particulars with a charming smile of apology to him.

'You know, we English are so dreadfully ignorant. You must forgive me if it's necessary to explain.' Then she turned to me. 'Mr. Van Busche Taylor is the distinguished American critic. If you haven't read his book your education has been shamefully neglected, and you must repair the omission at once. He's writing something about dear Charlie, and he's come to ask me if I can help him.'

Mr. Van Busche Taylor was a very thin man with a large, bald head, bony and shining; and under the great dome of his skull his face, yellow, with deep lines in it, looked very small. He was quiet and exceedingly polite. He spoke with the accent of New England, and there was about his demeanour a bloodless frigidity which made me ask myself why on earth he was busying himself with Charles Strickland. I had been slightly tickled at the gentleness which Mrs. Strickland put into her mention of her husband's name, and while the pair conversed I took stock of the room in which we sat. Mrs. Strickland had moved with the times. Gone were the Morris papers and gone the severe cretonnes, gone were the Arundel prints that had adorned the walls of her drawing-room in Ashley Gardens; the room blazed with fantastic colour, and I wondered if she knew that those varied hues, which fashion had imposed upon her, were due to the dreams of a poor painter in a South Sea island. She gave me the answer herself.

'What wonderful cushions you have', said Mr. Van Busche Taylor.

'Do you like them?' she said, smiling. 'Bakst, you know.'

And yet on the walls were coloured reproductions of several of Strickland's best pictures, due to the enterprise of a publisher in Berlin.

'You're looking at my pictures', she said, following my eyes. 'Of course, the originals are out of my reach, but it's a comfort to have these. The publisher sent them to me himself. They're a great consolation to me.'

'They must be very pleasant to live with', said Mr. Van Busche Taylor.

'Yes; they're so essentially decorative.'

'That is one of my profoundest convictions', said Mr. Van Busche Taylor. 'Great art is always decorative.'

Their eyes rested on a nude woman suckling a baby, while a girl was kneeling by their side holding out a flower to the indifferent child. Looking over them was a wrinkled, scraggy hag. It was Strickland's version of the Holy Family. I suspected that for the figures had sat his household above Taravao, and the woman and the baby were Ata and his first son. I asked myself if Mrs. Strickland had any inkling of the facts.

The conversation proceeded, and I marvelled at the tact with which Mr. Van Busche Taylor avoided all subjects that might have been in the least embarrassing, and at the ingenuity with which Mrs. Strickland, without saying a word that was untrue, insinuated that her relations with her husband had always been perfect. At last Mr. Van Busche Taylor rose to go. Holding his hostess's hand, he made her a graceful, though perhaps too elaborate, speech of thanks, and left us.

'I hope he didn't bore you', she said, when the door closed behind him. 'Of course it's a nuisance sometimes, but I feel it's only right to give people any information I can about Charlie. There's a certain responsibility about having been the wife of a genius.'

She looked at me with those pleasant eyes of hers, which had remained as candid and as sympathetic as they had been more than twenty years before. I wondered if she was making a fool of me.

'Of course you've given up your business?' I said.

'Oh yes', she answered airily. 'I ran it more by way of a hobby than for any other reason, and my children persuaded me to sell it. They thought I was overtaxing my strength.'

I saw that Mrs. Strickland had forgotten that she had ever done anything so disgraceful as to work for her living. She had the true instinct of the nice woman that it is only really decent for her to live on other people's money.

'They're here now', she said. 'I thought they'd like to hear what you had to say about their father. You remember Robert, don't you? I'm glad to say he's been recommended for the Military Cross.'

She went to the door and called them. There entered a tall man in khaki, with the parson's collar, handsome in a somewhat heavy fashion, but with the frank eyes that I remembered in him as a boy. He was followed by his sister. She must have been the same age as was her mother when first I knew her, and she was very like her. She too gave one the impression that as a girl she must have been prettier than indeed she was.

'I suppose you don't remember them in the least', said Mrs. Strickland, proud and smiling. 'My daughter is now Mrs. Ronaldson.

Her husband's a Major in the Gunners.'

'He's by way of being a pukka soldier, you know', said Mrs. Ronaldson gaily. 'That's why he's only a Major.'

I remembered my anticipation long ago that she would marry a soldier. It was inevitable. She had all the graces of the soldier's wife. She was civil and affable, but she could hardly conceal her intimate conviction that she was not quite as others were. Robert was breezy.

'It's a bit of luck that I should be in London when you turned up', he said. 'I've only got three days' leave.'

'He's dying to get back', said his mother.

'Well, I don't mind confessing it, I have a rattling good time at the front. I've made a lot of good pals. It's a first-rate life. Of course war's terrible, and all that sort of thing; but it does bring out the best qualities in a man, there's no denying that.'

Then I told them what I had learned about Charles Strickland in Tahiti. I thought it unnecessary to say anything of Ata and her boy, but for the rest I was as accurate as I could be. When I had narrated his lamentable death I ceased. For a minute or two we were all silent. Then Robert Strickland struck a match and lit a cigarette.

'The mills of God grind slowly, but they grind exceeding small', he said, somewhat impressively.

Mrs. Strickland and Mrs. Ronaldson looked down with a slightly pious expression which indicated, I felt sure, that they thought the quotation was from Holy Writ. Indeed, I was unconvinced that Robert Strickland did not share their illusion. I do not know why I suddenly thought of Strickland's son by Ata. They had told me he was a merry, lighthearted youth. I saw him, with my mind's eye, on the schooner on which he worked, wearing nothing but a pair of dungarees; and at night, when the boat sailed along easily before a light breeze, and the sailors were gathered on the upper deck, while the captain and the supercargo lolled in deck-chairs, smoking their pipes, I saw him dance with another lad, dance wildly, to the wheezy music of the concertina. Above was the blue sky, and the stars, and all about the desert of the Pacific Ocean.

A quotation from the Bible came to my lips, but I held my tongue, for I know that clergymen think it a little blasphemous when the laity poach upon their preserves. My Uncle Henry, for twenty-seven years Vicar of Whitstable, was on these occasions in the habit of saying that the devil could always quote scripture to his purpose. He remembered the days when you could get thirteen Royal Natives for a shilling.